RU

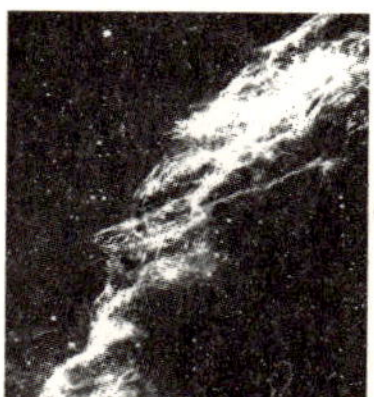

LA DENTELLE DU CYGNE

DU MÊME AUTEUR
À L'ATALANTE

Enfin la nuit
Malboire

Camille Leboulanger

RU

L'ATALANTE
Nantes

Illustration de couverture : © Anna Bertreux
Design graphique : © leraf

ISBN 979-10-360-0071-3

Librairie L'Atalante, 15, rue des Vieilles-Douves, et 4, rue Vauban
44000 Nantes
www.l-atalante.com

TRAVERSÉE

IL NE RESTE que l'eau. De tout, de tout le reste du monde, de tout ce qu'il a connu, touché ou même imaginé au cours de sa courte vie, il ne reste que de l'eau. Elle n'a pas seulement tout effacé aux yeux de Y, mais aussi pour ses oreilles bourdonnantes de liquide et pour sa langue brûlée de sel tout comme les terminaisons nerveuses de chaque portion de peau découverte. L'eau l'entoure et le recouvre si bien qu'une partie de lui se demande si elle ne l'a pas absorbé proprement et simplement. L'être humain est constitué en majorité d'eau, mais cela Y ne le sait pas. Il n'avait jamais pensé qu'il pût en exister autant au même endroit. Le mur de la pluie cache à ses yeux l'étendue sans fin de la mer dont il ne perçoit plus que les brusques halètements sous le bateau.

Les fesses du garçon se soulèvent quand la frêle embarcation arrive en haut d'une crête et reste un instant comme perchée dans le vide avant de retomber. Alors le cœur de Y grimpe brusquement dans sa gorge et il tend les bras des deux côtés pour essayer de se raccrocher à ses voisins. Ceux-ci n'offrent aucune prise. Ils font exactement comme lui. Y ne connaît pas leur visage, seulement la sensation de l'étoffe détrempée à laquelle ses doigts se cramponnent. Tous voudraient trouver quelque chose de ferme, quelque chose de solide, mais il n'y a plus rien. Ils sont tous embarqués sur le même esquif, avec ses rebords de plastique gonflé et son plancher d'aluminium, vers la même destination incertaine.

Dans la poche du pantalon du garçon, il y a les papiers qu'il possède encore. Sur la rive, juste avant de monter, il les a sortis pour s'assurer qu'ils étaient toujours là. Déjà la tempête menaçait, déjà le vent les giflait de sa main glacée et humide et soulevait quelques vagues. L'une d'entre elles, plus haute et plus vindicative que les autres, s'est dressée jusqu'à la hauteur du garçon et s'est abattue sur lui avec un sifflement de prédateur. Il s'est retrouvé instantanément trempé ; l'eau dégoulinait de ses courts cheveux noirs à ses chaussettes usées dans les baskets de plastique avec lesquelles il avait déjà parcouru tant de kilomètres. Les papiers ont subi le pire de l'assaut. Ils ont instantanément molli. Ils se sont gonflés d'eau et de sel, et l'encre s'est mise à couler, tant et si bien que les lettres de son nom, de son âge et de son adresse se sont dissipées comme un souvenir ancien. Jusqu'alors, le garçon avait un prénom et les certitudes qui viennent avec. Une seule lettre est restée sur le papier inutile : le « Y » initial, comme deux bras tendus de détresse ou dans l'espoir de traverser et d'atteindre Ru. Alors que s'envolait la dernière trace de sa vie passée, Y n'a même pas versé une larme. Puis les passeurs à qui il avait donné ses derniers euros – bien plus que le prix convenu – se sont mis à crier que c'était l'heure, qu'il fallait y aller. Ils avaient avec eux un gros chien aux crocs dévoilés qui aboyait aux chevilles de Y et des autres qui, affolés, se sont vu cornaquer vers le bateau. En dévalant la pente douce et caillouteuse de la plage, Y s'est senti un instant comme une bête lancée dans une arène pour s'y battre à mort. Il a trébuché sur une branche écumeuse, il a failli tomber mais s'est redressé juste à temps. Il s'est jeté en travers du bord du bateau, saisissant un cordage pour réussir à se hisser. Alors il a dû grogner, crier comme les autres pour se faire une place, serrant toujours contre lui la minuscule sacoche où restaient ses dernières affaires : quelques lambeaux de tissu sans forme ni couleur, une photographie ou deux de la famille qui seront bientôt effacées par l'eau ; des reliques d'une vie terminée. Quand tout le monde est monté, il a cru que le bateau allait partir, mais d'autres sont arrivés encore et ils se sont entassés à leur tour. Quand Y a pensé qu'il n'y avait plus de place, il a bien fallu en faire à nouveau. Il a senti sous lui la ligne de flottaison de l'esquif s'enfoncer un peu. Il n'a pas eu le temps de se demander si le bateau pouvait encore naviguer. Tout s'est passé en un éclair. Alors que les nuages gris et lourds descendaient du nord, les passeurs ont marché dans l'eau jusqu'au bateau et se sont mis à pousser. Quelqu'un a demandé, dans une langue que le garçon ne connaissait pas, pourquoi les hommes ne montaient pas avec eux pour guider l'embarcation. Pour toute réponse, le passeur a jeté sur les passagers quelques courtes pagaies de plastique. Il a tendu le doigt vers le nord, vers l'ombre gigantesque que les nuages ne parvenaient pas à masquer complètement, et il a dit que c'était tout droit. Puis une vague suffisamment forte a entraîné le bateau. Les hommes ne se sont pas attardés. Ils ne leur ont pas adressé de gestes d'au revoir ni aucune parole de bonne chance. Le bateau au fond de feuilles d'aluminium a commencé à glisser sur la marée et Y a vu la côte s'éloigner.

Il a tourné la tête vers le nord et plissé les yeux pour essayer de distinguer Ru, de l'autre côté. Il était si près ! Il avait entrepris ce voyage des mois auparavant – toute une vie à ses jeunes yeux, ou une éternité – et, enfin, il l'apercevait ! Il a souri. D'autres sur le bateau ont fait comme lui. Des voix se sont levées dans une demi-douzaine de langues, qui disaient toutes la même chose : « Ru ! », « Ru ! » Celle-ci n'était encore qu'une forme floue dans la brume. Elle ressemblait à un cumulus plus gros et plus rouge que les autres posés près de l'horizon. Mais les voix se sont bien vite tues quand les premières gouttes se sont mises à tomber. Alors, toute proche pourtant, Ru s'est effacée derrière le rideau de l'eau et la lumière a baissé rapidement.

Maintenant, balancé, ballotté à sa place dans l'obscurité, Y sent toujours son cœur battre, mais de terreur et non d'excitation. Le vent souffle si fort que la pluie ne tombe plus : elle raye la nuit à l'horizontale. Le bateau n'est pas muni de phares. Deux passagers pagaient encore, envers et contre tout. Les autres rames ont été arrachées par la mer aux mains qui les employaient. Quelques-uns ont sorti leurs téléphones portables et s'en servent comme lampes de poche qui font autant de points blafards. Ru, au nord, n'a pas tout à fait disparu. Les énormes projecteurs côtiers balayent la mer à la recherche d'embarcations comme la leur. Des cercles d'un jaune brûlant scrutent les hauts et les creux des vagues, et nul ne pourrait dire par quel miracle le bateau où se trouve le garçon n'est dévoilé par aucun d'entre eux. Ils ne sont cependant pas la seule menace à leur équipée. Tous savent que des navires de garde-côtes – et bien d'autres encore – quadrillent le bras de mer à la recherche de ceux qui tentent de traverser. Durant le voyage jusqu'à la côte, Y a pu écouter toutes les histoires à leur sujet. On lui a raconté les navires coulés, les voyageurs tirés de leurs bateaux pour mieux les rejeter à l'eau sans gilets de sauvetage ou directement rendus à la police. On lui a raconté aussi les rares qui sont là pour les aider, au risque d'être arrêtés à leur tour. Ceux-là sont bien moins nombreux. En s'embarquant, tous ceux qui veulent atteindre Ru savent qu'ils seront seuls.

Le plus grand risque, ce sont encore les paquebots et les tankers qui croisent au large de Ru dans leurs couloirs maritimes. Le garçon a cru en apercevoir plusieurs, heureusement au loin. Ils ressemblaient à de petites villes glissant sur la mer, brillant de dizaines de lueurs. Indifférents à la houle, ils sont si gros que la mer n'est pour eux qu'une route. Si leur esquif croise le chemin d'un pareil monstre de métal, le déplacement d'eau sera si ample qu'ils seront renversés et jetés à l'eau aussi facilement que l'on écrase une mouche.

En dépit de tout, chassée de tous côtés, poursuivie par des navires invisibles qui patrouillent la mer toutes lumières éteintes à la recherche de celles des téléphones, au risque à chaque instant d'être dévoilée, de gîter, de chavirer ou de se renverser, l'embarcation continue. Seule, au milieu de l'eau dessous, de l'eau sur les côtés et de l'eau qui s'abat d'en haut, elle est un monde minuscule lancé à la rencontre du monde plus grand de l'autre côté, à la rencontre de Ru, qui semble faire de son mieux pour qu'il ne parvienne pas jusqu'à elle.

Une pagaie de plus est emportée par le courant et il n'y a désormais plus qu'un seul homme qui rame frénétiquement vers le nord. Dans une eau plus calme, ses efforts pourraient avoir un effet sur le cap, mais la houle est telle qu'il est futile de croire exercer un contrôle. Il continue néanmoins et la rame de plastique le maintient droit davantage qu'elle ne guide l'embarcation. Le cercle lumineux d'un projecteur passe tout près d'eux, frôlant le bras de Y. Quelqu'un sur le bateau pousse un cri de terreur. Le temps paraît s'arrêter et, à la sidération de ses passagers, l'esquif fait de même. Pour la première fois, ses passagers lèvent le regard les uns vers les autres et cherchent dans les yeux de leurs voisins une réponse à cette soudaine immobilité. Tout à leur peur du projecteur, aucun n'a senti le choc ni entendu le bruit sourd. Ils ont heurté quelque chose.

Un éclat se révèle soudain au-dessus d'eux ainsi que des voix criées et enthousiastes. Toutes les lumières du navire contre lequel ils viennent de cogner s'allument d'un seul coup, ramenant le jour et les ombres fines des gouttes de pluie. Y ne comprend pas ce que dit l'équipage au-dessus de lui. Des visages apparaissent à contre-jour par-dessus le bastingage. Le garçon ne distingue pas leur expression, masquée par la lumière des projecteurs. Le ton de leurs voix, cependant, ne laisse pas longtemps la place au doute. Les passagers pourraient s'attendre à ce qu'on leur lance une échelle ou au moins une corde, mais rien ne vient. Ils n'entendent que le grondement sous-marin des moteurs du navire qui se met à virer dans leur direction. L'eau s'accumule sous l'esquif des voyageurs quand la panique se déclare à bord. Cependant, il n'y a nulle part où aller ou fuir. L'agitation qui saisit ceux qui ont tenté la traversée ne fait que déstabiliser un peu plus l'embarcation qui commence à basculer. Alors, saisis d'une énergie désespérée, certains, dont Y fait partie, se précipitent à bâbord et, de toutes leurs forces, poussent contre la coque du navire qui cherche à les noyer pour s'en éloigner. Ils poussent, ils poussent, de leurs mains, de leurs bras, de leurs épaules et, pendant un instant, il semble qu'ils réussissent à se déporter mais les moteurs inexorables les rattrapent encore. Que peuvent-ils vraiment faire avec leurs corps d'hommes et de femmes contre la force de la machine et du fioul ? Le premier d'entre eux perd l'équilibre et bascule en arrière. En tentant de se rattraper à ses voisins, il les entraîne avec lui et, dans un mouvement lent et presque comique, ils tombent à l'eau. Les autres qui poussaient sont renvoyés en arrière à leur tour. Y, par chance plutôt que par agilité, s'effondre au milieu des passagers restants. Mais, à présent, la coque d'acier pointé de rouille touche le rebord de plastique et pousse elle aussi. Sous les encouragements et les applaudissements de son équipage, le navire aidé par toute la puissance de la mer affamée fait s'élever un côté de l'esquif jusqu'à ce que le fond se dresse presque à la verticale. Le garçon essaie une dernière fois de s'accrocher à un cordage. Il lui semble être le dernier passager à n'avoir pas encore basculé. Ses pieds ne touchent plus rien. Sous lui, la mer s'ouvre comme un gouffre. Au-dessus apparaît la forme d'un vaisseau pétrolier, dominant de plusieurs dizaines de mètres le navire qui le jette à l'eau. Une corne de brume tonne. Alors, rendue encore plus minuscule, la frêle barque à laquelle il tient encore se renverse pour de bon et l'entraîne sous elle. Quand Y touche l'eau, il n'a que le temps de se dire qu'il y avait déjà tant d'eau dans l'air que, dedans ou dehors, cela ne fait au final pas une grande différence.

Il ouvre les yeux, la tête sur le sable. Étourdi, le garçon se redresse péniblement. L'écume mouille encore un peu plus ses chaussures détrempées. Par réflexe, pour se débarrasser de ses baskets et de ses chaussettes, il pousse avec la pointe de ses pieds. Ils sont bleus de froid. Il attrape une grosse poignée de sable et les frotte vigoureusement. Il plie chacun de ses orteils, l'un après l'autre. Puis, d'un mouvement d'épaule, il se défait du gilet de sauvetage jaune fluorescent qui pend à son cou, misérablement dégonflé. La toile en est déchirée. Il l'abandonne sur la grève, certain qu'il ne doit pas garder cet habit qui le désigne à coup sûr comme venant d'accomplir la traversée. Le vent d'est perce alors son maigre sweat-shirt. L'air autour de lui est gris, comme la mer qui l'a recraché. Il se rend compte que le matin est venu. La dernière étape de son voyage, à peine trois dizaines de kilomètres à franchir, aura duré toute la nuit.

Y porte son regard autour de lui. La plage, à marée basse, s'étend sur plus d'un kilomètre. Y sait pourtant qu'il ne doit pas rester là. La mer frémit à l'horizon et commence à grignoter le sable. D'ici quelques heures, toute la crique sera remplie. Un peu plus bas, plus près de l'eau, ce qu'il reste du bateau l'a suivi. Rendue légère par l'absence de passagers, l'embarcation flotte, incertaine, portée dans une direction puis dans une autre. Le garçon pense qu'on dirait qu'elle l'a suivi mais n'ose pas le rejoindre. Pourtant, il n'essaie pas d'aller la récupérer. Il a réussi à traverser. C'est une chose du passé, oubliée déjà, comme tout le reste du monde sur l'autre rive. Y sourit, satisfait. Il est du bon côté.

Autour de lui sur la grève sont éparpillés des corps munis de gilets de sauvetage jaunes ou orange. Aucun ne se relève. Le garçon détourne les yeux. Ce ne sont pas les premiers morts qu'il a vus au cours de son voyage.

Tout à coup, un long nuage se déchire jusqu'à se dissiper entièrement. L'éclat brusque d'un étroit rayon de soleil lui fait lever le nez. De la main droite, le garçon se protège le visage. Il découvre alors Ru. Depuis la petite crique, il n'en voit que la titanesque griffe qui tenaille et masque la falaise. Elle est si longue qu'elle descend jusqu'à l'eau. Sous elle, la roche pastel de la côte porte le stigmate de son imposition. L'appendice a taillé dedans une profonde tranchée. Le rocher a éclaté de tous côtés avant de retomber en pluie de récifs. De la pointe qui existait là auparavant, il ne reste qu'une sorte de presqu'île de forme circulaire, séparée du continent par la patte de Ru, sur laquelle une végétation éparse survit encore. Le regard de Y, une fois descendu jusqu'à l'extrémité de la griffe, repart dans l'autre sens. Il remonte ce qu'il appelle – faute d'un meilleur mot – un doigt. Derrière lui, barrant l'horizon, il croit en distinguer d'autres. Il veut remonter encore, mais la paume de la patte est si large et si haute qu'il ne peut pas suffisamment tordre son cou pour la voir. Le soleil l'éblouit et la tête lui tourne. Sa main tendue devant lui ne suffit même pas à masquer la moitié du doigt de Ru. Le garçon ne pourrait pas dire s'il est terrassé ou enthousiasmé par cette vision.

Il en a vu, des photographies, avant de partir, mais elles n'ont pas suffi à le préparer à l'immensité de Ru. Le vaisseau pétrolier aperçu dans la nuit n'est qu'une poussière en comparaison de la bête. Elle qui n'était, la veille au soir, qu'une brume rose à l'horizon rutile à présent de toutes les nuances du rouge, du rose vif à des veines presque brunes de la taille d'un fleuve. Le garçon sait qu'au bout de ce doigt il y a une patte et qu'au bout de cette patte il y a tout un membre et, au bout de ce membre, une épaule cyclopéenne qui l'attache au corps duquel partent cinq autres membres. Cela pourrait lui donner un air d'insecte, mais ce serait sans compter la tête et la gueule. En vérité, Ru ne ressemble à rien de ce qu'il a vu. D'ailleurs, il ne la voit pas. Il ne peut que se l'imaginer. La bête est tout simplement trop grande pour ses yeux. Il voudrait avoir des ailes dans le dos pour prendre les airs tout droit jusqu'à la survoler, jusqu'à voir Ru tout entière. Lui qui n'en distingue qu'une partie, il rêve de pouvoir en ramener une image complète à tous ceux qui protestaient chez lui, le traitaient de fou, juraient que Ru n'existe pas et que ce n'est qu'un mirage. Il voudrait leur montrer et leur dire que Ru existe bel et bien et que c'est la vérité, incontestablement. Mais il ne le peut pas. Il n'est qu'un pauvre garçon dont le nom n'a plus qu'une seule lettre, pieds nus dans le sable d'une plage jonchée de cadavres, dans un pays qu'il ne connaît pas plus qu'il n'en sait la langue. Comment pourrait-il montrer Ru tout entière ?

Soudain, il a froid. Un nouveau nuage masque le soleil et l'ombre recouvre la grève d'un seul coup. Le matin commence pour de bon, gris clair maintenant. Le doigt de Ru, qui luisait jusqu'alors légèrement, se ternit brusquement. Sa lueur intérieure a été éteinte. L'estomac du garçon se tord. L'éblouissement est passé. Lui qui songeait à s'envoler, le voilà brusquement ramené à la matérialité des choses. Il n'a rien mangé depuis au moins deux jours. Ses poches sont totalement vides à l'exception de la bouillie cartonnée de ses papiers. La sacoche avec ses dernières possessions, la mer ne l'a pas rendue. Il n'a plus rien. Alors Y ramasse ses baskets et entreprend de remonter la plage. Les chaussures humides battent contre sa jambe maigre, comme la griffe de Ru sur la falaise. Il avance en suivant un ruisseau tiède et salé d'eau retenue par une crevasse dans le sol sablonneux, qui s'en retourne calmement à la mer. Il a parcouru la moitié du chemin quand, à l'abri des arbres sur la pente raide qui fait face à la plage, un bruit de moteur se fait entendre. Il est bientôt suivi d'un second. Y se fige. Il ne sait pas comment réagir. Un premier véhicule apparaît. C'est un camion peint rouge Ru, mais d'une couleur moins subtile car plus uniforme. Des lettres blanches sont dessinées sur son avant et sur ses ailes. Le garçon le reconnaît tout de suite comme celui des secours. Les portières s'ouvrent et deux personnes en sortent. Y découvre avec stupeur qu'elles sont habillées du même jaune fluorescent que celui du gilet de sauvetage inutile qu'il a abandonné sur la plage. À en croire leur tenue, les deux catégories de personnes étaient destinées à se rencontrer : ceux qui tentent de traverser et ceux qui les ramassent. Les deux fluorescents ouvrent les battants arrière du camion. Ils en sortent un brancard et plusieurs autres objets qu'Y ne distingue pas. Pendant ce temps, un deuxième camion d'un blanc poussiéreux vient se garer à côté du premier. D'autres personnes en surgissent. Elles ne portent pas de vêtements particuliers. Immédiatement, elles se rapprochent des secours, et si, de l'endroit où il est et puisqu'il ne parle pas la langue, Y ne peut espérer comprendre leurs paroles, il en perçoit sans problème le ton. Les premiers arrivés, avec leurs vêtements jaunes et leur brancard, sont exaspérés de la présence des seconds. Tous quatre s'élancent d'un pas vif en direction de Y sans cesser de se houspiller. L'un de ceux du camion blanc est muni d'un téléphone portable, qu'il brandit devant lui comme une caméra. Il diffuse en direct des images de la plage. Ceux du camion rouge, tout en portant leur matériel, font de leur mieux pour dissimuler leurs visages. Ils s'approchent du garçon. L'un d'entre eux – un homme – s'agenouille devant lui et lui parle. Y ne comprend rien. On lui pose sur les épaules une couverture brillante qui le réchauffe mais lui fait penser à l'aluminium fragile du sol du bateau.

De nombreuses fois au cours de son voyage, Y s'est préparé à ce moment. Il a appris à se présenter. Il ouvre la bouche pour dire…

« Je m'appelle… »

… mais le dernier mot ne lui vient pas. Les deux fluorescents échangent un regard entendu. Il y a de la pitié dans leur expression. Alors Y fouille dans sa poche et en tire ce qu'il reste de ses papiers. Il les tend devant lui. Les secouristes hésitent, puis les prennent et en observent l'initiale avec une moue désolée. Ils les lui rendent. Ceux du camion poussiéreux sont restés deux pas en arrière. Celui qui filmait a baissé son téléphone. Ils continuent cependant tous deux de parler. Y croise le regard de celle qui ne filme pas. Elle lui adresse un mince sourire avant de lever le bras vers la grève et le bateau qui, finalement, est emporté. Elle a l'air pressé. Elle donne un ordre à l'autre qui s'avance, objectif tendu pour prendre le plus d'images possible avant que l'embarcation ne disparaisse entre les vagues. Puis elle s'avance à son tour et un des fluorescents la suit. Y voudrait se retourner pour voir ce qu'ils font, mais celui qui est resté l'en empêche d'une main ferme posée sur son épaule. Peut-être espère-t-il le protéger, mais que peut-il l'empêcher de voir qu'il n'a pas déjà vu, et plusieurs fois ? Le garçon fait la moue, mais il sait qu'il ne doit pas protester. Il doit se laisser faire pour monter dans le camion et que celui-ci l'emporte jusqu'à Ru.

Derrière lui, l'œil du téléphone balaye tout. Les images partent par le réseau vers leurs dizaines, centaines peut-être, de spectateurs dont aucun n'est là pour voir. Les quatre, ceux du camion rouge et ceux de l'autre, ont les yeux fatigués et les paupières lourdes. Eux ont vu, encore et encore. Ils ont tellement vu qu'ils ne s'étonnent plus, ni ne ressentent plus rien. Leurs yeux sont tout aussi vitreux que l'objectif du téléphone. Celui qui est resté auprès du garçon parle, prononce des paroles sur un ton machinal et rassurant. Elles n'ont aucun sens pour Y. Il doit dire les mêmes à tous ceux qu'il secourt, comme lui, sur la même plage. Quelques minutes se passent, puis les trois autres reviennent. Les fluorescents désignent le brancard. Le garçon comprend qu'ils lui demandent s'il peut marcher. Il hoche la tête. De nouveaux camions rouges arrivent. Tandis qu'ils remontent enfin la plage, d'autres fluorescents la descendent. On assoit Y sur le marchepied du premier camion et il les regarde ramasser les corps, passer pudiquement sur eux des couvertures et les charger dans les camions. Ce manège se poursuit pendant près d'une demi-heure. De là où il est, le garçon ne voit plus la griffe de Ru, dissimulée par les frondaisons d'un pin. Les journalistes ont rangé leur caméra mais ne sont pas partis, malgré les regards de mépris que leur adressent les secouristes. Ils posent encore des questions, montrent Y. Celui-ci croit comprendre qu'ils s'interrogent sur ce qu'il va lui arriver. Les secouristes haussent les épaules et lèvent les mains, paumes vers le ciel : ce n'est pas de leur ressort. La conversation s'envenime pendant quelque temps, mais sans véritable flamme. Cette dispute, ils l'ont déjà eue de nombreuses fois.

À chaque fois qu'un bateau au sol d'aluminium chargé de trop de passagers est retourné par ceux qui ne veulent pas qu'ils traversent sains et saufs.

On fait monter le garçon dans le camion. Il se laisse faire docilement. Les portes se referment. Le bruit et la vibration du moteur évoquent à ses oreilles ceux du navire qui a tenté de le noyer. Pour ne pas y penser, il ferme les yeux et se figure la griffe et le doigt de Ru. Le camion rouge s'engage sur la pente. Les roues crissent dans les virages. Les fluorescents continuent de parler dans leur langue, mais plus de lui. Leur discussion est revenue sur des sujets plus quotidiens. Ce n'est que leur travail. Seul à l'arrière du camion, Y pourrait croire qu'ils l'ignorent et cela lui convient très bien. Il ne veut pas attirer l'attention. Il ne *doit* pas attirer l'attention. Cet ordre, il se l'est répété tout au long de son voyage. Quand il atteindra Ru, il devra faire de son mieux pour être comme invisible. Il est assis sur une banquette, il s'autorise à s'y allonger, la tête posée sur un oreiller dur. Il ferme les yeux. Il ne peut cesser de voir la griffe, et la couleur Ru. Il sourit avant de s'endormir.

Il a traversé. Il a réussi.

REINE

AGATHE a tout juste dix-huit ans et vit dans un quartier tranquille de Cumiga, l'abréviation de Cuisse Milieu Gauche. Dans le lotissement pavillonnaire où ses parents ont acheté une maison un an avant sa naissance, tous les bâtiments se ressemblent, avec leurs toits plats. Cependant, l'architecte en charge de sa conception a eu le bon sens de ne dessiner aucune maison absolument identique. Ainsi, les acheteurs pouvaient toucher au plaisir d'entrer en possession d'un bien qui leur ressemblait tout en évitant la désagréable surprise de découvrir chez leur voisin un intérieur trop similaire au leur. Cette maison, c'est la leur. Les parents d'Agathe ne sont toutefois pas les premiers propriétaires de leur pavillon, un fait qui les sépare à leur grand regret de la majorité de leurs voisins. Ils ne font pas partie des premiers venus, des familles déjà installées à Cumiga depuis deux générations. Celles-ci gardent une paradoxale mentalité de pionniers. La période d'installation ne manque jamais d'être évoquée lors des pique-niques bisannuels organisés par l'association des résidents. On rit des premières années avec une nostalgie aux accents d'aventure. À les entendre, ils ont bâti le quartier avec leurs mains nues et non avec les engins de chantier d'une grande entreprise du bâtiment.

Cumiga regarde avec des moues de dédain les quartiers plus bas dans le Membre Milieu Gauche, qui sont forcément moins beaux, moins raffinés, moins bien fréquentés. Toute la valeur de Cumiga tient dans cette certitude à la véracité toute relative : avoir été les premiers à se risquer si loin des organes principaux, et surtout de la Tête.

Le principal attrait de cette zone, exploitée seulement lors de la troisième phase d'urbanisation de Ru, est le conduit d'excrétion qui perce la carapace de la bête. Malgré ses dimensions approximativement équivalentes à celles d'un terrain de football, celui-ci n'apparaît, vu du sol, guère plus grand qu'un timbre-poste. Refermé par une membrane transparente et étanche, il laisse entrer directement les rayons du soleil de l'extérieur tout en repoussant les pluies venues du large. En levant la tête vers le midi, on pourrait croire à un astre du jour, miniature et toujours fixe. Les habitants de Cumiga l'appellent d'ailleurs tout simplement le Soleil. Afin de renforcer cette impression, l'architecte du quartier a eu la lumineuse idée de faire peindre l'intérieur de la carapace d'une couleur azurée et adaptative. Quand vient le soir et que le Soleil ne laisse plus passer beaucoup de lumière, les pigments photosensibles réagissent et le plafond fonce pour prendre une profonde couleur de nuit ponctuée seulement de lampadaires blancs. L'illusion est telle qu'à la différence de nombreux endroits de Ru, et parmi eux certains de ses quartiers les plus courus, un observateur inattentif pourrait ne pas percevoir l'absence d'horizon. Tous les dix ou quinze ans, il est nécessaire de passer une nouvelle couche de pigment sur le « ciel », dont le coût est répercuté sur les charges de copropriété. Personne ne se plaint jamais non plus des périodiques frais de rénovation des murs et des purificateurs d'air qui protègent le quartier des pollutions sonores et aériennes causées par l'A-FMG – autoroute Fémorale Milieu Gauche – dont le tracé fait une large courbe afin de ne pas déranger Cumiga. Pour y parvenir, il a été nécessaire de contourner le conduit sanguin déjà existant, comme à de nombreux autres endroits de Ru.

La construction des lotissements de Cumiga a entraîné celle d'un quartier d'affaires et de locaux de télétravail. Cette douzaine de tours basses, dont les vitres reflètent agréablement l'azur changeant du ciel, font que la majorité des résidents ne se déplacent plus guère ailleurs dans Ru. Hôpitaux, marchés, centres de loisirs, écoles et garderies d'enfants : tous les services et toutes les commodités sont à portée de main. Les rares fois où ils sont contraints de s'aventurer dans le tumulte des Cœurs ou de la Tête, ils n'empruntent pas l'A-FMG mais les trains électriques qui les y conduisent en moins d'une heure, divisant le temps de trajet par cinq. La jonction des quartiers des Membres à ces lignes à grande vitesse a été une priorité de la préfecture de Ru, et les difficultés de transport un des sujets de débat principaux des dernières élections préfectorales.

C'est donc à Cumiga, dans une de ces riches banlieues des Membres dont la fierté est de proposer un cadre de vie privilégié et inégalé dans les organes principaux, qu'Agathe a grandi. Elle n'a quitté le Milieu Gauche qu'en de très rares occasions jusqu'à sa majorité. En classe de 4e, elle est allée contempler le mémorial de la Côte. Au cours de sa dernière année de lycée, on l'a emmenée avec le reste de sa cohorte au salon de l'orientation à l'université du Rein Gauche, où la majorité des élèves de Cumiga vont faire leurs études supérieures. Elle n'a jamais visité la Tête mais a pris plusieurs fois le train avec sa mère pour aller faire des achats au Cœur Nord et a passé plusieurs vacances aux étangs pulmonaires, dans un chalet partagé par sa famille maternelle.

À part cela, elle a vécu jusqu'ici une existence nettement contenue. Sa scolarité primaire et secondaire s'est déroulée dans la cité scolaire de son quartier, dont la proximité n'était pas le seul avantage. Il s'agit en effet de l'établissement le mieux côté de tout le Membre. Ses cohortes obtiennent des résultats au baccalauréat supérieurs à la moyenne préfectorale. Dans cet établissement aux dimensions humaines, les parents d'élèves ont la certitude d'un accompagnement individuel réel, de l'apprentissage de la lecture à celui des ensembles mathématiques. Les professeurs qui corrigent leurs copies d'examens sont les mêmes que ceux qui les y préparent, dans une atmosphère de studieuse sécurité.

Le confort de sa chambre est quasiment inchangé depuis sa naissance. Le lit s'est agrandi, bien sûr. Une bibliothèque ou deux sont apparues, comme des affiches aux murs. Son ordinateur, son téléphone portable et sa montre connectée sont neufs : des cadeaux offerts respectivement par ses parents et ses grands-parents comme félicitations pour sa réussite et sa mention « assez bien » aux examens. Bon an, mal an, Agathe a les mêmes amis depuis sa plus tendre enfance, qui se trouvent également être ses voisins. Sa meilleure amie Solenn habite au bout de la rue. Durant leurs années d'études secondaires, il n'était pas rare qu'elles passent plus de trois ou quatre nuits l'une chez l'autre, même en semaine. De toute manière, elles allaient à l'école ensemble, à pied, puis à vélo, puis à pied de nouveau quand l'adolescence les a momentanément dégoûtées de l'effort sportif.

Agathe a depuis deux ans un petit ami du nom d'Enzo. Elle a fait sa rencontre dans le courant de l'année de seconde, lors d'une fête organisée chez une camarade. Cette rencontre a eu tous les aspects et tous les symptômes du coup de foudre inattendu bien qu'Enzo fréquentât lui aussi le même établissement depuis toujours. Agathe a passé près de deux mois d'hésitation et d'excitation avant qu'ils ne se déclarent tous deux, juste avant le bal de fin d'année. Cette année-là, Cumiga accueillait les olympiades scolaires intermembres, et le souvenir de leur premier baiser est marqué par l'odeur de sueur du garçon, qui s'était précipité vers elle à peine sorti de la piste où il venait de remporter l'épreuve de course de fond. Tous deux avaient accueilli leur amour avec surprise, mais aussi beaucoup de naturel. Leurs parents se connaissaient. Tout le monde trouvait leur couple normal. Eux deux, tout à l'ébullition de la rencontre et de leurs premiers sentiments, semblaient saisis d'une amnésie passagère et ciblée sur les années où ils avaient partagé les mêmes classes, les mêmes clubs sportifs, les mêmes soirées du Nouvel An avec leurs parents. Leur premier amour adolescent combinait la joie de se découvrir et le confort de la familiarité.

Mais depuis quelque temps, tout change et un malaise indéfinissable serre le cœur d'Agathe quand elle regarde de sa fenêtre l'allée calme et piétonnière où elle a grandi.

L'été suivant son examen s'est passé comme elle s'y attendait : elle a réussi à convaincre ses parents de la laisser partir aux étangs pulmonaires sans eux, avec Enzo et ses amis, arguant que tous étaient désormais majeurs. Ils ont vécu trois semaines extatiques de jeux et de baignades, complètement libres de toute forme de contrainte ou de travail. La rentrée est arrivée paresseusement. L'université du Rein Gauche, où elle doit préparer la première année de sa licence de biologie, n'est pas si loin. Elle a tout de même proposé à ses parents de louer une chambre d'étudiant. Après un calcul précis auquel ils l'ont forcée à participer, tous trois ont décidé qu'il était plus économique qu'elle prenne le train matin et soir. Cela convient bien à Agathe, qui n'avait finalement pas tant envie que ça de vivre seule. Le confort de sa chambre de toujours la rassure.

Les cours l'intéressent et elle travaille sans zèle. Comme elle, Solenn étudie au RG, ainsi que l'appellent les étudiants, mais dans la section de « gestion et management horizontal ». Comme Agathe, elle part le matin et rentre le soir trouver la table mise. Rien ne semble avoir changé. Trois jours sur cinq, elles prennent le train ensemble. Les bons résultats sportifs d'Enzo l'ont emmené à l'université Poumons-4 en section « sport et physique », de l'autre côté de Ru, plus loin que la Moelle. Ils restent en contact constant par messagerie et Agathe est déjà allée le voir une fois pendant le premier mois de cours. Le garçon était résolument inchangé, habitué par le sport en équipe à la vie en collectivité de la résidence estudiantine. Ils en ont profité pour s'échapper jusqu'au Cœur Nord voir un concert dans un bar.

Plus elle y réfléchit, plus Agathe se dit qu'elle aimerait se spécialiser en mégabiologie dans le but de devenir rulogiste. Elle a d'ores et déjà commencé à se renseigner pour effectuer des stages pendant les prochaines vacances d'été. Elle voit devant elle son avenir tout tracé, en ligne droite mais non sans ambition.

« On ne sait presque rien de Ru, en fait ! » écrit-elle à Solenn. « On a construit dedans et on vit là, mais on n'en connaît rien ! On ne sait pas pourquoi elle est là et pas autre part, ni par quel miracle on peut vivre dedans et pas l'inverse ! »

La réponse de son amie ne montre pas le même intérêt que d'habitude. Solenn est concentrée sur son cours de psychologie comportementale pour débutants, matière qui la passionne autant qu'elle la laisse perplexe.

« Ce n'est pas Ru qui m'intéresse, répond-elle. Ce sont les gens qui vivent dedans. »

Enzo, tout à ses entraînements, ne lui fait pas non plus de réponse satisfaisante :

« Est-ce que tu penses que quelqu'un a déjà vraiment fait le tour de Ru en courant ? Combien de temps ça doit prendre ? Au moins trois semaines. J'ai vu que le record était de deux semaines, mais le tracé n'allait pas jusqu'au bout de tous les Membres, soi-disant pour des raisons de sécurité. »

Il continue, imagine la célébrité à laquelle il accéderait s'il filmait en direct toute sa course, et le nombre de suiveurs qu'il obtiendrait. Pour Enzo, Ru n'est qu'une question de kilomètres.

Cela accentue le malaise d'Agathe. Est-elle la seule à se poser toutes ces questions ?

Elle explore les réseaux sociaux à la recherche de ceux qui s'y interrogent comme elle à propos de la véritable nature de Ru et de la raison de leur présence à l'intérieur de la bête. Elle se rend à la bibliothèque universitaire, consulte ses archives en ligne à la recherche d'informations sur Ru et sur son origine. Déçue, elle n'y trouve que des versions plus complexes de choses qu'on lui a enseignées à l'école. En travaux pratiques, elle observe des organismes monocellulaires au microscope. Par rapport à eux, Agathe est aussi immense que Ru par rapport à elle. Un soir, sans appétit, elle s'allonge les bras croisés sous la tête et s'interroge : les bactéries dans son estomac se demandent-elles pourquoi elles sont là ?

Ru, à la différence d'Agathe, est inerte et indifférente. Ru n'a même pas conscience d'exister.

Le ciel du Rein Gauche n'a pas été peint en bleu azur comme celui de Cumiga. Pas de Soleil non plus : l'éclairage blanc et économique de l'université se reflète sur l'intérieur de Ru et, par conséquent, l'organe tout entier baigne dans une lueur rougeâtre. Agathe met plus de deux mois à s'y habituer. Elle achète, comme tous les autres étudiants, une paire de lentilles filtrantes et tout retrouve une teinte normale. Pour la première fois de sa vie, Agathe regarde vers le haut et prend véritablement conscience que le ciel sous lequel elle a vécu n'est pas le vrai. Elle se sent vaguement trahie. Le ciel est bleu dans toutes les vidéos qu'elle voit du reste du monde, dans tous les livres et tous les films. Elle a toujours considéré la couleur de celui de Cumiga comme une évidence. La vérité, pourtant, est rouge Ru. Incrédule, Agathe croit comprendre qu'aucun de ses camarades de classe n'est véritablement surpris par celle-ci. Tous semblent la considérer comme une chose immuable.

« Qu'est-ce que tu veux que je te dise ? répond Solenn à ses interrogations. Le ciel est rouge, le ciel est rouge. On n'y peut rien. C'est comme ça.

— Mais, continue Agathe, est-ce que ça a *toujours* été comme ça ?

— Tu veux dire, dans Ru ? »

Agathe hoche la tête. Son amie a un sourire compréhensif et reprend.

« Comment tu voudrais que ce soit ? »

Puis Solenn se replonge dans son travail et profite du réseau sans fil du train pour compléter quelques exercices sur son espace de travail en ligne. Agathe devrait en faire de même, mais elle se sent prise d'une langueur terrible.

Bien que profondément perturbée, elle obtient toutefois des notes passables à ses examens du premier semestre. Pendant les vacances de fin d'année, elle passe plusieurs jours avec Enzo et, constatant la distance qui s'est imperceptiblement glissée entre eux, elle décide de rompre. Le garçon proteste, mais elle se montre inflexible. D'une voix glacée, Agathe lui répond que Ru est remplie de filles qui voudront partager leur temps avec un coureur de fond professionnel. Elle ne s'inquiète pas pour lui. Elle n'arrive pas à lui dire qu'il y a quelque chose de plus grand et de plus intense qui pousse dans son ventre et dans son cœur, tout à la fois interrogation et insatisfaction. Le garçon s'exclame qu'il doit y avoir quelqu'un d'autre, quelqu'un du RG. Agathe nie mais ne le convainc pas. Quand sa meilleure amie l'interroge sur les raisons de sa rupture, elle se contente de dire :

« Je ne l'aime plus. »

Cette courte phrase lui semble pourtant bien insuffisante pour décrire l'impossibilité de continuer à fréquenter Enzo.

À la reprise des classes, les emplois du temps du second semestre font que les deux amies d'enfance ne prennent plus le train ensemble qu'un seul matin par semaine. Elles jouent alors toutes deux une grande scène de douleur et de regret, avec force gestes et cris, mais ne mettent pas longtemps à accepter le nouvel état de fait. Au cours de la première semaine, les yeux d'Agathe sont pris d'une insupportable démangeaison et de grosses larmes se mettent à couler sur son visage. Elle retire aussitôt ses lentilles teintées. La douleur et les pleurs s'arrêtent. Elle retrouve la lumière rougeâtre du Rein Gauche. Le soir venu, dans l'isolement de sa chambre, elle décide de les mettre de nouveau. La douleur revient. Elle pose les lentilles sur un coin de sa table de chevet et les oublie là.

En retournant à l'université du Rein Gauche, elle découvre alors que la lumière rouge Ru n'a rien d'uniforme. Il en existe en réalité une infinité de variations, selon l'endroit et l'heure de la journée. Le matin, les allées de l'URG sont baignées dans une lueur garance qui vire à l'écarlate au fur et à mesure que la mi-journée se rapproche. Avec l'avancée de l'après-midi, les murs des amphithéâtres ressemblent à des tomates mais virent à la rouille quand sonne la cloche de la fin des derniers cours. Les jours hivernaux sont courts et à de nombreuses reprises, en sortant de classe, Agathe voit tout se colorer d'un profond rouge sang qui s'étiolera ensuite au long de la nuit. Elle se fige alors, saisie par cette vision au milieu d'une allée. Elle ne sent presque pas les autres étudiants qui la contournent pour se précipiter vers leur chambre ou leur train. Elle rate plusieurs fois le sien. Quand elle pose le pied sur le quai bondé de Cumiga, c'est le ciel azur qui lui semble mensonger.

Le samedi et le dimanche, ses parents échangent des regards intrigués ou inquiets. Quelque chose ne va pas. Agathe les contredit. Tout va bien.

Un mardi soir, en passant devant le bâtiment de la vie étudiante où elle n'est jamais entrée auparavant, elle découvre une petite affiche. Les mots « Ru est vivante : la vérité qu'ils nous cachent ! » y sont imprimés en lettres capitales écarlates. Le tract annonce un rassemblement pour le lendemain soir. Son cœur bondit dans sa poitrine. Elle ne prête qu'une attention mécanique aux cours du mercredi, entièrement préoccupée par la venue du soir. Quand elle entre dans la plus petite salle du foyer, Agathe découvre des visages et des silhouettes qu'elle n'avait jusque-là jamais remarqués à l'université. Elle constate avec plaisir que la majorité d'entre eux ne portent pas de lentilles de contact.

Les faibles néons blancs ne parviennent pas à chasser la pénombre cinabre qui se répand par les étroites fenêtres horizontales.

Agathe s'assoit au fond à gauche et perçoit les regards de silencieuse connivence entre les présents. Un frisson remonte le long de sa colonne vertébrale et elle sent la racine de ses cheveux blonds se dresser sur sa nuque. Un garçon s'avance devant les chaises alignées, puis une fille, puis une autre fille. Ils parlent tous très haut, d'une voix assurée, appuyant leurs mots avec de grands gestes. Ils parlent de Ru, de ses origines, de tous ceux qui vivent dedans. Ils emploient des mots comme « surrection » et « réveil ». Ils disent qu'il ne faut pas prendre Ru comme une chose certaine. Ils donnent des chiffres, citent des noms : Ru va se réveiller. C'est évident. Des scientifiques le prédisent depuis des années, mais la préfecture n'écoute rien. Pourtant, tout confirme l'évidence pour qui veut regarder. Ru n'est pas qu'une carcasse vide dont les hommes peuvent disposer à loisir.

Agathe a l'impression d'entendre et de voir pour la première fois. Le voile qui recouvrait jusqu'alors ses sens et ses pensées semble s'être levé. Voilà la raison du trouble qui l'habite depuis qu'elle ne vit plus seulement dans le confort clos de Cumiga : Ru est vivante. Le sol sous ses pieds, le ciel au-dessus d'elle, l'air qu'elle respire : tout fait partie d'une seule et même créature bien vivante, Ru ! La lumière rouge de son intérieur en est la preuve indubitable. Comment quelque chose de mort pourrait-il luire ainsi ?

Tout cela lui semble si clair et si évident. Comment a-t-elle pu passer plus de dix-huit années de sa vie sans le savoir, sans le comprendre, sans le sentir instinctivement ? Comment est-il possible de vivre dans Ru sans le *percevoir* ? Son incompréhension, alors qu'elle s'inscrit à tous les groupes qu'on lui propose, qu'elle ajoute son adresse électronique à toutes les listes de diffusion possibles et son numéro de téléphone à toutes les alertes, son incompréhension se transforme en indignation et en enthousiasme, plus qu'elle n'a jusque-là cru possible d'en éprouver. Les autres lui sourient, lui serrent la main. Ils l'accueillent comme une nouvelle égale, quoique tardive, avec des sourires et une patience qui ne semblent pas feints. Agathe repart de la conférence avec une liste de livres à lire, d'émissions radiophoniques à écouter, de documentaires à regarder, de personnes à suivre. Elle s'y jette avec plus de ferveur que dans aucune des bibliographies transmises jusque-là par ses professeurs. Elle promet de revenir la semaine suivante. Elle tient sa promesse, et la semaine qui suit, et la semaine encore après, et toutes les semaines ensuite. Elle finit par passer plus de temps dans la petite salle cinabre – et dans d'autres, identiques, dont l'URG est truffée, pour qui sait les chercher – que chez elle ou en classe. Elle découche, passe des nuits dans de minuscules appartements à discuter en long et en large des publications nouvelles sur la vie de Ru dont elle n'aurait jamais entendu parler sur les chaînes d'informations qu'elle regardait à Cumiga. Bientôt, elle ne pense plus à « chez elle » mais à « chez ses parents ». Elle n'y revient guère que le week-end. Quand ceux-ci s'enquièrent de l'endroit où elle dort, elle hausse les épaules. Un peu partout. Chez des amis. Elle ne donne aucun nom. Elle pose des affiches, peint des graffitis, signe et propage des pétitions. Elle n'adresse plus la parole à Solenn qui, d'ailleurs, détourne le regard quand elle la croise dans les allées de l'université.

C'est ainsi qu'Agathe prend part aux évènements qui font d'elle quelqu'un d'autre qu'Agathe.

L'année universitaire a suivi son cours. Les examens finaux ne sont plus qu'à quelques semaines. Agathe ne s'en est pas réellement préoccupée, absorbée par ses activités parallèles. Militante, elle y consacre le plus clair de son temps et de son énergie. Elle compte réussir les examens sur le fil, au rattrapage. Retenue encore par le regard de ses parents, visiblement de plus en plus inquiets, elle n'ose pas ne pas s'y présenter du tout. Ils lui apparaissent cependant comme une chose futile, tout juste bonne pour les filtrés : la majorité des étudiants, ceux qui n'ont pas retiré leurs lentilles de contact teintées. Ses ambitions de mégabiologie sont oubliées. Elle veut, au premier semestre de sa deuxième année d'études, suivre plutôt des cours de science politique.

À la moitié du mois de mars est publié un arrêté préfectoral qui l'intéresse beaucoup plus que les révisions. Celui-ci veut durcir encore les conditions d'accès des étudiants de l'extérieur aux universités de Ru et renforcer du même coup les contrôles, exigeant la présentation d'un titre d'identité ou de séjour valide pour entrer dans un amphithéâtre. À peine Agathe et ses amis – tout le groupement officieux qui se donne le nom de Regard Rouge – ont-ils vent de sa publication et de son instauration à la rentrée universitaire prochaine qu'une éruption se produit au RG. C'est l'événement qu'ils attendaient. En quelques heures, les banderoles sont prêtes et les barricades montées. La direction de l'université pousse quelques protestations molles et son gérant s'emporte même un peu quand une délégation du Regard Rouge, dont Agathe fait partie, vient annoncer la grève étudiante et l'occupation des locaux par mesure de protestation. Cependant, personne ne s'y oppose.

Les étudiants, rassemblés le soir même en assemblée générale, votent l'arrêt immédiat des cours et la suspension des examens. Sur une suggestion des membres du Regard Rouge, des messages partent aussi en direction des autres universités pour leur suggérer de faire de même. Les réponses positives ne se font pas attendre. La première nuit d'occupation se passe dans une belle excitation.

Une atmosphère de fête règne dans les grands halls carmin. Le lendemain matin, des professeurs et des étudiants se présentent devant les barricades de tables et de pupitres et exigent de pouvoir accéder aux classes pour dispenser et recevoir les cours. Qui sont-ils, cette minorité d'agités qui veut les priver d'un enseignement pour lequel ils ont, après tout, payé d'importants frais d'inscription ?

« C'est du vol ! » s'exclame une jeune fille.

Agathe a la surprise de reconnaître Solenn. Leurs regards se croisent. Elles sont à présent séparées par plus qu'une barricade.

« C'est pour nous tous qu'on le fait ! » réplique Agathe.

Et le reste du Regard Rouge de continuer avec elle : qui parmi eux n'a pas dans sa promotion un ou plusieurs étudiants de l'extérieur que cet arrêté menace de priver d'accès au cours ?

« Vous devriez tous être avec nous ! »

L'indignation est égale dans les deux camps. Pourtant, cela vire assez vite aux noms d'oiseaux et les échanges s'arrêtent après quelques minutes. Les étudiants non grévistes se dispersent. À l'intérieur, on se regroupe, on se rencogne. Agathe bout, le feu encore alimenté par la déception qu'elle ressent à l'égard de Solenn. Elle jure de ne plus jamais lui adresser la parole. Volatile, elle est de toutes les assemblées, de toutes les classes gratuites données par les étudiants, de la rédaction de tous les communiqués. Le soir venu, elle lève les deux bras pour la reconduction de l'occupation ainsi que pour la jonction du RG avec le cortège interuniversitaire qui doit défiler le lendemain dans les rues du Cœur Nord. Les débats les plus vifs ont lieu au moment de choisir ceux qui resteront occuper l'université au lieu de défiler. L'assemblée générale se résout à la tenue d'un tirage au sort. Le hasard semble encore la méthode la plus juste. Lorsque son nom est tiré, Agathe ne peut s'empêcher de ressentir une profonde déception, même s'il y a beaucoup à faire sur place.

Durant la journée, le gérant de l'université s'est livré à plusieurs rondes silencieuses entre les bâtiments occupés, téléphone à la main. On l'a vu prendre des photographies : autant de preuves des dégradations que ne manquera pas, selon lui, de subir l'université. Une deuxième fois, Agathe, les membres du Regard Rouge et tous les autres se couchent tard sur des matelas gonflables posés à même le sol de carrelage aux reflets vermillon.

Il fait encore nuit quand ils sont tirés du sommeil par un fracas. Immédiatement, quelqu'un se précipite vers un interrupteur, mais l'électricité a été coupée. Des dizaines de formes noires, la tête et les épaules difformes, grossies par les armures et les casques, empoignent les tables et les chaises pour démonter et jeter à bas les barricades. À l'intérieur, la réaction du Regard Rouge ne se fait pas attendre. Tous se rassemblent au milieu de la pièce en un bloc solide, liés les uns aux autres par un bras. Ceux qui font face à l'entrée ont sorti leurs téléphones portables et, dans l'éclat des lampes de poche, filment l'entrée fracassante des forces de l'ordre. Une vitre est brisée d'un coup de matraque, peut-être accidentel. Agathe, dos à l'entrée, ne doute pas que la responsabilité des dégâts causés par l'attaque leur sera attribuée. À sa montre, il est 04 h 01 lorsque le premier des gardiens de la paix entre dans le hall de l'université. Agathe n'a dormi que deux petites heures, comme la majorité du Regard Rouge. Au-dehors, d'énormes projecteurs jaunâtres s'allument d'un coup. Les silhouettes en armure se découpent nettement, noir sur rouge orangé. Elles sont deux fois plus nombreuses que les étudiants. À contre-jour, Agathe voit plusieurs petites formes rondes décrire des arcs de cercle pour atterrir à leurs pieds. L'une d'entre elles s'abat juste devant elle. Une épaisse fumée s'en dégage. Soudain elle éclate, bientôt suivie par les autres, dans un nuage lacrymogène. La jeune fille ne voit pas les éclats qui partent dans tous les sens. Elle ne sent qu'une brûlure à son œil droit. La douleur lui déchire l'esprit. Elle se plie en deux. C'est à peine si elle entend la charge commencer. Certains se séparent et tentent de s'enfuir à travers les couloirs noirs. Ils sont vite rattrapés, mis à terre, menottés. Des coups de matraque pleuvent. On entend des détonations de tirs de lanceurs de balles de caoutchouc. Agathe, elle, est déjà à terre. Tout le côté droit de sa vision a disparu. Elle tente de relever la paupière, d'ouvrir l'œil, en vain. Tout juste sentelle les dures mains gantées qui l'empoignent. Terrifiée, elle se recroqueville sur elle-même. Son coude levé lui couvre le visage. Ses genoux sont pliés contre sa poitrine. On tire, on essaie de la relever. Haletante, elle fait de son mieux pour peser de tout son poids au sol. Un coup de matraque lui fait déplier le coude. Elle pousse un cri, n'entend pas ceux de ses camarades. Elle risque un regard vers le haut. Le visage de celui qui, tordant ses doigts au passage, saisit sa main est masqué par une épaisse visière. L'homme n'essaie plus de la redresser. Il la tire, la traîne à même le sol jusqu'à la sortie. Le carrelage disparaît sous elle. Elle sent en même temps l'air clair de l'extérieur et le goudron qui déchire ses vêtements, râpe sa peau. De l'œil gauche, elle en distingue d'autres comme elle, attrapés par le col ou par les poignets.

En quelques minutes seulement, le hall principal de l'URG est entièrement vidé de ses occupants. Cette fois-ci, des mains saisissent Agathe sous les épaules et la redressent, avant de la pousser entre les omoplates pour la faire monter dans un camion rempli d'étudiants. Les portes claquent derrière elle. À l'intérieur, personne ne dit rien. Ce n'est pas le silence de la défaite : il n'y a pas eu de bataille. Les membres du Regard Rouge avaient à l'avance choisi de ne pas rendre les coups et avaient conseillé de faire de même aux autres étudiants. Il y a du sang dans la bouche d'Agathe et il a un goût amer. Elle ne voit toujours rien de l'œil droit. Comment peuvent-ils accepter de se laisser faire comme cela ? De l'œil gauche, elle ne voit que des mines défaites, des nez baissés, des arcades sourcilières fendues et des contusions. Voilà ce qui a remplacé au petit matin les plus vaillants des membres du Regard Rouge. Quelque chose semble brisé en eux. Mais pas chez Agathe. Celle-ci cogne contre les parois, crie des insultes qu'elle ignorait connaître. Prête à en découdre, elle voudrait frapper en retour. Elle veut rendre coup sur coup. L'humiliation d'avoir été traînée sur le sol comme un animal récalcitrant fait monter la bile dans sa gorge. C'est pire que la douleur. Elle brûle. Son visage doit être rouge Ru.

Son plus proche voisin relève doucement la tête et son visage prend une expression horrifiée. Il demande à Agathe ce qu'a son œil. Elle ne l'entend pas, trop occupée à tambouriner du poing contre l'acier du camion comme s'il s'agissait de la visière de l'homme qui l'a humiliée.

Ce n'est qu'après plus de quatre heures passées dans une cellule bondée de la halle judiciaire du Rein Gauche, durant lesquelles aucun d'entre eux, contrairement à leurs attentes, ne voit arriver d'avocat ou de médecin, qu'ils sont appelés les uns après les autres et comparaissent devant un juge. Toujours aucune trace d'avocat. Ils se sont passé le mot : aucun des étudiants ne laisse échapper la moindre parole. Après avoir récolté leurs identités et leurs adresses, le juge les condamne tous d'une voix blanche à la même amende. Il n'évoque jamais les coups qu'ils ont reçus. Il ne dit rien de l'œil meurtri d'Agathe.

Ses parents venus la récupérer poussent de hautes protestations que personne n'écoute. Aux urgences, un médecin confirme à Agathe ce qu'elle sait déjà. Son œil droit est perdu. Elle ne verra plus jamais rien de ce côté-là. Dans la salle de soins, elle retrouve nombre de ses camarades d'occupation. Ils échangent quelques regards entendus mais ne s'adressent pas la parole.

Une fois sa blessure traitée et sa tête enveloppée d'un épais pansement, elle rentre chez ses parents et ne sort pas de sa chambre pendant plusieurs semaines. Aux informations, nulle mention de l'occupation de l'université du Rein Gauche ni de la manière brutale dont celle-ci a été évacuée. La préfecture et Ru entière semblent faire comme si rien n'était arrivé du tout. La magnanimité de son amende alimente encore plus sa colère : la justice administrative n'a même pas daigné la punir pour de vrai ! Dans le silence de sa chambre, elle peste. Si elle est assez dangereuse pour perdre un œil, pourquoi ne la met-on pas en prison ?

Elle ferme son ordinateur portable, éteint son téléphone, abandonne sa montre connectée sur sa table de chevet, à côté des lentilles teintées, avant de jeter définitivement celles-ci à la poubelle. Elle n'adresse pas un mot à ses parents. Elle refuse de porter un œil factice. Enzo revient pour la voir. Elle ne lui ouvre pas la porte. Solenn traverse le quartier à son tour. Agathe reste de marbre.

Elle a décidé qu'elle ne retournera pas à l'université. Ses parents lui proposent de l'inscrire dans un autre établissement. Agathe secoue la tête de nouveau.

« Mais il faut bien que tu fasses quelque chose ! Tu ne vas pas passer toute ta vie dans ta chambre ! »

Très calme, très décidée, la jeune fille qui, en vérité, ne s'appelle déjà plus Agathe leur répond qu'elle sera la reine de Ru.

« La reine ? Comment ça, la reine ? Qu'est-ce que ça veut dire ça encore, "la reine" ? Ne sois pas ridicule. »

Si ses parents n'étaient pas si atterrés, ils s'esclafferaient devant l'absurdité de la réponse de leur enfant. Mais, pour la première fois depuis l'occupation de l'université du Rein Gauche, la jeune fille sourit et dit :

« Au royaume des aveugles, les borgnes sont rois. »

BIENVENU

Il y a plusieurs manières d'entrer dans Ru.

La première est d'emprunter l'autoroute A 128 qui file tout droit à travers les terres, rejoint la bête par le sud, entre par l'Anus puis se raccorde à la Moelle, qui la traverse de part en part. La circulation y est dense et les embouteillages fréquents quel que soit le moment de la journée. Bien sûr, il n'est pas impossible de circuler sur le reste du réseau routier préfectoral, mais celui-ci est si serpentin et surchargé que le voyage prend alors des allures de véritable odyssée.

La deuxième est d'emprunter les trains régionaux qui desservent par des orifices d'excrétion les gares des Membres Arrière Gauche et Droit. Il faut ensuite patienter le temps des correspondances. Les lignes locales qui remontent vers le nord sont en mauvais état et le passage des rames irrégulier. Il n'est pas rare, par conséquent, de mettre plus de six heures pour rejoindre le centre de Ru en changeant au moins trois fois de train.

La troisième option, et la plus rapide, est le RuWay, le train à grande vitesse semi-enterré qui rejoint la Tête en moins de deux heures depuis l'est. Filant à plus de quatre cents kilomètres par heure, il ignore toutes les collines et toutes les courbes de la côte, et ralentit à peine lorsque la voie s'engage à l'extérieur du Membre Avant Droit juste avant de franchir la grande bosse de l'épaule. Ensuite seulement s'enclenchent silencieusement les freins magnétiques. La voie entre dans la Tête par l'ouïe et, après ce bref tunnel, le voyageur est à quai en Gare Occipitale en cinq minutes. Après de longues études et tractations, les ingénieurs chargés de sa construction ont dû se résoudre à l'impossibilité de lancer une rame à grande vitesse à l'intérieur du corps de Ru. L'espace de freinage est insuffisant et le danger d'un accident trop grand le long de la Moelle. Le réseau ferroviaire de Ru est donc fortement centralisé autour de la Tête, aux dépens des organes et des membres les plus lointains.

S'il avait dû payer lui-même son transport, Alvid Persner, qui n'a jamais vraiment pris l'habitude du luxe, n'aurait certainement pas eu l'idée d'emprunter le RuWay, car, si cette option est sans conteste la plus rapide, le prix des billets est particulièrement dissuasif. Il n'y a d'ailleurs pas grand monde dans son wagon. Bercé par le ronronnement bas des moteurs électriques, il s'étire dans son fauteuil capitonné après avoir dormi la première partie du voyage. Il ouvre les yeux juste à temps pour voir Ru se déployer aux fenêtres de gauche comme une chaîne de montagnes. Il laisse échapper un soupir et se penche pour mieux voir.

De l'autre côté de l'allée, une femme lui sourit avec bienveillance.

« C'est la première fois ? » lui demande-t-elle.

Alvid hoche la tête.

« Ça fait toujours cet effet-là, la première fois. »

L'homme l'entend à peine. Il ignore quel effet exactement la vision de Ru lui fait, mais elle lui fait de l'effet, c'est vrai. Puissamment éclairé par les rayons brusques du soleil matinal, le versant luit comme une coulée de lave qui ne se solidifierait jamais. De sa fenêtre, Alvid ne voit que les deux membres inférieurs, étalés à travers la campagne, encadrés par de hautes collines. Celles-ci n'ont rien de naturel. Il s'agit de toute la terre déplacée par la chute de Ru. Après plus de deux siècles, la végétation n'est toujours pas parvenue à y reprendre ses droits. Rien ne pousse sur la peau de Ru, qui reste uniformément rouge comme pour rappeler son étrangeté. Contemplant l'immense bête, Alvid se demande brièvement à quoi la région pouvait bien ressembler deux cents ans plus tôt. Le passé, cependant, ne le retient pas longtemps. Il est beaucoup plus concerné par le titanesque de sa vision présente.

« Pas mal, hein ? » insiste sa voisine.

Il acquiesce de nouveau. Pas mal du tout.

« Vous allez voir : c'est encore mieux à l'intérieur. »

Par les fenêtres de droite, personne ne regarde la mer placide qui s'étend à l'infini. Le wagon se soulève ; Alvid, qui s'est mis debout, perd soudain l'équilibre et manque de tomber à la renverse. Il a l'air d'être le seul surpris. Les autres passagers, certainement des habitants de Ru sur le chemin du retour, jettent un coup d'œil lorsqu'ils sentent l'ascension du membre puis se replongent dans leurs écrans alors que la hauteur du point de vue dévoile de plus en plus de la bête.

Sa peau n'est pas, comme l'a tout d'abord pensé Alvid, d'un rouge uniforme. La couleur flamboyante est celle de son squelette même. Les muscles et l'épiderme sont en réalité transparents et ne font que distordre et déformer sa luisance. Les veines tracent des voies bordeaux. Çà et là, comme autant de points noirs, des puits d'excrétion laissent échapper des colonnes de vapeur et de fumée, signes indubitables de la multitude qui vit et s'agite à l'intérieur. Le derme décompose la lumière et dessine des arcs-en-ciel à plat. Autant de mirages.

Alvid sent monter en lui l'impulsion d'ouvrir son sac et d'en sortir sa caméra pour filmer, mais il la repousse. Pour capturer correctement l'image de cette créature, il voudrait s'y tenir debout, fixe, et non lancé à toute vitesse. Ces images-là ne se captent pas dans la précipitation. Alors, à défaut de pouvoir braquer son objectif, il ouvre grand ses yeux jusqu'au tunnel de l'ouïe où des tubes fluorescents verdâtres remplacent la lumière du jour.

La voix de synthèse de la locomotive automatique annonce à ses passagers leur arrivée prochaine en Gare Occipitale et une agitation s'ensuit parmi les voyageurs. Alvid, lui, n'ose pas se lever alors que les autres s'alignent dans l'allée en attendant l'arrêt de la rame et l'ouverture des portes aimantées. Le wagon se vide autour de lui. Sa voisine lui souhaite en souriant un bon séjour avant de sortir. En dernier, l'étranger à Ru passe ses sacs à l'épaule et quitte le train.

Un profond sentiment de désorientation le saisit quand il pose le pied sur le quai où le flot des passagers pressés manque l'emporter. L'air de Ru n'a pas la même odeur que celui de l'extérieur, ni même que celui du train. Il est chaud et épais, chargé d'effluves organiques. Alvid s'est renseigné avant de venir et n'ignore rien du puissant système de ventilation et de traitement d'air qui en assure la viabilité. Il en a d'ailleurs vu les colonnes de rejet. Il n'est pourtant pas suffisant. Ru sent Ru. Bousculé plusieurs fois, il se résout à se laisser happer par le courant et remonte à son tour le quai, coude à coude, épaule contre épaule.

Les portiques d'aluminium forment un goulot d'étranglement où la cohorte des voyageurs s'entasse en entonnoir en attendant son tour. Au-dessus d'eux, sur un large panneau rouge pastel, sont écrites les phrases suivantes, en lettres capitales blanches :

« Toute l'équipe de RuWay vous souhaite la bienvenue à Ru et en Gare Occipitale ! *Welcome to Ru and to Occiput Station !* »

Des pictogrammes et des flèches indiquent la direction des bus et tramways que vont aller remplir les passagers du train à grande vitesse pour se répandre dans la Tête. Mais Alvid, lui, ne prend pas les transports en commun. Un homme en costume noir et blanc l'attend avec dans les mains un panneau à son nom. Alvid le salue d'un geste et fait de son mieux pour suivre son guide dont le slalom silencieux entre les voyageurs pressés et les valises trahit l'habitude. Il l'entraîne vers une entrée secondaire de la gare où l'attend un taxi.

Les paupières du nouveau venu battent fébrilement à sa sortie du bâtiment, surprises par une franche lumière d'un blanc bleuté. Il tire de sa poche une paire de lunettes de soleil. Sa désorientation s'accentue encore quand il lève la tête entre les immeubles. Le plafond est entièrement peint en bleu ciel. Par un habile jeu de miroirs invisible, la lumière qui entre par les yeux éteints de la bête est réfléchie et renvoyée à travers toute la Tête. L'éclairage artificiel est ainsi réduit au minimum dans le centre névralgique de Ru. Une fois les bagages chargés dans le coffre, le taxi électrique s'engage dans la circulation dont la densité surprend une nouvelle fois Alvid. De l'extérieur, il s'était imaginé le peuplement de Ru comme une série de colonies éparses, mais c'est une véritable métropole qu'il découvre, avec les mêmes embouteillages, les mêmes pistes cyclables et voies de bus, les mêmes brasseries et les mêmes grands magasins sur les mêmes boulevards qu'à l'extérieur. Sur la droite, entre deux immeubles, il distingue même un parc de belle taille et la courbe d'un canal. L'objectif des concepteurs de la Tête n'était pas, de toute évidence, de trouver une manière de vivre à l'intérieur de Ru qui prenne en compte les spécificités et particularités du milieu, mais bien de recréer une exacte copie d'une ville de l'extérieur. Sur la banquette arrière du taxi, arrêté au feu rouge derrière une demi-douzaine de véhicules identiques, Alvid médite sur la force de l'habitude.

« Votre première fois à Ru ? » demande le chauffeur dans une tentative de faire la conversation.

Alvid acquiesce encore.

« C'est quelque chose, hein ? »

Alvid confirme que c'est certainement quelque chose. Il se demande pourtant ce que c'est exactement.

À la réception de l'hôtel, il récupère la clef magnétique de sa chambre ainsi que le badge nominatif aux couleurs du festival. Le cocktail de bienvenue n'a lieu qu'à partir de treize heures. Alvid a un peu de temps devant lui, qu'il emploie à vider sa valise. Sa chambre est munie d'un coffre-fort : il y range sa caméra et ses disques durs. De sa fenêtre, au sixième étage, il voit la Tête tout entière. Avec ses alignements de gratte-crâne et d'immeubles d'habitation ou de bureaux, avec ses lignes blanches de métro aérien quadrillant la ville, avec les deux arches de béton de ses entrées gauche et droite taillées dans la coupole au bleu changeant du crâne, celle-ci lui fait l'effet d'une gigantesque boule à neige. Avec un sourire il tend le poignet, faisant semblant de la retourner.

Cependant, l'absence d'horizon et de vent lui rappelle durement qu'il est lui-même sous le globe.

Dans la poche droite de son pantalon, la présence de son téléphone lui suggère d'appeler Sandro pour lui en parler, mais Sandro ne répondra pas au téléphone parce que personne n'a la moindre idée d'où est Sandro, et c'est d'ailleurs pour cette raison qu'Alvid a accepté l'invitation du festival du film documentaire de Ru.

La première fois qu'Alvid l'a rencontré, Sandro était au volant d'une vieille décapotable extrêmement bruyante et puant l'essence. Alvid, lui, était par terre entre les bandes blanches d'un passage piéton, heureusement indemne. Sandro s'était arrêté juste à temps pour ne pas le renverser, mais cela n'avait pas empêché Alvid de se jeter en arrière pour éviter la voiture. Leurs premiers échanges n'avaient pas été particulièrement amicaux et Alvid n'apprendrait que le lendemain qui il était, en recevant l'appel de l'assistant de Sandro qui l'invitait à se présenter chez lui pour y recevoir des excuses et probablement une compensation financière. En effet, la carrière de Sandro ne pouvait pas risquer qu'un inconnu rende public l'incident. Ils avaient déjà eu la chance que personne n'en fût témoin.

Une rapide recherche sur son téléphone apprit au documentariste que le chauffard qui avait manqué le tuer était Sandro Kostas, le chanteur à succès. Alvid n'en avait jamais entendu parler. Il ne s'intéressait pas vraiment à la musique. Il s'intéressa cependant vite à Sandro et celui-ci lui rendit bien. Cinq ans de vie commune et un mariage plus tard, Alvid doit s'avouer largement dédommagé.

Un an plus tôt, pris d'une de ses passions soudaines qui frisent la lubie, le chanteur avait commencé à s'intéresser à Ru, absorbant tous les documentaires sur la bête, lisant tous les témoignages. Sa musique s'en était vue immédiatement teintée. Au milieu du montage de son dernier film, Alvid était venu lui rendre visite en studio et avait entendu des sonorités nouvelles dans la voix de Sandro. Il venait de renouveler entièrement ses musiciens, dont certains l'accompagnaient depuis près de dix ans. Sandro s'était déjà livré à des changements soudains, mais jamais d'une telle ampleur. Le nouvel album sombre et vrombissant enregistré, le chanteur avait commencé à insister auprès de son tourneur pour aller se produire à Ru.

« Ru ? Pourquoi Ru ? l'avait interrogé Alvid. Il n'y avait pas assez de salles de concert à l'air libre, peut-être ? »

Sandro avait éclaté de rire.

« Tu n'as jamais eu envie de savoir ce que cela fait de chanter à l'intérieur d'un être vivant ? »

Alvid n'avait rien trouvé à répondre à cela. Il avait secoué la tête et la tournée s'est organisée.

Sandro était parti pour Ru sans rien de changé et Alvid n'avait plus eu de nouvelles de lui. Il en avait cependant reçu du tourneur, de son équipe technique et de la maison de disques, tous affolés : Sandro avait disparu. Tout indiquait qu'il était bien arrivé à Ru, en Gare Occipitale. Ses affaires étaient installées dans sa chambre d'hôtel. La police de Ru avait mené une enquête discrète. La porte de la chambre d'hôtel n'avait pas été forcée. Ses affaires étaient en ordre. La clef de la chambre était restée sur la serrure. Il n'y avait aucun signe de combat. Simplement, il s'était envolé.

Quelques semaines d'angoisse plus tard, Alvid recevait la nouvelle de la sélection de son dernier film au festival du film documentaire de Ru et une invitation assortie. Si Sandro et lui ont toujours pris garde de tenir leurs carrières séparées, le réalisateur n'est pas crédule au point de croire qu'être marié à un chanteur en vogue n'a eu aucun effet sur le regard critique porté à son travail. Comment expliquer sinon la soudaine bienveillance envers ses films paysagers et presque muets ? Vivre avec un musicien millionnaire l'a certainement mis à l'abri du besoin. La formation d'Alvid est avant tout celle d'un photographe. Il travaille tout seul, portant sa caméra et un enregistreur et, filmant de longs plans fixes jusqu'à recueillir les minuscules événements qui l'intéressent vraiment. Ce n'est pas le premier de ses films qu'il propose au festival de Ru, mais c'est la première fois que celui-ci l'invite.

Alvid a décidé de profiter de la coïncidence. La maison de disques y a vu une superbe occasion de continuer à tenir secrète la disparition de Sandro, après avoir donné comme explication une soudaine crise d'épuisement, ce qui n'a pas manqué de récolter la sympathie du public. Alvid, au festival, aurait à donner le change, à rassurer et à montrer que tout continuait normalement. Il est toutefois bien décidé à profiter de ce temps pour rechercher son mari.

Il contemple sa chambre. Il s'imagine son mari dans une chambre absolument identique : sa valise ouverte au milieu du lit, salissant comme toujours les draps de ses roues poussiéreuses, avec une guitare posée dans un coin à côté de l'ordinateur prêt à enregistrer la première idée qui lui vient. Il imagine Sandro assis en caleçon sur l'unique chaise de la chambre, refusant de s'habiller s'il n'y est pas obligé. La gorge d'Alvid se serre. Où a-t-il bien pu aller ?

Sentant l'angoisse peser sur sa poitrine, Alvid ferme les yeux et ralentit sa respiration. Il réussit ainsi à retrouver un calme relatif. Le téléphone sonne. La réception l'informe qu'il est maintenant midi. Alors il se livre à des ablutions sommaires, se change et quitte l'hôtel.

Un taxi l'attend dehors. La voiture est identique, mais le chauffeur est différent. Il lui pose la même question, à laquelle Alvid donne la même réponse. Il s'agit bien de sa première venue à Ru.

« Alors, qu'est-ce que vous en pensez ? » ajoute le chauffeur.

Alvid réfléchit un instant.

« Ce n'est pas si différent que cela.

— Exactement ! Tout le monde pense que c'est un autre monde, mais on vit, ici. On est les mêmes gens que partout ailleurs. On aime les mêmes choses ! Il y a tout ce qu'il faut : de l'air, à manger, à boire, du travail ! Si vous voulez mon avis, continue-t-il sans laisser à Alvid le temps de répondre, c'est qu'on ait envie de vivre à l'extérieur que je ne comprends pas, moi ! Il faudrait me payer cher pour que j'aille au-dehors !

— Je crois pourtant pouvoir penser à une raison ou deux », souffle le visiteur, presque pour lui-même.

Voyant qu'il n'a pas envie de parler, le conducteur n'insiste pas. Il allume la radio. Alvid met un instant avant de reconnaître la voix de Sandro. Au risque d'être désagréable, il insiste pour couper la musique, ce qui accroît le silence du chauffeur. Perdu dans ses pensées, Alvid ne voit pas passer les dernières minutes du trajet.

La voiture s'arrête devant un immense bâtiment de grès blanc dont la forme oblongue, appuyée sur six pylônes cylindriques sans ornement veut rappeler celle de Ru. Il s'agit, comme en informent habilement les monumentales lettres taillées dans la façade, de la préfecture de Ru : le centre du pouvoir politique dans la bête entière. Si celle-ci n'est pas une entité indépendante à proprement parler, les circonstances de son peuplement et les intérêts financiers privés investis lui ont assuré une autonomie confortable. Son préfet dispose de capacités et de pouvoirs bien plus étendus que ceux de l'extérieur, ce qui n'est pas sans susciter leur jalousie. La vérité est que, pour autant que puisse en juger Alvid, personne ne sait vraiment ce qui se passe à Ru.

Il dépasse deux militaires en faction armés de fusils d'assaut et présente ensuite son badge d'identification aux vigiles pour être autorisé à passer les portes automatiques de l'entrée. Le vaste hall est dénué d'ameublement à l'exception d'un comptoir devant lequel l'attend un étudiant. Sur le badge du garçon, il n'y a pas de nom : seulement la mention « Bénévole ». Un peu intimidé, il lui indique le couloir à emprunter pour se rendre au cocktail. Alvid le remercie. Le bénévole le retient alors un instant et lui demande, d'une toute petite voix, s'il peut prendre une photographie avec lui. Alvid tente de ne pas trop montrer sa surprise : ce genre de sollicitations est en temps normal réservé à Sandro. Il a l'habitude d'être celui qui actionne l'appareil ou qui se décale d'un pas.

« J'ai adoré *Hors*, ajoute l'étudiant, comme pour appuyer sa demande.

— Tu l'as vu ? » s'exclame le réalisateur.

Le garçon rougit.

« Il ne passait pas en salles ici, alors je l'ai téléchargé. Mais, dès qu'il sortira en vidéo, je l'achèterai !

— Je n'en reviens pas que tu l'aies vu. »

Dire que les films d'Alvid ont une diffusion confidentielle serait un euphémisme.

« J'ai surtout aimé le moment où il grimpe. »

Alvid sourit.

« J'ai attendu quatre heures pour ce plan. »

Pendant leur court échange, un autre bénévole s'est approché et a pris la photo. Alvid, qui avait passé son bras sur l'épaule du garçon, s'écarte. Le « bénévole » le remercie profusément. L'étranger s'avance dans le couloir avec plus d'assurance, sentant dans son dos les regards admiratifs des jeunes gens.

Il débouche dans un patio circulaire où trois tentes sont dressées : la plus importante en taille fait face à l'entrée, flanquée de chaque côté par deux plus petites. Des groupes de gens munis comme lui de badges y sont agglutinés autour de tables couvertes de petits fours et de coupes de champagne. Alvid fait un pas en avant, hésite, lève la tête. Le jour tombe en douche, formant un rayon de la largeur de la cour. En regardant mieux, il comprend que ce qu'il a tout d'abord pris pour un puits de jour est en réalité une ouverture pratiquée à même le squelette de Ru. Ses contours sont trop nets et réguliers pour être naturels. L'architecte de la préfecture l'avait sans doute exigée.

Une voix se fait entendre à côté de lui.

« Je ne vous demande pas s'il s'agit de votre première visite à Ru. »

Alvid tourne la tête et découvre l'homme le plus lisse qu'il ait eu l'occasion de rencontrer. Légèrement plus petit que lui, il doit sans doute avoir tout juste entamé la quarantaine. Pourtant, avec ses joues impeccablement rasées au point de paraître glabres, avec ses cheveux nettement coiffés et sa raie sur le côté, ses dents blanches et régulières dévoilées par un large sourire et ses deux yeux bleus fixes, il garde un air juvénile qui rend difficile de lui donner un âge. En bras de chemise, il tient deux coupes de champagne et tend l'une d'elles en direction d'Alvid ; celui-ci ne tarde pas à accepter.

« C'est la seule ouverture travaillée par la main de l'homme dans la structure de Ru. Elle date de sa chute. On ne sait pas exactement ce qui est parvenu à percer sa tête, mais rien d'autre n'a réussi. Pas sans endommager le squelette tout entier, bien sûr. Il a fallu lisser un peu les bords, mais cela donne un certain cachet à la préfecture, vous ne pensez pas ? Partout ailleurs, il faut faire avec les entrées naturelles. L'ouïe, par exemple. Il faut composer avec Ru telle qu'elle est. Cela ne veut pas dire qu'on ne peut rien faire, mais nous avons appris à ajouter plutôt qu'à retirer, si je puis m'exprimer ainsi. »

Il lève le verre à ses lèvres, mais Alvid voit qu'il ne boit rien.

« Comment le trouvez-vous ? Le raisin est entièrement cultivé chez nous. Agriculture interne et biologique. Une de nos fiertés. En vérité, tout ce que vous verrez sur les tables est entièrement de Ru. J'y mets un point d'honneur ! Après tout, sous nos pieds, sous Ru se trouvait un département entier de terres agricoles. Il me paraît normal de ne pas aggraver la tension alimentaire de l'extérieur avec notre poids. D'aucuns pourraient être tentés de nous traiter de voleur. Vous verrez que nous ne sommes pas de mauvais hôtes, tant s'en faut ! »

Toujours sans lui laisser le temps d'intervenir, l'homme pose sa main fermement sur l'épaule d'Alvid et plonge son regard dans le sien. Le réalisateur sent un frisson inexplicable parcourir son échine. Les doigts sont glacés, comme les yeux, d'avoir touché la coupe de vin trop frais. Toute cette personne est gelée. Ses dents ne sont finalement pas si régulières que cela. Légèrement proéminentes, elles donnent à son visage lisse un air carnassier.

« Je suis particulièrement heureux que vous nous rendiez visite. Je sais que l'invitation est arrivée un peu tard, mais nous sommes tous esclaves du calendrier, n'est-ce pas ? J'ai pris beaucoup de plaisir à voir *Hors*. Je n'ai pas pu me libérer pour le visionner lors de sa première diffusion à l'extérieur, alors j'ai pris la liberté de faire rappeler une copie. La scène de l'ascension était extrêmement… éprouvante. Je suis sûr que le suivant saura me toucher tout autant. À ce propos, j'espère que votre mari se remettra sans tarder. Tout Ru était attristé qu'il ne puisse pas jouer. Sans compter le manque à gagner pour la société qui gère le hall d'harmonie ! Mais vous autres artistes devez être bien peu concernés par ces considérations financières. Et c'est tant mieux ! »

Débité sur un ton mécanique, tout cet éloge sonne aux oreilles d'Alvid comme le crissement d'une serpe sur une planche en métal, renforcé encore par le bref et claquant éclat de rire de l'inconnu qui le ponctua. Il se force à sourire et à prononcer tout de même quelques remerciements tandis que l'autre, qui n'écoute pas, retire la main de son épaule et tourne les talons pour saluer d'autres invités tout juste arrivés. Alvid pousse un soupir de soulagement. Il l'observe un instant amener sa coupe à sa bouche sans jamais ouvrir les lèvres. Quelques minutes plus tard, quand les derniers invités sont entrés dans le patio, l'homme s'avance jusqu'à la plus grande tente. Il saisit un microphone et prend la parole.

Alvid comprend alors que cet homme trop lisse aux yeux froids de prédateur n'est autre que le préfet de Ru. Il n'écoute le discours que d'une oreille. Il ne se l'explique pas, mais il ne doute pas une seule seconde que l'homme a réellement vu *Hors,* dont la scène la plus mouvementée met bien en scène un homme gravissant une colline. Il ne s'explique pas tout à fait non plus pourquoi cette idée le rend si mal à l'aise. Le cœur noué, il repose la deuxième coupe de vin qu'il a saisie par ennui après une seule gorgée.

Si seulement Sandro était là ! pense-t-il. D'eux deux, il est après tout celui qui sait comment briller en public.

ASSIMILATION

LE GARÇON est assis dans une pièce toute grise. Devant lui, une table grise aussi, comme la chaise sur laquelle il est assis. À l'arrière du camion, il n'a pas vu le moment où il est entré dans Ru. Il n'a rien vu du tout. Les portes rouges se sont ouvertes, des gens en uniforme ont remplacé les ambulanciers, avant d'être eux-mêmes remplacés par des blouses blanches. Tous parlaient entre eux comme s'il n'était pas là. Il n'a compris que quelques mots épars de ce qu'ils disaient. Il est entré dans un bâtiment gris foncé et on l'a entraîné de couloir gris clair en couloir gris terne. On a pris sa photographie. On lui a fait poser le doigt sur un écran lumineux, cracher dans un petit récipient en plastique, regarder dans une épaisse lunette au bout de laquelle il a vu un petit point de lumière rouge. Les blouses blanches ont retroussé ses manches et, avec une longue aiguille et une longue seringue, ont prélevé son sang. Le garçon a regardé, fasciné, le jet écarlate dans le réceptacle en plastique. On a pris ce qui restait de ses papiers, sans donner l'air d'avoir l'intention de les lui rendre. On va lui en fabriquer de nouveaux, qui contiendront toutes les informations qui font qu'il est *lui* : ses empreintes digitales, la composition de son sang et de sa salive, la forme de l'intérieur de ses yeux. Puis on l'a poussé dans une pièce blanc foncé où l'attendaient des vêtements gris à sa taille et une douche. La porte s'est refermée derrière lui et il a entendu la serrure se verrouiller. Mal à l'aise, il s'est tout de même déshabillé et a lavé avec soulagement le sel et la sueur de sa peau. L'eau a chassé l'eau. Avec une certaine surprise, il a constaté que l'eau de Ru n'est pas rouge.

Seul dans la pièce grise, Y sait qu'il y a un problème. Il comprend qu'il s'agit de son nom. Maintenant qu'il est propre, il fait tous les efforts dont il est capable pour s'en souvenir, mais rien ne lui revient. Avant le bateau, avant la mer, il n'y a que le néant. Après tout, quelle importance cela a-t-il ? N'est-il pas venu à Ru précisément pour cela : être quelqu'un d'autre, cesser d'être celui qu'il a été pour avoir une vie nouvelle ? La porte s'ouvre derrière lui. Entre une femme qui ressemble à celle qui était venue filmer les corps sur plage. Ce n'est pas elle, pourtant. Tous ces gens se ressemblent à ses yeux. Elle s'assoit devant lui. Elle pose un ordinateur anthracite sur la table. Elle soupire.

Elle lui pose une question. Le garçon sait ce qu'elle veut dire bien qu'il n'en comprenne pas les mots. Elle lui demande comment il s'appelle. Il secoue la tête de gauche à droite. Elle répète. Il fait « non » encore une fois. Il dit qu'il ne sait pas. Nouveau soupir. Elle le dévisage alors, elle le jauge du regard. Elle dit qu'il faut bien qu'il s'appelle d'une façon ou d'une autre. Puisque son nom commence par un Y, il n'a qu'à s'appeler Youssoupha. De tout cela, le garçon ne comprend que le prénom : Youssoupha. Elle veut l'appeler Youssoupha. Il secoue la tête. Ce n'est pas son prénom. Cela ne sonne pas bien. La femme secoue quant à elle la tête de haut en bas. Ses lèvres forment un sourire encourageant et *bienveillant*. Elle fait semblant de ne pas comprendre. Le garçon insiste, il nie. Elle lève le doigt dans sa direction, tend le bras pardessus la table jusqu'à presque le toucher. Elle répète ce nom comme si cela allait lui donner plus de force : Youssoupha. Puis, du même index, elle désigne son ordinateur. Malgré les dénégations du garçon, elle tape les dix lettres sur son clavier et appuie sur la touche « Entrée » pour valider. Elle lui adresse ensuite un grand sourire convaincu.

Elle reprend ses interrogations comme si de rien n'était. Elle veut savoir quel âge il a. Le garçon montre ses dix doigts tendus, puis encore deux. Il a douze ans. Sa déclaration rencontre le même sourire bienveillant. Elle repose sa question, il donne la même réponse. Le garçon a douze ans. Peut-être est-ce vrai, peut-être que non. C'est en tout cas la réponse qu'il a appris à donner avec suffisamment de force pour que cette certitude reste en lui malgré la disparition de tout le reste. Il voit bien qu'elle ne le croit pas. Elle frappe tout de même les touches 1 et 2 et valide.

Elle pose d'autres questions trop compliquées pour lui, qui visent à déterminer d'où il vient, s'il est parti seul et s'il a laissé de la famille ou des amis derrière lui. Il secoue la tête, elle soupire. Même s'il comprenait ses questions, il n'aurait rien à lui répondre. Il n'y a que lui. Il n'y a plus rien de l'autre côté de la mer. Il est seul, tout seul à Ru. Au fil de cet échange infructueux, elle continue à pianoter vivement, frappant régulièrement sur la touche « Entrée » pour enregistrer toute cette absence d'information. Y n'a aucune idée de ce qu'elle dit sur lui.

La femme referme son ordinateur. Elle se lève et sort avec un petit signe de la main. Youssoupha décide qu'il la déteste. D'un coup, d'un seul, il décide qu'il déteste tout ce bâtiment gris, ces gens gris. Il est venu avec le rêve d'un monde rouge et il est enfermé dans cet endroit gris. On lui demande de se lever, il suit encore des couloirs, des escaliers, jusqu'à une chambre minuscule et couleur de plomb. On l'y enferme avec un repas. Il ne sait pas quoi faire de la vaisselle, alors il laisse tout par terre : le plateau, l'assiette, les couverts, le pot presque blanc du yaourt. Il a tout englouti. Il avait terriblement faim. La porte ne se rouvre que le lendemain matin. On lui apporte un petit-déjeuner et on en profite pour enlever les restes du dîner. Il en va de même le midi, et le soir encore. Il n'y a pas de fenêtre dans la chambre. Simplement une horloge numérique et le bourdonnement grave de la ventilation. Quelques jours se passent pour Youssoupha dans cette pièce terne et vide. Les gens qui lui apportent ses repas le regardent à peine et ne lui adressent pas la parole. Ils paraissent gênés. Il est tiré de son ennui quand des blouses blanches viennent le chercher, le font traverser encore d'autres couloirs jusqu'à une salle d'examen.

Il doit se déshabiller. Il lui faut même retirer ses sous-vêtements. Sans lui parler, les blouses blanches se livrent à de nouvelles prises de sang. Elles mesurent ses bras et ses jambes mais aussi la longueur de son crâne. Elles inspectent ses aisselles, ses mollets, sa lèvre supérieure et sa gorge, jusqu'à son entrejambe et ses testicules. Cela fait, il est allongé sur la table coulissante d'une machine grondante qui contrôle l'intérieur de son corps aussi complètement que les blouses blanches en ont inspecté l'extérieur. Viennent une deuxième machine, puis une troisième. Dans une cabine, derrière plusieurs épaisses vitres, les médecins regardent des images de lui sur des écrans en échangeant des paroles basses. Une fois sorti de sa machine, Youssoupha reste plus d'une demi-heure nu dans la pièce stérile. Ils lèvent quelquefois les yeux dans sa direction mais ils ne voient de lui que les images et les données que leurs appareils en ont tirées. Le garçon lui-même n'a pas vraiment d'importance.

Quand il peut enfin sortir et retrouver ses vêtements, il frissonne et claque des dents, les bras serrés autour de sa poitrine. En silence, il retourne dans la chambre grise et il y attend. Il compte cinq jours avant qu'on l'en tire de nouveau. Il se contracte, inquiet à l'idée d'autres examens aussi invasifs que ceux qu'il a déjà subis, mais un homme gris lui tend un petit morceau de plastique rouge.

C'est une carte sur laquelle est imprimé le portrait qu'on a pris de lui plus tôt. À côté, un nom est écrit en lettres rugueuses : Youssoupha X. Sous celui-ci, une année de naissance probable, précédée de points d'interrogation pour le jour et le mois. Encore plus bas, la lettre B indique son groupe sanguin. Une puce électronique occupe la droite de la carte. Elle contient tout le reste de ses informations biométriques. Incrédule, le garçon secoue une dernière fois la tête. Devant lui, la femme mime le geste de glisser la carte dans sa poche, ce qu'il se résigne à faire.

Il est désormais Youssoupha X. Qu'il le veuille ou non. Le garçon qui est parti de chez lui plus d'un an auparavant n'existe plus. Il ne reste que Youssoupha.

L'homme gris l'invite à le suivre et le guide cette fois hors du bâtiment. Le garçon s'attend à en rencontrer d'autres qui attendent comme lui, mais il n'en est rien. Il n'a aucun moyen de savoir où il va.

Il ignore que la batterie d'examens qu'on lui a fait subir avait pour but de déterminer son âge véritable et de vérifier s'il n'est pas porteur de maladies contagieuses. C'est le traitement réservé à tous les enfants étrangers qui arrivent seuls et par leurs propres moyens à Ru. Si les médecins découvrent qu'ils ont plus de seize ans, ils sont systématiquement évacués par le train jusqu'à l'extérieur, où un avion les renverra dans leur pays d'origine.

Youssoupha n'a pas menti. Le garçon sans nom qui est arrivé à Ru a bien l'âge qu'il dit avoir. Youssoupha a donc douze ans quand, depuis la station d'accueil et d'examen du Membre Avant Droit, on l'assoit dans un train sous la surveillance d'un uniforme rouge. Il leur faut changer de rame une fois pour prendre, dans une gare immense, un autre train dont ils ne sortent qu'à son terminus. Youssoupha met alors le pied à quai en Gare Intestinale. Cette gare toute plate, nichée contre l'autoroute de la Moelle, est reliée à l'Estomac par une courte voie ferrée que Youssoupha n'empruntera pas. Sa destination est de ce côté-ci de la Moelle, qui ne suffit pas tout à fait à cacher à sa vue les élégants bâtiments de la ville de l'autre côté. Le paysage qui l'attend, au sortir de la gare, n'est fait que de tours de béton usé et sali, baignées dans la lumière rouge reflétée par les entrailles de Ru. Le garçon bat follement des paupières, cherchant à chasser ce voile coloré qui s'est posé sur sa vue. Il croit un instant être malade. Il a envie de vomir. Il pense au sang projeté contre le plastique du réceptacle par la seringue et la pression de sa veine. Mais, voyant que cela n'a l'air de gêner personne d'autre que lui, il accepte vite la lumière sanguine de l'Intestin. Après tout, il s'attendait au rouge, et ça vaut mieux que le gris dont il vient de sortir.

Bien que située tout près de l'axe principal de circulation dans Ru, la Paroi Intestinale – ou la Paroi tout court – est une de ses parties les moins éclairées et les plus oubliées. Si l'Estomac dépend de la Gare Intestinale pour sa liaison à la ligne de train vers la Tête, si les deux organes sont en théorie unis par une communauté supra-municipale, le centre urbain majeur des organes digestifs est tout à fait heureux d'être séparé de la Paroi par la Moelle, qui agit comme une frontière naturelle entre eux deux. Les transports en commun reliant les deux villes sont irréguliers et peu pratiques. La solution la plus simple serait de créer une navette permanente entre la Gare Intestinale et celle de l'Estomac, une simple rame qui ferait l'aller-retour toute la journée. À chaque fois que l'idée est mise sur le tapis, il se trouve quelque obstacle pour la contrarier. De fait, les habitants de la Paroi ne vont que rarement jusqu'à l'Estomac, et leur monde est réduit à l'Intestin et ses barres de béton empilées, construites à la hâte dans les premières années du peuplement de Ru dans le but de loger les ouvriers chargés de la construction de la Moelle et des lignes de chemin de fer attenantes. Le tunnel de l'Intestin – en pratique une vallée sinueuse et presque sans fin – était l'endroit idéal où entasser le plus vite possible le plus de personnes possible, profitant qui plus est de la proximité d'un accès extérieur en la forme de l'Anus. Une grande majorité du fret ferroviaire de Ru continue à transiter par la Gare Intestinale, c'est pourquoi une bonne partie de la population de la région est ainsi constituée d'employés du chemin de fer ou d'entreprises de sous-traitance du secteur, pour la plupart non natifs de l'Intestin. Il s'agit également de l'endroit de Ru où l'on trouve la plus grande proportion d'étrangers et d'immigrés de la deuxième ou troisième génération.

Pour le dire rapidement, la Paroi Intestinale est l'organe de Ru où échouent tous ceux dont on ne sait que faire ailleurs. C'est donc logiquement là qu'on envoie le garçon qui peine encore à accepter de s'appeler Youssoupha.

Ce prénom, pense-t-il, allongé dans le lit du foyer de l'organisme pour l'accueil et la gestion des enfants, ne lui convient décidément pas. Pourquoi la femme le lui a-t-elle attribué ? Pourquoi a-t-elle pensé qu'il lui allait ? Est-ce seulement parce qu'il a la peau noire ? A-t-elle seulement pensé à d'autres prénoms avant de lui imposer celui-ci ou bien est-ce uniquement le fruit du hasard ? Se rend-elle compte de l'impact qu'il aura sur le reste de sa vie ?

Si l'intérieur du foyer est éclairé par des néons blancs, ceux-ci ne sont allumés que le soir, et les fenêtres des chambres, de la salle commune et du réfectoire laissent entrer le rouge durant la journée. Au bout de quelques jours, le garçon ne se rend même plus compte de la couleur. Son œil semble avoir acquis la capacité de la filtrer. Il peine à se souvenir des nuances de la lumière de l'extérieur et de l'odeur du grand air. La nausée des premiers jours, causée par l'odeur putride de l'intérieur, passe. À mesure que s'écoulent les semaines, il devient tout à fait Ru lui-même. Les rares fois où il s'imagine ressortir, il se figure comme un poisson tiré hors de l'eau : l'œil béant et ébloui, s'étranglant d'asphyxie. Youssoupha n'a plus le moindre doute quant à son appartenance à Ru, mais il n'en va pas de même pour le reste de la Paroi. Ses camarades du foyer regardent le nouveau venu d'un mauvais œil. Si certains d'entre eux ont vécu des parcours semblables au sien, la plupart ne sont pas des Extérieurs mais bien des enfants de Ru que l'institution préfectorale a retirés à leurs parents pour motif de maltraitances. Certains ne manquent pas, loin des yeux des éducateurs, de reproduire sur leurs camarades les violences qu'ils ont eux-mêmes subies. Youssoupha doit alors se défendre, prendre part à plusieurs bagarres silencieuses et discrètes, cacher ses bleus, dissimuler ses blessures jamais vraiment graves mais toujours douloureuses. Avec les coups, avec les embuscades dans les sanitaires viennent les insultes.

« T'as rien à faire ici. C'est pas un endroit pour les Extérieurs ici. »

Youssoupha peine à comprendre. Il ne se sent pas extérieur du tout. Après tout, c'est sous la peau de Ru qu'on lui a donné son nom. Comment pourrait-il être un étranger ? Alors le garçon n'a d'autre choix que de rendre les coups. Les mots lui font défaut pour se défendre, ce qui ne fait qu'empirer la situation.

À son arrivée au foyer de la Paroi, un des éducateurs l'a accompagné au collège voisin pour l'y inscrire. Sur le chemin, il a pris le temps de lui expliquer qu'à Ru l'école est obligatoire jusqu'à seize ans. Comme Youssoupha ne parlait à son arrivée que quelques mots de français, on l'a installé dans une classe en compagnie d'élèves d'un à deux ans plus jeunes que lui. Ceux-ci lui ont lancé de drôles de regards.

Assis dans une salle à la ventilation insuffisante pour atténuer la chaleur de l'Intestin, Youssoupha est censé suivre les cours de professeurs qui enseignent dans une langue qui lui est étrangère. Ceux-ci, avec vingt-cinq autres élèves à aider, n'ont que rarement le temps, la possibilité ou l'énergie de venir s'occuper de lui. Alors il fait de son mieux pour avoir l'air de s'occuper. Quelquefois, il reconnaît un mot ou une situation. Les cours de mathématiques et ceux d'histoire sont plus faciles pour lui. Les chiffres sont une langue étrangère pour tous les enfants et il n'a pas besoin de parler celle de Ru pour comprendre les documents qui racontent son peuplement, après la brève catastrophe qui a mené à son affaissement. Des élèves de plus d'une dizaine d'origines différentes partagent la cour de récréation et, dans les paroles de certains à la peau noire comme lui, Youssoupha croit réentendre des mots venus de sa vie d'avant la traversée. Ces enfants, le considérant en raison de sa couleur de peau comme un des leurs, n'ont pas tardé à vouloir l'intégrer à leurs jeux mais il n'a pas réussi à s'en faire de réels amis. Leur présence lui est trop douloureuse : elle évoque des souvenirs qu'il a perdus à tout jamais. Aussi Youssoupha passe-t-il la majorité de ses journées seul, indifférent aux attaques ou aux insultes qu'il ne comprend de toute façon pas.

Sa situation d'enfant de l'extérieur lui donne le droit à des cours de français supplémentaires afin qu'il puisse « rattraper son retard ». Trois heures par semaine, tout au long de sa première année scolaire à Ru, Mme Hamza, sa professeure de français, sera donc chargée de lui enseigner, ainsi qu'à d'autres nouveaux venus, les rudiments de la langue. Les leçons, bien que patientes, ne sont pas dénuées d'un sentiment d'urgence. Les Extérieurs doivent en effet subir, à la date anniversaire de leur arrivée à Ru, un examen de maîtrise de la langue dont la réussite conditionne le renouvellement de leur autorisation de séjour, et ce quel que soit leur âge. Youssoupha n'a donc d'autre choix que de se heurter frontalement à une langue dont il ne comprend ni la logique ni les sonorités.

Il se perd pendant des heures dans les accords de genre et de nombre, dans les subtilités de conjugaison et de concordance des temps. Alors que les mois passent, il devient fébrile. La professeure prend très à cœur la réussite de ses quelques élèves étrangers et leur enjoint de ne pas perdre espoir. Sans s'en rendre compte et à sa grande surprise, le garçon progresse. Si sa langue et ses lèvres semblent toujours rétives à la prononciation, les résultats à l'écrit sont meilleurs. Par chance, l'examen est seulement constitué d'un travail écrit.

Le jour de la fameuse épreuve, Youssoupha a le cœur battant. Elle n'a pas lieu au collège mais dans les locaux de la sous-préfecture. Celle-ci est encaissée au milieu de la vallée intestinale. Tous les immeubles qui descendent des parois y guident naturellement le regard. Bien plus basse que les barres d'habitation, elle semble paradoxalement occuper un plus grand espace. Youssoupha ne s'est jamais senti plus étranger que devant ces murs de pierres blanches et rouges à l'entrée pavoisée aux couleurs de la préfecture. C'est Mme Hamza qui accompagne les cinq élèves qui doivent subir l'épreuve, mais elle n'a pas le droit d'entrer avec eux. Elle les regarde franchir les portes vitrées avec anxiété. Elle leur a dit, ou plutôt, leur a répété :

« N'essayez pas de choses compliquées. N'essayez pas d'être intéressants. N'écrivez rien de provocant. Ces gens-là ne veulent pas savoir qui vous êtes. Il s'agit seulement de montrer que vous savez jouer le jeu selon leurs règles. N'oubliez pas : vous n'écrivez pas pour moi, ni pour vos autres professeurs qui vous connaissent. Surtout ne soyez pas vous-mêmes. »

Une fois que les élèves ont disparu de son champ de vision, elle s'installe à la terrasse d'un café et commande plusieurs verres de vin en se demandant si le travail qu'elle fait sert vraiment à quelque chose.

Ils sont presque une trentaine dans la salle d'examen, devant des copies et des stylos identiques. Il n'y a pas que des enfants. La majorité des candidats sont, au contraire, des adultes. Youssoupha se demande comment un examen passé par des personnes de quarante et de douze ans peut être juste et équitable. Eux, les enfants extérieurs, ne partent-ils pas perdants ? Alors que l'horloge s'approche de l'heure où ils pourront découvrir le sujet, un homme entre dans la pièce. C'est l'homme le plus souriant que Youssoupha ait jamais vu. Il a un sourire tellement large que ses dents ont l'air de vouloir s'échapper de sa bouche. Ses yeux bleu glacé brillent fort, même du fond de la salle où est assis Youssoupha, qui est tout en bas de l'ordre alphabétique. Il ne se présente pas. Le garçon ne comprend pas tout ce qu'il dit. Il parle de l'importance de l'examen et de s'en montrer à la hauteur. Il parle de mériter sa place, il dit que Ru ne peut accueillir que les meilleurs, ceux qui ont fait la preuve de leur motivation à rester là. Il dit tout cela sur un ton extrêmement bienveillant mais, si sa bouche sourit, ses yeux eux n'expriment pas la moindre sympathie. Tout le monde s'est tu quand il est entré. Quelques-uns se risquent à applaudir quand son intervention est terminée, et il sort. Ce doit être quelqu'un d'important. Son visage est vaguement familier à Youssoupha, mais tant de choses lui évoquent des souvenirs imprécis qu'il ne s'y attarde pas.

L'heure arrive. Il ouvre son sujet et les trente autres en même temps que lui, dans un petit concert de feuilles pliées. Sur le papier très blanc dans la lumière blanche des tubes fluorescents, il découvre la consigne inscrite en petits caractères noirs.

« Expliquez, en trois paragraphes au moins, les raisons de votre venue à Ru et celles pour lesquelles vous désirez y rester en résidence. »

Le garçon se fige, le stylo dans la main, pendant plusieurs minutes. Il remarque à peine tous ceux, autour de lui, qui se penchent déjà sur leurs copies avec un grattement polyphonique. Comment répondre à une pareille question ? Il n'a pas le moindre souvenir des raisons de son départ, ni même de l'endroit d'où il est parti. En classe, le professeur de géographie, qui pensait certainement lui donner une occasion de se mettre en valeur, lui a demandé de montrer sur le planisphère le pays d'où il vient. Youssoupha est resté coi devant la carte, incapable de répondre à la question. Quelle importance, là d'où il vient ? Son voyage est fini, de toute façon. Avec fatalisme, il sent au fond de lui qu'on ne sort pas de l'Intestin une fois qu'on y est entré. Les uniformes et les blouses blanches l'y ont jeté pour l'oublier.

Les paroles de Mme Hamza lui reviennent alors. Il ne doit pas être lui-même. Il ne sert à rien de chercher à être encore le garçon dont le nom a été effacé par la mer. Ce n'est pas ce garçon qui doit rester à Ru. Celui-là n'est pas ici pour raconter son histoire et défendre sa présence. C'est à Youssoupha de le faire. Alors il se penche sur la table et raconte l'histoire de Youssoupha. Deux heures plus tard, quand l'épreuve se termine, qu'il faut relever le stylo, rendre sa copie, sortir de la salle et retrouver Mme Hamza, il ne se souvient pas de ce qu'il a pu écrire. Il s'est à peine relu.

Il ne voit que le brouillard rouge qui recouvre des images de terres chaudes, de sable, de l'océan, mais aussi de moteurs, de vacarmes, de déferlantes d'armes à feu, des visages de la famille de Youssoupha qu'il a l'impression d'avoir bien connue au lieu de l'avoir inventée. Peut-être a-t-il écrit que Youssoupha veut rester parce que, chez lui, on en veut à sa vie pour des raisons qu'il ne comprend pas tout à fait et qui ont peut-être un rapport avec la religion ; qu'il veut rester parce que le corps de Ru et la mer forment des barrières contre toutes les poursuites, les tirs, les bombes et les massacres. Peut-être a-t-il écrit, sur un ton neutre, comment Youssoupha a dû prendre plusieurs bus, payer des gens encore et encore, voir ceux qui ne le pouvaient pas être jetés hors de véhicules en marche, des hommes tués et des femmes violées puis tuées devant ses yeux d'enfant. Peut-être a-t-il finalement écrit qu'il veut rester à Ru parce que la lumière rouge signifie pour lui la sécurité dans le giron d'une bête plus grande que tous les hommes et tout ce que les hommes peuvent construire. Il ne se souvient plus. C'est un autre que lui qui a peut-être écrit tout cela, mais c'est bien Youssoupha qui sort de la salle d'examen.

Mme Hamza ne leur demande pas comment cela s'est passé. Elle leur paye des viennoiseries et ils prennent le bus jusqu'au collège. Elle leur fait remarquer que la vibration écarlate de la lumière est particulièrement belle ce jour-là. Les enfants acquiescent. Ils en ont trop l'habitude pour avoir ce genre de pensées. Ils n'osent pas répondre à Mme Hamza que ce commentaire montre bien qu'elle n'est pas de la Paroi comme eux. Pour eux, le rouge Ru n'est pas beau ou laid. Le rouge Ru, c'est le rouge Ru, c'est tout.

Le lendemain, ils reprennent leurs leçons comme si de rien n'était. Trois semaines passent avant qu'ils ne reçoivent leurs résultats. Ils sont convoqués dans le bureau du chef d'établissement, qui les félicite. Il tend à quatre d'entre eux une feuille de papier trop fine et trop molle pour être un diplôme mais sur laquelle le préfet de Ru a l'honneur et le plaisir de leur annoncer qu'ils ont réussi leur examen et reçu une autorisation de résidence semi-définitive dans Ru. Le cinquième élève demande pourquoi lui n'a rien. Le chef d'établissement et Mme Hamza échangent un regard lourd de sens. Les quatre qui ont reçu le courrier sortent et regagnent leurs classes pour y recevoir les félicitations de leurs camarades.

Le lendemain, le cinquième élève de la classe de Mme Hamza ne revient pas au collège. Aucun des quatre autres ne demande ce qui lui est arrivé. La question est superflue. Ils le savent très bien. Bientôt, le collège tout entier paraît l'avoir oublié. Personne n'en reparle jamais. Youssoupha ne se souvient même plus de son nom. Maintenant qu'il est pleinement Youssoupha, il n'a plus de problème à rejoindre les autres enfants. Il fait partie du collège, partie de la Paroi et de l'Intestin. Ru a assimilé le corps étranger. Youssoupha est Ru.

Coré dit :

« Le plus douloureux, ce ne sont pas les coups. Ce ne sont pas les bras cassés ou les nez brisés. Ce ne sont même pas les yeux aveuglés. »

En prononçant cette troisième phrase, on croit voir un sourire presque amusé illuminer son visage borgne.

« Le plus douloureux, ce ne sont pas toutes les portes renversées, les policiers dans les appartements, les perquisitions injustes. Ce n'est pas l'interdiction de se rassembler sans autorisation préalable. Ce n'est pas la suspicion permanente. Ce ne sont pas les arrestations préventives sans raison valable, à part pour quelque chose que l'on a dit ou écrit et qu'une caméra ou un téléphone a rapporté même s'ils ne sont pas censés le faire. On sait tous comment ça se passe. Personne n'est dupe. Il n'y a plus aucun de nos gestes ou aucune de nos paroles qui nous appartienne vraiment, tant qu'ils sont faits ou prononcés à portée d'œil des réseaux. On sait bien qu'on est surveillés dès qu'on décide de faire partie de Ru. »

Plusieurs d'entre eux portent encore des lentilles teintées, mais la majorité voit rouge. Coré parle à un auditoire conquis.

« Le plus douloureux, reprend-elle, ce n'est même pas que la seule façon de vivre presque libre soit de se mettre au ban des réseaux, au ban des rues, au ban de Ru entière. Nombreux sont ceux qui le font déjà. Nous ne sommes vus, et entendus, que lorsqu'il n'y a pas le choix. Comme ce soir. »

Quelques ricanements hésitants. Les auditeurs ne se dévisagent même pas les uns les autres à la recherche de l'espion, de la taupe. Ils lancent un regard par la fenêtre, vers le « ciel », le plafond sur lequel on soupçonne que sont installés des caméras et des microphones, malgré les dénégations de la préfecture. Ils savent que ce sont les murs, le sol, les arbres et même l'air de Ru qui les écoutent et les observent. Des murmures rampent d'un énorme centre dans la Tête ou dans le Cœur Sud, un hangar ou un souterrain de la taille d'une petite ville rempli de serveurs et de calculateurs dédiés au traitement et à l'analyse de millions de térabits de données de surveillance : le royaume d'algorithmes agrégateurs qui comparent, compilent et configurent les flux pour dessiner le parcours de chaque habitant de Ru. Bien sûr, ces chuchotis tiennent de la légende ou d'un conte horrifique et rassurant. Il est bien plus probable que ces données soient traitées dans des centaines de banques de serveurs disséminées à travers la totalité de Ru.

« Le plus douloureux, c'est le mensonge. »

Murmure d'assentiment dans l'auditoire.

« Le plus douloureux, c'est de comprendre que les fondations mêmes sur lesquelles nous avons construit nos vies – je devrais dire "notre vie" – sont fausses. Quand j'avais dix-huit ans, des policiers ont cogné si fort sur moi que j'en ai perdu un œil. Et je suis loin d'être la seule. C'est à ce moment-là que j'ai compris qu'on m'avait menti. Jusque-là, je pensais qu'il ne pouvait jamais rien m'arriver. Je pensais que la violence ne concernait que les autres, ceux-là, loin au bout des Membres ou au fond du Tube Digestif, mais certainement pas moi. Lorsque mes amis et moi nous appelions encore le Regard Rouge, parce que nous croyions qu'avoir un nom nous aiderait alors que c'est le contraire, nous avons appris que la violence nous concernait tous. Un grand nombre d'entre nous, après cela, a décidé de tout arrêter et de reprendre le cours de ses études et de sa vie. Comment les blâmer ? Nous avions eu mal pour la première fois et il était plus facile de faire comme si c'était la dernière, comme si la violence n'était pas tout autour de nous, tout le temps, comme les mille yeux et les mille oreilles de la préfecture. Vivre à Ru, c'est vivre avec la violence en sachant qu'on ne peut pas s'en échapper. Après tout, comment cela pourrait-il être mieux à l'extérieur ? »

Elle tend le bras sur sa gauche pour signifier le dehors, mais elle pourrait montrer n'importe quelle direction.

« Mais le mensonge de la violence n'est pas le pire mensonge. Non, il y en a un autre, encore plus vaste et encore plus *violent* puisqu'il va changer toute notre façon de vivre. »

Un grognement d'assentiment remplit alors le café. Coré est dressée sur une estrade de planches sombres. Derrière elle, il y a une chaise où elle n'est pas restée assise longtemps. Elle a un microphone dans la main, mais elle le tient si loin de sa bouche qu'il ne peut rien saisir de ses paroles. De toute manière, la pièce est si exiguë qu'il ne sert à rien. Ses cheveux blonds et ondulés tombent comme un casque de chaque côté de sa tête. Une mèche menace en permanence de masquer son cache-œil. Sa main monte par réflexe et le dévoile. Coré ne veut pas cacher sa blessure, si bien que, dans l'intimité, son orbite vide est toujours dénudée. Elle n'est pas grande et plutôt maigre, pourtant tous les regards convergent vers elle. Elle y est habituée. Elle aime ça. Sa voix prend de l'assurance.

« Depuis que nous sommes des enfants, depuis nos premiers jouets et nos premiers cours d'histoire, nous avons appris comment Ru s'est levée un jour sans raison particulière. Nous avons appris qu'elle était aussi haute et large qu'une chaîne de montagnes. Nous avons appris que personne ne sait réellement pourquoi elle s'est levée…

— C'est faux ! intervient quelqu'un. *Ils* l'ont réveillée !

— Tout le monde a entendu toutes les théories possibles. Peut-être que ceux de l'extérieur savaient que Ru était là, peut-être pas. Peut-être sont-ils responsables de son réveil, ou non. Quelqu'un, dans le Poumon Droit, m'a même dit que, cette année-là, la canicule était si intense que c'est la chaleur qui l'a réveillée. Peu importe.

— Non ! » la coupe la même voix.

Coré s'interrompt. Elle regarde directement celui qui a crié.

« Si tu veux la parole, je te la donne. Tu peux la demander. »

L'homme hésite, surpris. Coré sourit toujours.

« Autrement, j'aimerais que tu arrêtes de m'interrompre. Laisse-moi terminer, si tu veux bien. »

Le rire secoue de nouveau la salle. L'homme rougit. Coré continue comme si de rien n'était.

« On connaît la suite : Ru se lève, elle marche à travers le monde, tout l'extérieur fait son possible pour l'abattre et, même si ça ne se voit pas, cela doit bien lui faire de l'effet puisqu'elle finit par s'affaisser ici, tout près de la mer, en écrasant tout sous elle. Le paysage, les forêts, les animaux, les gens. Alors, une fois l'horreur passée, quand l'expédition de Georgy Romano se rend compte que l'intérieur de Ru est viable, ceux de l'extérieur décident d'occuper l'espace. Ru est si vaste, son corps si semblable à de la pierre que la décomposition n'est pas un problème. On estime qu'elle doit prendre plusieurs dizaines de milliers d'années. C'est un peu une manière de revanche. Pour tous les dégâts que Ru a faits, pour toutes les vies perdues, l'humanité colonisera ses entrailles sans vie. Un juste retour des choses. Georgy Romano est désigné premier préfet de Ru, on commence par construire dans la Tête, puis dans la Moelle, puis partout. Tout le monde est un peu secoué, mais à l'intérieur comme à l'extérieur on se fait assez facilement au nouvel état des choses.

» Depuis, on a écrit des livres à propos de l'établissement de Ru, on a écrit des chansons. Il n'y a pas une salle de cinéma dans Ru qui ne diffuse pas *Un jour rouge* au moins une fois par an et tous les sièges sont remplis. Nous adorons surtout la scène de l'affaissement, quand toute la région est écrasée et que la terre se tord comme des vagues. À chaque fois que nous le regardons, nous nous disons que nous avons bien de la chance de vivre en sécurité à l'intérieur, maintenant que Ru est morte. Nous ne regardons ces images catastrophiques que pour nous rassurer. Les scènes de fin du monde sont là pour nous rappeler que le nôtre ne changera jamais. En voyant la destruction de l'extérieur, nous pouvons frissonner en nous souvenant qu'il y aura toujours un intérieur, et toujours un préfet, et toujours une Moelle et des lignes de train, et toujours des universités, et toujours du travail et des écoles.

» Mais l'intérieur ressemble beaucoup à l'extérieur. Il a été construit sur le même modèle, par les mêmes gens. Nous, les Rus, n'avons rien de vraiment différent du reste du monde. »

Cette dernière remarque suscite une certaine indignation parmi les auditeurs, persuadés comme la plupart de ceux de l'intérieur d'appartenir à une espèce unique. La majorité n'a jamais mis ni ne mettra jamais un pied à l'extérieur. Ils font même des plaisanteries à ce sujet. L'air y est-il vraiment respirable ? Certains Rus plus farfelus que les autres soutiennent même la théorie extrême que le monde se termine à la carcasse de Ru et que rien n'existe hors d'elle, et ce, malgré la présence très concrète et très visible de la ligne de RuWay, de la poursuite de la Moelle ou tout simplement de la lumière entrant par les « soleils » comme ceux de Cumiga. Ceux-là font rire, mais ils expriment une forme particulière d'un sentiment très Ru et très commun : mieux vaut l'intérieur que l'extérieur. Comment, dans ce cas-là, pourraient-ils ressembler à ceux de l'extérieur ? Si leur mode de vie est semblable, c'est certainement que ceux-là les imitent.

« Le voilà, le mensonge dont je parlais. Toute une histoire bâtie sur des centaines de mirages, façonnée pour nous en distraire, pour nous le dissimuler. Un jeu d'écrans et de lumières. »

L'auditoire, maintenant, retient son souffle. C'est un public comme un autre. Il n'attend pas de surprise, pas de retournement de situation. Il sait ce qu'il est venu voir. Ce qui l'intéresse, c'est le chemin vers ce moment, la lente montée vers cette ultime révélation qu'il connaît déjà.

« La vérité, c'est que Ru est toujours vivante. La vérité, c'est qu'elle finira par se relever. La vérité, c'est que ceux de l'extérieur qui ont bâti dedans comme au dehors se sont trompés. La *vérité*, c'est que nous vivons dedans comme dehors, comme si rien n'avait changé. »

Chaque fois que Coré répète le mot « vérité », elle le forme un peu plus durement, un peu plus violemment. Chaque fois, sa langue frappe plus fort sur l'arrière de ses incisives.

« La vérité, c'est qu'un jour tout notre monde se soulèvera de lui-même et nous ne pourrons rien y faire. La vérité c'est que chaque jour de notre vie, à chaque moteur qui démarre et chaque train qui entre en gare, à chaque immeuble que nous construisons ou que nous démolissons pour le remplacer par un plus neuf, nous accélérons le réveil de Ru. Cet endroit, cette bête dans laquelle on nous a fait vivre dans la précipitation, avant même de bien comprendre ce qu'elle était exactement, est comme nous : ses nerfs courent sous nos pieds et nos pas les excitent. J'ai vu les chiffres et les courbes, les documentaires sur les réseaux. Depuis cinquante ans maintenant, l'activité nerveuse de Ru s'intensifie. Tout change. Tout va changer, et brusquement. Pourtant, il y a toujours un préfet, comme si de rien n'était. Pourtant, la vie continue à Ru comme elle continue à l'extérieur.

» Peut-être son réveil et son soulèvement sont-ils inévitables. Peut-être que nous n'y sommes, au fond, pour rien. Peut-être que notre vie dans Ru n'aura eu pour conséquence que de faire advenir son réveil plus tôt, au bout de cent cinquante ans au lieu de mille. Mais une fois la vérité du réveil de Ru vue, il est impossible de ne plus la voir. La seule question qui reste alors, c'est celle-ci. »

Coré marque un arrêt avant de terminer.

« Maintenant que nous ne pouvons plus faire semblant d'ignorer que Ru va se réveiller, qu'allons-nous faire ? »

Puis elle pose le micro sur la table et, sans rien ajouter, descend de l'estrade. Les gens qui sont venus la voir, et même celui qui a voulu lui couper la parole, restent silencieux. Il y a quelques tentatives d'applaudissement, mais elles ne durent pas. La parole de Coré, comme souvent, n'a rien de réjouissant. C'est même pour cela qu'ils sont venus l'écouter. Comme à chaque fois, elle éprouve un bref instant le sentiment de n'être qu'une version vivante d'un film catastrophe comme ceux qu'elle a évoqués.

Coré est si bien devenue Coré que c'est à peine si elle se souvient d'Agathe, la petite fille qui a grandi à Cumiga. Cette vie-là lui semble avoir été vécue par une autre personne, ou une sorte de rêve. Le présent de Coré éclipse entièrement le passé d'Agathe. Ses actes et ses paroles d'alors ne sont pas les siens mais ceux de l'autre. Elle n'est jamais revenue à Cumiga. Les rares fois où elle se rend dans les plus grands organes, elle s'imagine qu'elle risque de croiser ses parents. Elle est pourtant convaincue qu'ils ne la reconnaîtraient pas. À cette idée, si elle éprouve parfois une légère tristesse, voire un pincement mélancolique, cela ne va jamais plus loin. Comment pourrait-elle regretter Agathe, cette petite fille innocente dont l'horizon se limitait à Cumiga ? Celle-ci n'a jamais accompli qu'une seule chose de valeur : laisser sa place à Coré.

Depuis plusieurs années, la vie de la jeune femme n'est faite que de voyages et de dissimulation. En partant, elle a abandonné derrière elle l'ordinateur d'Agathe, le téléphone d'Agathe et tous ses autres objets connectés. Aux yeux des réseaux, elle a disparu. Coré va d'organe en organe, à la faveur d'une invitation ou non, pour parler comme elle l'a fait ce soir. Elle n'emprunte jamais la Moelle ou l'une des autres autoroutes, dont la préfecture a laissé la gestion à des entreprises privées pour la plupart venues de l'extérieur. Elle ne prend pas plus le train, dont l'accès n'est possible qu'en présentant une pièce d'identité ou, plus pratique, son téléphone portable. Puisque les titres de transport et toutes les informations concernant l'identité du voyageur sont stockés dans les appareils ou dans les espaces de stockage des développeurs, depuis son exil des réseaux, Coré ne peut même plus emprunter les autres formes de transport en commun. Les bus et les trams ne délivrent plus de tickets sous forme matérielle. Les bornes n'offrent plus de moyen de paiement en liquide. Sans compter les systèmes de surveillance qui bordent les quais et gardent les façades des gares. Quand elle est partie, ses parents n'ont pas manqué de signaler aux autorités et aux secours la disparition d'Agathe. Le visage de celle-ci a donc été rentré dans la banque de données des personnes manquantes. Depuis, toutes les caméras de Ru sont programmées pour envoyer un signal à chaque fois que l'une d'entre elles reconnaît ses traits dans une rue ou une galerie.

Dans les premiers temps, Coré a été protégée de cette traque par son cache-œil. La photographie donnée par ses parents n'était pas récente et ne prenait pas en compte ce détail. Puis le système a dû mettre à jour son portrait avec les images captées par les objectifs de la halle judiciaire lors de son arrestation ou celles de l'hôpital où elle a été soignée, car elle a manqué être prise plusieurs fois. Coré a alors porté plusieurs déguisements successifs. Mais, si son cache-œil a suffi un temps à tromper les objectifs, ni les masques hygiéniques, ni les nouvelles coupes de cheveux n'ont résisté aux capteurs de mouvements haptiques, à même de reconnaître les postures et les démarches. Coré a dû se résoudre à ne se risquer dans l'espace public qu'en cas d'extrême nécessité ou dans des foules si denses que les forces de police ne pouvaient l'atteindre. Enfin, elle a eu la surprise de découvrir le visage d'Agathe sur de simples affiches posées devant les bibliothèques ou les stations de tramway au-dessus d'une mention enjoignant à qui la reconnaîtrait de la signaler au plus vite. Coré s'est d'abord révoltée d'être traitée comme une criminelle puis elle s'est souvenue de ce qui est arrivé à Agathe. Aucune des deux jeunes femmes n'a choisi d'être considérée ainsi. Si refuser d'être vue partout et tout le temps, refuser que sa position et ses faits et gestes soient connus « pour son propre bien » fait d'elle une criminelle, alors qu'il en soit ainsi. Coré fait donc sienne la décision de disparaître, ce qui ne se révèle pas si difficile que cela.

Ru ne fait pas grand effort pour retenir ceux qui veulent s'effacer. Dans tous les organes vivent des centaines d'hommes et de femmes que personne ne remarque jamais. Le regard ne s'attarde que sur les choses qu'il reconnaît. Pour ne plus être vu, il faut donc ne ressembler à rien. Il faut devenir « rien ». Aussi, un inconnu qui aurait croisé Coré dans l'une de ses rares sorties sur un boulevard fréquenté ne l'aurait aperçue que du coin de l'œil. Il n'aurait eu aucune raison de prêter attention à elle. Elle a passé des années à s'entraîner à être absolument quelconque. Les habitants de Ru déploient tellement d'énergie à inventer et montrer les signes extérieurs et superficiels de leur existence intérieure qu'il n'est pas difficile de s'effacer à côté d'eux. Elle n'est véritablement Coré que lorsqu'elle prend la parole, ce qui est toujours source d'ébahissement pour ses quelques amis proches qui pratiquent comme elle l'art de n'être rien. Un jour, Coré a rencontré un musicien qui lui a expliqué l'effet de masque. Si deux sons sont produits simultanément, celui dont l'intensité sonore est la plus élevée peut masquer l'autre, comme le moteur d'une automobile effaçant les fréquences de la voix d'une conversation. Mais cet effet peut aussi se produire entre deux sons en succession, le premier masquant le second ou l'inverse. Pour être rien, il suffit de se rapprocher de celui ou celle qui est le *plus*. Tous les regards sont donc attirés loin de Coré. Les autres sont son masque.

Cependant, Coré ne se risque que rarement au grand jour. Après une première arrestation manquée par des uniformes rouges, elle a passé plus de trois mois enfermée dans l'appartement d'un ancien membre du Regard Rouge. Aucun des deux ne voulait évoquer les événements du Rein Gauche. L'orbite vide de Coré s'en chargeait. Coré n'a jamais su pourquoi il avait tenu à l'accueillir puisque sa présence le mettait visiblement extrêmement mal à l'aise. Peut-être avait-il des sentiments ou une forme de désir pour elle. La promiscuité s'est chargée de les rapprocher physiquement, mais pas plus de quelques nuits. Peut-être se sentait-il coupable en observant le visage de la jeune femme. Toujours est-il qu'elle a vécu enfermée chez lui le temps de décider d'un plan d'action.

Elle passait l'essentiel de ses journées derrière les persiennes de l'unique fenêtre de l'appartement. C'est de ce point de vue, qui donnait directement sur une supérette, qu'elle a remarqué deux hommes. Les clients du magasin entraient et sortaient comme s'ils n'étaient pas là. Il lui a fallu plusieurs jours pour prendre une décision, mais elle a fini par sortir un soir dans l'espoir de savoir d'où ils venaient et où ils allaient. Elle a passé un sweat-shirt appartenant au garçon, la capuche rabattue sur son visage. Elle est parvenue à les suivre le long de deux rues mais les a perdus en entrant dans la troisième : une courte allée encaissée entre un vieil immeuble poussiéreux et le mur de l'Estomac. Elle ne s'est pas découragée et a tenté une nouvelle fois de les suivre le lendemain, et le surlendemain. Sans succès. Elle était près d'abandonner, mais sa curiosité était piquée. Il y avait là un mystère dont la solution tenait, elle en avait l'intuition, dans la structure même de Ru. Elle devait savoir.

Le quatrième jour, elle ne les a pas suivis. Elle a rejoint directement la ruelle de leur disparition de l'autre côté, juste à temps pour les voir s'approcher du mur de l'Estomac, poser leur main sur la surface rouge et, en un clin d'œil, passer à travers. Dans la rue déserte sur laquelle ne donnaient que quatre fenêtres aux volets descendus, le halètement d'incrédulité de Coré a sonné comme un coup de tonnerre. Elle s'est vite reprise. Elle a jeté un regard derrière elle, a vérifié que personne ne s'approchait ni ne l'avait entendue. Elle n'a pas hésité. Elle est allée poser la main contre le mur rouge. Tout d'abord, rien n'est advenu. Puis elle a appuyé un peu plus fort. Sous ses yeux ébahis, ses doigts ont commencé à s'enfoncer dans la paroi écarlate. En pressant plus fort, c'est toute sa main qui a plongé dans la chair. La sensation n'était pas désagréable. L'intérieur était chaud. Ses doigts étaient à peine visibles en transparence. Alors elle a pris une grande respiration, comme Agathe le faisait avant de plonger dans l'étang pulmonaire, et elle a avancé d'un pas. Son immersion dans la paroi écarlate n'a duré qu'un instant. Avant de se rendre compte de ce qu'elle avait fait, elle était passée de l'autre côté. Elle s'est retournée tout de suite. Le mur, d'un rouge grenat beaucoup plus sombre qu'à l'intérieur de l'Estomac, ne montrait aucune trace de son passage. Coré garde depuis le souvenir de la sensation physique de cette découverte : son propre estomac contracté, le cœur martelant contre sa poitrine, ses mains tremblantes d'excitation, le souffle court et pourtant l'esprit plus clair que jamais, prêt à tout voir et tout entendre.

Elle s'est retournée lentement, les yeux fermés, pour découvrir tout d'un coup ce monde caché où elle venait de se risquer. Elle était dans l'*intérieur* de Ru. La paroi qu'elle avait traversée était une muqueuse que ses dimensions microscopiques rapportées à celles de Ru lui avaient permis d'emprunter comme une porte sans même l'ouvrir. C'est ainsi que Coré a découvert le monde d'en dessous, le monde intérieur de l'intérieur, l'endroit où les Rus ne se risquent jamais puisqu'ils en ignorent l'existence : les interstices entre les organes. Agathe, durant ses mois au Rein Gauche, avait passé de nombreuses heures à étudier l'anatomie de Ru et connaissait l'existence d'espaces inoccupés dans le corps de la bête. Les ouvrages de référence qu'elle avait lus les considèrent comme des sortes de vides sanitaires ou de combles dont la qualité principale est de fournir aux organes de l'isolation thermique et sonore. En réalité, c'est un labyrinthe de tunnels de chair pulsante de lumière rouge que Coré a découvert. Certains sont aussi immenses qu'une route à quatre ou six voies inscrites dans un os, tandis qu'il est impossible de circuler dans d'autres autrement qu'à quatre pattes. Il y a de véritables cavernes entre les pliures des muscles, où toute une population s'est installée et n'en sort que rarement. Les habitants de l'Intramonde, comme a décidé de l'appeler Coré, ne se sont pas montrés méfiants à son égard. Par une sorte d'instinct, ils ont paru la reconnaître comme une des leurs. Si son visage borgne provoquait la gêne du garçon chez qui elle vivait, il la rapprochait au contraire de tous ceux qui ont élu résidence là. Nombreux sont ceux qui y ont une histoire similaire à raconter. Leur vie dans les organes n'a semblé être qu'une succession de déceptions, de malchances et de coups. Puisque les organes ne veulent pas d'eux, ils se sont réfugiés encore plus profond dans Ru.

Ils partagent presque tout, ainsi que le serment de ne jamais révéler aux autres l'endroit par lequel ils sont entrés dans l'Intra.

Ce monde caché est le leur. Il faut y rentrer par hasard pour y être le bienvenu. On y boit l'humidité condensée entre les fibres musculaires. On y mange des provisions rapportées des organes, mais aussi des sortes de champignons qui doivent être en réalité des bactéries symbiotiques de Ru. Ceux de l'Intra ont une connaissance bien plus intime de Ru que les autres habitants. Il n'est pas difficile d'y sentir les signes du réveil de la bête. Dans l'Intra, Coré sent les muscles bouger. Elle voit des nerfs d'un diamètre d'autocar se tendre, des tendons se balancer avec une amplitude de plusieurs dizaines de mètres. Elle a suggéré une fois de filmer ces mouvements, de les montrer à tout le monde. Ceux de l'Intra ont refusé violemment. Ils ont laissé aux autres le monde des organes. Pas question qu'ils profitent de la beauté du leur.

« S'ils se doutent qu'il est possible de vivre ici, combien de temps se passera-t-il avant qu'ils y construisent des magasins et des stations essence ? »

C'est que l'Intra est véritablement magnifique. Coré est aussi saisie qu'Agathe l'a été lorsqu'elle a cessé de porter ses lentilles de contact. Elle est encore une fois éblouie par l'infinie variété des rouges. Le sol pulse doucement sous ses pas. Le silence précieux de l'Intra ne manque jamais de calmer ses angoisses et ses colères, qui sont nombreuses. Elle n'a pas mis longtemps à se ranger à l'avis de ses habitants : ceux des organes ne comprendraient pas ce monde. Il ne leur ressemble pas. Il n'est pas fait pour eux. Il leur est même tout à fait indifférent. Et pourtant, c'est là que son cœur se sent chez lui, plus apaisée qu'Agathe ne l'a jamais été à Cumiga. Elle tente d'établir une carte précise de l'Intra sur laquelle elle indique tous les accès aux différentes parties de Ru. Elle ne s'en sépare jamais, la garde au fond du sac qu'elle porte toujours sur son dos. Elle disparaît pendant des semaines entières dans des expéditions solitaires à la recherche de nouvelles routes. Dans une autre vie, elle a rêvé d'étudier Ru. Coré réalise ce rêve plus profondément qu'elle n'aurait pu s'en douter. Elle cherche un chemin jusqu'à la Tête et, si elle ne l'a pas encore trouvé, elle ne doute pas qu'elle finira par y arriver.

Un autre Intra ajoute, en désignant son œil :

« Quand ils t'ont fait ça, quelqu'un a filmé, pas vrai ? Les images ont été mises sur le réseau, non ? Qu'est-ce que cela a changé ? Ceux des organes ne veulent pas de changement. Peu importe ce qu'ils voient ou ce qu'ils disent. S'ils savent et s'ils ne font rien, c'est que ça leur va comme ça, je pense.

— Mais, répond Coré, si nous nous cachons dans les muscles en laissant ceux des organes à leur propre sort, valons-nous mieux qu'eux ? Et puis, quand Ru se réveillera et se lèvera, elle aura besoin de ses muscles. Elle les contractera et ils prendront tout l'espace où nous sommes. Alors nous n'aurons pas le choix : il faudra rejoindre les organes pour espérer survivre. »

Les Intras haussent les épaules. Chez eux non plus, la majorité n'est pas convaincue que Ru doit se lever. Les mouvements des muscles et des tendons n'en sont pas la preuve formelle.

« Ru est comme tout être vivant. Elle dort. Elle est gigantesque. Elle va donc dormir bien plus longtemps qu'une ou même deux vies humaines. Ces mouvements dont tu parles ne sont que le signe qu'elle rêve. »

Cette idée laisse Coré trop songeuse pour qu'elle trouve la force de contredire son interlocuteur. À quoi donc peut bien rêver une créature aussi immense et intemporelle que Ru ? Autant se demander à quoi rêve une montagne.

C'est donc par l'Intra que Coré se déplace à travers Ru pour parler à tous ceux qui veulent l'entendre. Elle sait que les caméras sont encore à sa recherche. Elles le seront pour toute la durée de sa vie et probablement au-delà. Puisqu'elle ne fait plus partie du réseau, le système informatique ne saura jamais qu'elle est morte. Pour respecter sa promesse faite à ceux de l'Intra, elle n'explique jamais aux gens qui l'accueillent dans les organes comment elle est venue. Ceux-ci ont appris à ne pas demander. Elle apparaît, passe quelques jours, disparaît pour ressurgir des dizaines de kilomètres plus loin. Cette faculté étrange lui a donné une aura quasi mythologique qui renforce encore ses paroles. Coré, si elle n'est pas en réalité devenue la reine de Ru, est aux yeux de ses auditeurs une sorte d'envoyée d'un monde qui leur échappe. Tout comme la déesse, elle a mangé trop de fois la nourriture de l'Intra, elle en a trop vu la beauté véritable pour accepter un jour de s'installer de nouveau dans un organe. Malgré elle, elle commence à croire que ses efforts d'un côté comme de l'autre des muqueuses sont destinés à rester sans effet. Elle parle, elle parle, mais peut-être l'imminence du réveil de Ru est-elle irrémédiable. Pourquoi ne ferait-elle pas comme tous les autres ? Pourquoi ne pas planter sa tente dans la terre et faire comme si elle ne voyait rien, n'entendait rien et bien sûr ne disait plus rien ? Elle se risque de plus en plus loin entre les muscles et plusieurs fois, au moment de retourner sur ses pas, elle songe à se dissoudre pour de bon dans ces galeries brûlantes et insoupçonnées. Il serait tellement plus facile de se consacrer uniquement à la satisfaction de sa propre curiosité.

PROJECTIONS

LE VENT qui frappe en permanence la colline est si puissant que rien n'y peut pousser plus haut qu'une ou deux dizaines de centimètres. Elle est couverte de bruyères et d'ajoncs mélangés qui donnent au relief un aspect kaléidoscopique rose, vert et jaune. On n'entend rien d'autre que le vent qui ondule. Il chuchote, il appelle, il hurle, il susurre : les haut-parleurs diffusent sa voix avec toutes ses variations subtiles. Pendant plusieurs longues minutes, l'image n'est remplie que de cette vision d'une pente multicolore. L'objectif est placé trop loin pour déceler les mouvements individuels, mais les bruyères colorées s'agitent dans les bourrasques. Toutes ensemble, elles ont une vague allure. En diagonal, de gauche à droite, un sentier est tracé dans la côte. De là où on le voit, ce n'est qu'un mince trait très brun piqué de points gris foncé à l'endroit où l'ardoise surgit à travers la fine couche de terre que les racines retiennent mal. Avec la perspective, il est difficile de juger le degré d'inclinaison de la pente. Le paysage est si paisible et désert qu'il en gagne un aspect aplati.

Une silhouette minuscule apparaît en bas à droite de l'écran. La bosse caractéristique d'un sac à dos aide à distinguer l'avant de l'arrière. L'homme entre dans l'image de quelques pas, puis s'arrête. Il se retourne vivement. Ses bras s'agitent. Il parle ou alors il crie ; quelque chose entre les deux. Puis il se retourne de nouveau et avance encore de quelques pas. Il grimpe. Il s'arrête soudainement et se retourne encore une fois. Par là où l'homme est arrivé apparaît une deuxième silhouette. D'ici, elle semble identique. Elle porte aussi un sac. Les deux hommes échangent quelques paroles.

À travers le vent, quelques minces bribes de mots arrivent jusqu'aux spectateurs. Le premier homme se remet à grimper avant de marquer une nouvelle pause. Il se courbe, se plie en deux. Il faut supposer qu'il est essoufflé. Puis il tourne vers sa droite, fait deux pas et disparaît. Le deuxième homme monte jusqu'à son niveau. Il a le pas plus sûr. À ses larges foulées, on comprend qu'il se retenait de rattraper le premier. Il tourne maintenant le dos à la caméra pour parler à son compagnon que lui seul voit. L'échange dure quelques minutes. Puis il a un geste de frustration et de fatigue. Il fait demi-tour, revient sur le sentier principal et reprend son ascension sans un regard en arrière. Au bout de cinq minutes, il est aux trois quarts de la pente et le premier réapparaît. D'un mouvement d'épaules, il réajuste la position de son sac à dos et grimpe à son tour.

À ce point de la scène, les spectateurs sont divisés en deux camps. Il y a ceux qui sont penchés dans leur fauteuil, absorbés. Ils plissent les yeux pour distinguer le moindre mouvement des deux hommes. Ceux-ci ne se rejoindront pas avant de sortir du cadre. Ils le laisseront vide pour quelques minutes encore avant la coupe finale. Mais il y a aussi ceux qui soufflent, bougent des pieds, échangent des regards d'incompréhension amusée et même des plaisanteries à demi-mot. Au fond à gauche du chapiteau opaque, Alvid les observe tous attentivement.

Le festival a commencé depuis quatre jours, avec autant de projections de *Hors*. Pour la quatrième fois, Alvid prendra la parole à la fin du film. Il répondra du mieux qu'il le peut à quelques questions. Il dira qu'il s'agit de capter le temps du paysage, que des mouvements infimes comme ceux des bruyères l'intéressent autant, voire davantage, que ceux des deux hommes qui constituent l'ultime et la seule présence humaine du film. Pour la quatrième fois, il formulera des réponses qu'il a construites bien après le tournage et le montage du film. Pendant ses années d'études de cinéma, il a appris que « Je voulais simplement que cela soit comme cela, et pas autrement » n'est pas une réponse valable. Les spectateurs veulent plus, ont besoin de plus. Il faut donner une clef. Alors il ne ment pas tout à fait, mais toutes les théories qu'il s'est habitué à entendre sortir de sa bouche lui paraissent toujours un peu étrangères au fond des choses. Personne ne demande jamais à Sandro pourquoi il a choisi de jouer un accord de *si* au lieu d'un *do*. Ses auditeurs acceptent la note sans la mettre en question. Alvid, lui, sait qu'il devra toujours se justifier. Au fil des années, il a compris que l'image est imparfaite car elle ne porte aucune évidence commune. Ses films, quel que soit le sujet vers lequel il tournera sa caméra, appelleront toujours un commentaire. Personne n'accepte de croire qu'il veuille simplement filmer une vache. Il *doit* y avoir un mystère plus profond. Par moments, Alvid regrette de ne pas avoir été doué pour la peinture. Il songe, un peu amer, que les amateurs d'art sont souvent très heureux de ne rien comprendre.

Bien sûr, il ment.

Il n'avouerait jamais que ce dernier plan, cette fameuse scène de l'ascension qui lui a valu l'essentiel de son très confidentiel succès d'estime, ces quinze longues minutes dont les critiques ont vanté le « saisissant réel » et la « dilatation méditative d'une image qui montre tout en prétendant ne rien montrer et ne rien donner à entendre », cette scène est la seule de tout le film qui relève d'une mise en scène plus importante que le choix de son cadrage et de la position de son microphone. Les deux hommes sont des acteurs ; deux des musiciens qui jouaient alors pour Sandro. La distance de prise de vues s'est chargée de dissimuler leurs visages. La chorégraphie a demandé plusieurs répétitions et au moins quatre prises.

« Je ne comprends pas que tu te donnes autant de mal, que tu fasses autant d'effort pour avoir l'air de ne rien faire du tout, a dit Sandro quand Alvid est rentré de tournage. Moi, sur scène, c'est l'exact contraire. Même si je joue la chanson la plus bête comme chou, il faut que je donne le change et que j'aie l'air de suer sang et eau.

— Je voulais juste le plan exactement comme ça », a répondu Alvid.

La lumière se rallume. Alvid prend place sur scène et joue son rôle pendant le quart d'heure qui lui est dévolu. Il remarque ceux qui sortent discrètement de la salle. Il sourit. Ils n'ont pas aimé. Il voudrait les retenir et subir leur acrimonie, leur sentiment d'avoir perdu une heure et demie de leur vie. Cela le distrairait et rendrait plus facile de détourner ses pensées de Sandro.

Quand Alvid émerge du chapiteau, il est couvert de sueur. Déjà, la tente se vide et se remplit pour la projection d'un autre film. Il en salue le réalisateur quand il le croise. Alvid est certain de lui avoir été présenté, mais impossible de retrouver son nom. Le festival se passe en plein air au bord du lac Romano, nommé ainsi en l'honneur du premier préfet de Ru, qui en avait commandé la construction. Comme tout le reste de la Tête, il a été bâti sur une surface encéphalique impossible à creuser. Il a donc fallu construire des remparts de chaque côté, un fond imperméable et des drains, ramener de la terre de l'extérieur, planter l'herbe, transplanter les arbres et les buissons. Tout cela lui a été fièrement expliqué par l'un des assistants préfectoraux chargé de le conduire sur les lieux du festival, quatre jours plus tôt. Si ce lac n'est pas la preuve du génie humain, alors quoi ?

Alvid, venant de l'extérieur, n'est que peu sensible au sublime de ces rives entretenues de manière à paraître sauvages. Il a grincé des dents et a pensé que le fait de construire un lac artificiel entre les synapses d'un monstre mort échoué juste au bord de la mer est bien la preuve d'une qualité humaine, mais certainement pas du génie.

En vérité, depuis son arrivée en Gare Occipitale, Alvid a le sentiment d'étouffer. Depuis quatre jours, il cherche la cause exacte de son malaise. Il a accusé l'absence de vent véritable dont la ventilation de Ru n'est qu'un pauvre succédané. Il a accusé le manque d'horizon que la peinture changeante ne parvient pas à masquer. Il a même accusé la nourriture, cette fichue bouffe entièrement « agriculture interne », comme si toute la terre cultivable ne venait pas de l'extérieur de toute façon. Mais, s'il est honnête, il ne peut pas trouver de raison en particulier.

À part, bien sûr, Sandro.

Sandro partout, dans chaque coin de cette ville close, qu'il a l'impression d'apercevoir à chaque détour, au comptoir du bar de l'hôtel ou sur un banc au bord du lac, une guitare à la main; Sandro dont la voix sort de la radio et dont l'animateur évoque le nom et le silence médiatique soudain, avant de se lancer dans des conjectures folles; Sandro à qui tous les festivaliers demandent à Alvid de souhaiter un prompt rétablissement en reportant sur lui l'attention idolâtre qu'ils lui vouent au chanteur. Une heure au commissariat central, dans une pièce dissimulée au fond du bâtiment pour ne pas attirer l'attention, ne lui a strictement rien appris. Dans leurs uniformes rouges, les enquêteurs l'ont regardé, ont haussé les épaules, ont secoué la tête. Ces choses-là, après tout, arrivent. Des gens disparaissent chaque jour. C'est malheureux, mais la seule chose à faire est d'attendre que Sandro réapparaisse. « D'une manière ou d'une autre », s'est senti obligé de préciser le commissaire qui lui avait fait l'honneur de sa présence, eu égard à la célébrité du disparu. Le mari du disparu en question n'a pas eu besoin de se faire expliquer ce qu'il entendait par là. Le lendemain, Alvid s'est livré à une rapide recherche sur les réseaux pour identifier les bars et boîtes de nuit dans lesquels Sandro aurait pu se rendre. Cela aussi s'est révélé infructueux, mais les propriétaires de tous les hauts lieux de la communauté homosexuelle de Ru se sont montrés pleins de sollicitude. L'un d'entre eux a même tenu à lui montrer la photo dédicacée qui trône derrière le bar.

« Je l'ai fait venir de l'extérieur ! »

Alvid s'est forcé à sourire devant l'enthousiasme et la commisération du barman. Cette photo pouvait bien venir de la Lune ou de l'Atlantide, ce n'était pas Sandro.

Il est reparti bredouille jusqu'au festival, pour y assister à une nouvelle projection avec la même table ronde et le même cocktail et les mêmes accolades par des gens dont il ignore l'identité et la même chambre d'hôtel et la même mauvaise nuit et la même journée le lendemain.

« Ce qui m'intéresse, c'est de filmer quelque chose de vrai, un mouvement véritable », a-t-il répété pour la quatrième fois. Un mensonge encore. Deux seules choses l'intéressent. La première : filmer ce qu'il veut, exactement ce qu'il veut de la manière qu'il veut et tant pis pour la production, et tant pis pour les festivals et les jurys, tant pis pour les spectateurs. La deuxième : retrouver Sandro.

Le lendemain, Alvid s'éloigne le plus possible du festival en se promettant de ne pas se forcer à revenir pour la cinquième projection. Il désactive les sonneries de son téléphone, l'abandonne au fond de son sac. Que quelqu'un lui trouve une excuse. Il marche tout droit à travers la Tête, guettant à chaque instant le moindre indice de la présence de Sandro. Il ne se fait pas d'illusions sur la probabilité de tomber par hasard sur la personne que l'on recherche dans une ville de cette étendue. Les passants et les conducteurs ont l'air pressés et indifférents à ce qui les entoure. Ils sont trop concentrés sur leur propre objectif.

Comment peuvent-ils bien avoir une idée du temps qui passe dans un endroit pareil ? Ils n'ont même pas de jours et de nuits véritables ! Que se passera-t-il quand la préfecture de Ru décidera que la journée s'étend sur vingt-quatre heures au lieu de douze ? Même au bord du lac Romano, le corps de Ru, la masse incommensurable du corps de la bête, pèse sur lui. Le ciel solide l'écrase.

Les avenues rectilignes s'enfilent les unes dans les autres. Il fait de son mieux pour ne pas avoir l'air d'un étranger. Il guette. À chaque croisement, il pense : peut-être Sandro va-t-il surgir. Il lui expliquera alors que tout cela n'était qu'une vaste et stupide plaisanterie, ou bien un mauvais rêve, ils cligneront des yeux et se réveilleront dans leur lit, à l'extérieur. Alvid s'en veut tout de suite de se laisser aller à ce genre de rêveries. À quoi bon ?

Ce n'est pas que Sandro Kostas ait entièrement disparu. Sa voix sort des autoradios, des haut-parleurs des magasins. Quelquefois, les oreilles perçantes d'Alvid entendent un sifflement qui s'échappe d'une fenêtre ou bien un fredonnement. Sandro Kostas est partout autour de lui et l'accompagne dans cette exploration sans but et sans espoir. La seule chose qui manque au milieu de cette colossale indifférence, c'est Sandro tout court : son Sandro, dont lui seul connaît le corps nu, la voix murmurée et l'haleine matinale ou encore les habitudes alimentaires déplorables et secrètes. Alvid, parfois, lui laisse percevoir sa jalousie envers le public, teintée de mépris. Que savent-ils de Sandro, *eux* qui prétendent l'aimer mais ne voient de lui que l'image déformée que le chanteur leur montre ? Ils ne trouvent chez Sandro Kostas que ce qu'ils y cherchent et qui leur ressemble. Alvid aime Sandro – le vrai – justement pour ce qu'il y rencontre de différent.

Amèrement, il se rend compte qu'il pense à lui au présent. Peut-être faudrait-il déjà employer un temps du passé. Il devrait se résigner à l'inexpliqué de la disparition.

Au bout de plusieurs heures de marche, les immeubles commencent à raccourcir. La ville est toujours aussi dense, mais Alvid a quitté le centre de la Tête. Paradoxalement, l'espace libéré entre les toits et le plafond paraît plus imposant encore. Les constructions y sont plus larges et basses. Plus rudimentaires aussi. Ce sont les premiers quartiers du peuplement de la Tête, construits en hâte. Les visages se multiplient aux fenêtres. Ils le regardent passer d'un air morne. La ligne de tram, qui l'accompagnait depuis longtemps, s'arrête brusquement. C'est le terminus de la Tête. Une rame se vide de passagers silencieux. Au fur et à mesure qu'il se rapproche de la paroi du crâne, tout paraît plus terne aux yeux d'Alvid. Les couleurs pâlissent et s'assombrissent : la faute au soir qui approche, mais aussi à l'éloignement de ces quartiers des sources lumineuses. Est-ce le crépuscule du soir qui teinte le plafond de pourpre, ou bien la peinture azur mal entretenue qui effrite par endroits le rouge Ru ?

Alvid est parvenu dans le quartier Pariétal Droit. Au fond de sa poche, son téléphone vibre à n'en plus finir. Il n'y prête pas attention. Qu'ils appellent ! Après ça, sans doute ne sera-t-il pas invité de nouveau au festival du film documentaire de Ru. Il s'imagine le visage crispé et les yeux brillants de colère contenue du préfet et de ses adjoints préfectoraux à la Culture interchangeables. Alvid sourit.

Un bâtiment blanc et noir, neuf, le surprend au milieu de ces immeubles délaissés et de ces trottoirs usés. Il s'agit du musée préfectoral de l'histoire de Ru. Alvid, curieux, s'achète une entrée. À l'intérieur, tout est lisse et couleur néon blanc. La première salle est entièrement consacrée à la construction du musée lui-même. Alvid apprend qu'il a été bâti dans le Pariétal avec comme double but d'honorer la place particulière de ce quartier dans le peuplement de Ru et de revaloriser un espace tombé en désuétude au fur et à mesure de l'expansion de la ville vers l'Occiput. Singulière manière d'honorer l'histoire que de la rejeter hors du passage, dans un bout du monde desservi par aucune route d'ampleur ni ligne de transport en commun. Il faut marcher vingt-cinq minutes depuis le terminus pour atteindre le musée. Alvid découvre aussi que le bâtiment a été bâti à l'emplacement exact du premier camp de base de l'expédition Romano. Celle-ci est montrée en photo. Les explorateurs ne sont pas nombreux : une quarantaine peut-être. Bien sûr, tout est rouge autour d'eux. La lumière colore même leurs visages sous les masques respiratoires qu'ils n'ont pas encore enlevés. Georgy Romano est au premier plan. Il lève le doigt, désignant quelque chose hors du cadre. Alvid ne peut pas s'empêcher de le trouver attirant, malgré les années qui les séparent. L'explorateur a toutefois une fixité dérangeante dans l'œil. Georgy Romano était un homme plein de certitudes. Alvid s'est toujours méfié des gens qui ont des certitudes.

De quelle bizarre sorte de courage ou d'inconscience faut-il être habité pour être le premier à se dire « Je vais aller voir à l'intérieur de ce cadavre monstrueux s'il n'est pas possible de l'habiter » ? Le même peut-être, imagine le cinéaste, que celui du premier homme à avoir vu une huître et à avoir pensé : « Je vais manger ce qu'il y a dans ce caillou. »

Les salles se succèdent et, avec, les photos, les récits audios. Des cartes – ou plutôt des coupes – de Ru dessinent dans chacune l'évolution de la présence humaine à l'intérieure de la bête. Le concepteur de l'exposition a choisi de représenter celle-ci en vert ; peut-être pour signifier la vie. Au cours de la visite, le vert des hommes se répand dans Ru par toutes les artères, dans tous les organes. Dans un autre contexte, n'importe qui penserait à une infection. Mais le regard sérieux et décidé de Georgy Romano, reproduit à droite de chaque carte, dément cette interprétation. Il ne s'agit pas d'une maladie mais d'une conquête. Il suffit d'y croire pour voir là le destin.

Même aux yeux d'Alvid, que personne n'a jamais accusé d'intérêt pour le génie industriel, les travaux de construction montrés sont impressionnants. Monumentaux. Le tracement de l'autoroute de la Moelle, chantier de trois décennies, a mobilisé des dizaines de milliers de travailleurs nuit et jour. Sur les clichés, tous ont le même regard fixe que Romano. Il ne se trouve personne pour douter, malgré les obstacles, du bien-fondé de l'entreprise. Il y en a même pour rire. C'est plus que la construction d'une ville. L'être humain, en colonisant Ru, avait une revanche à prendre. Après les routes viennent les tours, puis les lotissements, et l'étalement de la terre rapportée du dehors, l'aménagement des canaux et des lacs, des étangs pulmonaires. Le moindre kilomètre carré d'espace doit être utilisé, doit être rempli.

Sur la photo de l'inauguration de la toute neuve préfecture de Ru, réplique miniature de la bête conquise ou en passe de l'être, Georgy Romano a encore une expression identique. Il est cependant mieux rasé. Ses cheveux ont grisonné, voire blanchi par endroits. Plus de quarante ans se sont écoulés depuis sa première incursion, mais lui n'a pas changé. Il pose fièrement, souriant mais inflexible. Alvid comprend maintenant la raison de sa forme si particulière. Romano était un chasseur. Trôner devant son nouveau royaume n'était pas suffisant. Il voulait poser le pied sur l'animal vaincu ramené à des dimensions compréhensibles.

Georgy Romano, le conquérant de Ru, est resté son préfet jusqu'à sa mort, quinze ans plus tard.

Il faut pousser un rideau très épais et pénétrer dans un espace obscur et rougeâtre pour découvrir la dernière salle de l'exposition. Une fois entré et installé sur le marqueur lumineux au centre de la pièce, les écrans qui recouvrent les murs s'allument, entourant Alvid d'un paysage qu'il ne reconnaît pas. Cela ressemble à une plaine rocheuse qui lui évoque les images de la planète Mars. L'horizon est bien plus proche que sur une vue terrestre. Alvid se penche en avant et remarque que ce qu'il a tout d'abord pris pour des pierres est en fait luisant. Il est cerné par la chair vierge de Ru. Est-elle réellement agitée d'un battement ou bien est-ce la pénombre qui le trouble ? Le rouge environnant rend l'accommodation difficile. C'est Ru, telle qu'elle était lorsque l'expédition Romano s'y est aventurée.

Alvid lève la main droite.

Des lumières blanches apparaissent dans l'obscurité grenat. La voilà, l'expédition. Sous les yeux ébahis d'Alvid, ils se mettent à dresser leur camp. Alvid pivote. Les explorateurs le frôlent sans le voir. Il n'a pas de mal à reconnaître Romano, que la projection met en valeur pour qu'il soit toujours visible quelle que soit la direction dans laquelle le visiteur se tourne. Le cinéaste fait pivoter son poignet, et les mouvements des femmes et des hommes s'accélèrent. Ils déchargent leurs camions, installent des générateurs et des lampes, dressent leurs tentes. Ils vont et viennent, vivent et dorment, chantent. Alvid les écoute un moment chanter, au milieu de la caverne de chair. Il se sent bête quand il se rend compte qu'il s'attendait à entendre une chanson de Sandro, dont les parents n'étaient même pas encore nés à l'époque. Puis il accélère encore. De nouveaux camions arrivent. Les tentes sont remplacées par des logements préfabriqués. Le campement commence à ressembler à un village. Les colons essaient devant lui de percer la chair de Ru, mais tous leurs efforts restent infructueux. Alors ils tirent les câbles, font courir les tuyaux à vue, à même le sol. Plus tard viendra la terre qu'ils verseront pour les recouvrir, et le béton. Alvid accélère jusqu'à cet instant, puis joue de la main gauche et rembobine pour revenir au même endroit. Le village s'agrandit, s'épanouit de tous côtés. Peu à peu, il se transforme en ville. Un clignement d'œil, et il y a des routes, une chaussée, des trottoirs. Georgy Romano et les membres de la première expédition disparaissent, remplacés par des dizaines et des centaines d'autres.

En jouant de la main droite, Alvid est le témoin de la croissance des boutures ramenées de l'extérieur. En un instant, on coule devant lui des milliers de tonnes de béton, et voilà qu'un immeuble d'habitation lui bouche la vue. Encore une accélération, et voici qu'il est habité. Ce ne sont plus des explorateurs ni des colons. Ils vivent là, c'est tout. Les premières lampes torches ont depuis longtemps laissé la place aux phares des voitures.

Au fond, des échafaudages titanesques apparaissent, et arrive ce qui devait arriver : le rouge du plafond est peu à peu recouvert par la peinture azurée qu'Alvid a appris à connaître. L'illusion de la vie à l'extérieur prend sa place. L'une des salles du musée est entièrement consacrée à cette réfection ainsi qu'aux études de psychologie statistique qui ont conduit à son élaboration. Malgré les lampes à lumière solaire, un impact négatif du ciel rouge Ru avait été constaté sur l'humeur des populations. Les gens devenaient irritables, querelleurs. Certains parlaient même de quitter l'intérieur. Après tout, ils n'avaient pas décidé, eux, de vivre là. Pourquoi devaient-ils subir les choix de leurs parents et grands-parents ? Le nouveau ciel avait, pour l'essentiel, suffi à les retenir là où ils étaient nés. Bien sûr, la peinture n'a pas été appliquée dans tous les organes. La préfecture affirme que ce chantier prend du temps, mais tous y auront droit, jusque dans les régions les plus reculées des Intestins.

Alvid agite maintenant la main droite en continu, complètement absorbé par le spectacle et le pouvoir de démiurge que cette installation lui donne sur le temps. Les jours défilent, tous identiques, tous différents. Il est entièrement fasciné par les visages qui apparaissent et disparaissent. Des décennies passent en quelques minutes. Une idée folle l'obsède. Et si, parmi toute cette foule, il apercevait soudainement les traits de Sandro ? Et si toute cette installation démesurée ne servait qu'à lui faire revoir le visage de son mari ? Alors il agite la main droite, avide d'images et de temps.

Soudain, un immeuble disparaît, avalé par un engin de démolition. À sa place, presque incongru, surgit le musée préfectoral de l'histoire de Ru. Alors, Alvid cesse de jouer de la main droite. Le voilà parvenu au présent. Il attend, curieux de voir à quel moment l'image va se figer ou bien se fondre dans la captation en temps réel des caméras placées dans les rues environnantes. Mais le temps ne cesse pas de passer. La vie de Ru continue. Curieux, il agite encore sa main. Le défilement des images s'accélère follement. Dans l'avenir, toute une armée d'engins de démolition se fait voir. Les immeubles d'habitation sont condamnés les uns après les autres, puis évacués. D'autres, blancs et noirs, brillants de miroirs et de parois vitrées, plantés d'élégants jardins suspendus, viennent les remplacer. Une statue de Georgy Romano en marbre blanc se dresse sur le parvis du musée, qui constitue le cœur du quartier dont les nouveaux habitants n'ont plus les mines abattues et ennuyées des précédents. Dans l'avenir, tous sourient, tous rient, tous chantent. Alvid continue d'accélérer, sans prendre le temps d'écouter les chansons du futur.

Voilà le sort qui attend le quartier Pariétal Droit : transformé par des images, effacé par un film. Alvid se sent étourdi. Il laisse retomber sa main droite, saisi d'une nausée. Toute cette salle, toute cette machine de projection prodigieuse n'était qu'une énorme publicité pour le quartier à venir. Alvid lève la main gauche et rembobine jusqu'à retrouver la chair rouge et luisante, cette forme de vie déjà existante dont la simulation, inexorable, a effacé la moindre trace.

Lorsqu'il émerge de la cabine, ébloui par la lumière blanche du musée, Alvid est désormais convaincu de la nécessité absolue de filmer Ru telle qu'elle est. Il lui faut capturer le présent avant que celui-ci ne disparaisse.

Avant de retrouver la rue du Pariétal Droit, il montre au réceptionniste qui le salue un portrait de Sandro. L'homme n'a rien vu. Alvid s'y attendait.

ALLERS-RETOURS

DURANT le dernier mois qu'il passe au foyer, Youssoupha est emmené avec d'autres adolescents comme lui dans un centre de vacances dans le Poumon Droit. Comment décrire sa surprise, lui qui ne connaît de Ru que les tours grises et le ciel écarlate des Intestins, face aux collines arborescentes des régions pulmonaires ? À vrai dire, il n'y comprend rien, à toutes ces forêts moutonnantes, à ces dizaines de ruisseaux, à ces rivières et à ces lacs. Comment un tel endroit peut-il exister ?

Cet après-midi-là, ils ont prévu de faire de la voile, le lac salé est calme, mais ce n'est pas la règle, loin de là. Pour leur permettre de naviguer sans risque, on a arrêté les ventilateurs et les agitateurs subaquatiques. Sur la grève de sable gris clair, des dizaines de canoës, de kayaks, de catamarans et même de planches de surf sont alignées. Lorsqu'il pose le pied sur le pont de son Optimist, des souvenirs épars et flous affluent, mais il parvient à les chasser. Ils se retirent comme la marée. Quand leur leçon est finie, le responsable du lac enclenche la machinerie de nouveau. Des vagues hautes de près de deux mètres ne tardent pas à s'élever. Étendus sur la plage, les adolescents qui bronzent et échangent le récit de leurs exploits nautiques se relèvent alors et se jettent dans l'eau avec de grands éclats de rire et des gerbes d'écume. La sensation du sel et de l'eau sur sa bouche cherche à faire ressurgir chez Youssoupha la mémoire de sa vie passée, mais l'adolescent ne l'entend pas de cette oreille. Il plonge, encore et encore, halète, retient sa respiration jusqu'à en avoir le tournis et se livre à un pugilat confus avec ses camarades dans le but de prouver une bonne fois pour toutes à son corps qu'il n'a plus rien à voir avec le garçon qui a fait la traversée.

La troisième nuit de leur séjour, ils sont plusieurs à attendre les yeux grands ouverts que le reste du dortoir et les accompagnateurs soient endormis. Alors ils se relèvent et retirent leurs pyjamas sous lesquels ils ont gardé leurs maillots de bain. Torses nus dans la chaleur de l'été pulmonaire, les cinq garçons se faufilent hors du bâtiment sans éveiller l'attention et dévalent le sentier qui mène au lac. Les ventilateurs gigantesques bourdonnent en sourdine et projettent des embruns dans leur direction. Ils soulèvent un grand voilier et le tirent à travers la plage, jusqu'à l'eau. Ils embarquent, frénétiques, et louvoient vers le large, si loin que, dans la nuit, ils en perdent presque de vue la côte. Youssoupha se tient à la proue. Il écarte les bras le plus largement possible et offre sa poitrine à l'air et aux gerbes d'eau que le voilier soulève devant lui. Le vent, à présent, les pousse à bonne allure. Le cœur de l'adolescent bat à tout rompre. Il crie la joie de l'interdit, de la conquête et de la revanche sur l'élément liquide. Il se sent capable de traverser des dizaines de mers, et même des océans tout entiers. L'horizon bleu minuit est ouvert devant leur embarcation qui bondit de vague en vague, la voile gonflée, tendue à éclater. La terre ferme n'est qu'un lointain souvenir.

Il y a un grand choc, le bruit fracassant d'un heurt contre la coque, et le voilier lancé à pleine vitesse s'arrête net. Youssoupha, qui faisait la preuve de son équilibre en ne se tenant pas au garde-corps, bascule vers l'avant. Ses deux pieds quittent le pont. Il tourneboule, roule sur lui-même et frappe l'eau froide avec un grand claquement sur son dos nu. Tout l'air qui les emplissait aussi bien qu'une voile est expulsé de ses poumons. Puis il s'enfonce dans l'eau noire. Cette fois-ci, il ne peut rien faire pour repousser les souvenirs. Il boit la tasse et tout se rappelle à lui. Il entend de nouveau le rugissement de la corne de brume, les hurlements terrifiés de ses compagnons de traversée, le sifflement pitoyable de son gilet de sauvetage percé qui se vide de son air. Mais sa main trouve la surface, suivie de la deuxième. La lumière blanche d'un téléphone portable l'aveugle au moment où une prise le saisit. Youssoupha se sent tiré vers le haut. Il bat des pieds frénétiquement et retrouve l'air libre comme on reçoit une gifle. La coque usée râpe son torse, mais voilà, il est de nouveau sur le pont du voilier. Les quatre autres qui l'ont sorti de l'eau tombent en arrière, vidés par la surprise, la peur et l'effort. Plusieurs minutes se passent avant que les adolescents n'osent s'approcher de la proue. Quand ils finissent par trouver le courage de tendre les bras en avant hors des limites du bateau, ils découvrent avec stupéfaction une surface légèrement humide. Tout d'abord froide au toucher, elle révèle petit à petit une chaleur douce et constante. Ils comprennent alors qu'il s'agit de la paroi du Poumon. C'est la chair de Ru qu'ils touchent. Ce qu'ils ont pris pour un ciel nocturne, pour un horizon illimité offert à eux, n'était rien d'autre qu'une couche de peinture de plus. Leur enthousiasme retombe d'un seul coup. Tous cinq savent que c'est là la fin de leur expédition. La mort dans l'âme, ils poussent contre le mur pour débloquer le voilier et louvoient péniblement jusqu'à la rive. Ils baissent les voiles et, sans un mot, tirent leur embarcation sur la plage. Le vent les transperce à présent. Ils claquent des dents. Ils remontent jusqu'au dortoir et se glissent dans leurs draps, humides et grelottants. Le lendemain et pour tout le reste du séjour, Youssoupha refuse de remonter dans un bateau. Droit sur la plage, il fixe l'horizon peint, plein de rancune. Malgré toutes les incitations des autres adolescents et des accompagnateurs, il ne risque même plus un orteil dans l'eau.

Ce n'est pas qu'il se demande ce qu'il y a au-delà. Le garçon qui a fait la traversée sait très bien ce que l'on trouve hors du corps de Ru. Il s'en veut à lui-même de s'être laissé avoir, d'avoir cru à ce mensonge évident, cette dissimulation grossière de l'ordre des choses.

« Il y a des murs dans le monde, pense-t-il avec fatalisme, des barrières que je ne suis pas censé traverser. Foncer dedans, ça ne sert à rien. »

Un mois plus tard, de retour dans l'Intestin, il quitte le foyer. Sa nouvelle chambre, située à moins de cinq kilomètres de l'ancienne, a pour unique qualité qu'il ne la partage pas. À peine plus grande qu'un placard, elle est alignée avec des dizaines d'autres comme elle le long d'un couloir. Les murs sont si fins qu'il entend ses voisins éternuer, péter et ronfler. Cependant, Youssoupha est heureux. Il est chez lui. Il n'y a plus d'éducateurs ni de professeurs pour lui dire quoi faire. Ses journées, pour la première fois depuis son arrivée à Ru et certainement toute sa vie auparavant, lui appartiennent sans conteste.

Youssoupha, qui a atteint l'âge où la scolarité n'est plus obligatoire, s'est vu forcé de quitter le foyer quand il a pris la décision de ne pas continuer ses études plus avant. C'est la règle. Comme on le lui a expliqué de nombreuses fois, dans le but peut-être de le faire changer d'avis, une place au foyer se mérite. Youssoupha n'a pas mérité. Il bénéficie tout de même, grâce à l'insistance de certains éducateurs, d'une aide d'urgence qui le dispense de payer son loyer pendant une période de six mois. Six mois pour trouver un travail, une situation, pour se tailler une place dans la vie de Ru. Voilà le temps dont il dispose : six mois.

Mais quel travail trouver lorsque, comme lui, on ne parle la langue qu'avec difficulté, quand on a quitté l'école trop tôt pour avoir appris un métier ou acquis le moindre diplôme ? Youssoupha décide de ne pas réfléchir. Il n'a pas beaucoup de temps devant lui, après tout. Alors, lorsque les réseaux lui amènent la nouvelle d'une grande campagne de recrutement préfectorale ouverte à tous, il n'hésite pas et va se présenter. Il n'a pas de documents à montrer, pas de *curriculum vitæ*, seulement les quelques lignes rédigées avec difficulté qui lui tiennent lieu de lettre de motivation. Aussi est-il soulagé de découvrir qu'on ne lui en demande pas. Contrairement à ce qu'il pensait, le recrutement ne se fait pas à la sous-préfecture des Intestins mais dans un gymnase où sont alignées des dizaines de figures comme la sienne. Youssoupha fait la queue jusqu'à un bureau où un employé municipal ennuyé et ennuyeux lui indique de se présenter au bureau suivant, qui en fera de même. Tous posent les mêmes questions : nom, prénom, date de naissance, adresse, pièce d'identité. Personne ne lui demande ce qu'il sait faire, ce que Youssoupha considère comme une bonne nouvelle, étant donné qu'il ne sait rien faire. Au bout d'une heure de files d'attente et d'allers-retours entre des bureaux identiques, il pose enfin sa signature sur un bref document qu'on lui affirme être un contrat. On lui donne une adresse, on lui ordonne de s'y présenter deux semaines plus tard. Youssoupha hoche la tête. Un bref instant, il est tenté de chercher à savoir ce pour quoi il a été engagé, mais l'image du voilier coincé contre la paroi bleutée du Poumon l'en dissuade. L'ignorance aussi est un mur qui délimite sa place dans le monde. Essayer de le franchir ne peut rien apporter de bon. Il relit tout de même plusieurs fois le contrat mais il n'y a pas grand-chose à en tirer : pas de durée de la journée ou de la semaine de travail, pas de limite d'engagement. Toutes ces choses dépendent, il le comprend bien, de la vitesse à laquelle il effectuera son ouvrage. Pourquoi l'engagerait-on pour trois mois s'il n'y a du travail que pour en occuper deux ? Le contrat ne peut être rompu que par accord tacite, ce qui lui paraît plein de bon sens, à ceci près qu'il ne connaît pas le sens du mot, ne possède pas de dictionnaire et ne sait pas où en trouver ailleurs qu'au collège auquel il ne peut plus retourner. Bien qu'à moins d'une heure de marche, le collège fait partie du passé. Le présent, c'est ce contrat qui ne dit rien de plus que le fait que Youssoupha va travailler pour la préfecture; mais pas combien de temps ni pour quoi faire.

Que fait-on quand on ne sait rien faire puisqu'on n'a jamais vraiment rien pu apprendre ? N'importe quoi. Que fait-on quand on n'a que ses deux bras à présenter ? On les utilise. Le jour dit, Youssoupha se réveille à quatre heures. Le soleil artificiel n'est pas encore levé. Il fait froid, ce matin-là. Aussi, Youssoupha s'emmitoufle du mieux qu'il le peut dans ses habits les plus chauds. Mais ses T-shirts et ses chandails en coton ne sont pas vraiment faits pour affronter les températures nocturnes, pas plus que ses chaussures ne sont suffisantes pour contrer l'humidité. Sa carte de transport est expirée et il n'a pas d'argent pour renouveler son abonnement. De toute façon, aucun bus ni aucun tramway ne circule à cette heure. Les tours sont endormies. Les volets des centaines de fenêtres sont baissés comme autant de paupières. Youssoupha, qui découvre l'Intestin comme cela pour la première fois, ressent malgré la fatigue une certaine excitation. Il marche d'un bon pas, heureux d'avoir les rues pour lui tout seul, mis à part l'éventuel cyclomoteur qui pétarade dans le silence. Les lampadaires blancs donnent à Ru une teinte rosée, apaisante et surprenante. Avec un peu d'imagination, Youssoupha pourrait se croire le seul être vivant d'une ville abandonnée.

Après une heure de marche, il arrive enfin à l'adresse indiquée sur son contrat. Ce n'est rien d'autre qu'un vaste terrain vague essaimé de camions et d'engins de chantier. Rien n'a encore été bâti sur cette parcelle bordant l'autoroute, mais cela viendra bientôt. Une haute barrière métallique l'entoure et, devant l'unique entrée fermée d'un portail, s'étire une file serpentine. Ils sont plusieurs dizaines comme lui qui attendent en silence, avançant d'un petit pas à la fois. Youssoupha rejoint le rang et un autre se place vite derrière lui, puis un autre encore. Il grelotte bientôt d'immobilité, se frotte les mains, les serre sous ses aisselles. Le long du rang, des dizaines de petits nuages de vapeur ponctuent chaque respiration. Ils avancent vite pourtant, et Youssoupha atteint le portail où il doit montrer son contrat et la carte biométrique de mineur extérieur qui ne le quitte plus depuis ce jour lointain où on l'a examiné sous toutes les coutures dans le bâtiment gris. Cet obstacle passé, il s'agglutine avec les autres dans une sorte de cour couverte de gravier, entre deux bâtiments préfabriqués où des contremaîtres vêtus de couleurs fluorescentes les font se ranger pour obtenir un casque et des chaussures de sécurité. Puis, par groupes de douze, les ouvriers montent dans des minibus bas. Personne n'a encore annoncé à Youssoupha ce qu'il est venu faire là. Serré au fond du minibus, il écoute son ventre gargouiller de concert avec celui des autres. Il a déjà faim et il n'a même pas commencé à travailler. L'odeur de sueur et les haleines ensommeillées rendent l'atmosphère presque insupportable. On n'ose pourtant baisser une vitre, par peur de laisser entrer le froid. On leur a donné à chacun un gilet orange et fluorescent. Youssoupha ne parvient pas à repousser le souvenir d'un autre trajet, serré contre d'autres gens comme ceux-là, vêtus de gilets à la couleur semblable. De sa place, il voit les lampadaires s'éteindre avec le matin et la luminosité monter tout doucement. Aussi loin dans les Intestins, l'aube n'est pas colorée de mille teintes comme, par exemple, dans les Poumons. Il fait nuit, puis il fait un peu plus clair, jusqu'à ce qu'il fasse tout à fait jour. Le soleil n'est pas ornemental. Le jour est seulement d'un rouge plus lumineux que la nuit. Les camions s'engagent sur l'autoroute de la Moelle en direction du sud et Youssoupha commence à comprendre où ils vont. Cela fait maintenant plusieurs mois que les travaux d'élargissement et de réfection de l'autoroute ont commencé, et il est de notoriété publique qu'ils ne vont pas assez vite. Alors la préfecture a décidé de faire ce qu'elle a toujours fait : embaucher à la va-vite tout ce qu'elle peut d'Intestinaux. Sur la route, ils croisent d'autres camions semblables : l'équipe de nuit qui rentre. Youssoupha est surpris de ne pas y voir figurer la marque rouge de la préfecture. Les véhicules sont uniformément blancs, leurs passagers dissimulés. Personne ne doit soupçonner leur destination et leur contenu. La vitesse étourdit un peu le garçon. Le frottement régulier des roues sur le goudron finit par le faire céder à l'endormissement. Il est brusquement réveillé par un coup de frein. Le camion vire sur la droite et se range sur le côté de la voie, entre deux barrières métalliques. Les portières s'ouvrent de l'extérieur ; il faut sortir et mettre son casque, finir de lacer ses chaussures. Puis il y a un nouveau contremaître à suivre jusqu'au chantier. Dans leur dos, les voitures passent en un éclair, toutes proches. Les barrières et les lignes au sol paraissent une protection bien insuffisante. Youssoupha attend. Quelqu'un, un homme vêtu d'un même gilet, s'approche enfin. Il a les bajoues terreuses, l'œil brillant d'une nuit blanche et aussi l'haleine pleine de mauvais tabac. Youssoupha lui tend sa carte. L'homme ne la regarde même pas.

« Qu'est-ce que tu sais faire ? » demande-t-il.

Youssoupha agite la tête, hausse les épaules. Rien. Il ne sait rien faire. L'homme soupire, fait la moue :

« On a ce qu'on peut, avec le prix qu'ils payent. On va bien te trouver quelque chose à faire. »

Et on ne manque pas de le faire. Toute la journée, il y a des seaux à porter, des machines à pousser, des gravats à ramasser, à transporter dans une brouette, à déverser. Il y a des tranchées à creuser, travail qui ne lui demande pas d'autre connaissance que la capacité d'imitation. Alors Youssoupha creuse. Les heures passent sans qu'il puisse les compter. De toute manière, il ne possède pas de montre et n'ose pas sortir son téléphone portable : il s'agit de son unique lien avec le reste de Ru. Lorsque tous les ouvriers se rassemblent pour prendre leur pause, il découvre qu'il n'a pas emporté de gamelle. Il n'avale qu'un gobelet de café brûlant qui lui tord le ventre et attise encore plus sa faim.

Aucune parole inutile n'est prononcée pendant la courte pause repas. Chacun mâchonne, rumine en silence, la tête vidée de toute pensée par le travail physique. Que pourraient-ils bien se dire, d'ailleurs ? Ils sont tous semblables, tous seuls, séparés les uns des autres par des contrats identiques qui ne leur apprennent rien sur leur tâche. Ils ne travaillent pas ensemble mais les uns à côté des autres. Ils sont conscients de leur place, résignés. Ils ne pensent même pas à la fin de la journée. Ils attendent passivement son arrivée. Le soir venu, après un après-midi de labeur, ils s'entassent dans les mêmes camions et attendent en silence, certains plongés dans les réseaux, qu'on les verse à l'endroit où on les a ramassés. Un chef dit :

« Demain, même heure, même endroit. »

C'est la seule promesse qu'ils entendent. Youssoupha marche une heure au retour. Ses jambes hurlent leur douleur, ses épaules flambent de courbatures, sa gorge est brûlée par l'amertume de la faim. Arrivé dans sa chambre, il ne voit ni n'entend plus rien. Il ne se rappelle même pas ce qu'il a fait de cette journée. Il mange sans mâcher ; il dévore quelque chose, peu importe quoi ; il tombe, face contre son lit, épuisé au-delà des mots, au-delà de la sensation de fatigue même, au-delà de tout.

Il n'entend rien jusqu'au réveil qui sonne à quatre heures le lendemain matin, et tous les autres matins de la semaine. Il n'oublie plus, cette fois, d'emporter un sac rempli d'un repas sommaire. À la pause, il mâche comme les autres, aligné et silencieux. Cela dure comme cela peut-être un mois, peut-être deux. Le temps n'a plus d'importance pour Youssoupha. Il n'y a que les jours où il ne travaille pas qu'il a la sensation d'être vivant. Ces heures de liberté, il les occupe à errer dans les rues de l'Intestin, dont il ne sort jamais. Il s'assoit sur une place, fume des cigarettes, regarde les passants. Il ne lui vient pas à l'idée d'utiliser son temps autrement. Après ces longues années au collège et au foyer, incertain de lui-même, il a maintenant trouvé une place au sein de Ru : il bâtit des routes. Parfois, rarement, il rejoint d'autres ouvriers au café ou en boîte de nuit, le samedi soir. Il serait incorrect de les appeler ses amis. C'est à peine s'il connaît leur prénom. Le lundi matin, quand il se présente, casque sous le bras, pour monter à bord d'un camion, les visages qui l'entourent ont entièrement changé et tout est à recommencer. Certains jours, il n'y a pas de travail, pas d'explications, pas de salaire. Les premiers temps, Youssoupha a envie de protester : il a marché une heure pour venir jusque-là, simplement pour entendre qu'on n'a pas besoin de lui ? Mais bien vite, il apprend par imitation la résignation de tous les autres. Désormais, ces jours-là, il tourne les talons sans rien dire et regagne sa chambre. Il en profite pour dormir et parcourir les réseaux sur son téléphone portable. Le soir, il éprouve de la difficulté à s'endormir avant le milieu de la nuit.

Cette vie, solitaire et épuisante, dure près de deux ans. Pendant ces longs mois, l'autoroute de la Moelle s'élargit lentement en direction du sud. Elle ressemble, pour quelque temps encore, à un serpent bouffi qui aurait avalé quelque chose de trop gros pour lui. Un jour, les camions s'aventurent un peu plus loin que d'habitude. Youssoupha, surpris, fait battre ses paupières collées par le mauvais sommeil de la route. À l'étonnement de tous les ouvriers, la couleur rouge de l'air ambiant pâlit, puis se dissout tout à fait. Ils collent leur nez aux vitres sales du camion. Une excitation craintive emplit l'habitacle. Au fur et à mesure que l'air s'éclaircit, ils prennent conscience de leur destination. La Moelle se resserre brusquement et vire vers la droite. Des panneaux rouges exigent une réduction de la vitesse, mais le conducteur s'en fiche. Il tourne brusquement à droite, puis à gauche. Ce double coude fait traverser à l'autoroute la fine muqueuse qui la sépare du Côlon. Alors, devant la file des camions blancs, s'ouvre la trouée, le gouffre, l'ouverture démesurée en comparaison de laquelle toutes les créations humaines paraissent frappées de nanisme. C'est une titanesque arche circulaire dont, debout sur la route, on ne peut espérer distinguer que la moitié supérieure. Les ouvriers se reculent de la fenêtre et lèvent leurs mains pour protéger leurs yeux du mur de lumière blanche vers lequel le camion grisâtre par contraste se précipite à plus de cent kilomètres à l'heure. Youssoupha, comme les autres, en a souvent entendu parler. Au collège, le professeur d'histoire et de rugraphie lui a raconté les travaux prodigieux du tracé initial de la Moelle, mais cela n'a pas suffi à le préparer. Déjà taiseux, le voilà rendu tout à fait muet par la vision de l'Anus de Ru. Des voix terrifiées s'élèvent dans l'habitacle. Le conducteur ne va pas oser ! Ils ne vont tout de même pas ! Et si c'était dangereux ? Ils n'ont pas signé pour ça ! En vérité, ils n'ont signé pour rien et, par là même, signé pour tout. Ils n'ont pas le choix, embarqués à toute allure. Le camion continue dans la direction de l'Anus, qui s'élargit encore, gonfle toujours si cela est possible. Quelqu'un pousse un petit cri d'horreur, qui déclenche des rires brefs et incertains.

Eux qui vivent à l'intérieur de Ru, dans ses organes les plus bas, les plus sinueux et tortueux, la vision brusque de l'échelle véritable de leur univers les fait trembler ; la disproportion les terrasse.

Le camion met plusieurs minutes à passer sous l'arche. Youssoupha ferme les yeux. Sous ses paupières, des images de la mer, de la plage, des corps alignés sur le sable s'imposent à lui. Voilà ce que représente pour lui l'extérieur. Mais à sa gauche, à sa droite, on laisse échapper des soupirs d'incrédulité. La lumière blanche du dehors lui chauffe si douloureusement les yeux qu'il finit par les ouvrir.

Youssoupha ne voit aucune plage. Il ne saisit tout d'abord pas ce qu'il contemple. Par habitude, il cherche ce point tout proche où la courbure de l'Intestin se révèle, cet endroit où le dessus se termine et rejoint physiquement le dessous. Que ce soit par instinct ou grâce à ses souvenirs enfantins enfouis et ignorés, il comprend plus vite que les autres que ce point n'existe pas. Ils sont à l'air libre. Le ciel ne retombe jamais. Il n'y a qu'un horizon : cette ligne floue à quelque distance. Il n'y a rien à voir sous le ciel de l'extérieur. Si cette région était avant l'affaissement de Ru pleine de collines vertes et fertiles, l'onde de choc suscitée par le poids de la bête a érigé de tous côtés un chaos de monticules bruns, acérés comme des arêtes de poisson. Penchées dans toutes les directions, ce sont des lames terreuses et rocheuses qui ne sont pas celles de Ru, des pentes si raides, si abruptes, si dépourvues de vie qu'on ne pourrait les escalader. Çà et là, pourtant, on peut voir quelques profondes tranchées rectilignes, indubitablement creusées par la main de l'homme, et sur leurs bords des points jaunes et orangés : les engins de chantiers chargés de les approfondir. C'est de là que vient tout le sol de l'intérieur de Ru. C'est de là que provient la terre dont on a fait les élégants parcs de la Tête et des Cœurs, les forêts pulmonaires. C'est là qu'on a pris l'humus, toutes les bêtes grouillantes et les corps en décomposition qui ont rendu fertiles les organes et ont aidé à produire les premières récoltes des exploitations intensives de la Langue, tant d'années auparavant, pendant la préfecture Romano. Depuis plus de deux siècles, sur ces étendues dévastées, rien ne pousse. La terre sur laquelle est tombée Ru semble maudite. Sa surface est brillante, vitrifiée. À quelles profondeurs ont été enfouies les villes qui longeaient la côte, ensevelis les villages de l'intérieur des terres et leurs habitants, broyés les routes et les chemins ? Il faudrait pour leur rendre la vie tout creuser, tout retourner comme un champ pour faire pousser une vie nouvelle, mais ce seraient des travaux d'une telle envergure qu'à l'extérieur comme à l'intérieur personne n'y songe même, à part les ivrognes et les idéalistes. Ru se contente de creuser, de piller ce dont elle a besoin pour se l'approprier. Personne à l'extérieur n'essaie de l'en empêcher.

Et à travers tout cela : la longue bande gris foncé et rectiligne de l'autoroute, comme posée sur le chaos des vagues de terre tranchantes. Au loin, un reflet luisant de vert sur l'horizon. Un autre monde.

Les camions blancs roulent encore un kilomètre. Quelqu'un ouvre une fenêtre. Une légère odeur maritime s'engouffre dans l'interstice. Ils atteignent enfin le chantier, et descendent. Le sol sous leurs pieds – le même goudron pourtant – paraît d'une texture différente. Ils font leurs premiers pas avec hésitation. S'attendent-ils à décoller, au milieu de ce paysage extraterrestre ? Les outils et le travail les rappellent bien vite à la réalité. Ici aussi, il y a des tranchées à creuser, du remblai à étaler, des brouettes à faire aller et venir. L'horizon se resserre autour d'eux. Ils en oublient où ils sont. La seule différence qu'ils remarquent encore, c'est la fréquence de passage des véhicules qui circulent près d'eux : bien moindre qu'à l'intérieur. Ils sont une centaine à travailler au milieu du bruit des engins, étalés sur huit cents mètres de route. Ils pourraient tout aussi bien travailler dans le désert.

Tenus par une sorte de crainte presque religieuse, ils prennent soin de garder Ru dans leur dos. Ils n'osent pas la regarder en entier, par peur peut-être qu'elle leur semble minuscule et isolée en face de l'immensité où ils ont été déposés pour la journée. S'ils se retournaient, ils pourraient risquer de penser : « N'y a-t-il vraiment que cela pour moi ? »

Alors ils travaillent la tête baissée.

Au milieu de l'après-midi, Youssoupha prend une pause pour aller uriner. Il n'y a pas de toilettes sur l'autoroute, alors il s'avance sur le bord de la chaussée et descend sa braguette. Il regarde, amusé, son jet d'urine tracer un arc vers le fond du chaos. Un autre ouvrier vient l'imiter. Ils ne se regardent pas, mais le nouveau venu dit tout haut :

« Quand même, ça fait réfléchir.

— Qu'est-ce qui fait réfléchir ? »

Youssoupha se recule d'un pas et referme sa braguette.

« Suffirait de pas rentrer pour plus y être. » L'autre lève le bras. « Y a qu'à marcher tout droit pour voir tout le reste de l'extérieur. Je dis pas que c'est pour tout le monde, mais ça donne à penser. Ça te plairait pas, toi, d'aller voir à quoi ça ressemble ? »

Youssoupha laisse un instant son visage être happé par la perspective infinie de l'autoroute extérieure. Puis, parcouru d'un frisson, il secoue la tête.

« Non, ça me plairait pas. »

Trois heures plus tard, quand le camion traverse l'Anus dans l'autre sens, il sent son cœur se serrer et, comme les autres, il laisse échapper un soupir de soulagement à l'idée de retrouver les espaces clos et rassurants du Côlon, de la Paroi Intestinale, de son quartier et de sa chambre.

Comment peuvent-ils savoir qui ils sont, ceux de l'extérieur, s'il n'y a pas de mur dans leur monde ?

HARMONIES

VOILÀ maintenant des semaines que Coré n'a pas reparu de l'autre côté des muqueuses, dans les organes. La nuit, au moment de s'endormir, l'oreille posée au sol, elle croit distinguer la rumeur ténue de leurs activités. Selon la carte qu'elle essaie de tenir, elle se trouve non loin de l'Épaule Milieu Gauche. Elle n'a jamais été si près de Cumiga depuis qu'elle en est partie. Elle s'imagine dormir juste en dessous de la maison de ses parents. Elle s'imagine les entendre à travers les muscles. Leurs voix, appauvries et réduites par la mémoire à leur image sonore la plus simple, n'ont pas changé. Quelques centaines de mètres au-dessus d'elle, elle rêve de Cumiga où rien n'a changé. La seule différence, bien sûr, est l'absence d'Agathe, mais à cela tout le monde s'est habitué. Solenn, son amie d'enfance, a terminé ses études et elle est revenue. Dans sa rêverie, elle s'est mariée avec Enzo et ils possèdent à présent leur propre pavillon, en tout point semblable à celui de leurs parents. Quand ils auront des enfants à leur tour, ils leur montreront des photographies de leur jeunesse et les bambins demanderont qui est cette jeune fille à côté d'eux sur tous les clichés. Les jeunes parents répondront alors :

« Ce n'est personne, juste une copine d'enfance. »

Si les enfants insistent, réclament un nom, ils battront de la tête avec des moues désolées : ils ne se souviennent plus. C'était il y a très longtemps.

Coré se réveille au petit matin, qu'elle ne distingue de toute autre heure du jour et de la nuit que grâce à l'écran à cristaux liquides de sa montre. Si Cumiga est vraiment juste là, à quelques journées de marche, pourquoi ne dirigerait-elle pas son exploration dans cette direction ? Elle hésite, tergiverse, cherche de bonnes justifications, se réprimande. Elle, Coré, reine autoproclamée de l'Intramonde, que tout ce que Ru compte d'esprits réfractaires connaît au moins de nom, et sur laquelle toute la police préfectorale aimerait mettre la main, aurait-elle le mal du pays ? Inacceptable et, de toute façon, impossible ! Elle repousse ces songes, se relève, boit quelques gorgées d'eau froide en attendant que l'eau du thé bout, rassemble ses affaires et repart dans la direction opposée.

Elle n'a rencontré personne depuis plusieurs jours. Les Intras ne se risquent pas si loin au nord. Dans sa recherche d'une route vers la Tête, elle les a laissés en arrière. En la regardant partir, ils ont murmuré qu'elle reviendrait vite. D'autres avant elle ont cherché cette route. Nul n'a réussi. Tous sont revenus bredouilles. Les muscles des épaules, les tendons et les ligaments du cou sont trop tendus, trop serrés. Pire : une fois passée la latitude des Poumons, il n'y a plus la moindre issue. Les artères et les veines, si près du Cœur, sont trop solides et trop épaisses. Les muqueuses se font rares. Au fur et à mesure de sa difficile avancée, les chairs de Ru se referment derrière elle. Coré pousse, écarte, halète. Elle sue à grosses gouttes et tire de longues gorgées à sa gourde tandis que l'accumulateur d'humidité pendu à son sac capte et purifie sa transpiration pour en remplir une deuxième au cours de la journée. Puis l'eau est bue et transpirée de nouveau. Au prix de grands efforts et d'une lutte de tous les instants, elle parvient à dégager devant elle un espace de quelques dizaines de centimètres, dont elle respire goulûment l'air brûlant. Malgré l'épuisement, même si elle ne progresse que de quelques mètres par heure, Coré ressent une excitation retrouvée. Elle ne s'est jamais sentie si proche de Ru. Ainsi serrée dans ses chairs, comprimée par ses muscles, elle éprouve de la fierté à en faire partie plus que quiconque. Elle se souvient du père de Solenn qui était psychologue, ou psychiatre, ou psychanalyste, ou psy-quelque chose en tout cas. Collée contre le muscle luisant, Coré sourit. C'était un homme plein d'évidences, convaincu de la validité de son schéma d'analyse à base de symboles et de phrases toutes faites répétées à l'envi. Sans doute aurait-il décelé dans sa situation un désir de retour intra-utérin lié à un manque de marques d'affection durant les trois premiers mois de développement. Peut-être a-t-il même déjà servi quelque chose aux parents d'Agathe lorsqu'elle est partie ; il les a rassurés à sa manière condescendante. Coré sourit, roulée dans un minuscule interstice, la tête posée contre le rebord d'un tendon blanchâtre. Elle ne s'est jamais sentie aussi éloignée de sa mère, qui ne supporte même pas de passer une nuit sous la tente. Sa propre odeur corporelle, exaspérée par les jours et les jours sans véritables ablutions, se confond avec celle de Ru. Coré se serre dans sa couverture, confortable et en sécurité. Elle éteint sa lampe de poche, fait jouer la dynamo pendant de longues minutes, le regard scrutant l'obscurité. Si profond dans la poitrine de Ru, le rouge fonce jusqu'à devenir brun, puis presque noir. Coré, étendue, n'imagine plus la vie de Cumiga, ou celle des hommes et des femmes habitant l'un des organes principaux. Elle n'entend plus rien que son propre cœur qui bat lentement et sa respiration qui ralentit. Nue sous sa couverture, elle est vite trempée de sueur. Le liquide salé coule le long de son propre corps, tiré par l'attraction de la Terre sous Ru. Les gouttes tombent de ses cheveux sur la chair rouge. Lorsque son propre pouls lui est devenu suffisamment familier, lorsqu'elle l'oublie tout à fait, Coré commence à percevoir, de loin en loin, ce son si bas et à la période si grande que son oreille ne la remarque pas en temps normal. Il faut un corps, un corps entièrement ouvert, pour sentir le battement des cœurs de Ru. Un premier battement : à peine un frémissement, imperceptible à son ouïe mais une secousse dans sa moelle. Puis un second lui répond, venu de plusieurs centaines de kilomètres plus au sud : un deuxième cœur dont la sensation dure plusieurs minutes. Cette percussion distendue prend bientôt le pas sur celle du cœur de Coré. Celle-ci repousse sa couverture. Dégoulinante, elle étend sa peau contre l'intérieur vierge de Ru. Son souffle devient celui de la bête. Elle oublie qu'elle est humaine.

Elle a désormais six membres, étendus dans six directions. Elle sent contre le haut de sa tête une humidité iodée : c'est la mer au bord de laquelle elle s'est écroulée. Il n'y a qu'à peine un instant qu'elle est au sol. Il faut lui laisser le temps de reprendre son souffle, ses esprits et ses forces. Elle sera sur pattes en un rien de temps. Elle se serait déjà relevée s'il n'y avait cette étrange sensation qui s'est répandue dans son ventre, dans sa tête et jusque dans ses tripes. C'est qu'en tombant elle a dû avaler un peu de poussière ; rien de suffisant pour l'empêcher de se lever et de reprendre sa route. Bientôt, dans quelques instants. Il lui faut un peu de temps pour se reprendre.

Le battement échappe à la jeune femme. La communion avec Ru, cette assimilation totale et absolue d'un être minuscule dans un autre titanesque, ne dure jamais longtemps. Coré réintègre son propre corps et éprouve alors un froid comme jamais auparavant. Elle grelotte, la transpiration de son visage se mélange de larmes. Elle saisit sa couverture, s'emmitoufle dedans, halète. Sa poitrine s'agite fébrilement. Son cœur se gonfle, se démesure : tentative ridicule de se faire aussi gros que les autres. Il tambourine, vibre désespérément. Il rattrape les battements perdus. Coré retrouve péniblement son calme. Trouver le sommeil lui prendra plusieurs heures.

Si seulement tous ses habitants pouvaient découvrir Ru comme elle l'a découverte ! S'ils pouvaient s'étendre là, avec elle ! Mais c'est impossible. Il n'y a pas la place. Ils ne voudraient pas. Ils n'oseraient pas se laisser aller à cette autre conscience, si lente qu'elle semble immobile, si pensive qu'elle paraît immuable. Comment leur dire ? Comment les convaincre ? Ses mots, ses paroles, en ont mû certains mais pas tous. Loin de là. Dans la nuit éternelle de l'épaule de Ru, Coré, reine de l'Intramonde, la seule à être allée si profond dans la chair de cet animal-monde, doute de réussir dans la mission qu'elle s'est choisie. Elle hésite. Il serait si facile de rester là où elle est, de se laisser emporter dans le rythme éternel de Ru. Il serait aisé d'y disparaître. À l'échelle de Ru, sa vie ne signifie rien. Mais, poussée par son instinct de bête grégaire et par la nécessité de revoir un jour un autre visage humain, elle se réveille le matin. Elle remballe ses affaires, reprend sa progression et oublie que Ru s'est manifestée à elle. Le souvenir, s'il n'est pas inscrit dans son esprit, a bien pris racine dans son corps, car chaque soir elle se laisse prendre un peu plus rapidement. Chaque nuit, il est un peu plus difficile de revenir et de rappeler à son corps qu'elle n'est qu'une femme, perdue entre des muscles, et non pas une bête multimillénaire qui a trébuché et se prépare à se redresser.

Chaque jour, elle doit pousser encore plus fort sur les muscles. Aussi durs que de la pierre, ils ne se meuvent que de quelques centimètres. Quand Ru se relèvera, ils iront dans un sens et dans un autre, se contracteront sans effort. Elle n'aura plus besoin de toutes ses forces pour en bouger un de quelques centimètres. Cependant, si elle est encore là quand Ru se relève, Coré sait qu'elle sera comprimée, réduite en bouillie puis en poussière par la vie revenue dans ces chairs. Elle avance pourtant; chaque jour un peu plus loin. Elle l'ignore, mais le sol, le vrai, celui de la Terre n'est plus qu'à quelques dizaines de mètres sous elle.

Elle progresse depuis plusieurs heures quand elle croit entendre une voix humaine. Elle se fige, tend l'oreille, reprend son avancée. La voix revient. Cette fois-ci, Coré répond. Elle appelle. La voix l'ignore, continue à sonner. Coré crie :

« Qui est-là ? »

Sa question a un accent de propriétaire : comme si l'étranger menaçait d'entrer chez elle. La voix ne lui répond pas. D'ailleurs, elle ne répond à personne. L'étranger ne parle pas. Il chante. Sidérée, Coré se fige. Les muscles se mettent à trembler. Ils s'agitent. Elle tend la main vers la chair brûlante. La sensation n'est plus la même qu'au cours de ses journées d'exploration solitaire. Les tendons, épais et solides comme des câbles de pont, se détendent comme de vulgaires ficelles. Les muscles se contractent, s'écartent d'un seul coup. Devant Coré s'ouvre un véritable couloir de plusieurs mètres de long. La température de l'air autour d'elle semble perdre quelques degrés. Elle éternue. Le duvet de ses bras se hérisse. L'homme invisible continue de chanter. Coré avance. Le timbre de sa voix lui est familier sans qu'elle parvienne à le reconnaître exactement. C'est une reconnaissance viscérale. Cette voix, elle l'a entendue toute sa vie sans jamais l'écouter. Et si c'était la voix même de Ru ? À cette idée saugrenue, Coré s'esclaffe de sa propre bêtise. Non, si Ru parlait, son timbre ne serait pas si étroit et si aigu. Ce chant ne peut sortir que d'un larynx humain. Il ne paraît pas y avoir de paroles à la chanson. L'étranger dans les chairs vocalise des voyelles et des consonnes, apparemment au hasard. Il doit pourtant savoir ce qu'il fait puisque les muscles continuent de s'écarter devant Coré et de se refermer derrière elle. Peut-être la langue lui est-elle seulement inconnue. La voix se déplace sur sa droite, en même temps qu'elle, de l'autre côté du mur de muscles. Leurs trajectoires sont destinées à se rejoindre. Coré lève la main, touche la chair. Ru est brûlante. Les muscles pulsent au tempo de la chanson. Ébahie, absorbée dans l'observation du phénomène, Coré ne remarque pas tout de suite la caverne qui s'ouvre devant elle. Le couloir s'arrête brusquement et sa main retombe, faute de paroi à toucher.

Elle lève la tête. Ses lèvres s'entrouvrent. Ses poumons se gonflent, avides d'engloutir tout l'air disponible. L'espace au-dessus de sa tête étourdit la jeune femme. Elle éprouve une peur étrange : on lui a dérobé les deux murs tout proches, le plafond juste au-dessus de sa tête. Le choc est aussi grand que si elle s'aventurait à l'extérieur. Elle est happée par cette terrible cathédrale de chair au centre de laquelle se dresse une colonne grisâtre large comme un immeuble d'habitation. Son esprit peine à la décrire vraiment. La surface est luisante, grise mais striée de couleurs indistinguables les unes des autres. De tous côtés de la salle circulaire, d'autres cylindres semblables en tous points, quoique de moindre largeur, courent au sol comme des colonnes renversées et rejoignent l'axe central. Coré pose la main contre sa poitrine. À la vue de cet obélisque central, son cœur ralentit. Elle reconnaît cette sensation venue de ses rêves rouges. Elle éprouve l'intuition puissante que, si elle s'approche trop, elle sera absorbée. Il n'y aura plus de Coré, ni même d'Agathe : rien qu'un peu plus de Ru. À cette idée, son esprit se révolte, mais son corps ne lui obéit plus. Ses jambes continuent d'avancer vers le centre de la salle le long des colonnes couchées.

La voilà parvenue à mi-chemin quand une main se pose sur son épaule, la tirant de son envoûtement. Ses pensées reprennent le pouvoir sur son corps. Avant même de se retourner et de voir son visage, Coré sait qu'il s'agit de l'homme chantant. Il lui sourit. Comme elle s'y attendait, les traits de l'homme ne lui sont pas inconnus. Elle fouille sa mémoire mais ne trouve pas de réponse. Peut-être l'a-t-elle seulement croisé dans une rue, dans un organe ou un autre. Elle ne se doute pas qu'il s'agit d'une célébrité mondiale, mais après tout, aussi profond dans Ru, quelle importance cela peut-il avoir ? S'ils sont l'un et l'autre parvenus jusqu'ici, c'est qu'ils ont depuis longtemps abandonné leurs identités précédentes. Au sein de ce temple vivant, ils ne sont plus qu'une femme borgne et brûlante et un homme chantant.

La chanson s'arrête. L'homme ouvre la bouche et hésite un instant. Il chante seul depuis si longtemps qu'il en a oublié comment parler.

« Tu l'as entendue aussi ? dit-il finalement. Je pensais que j'étais le seul. »

Son intonation est pleine de soulagement, mais aussi de frustration.

« Je pensais que j'étais le seul », répète-t-il.

Coré comprend que cet homme est un homme d'orgueil. Il fallait à son ego être le seul à connaître cet endroit.

« Où sommes-nous ? demande Coré.

— J'étais dans la Tête quand je l'ai entendue pour la première fois. »

Il hésite.

« Non, ce n'est pas vrai. Je l'ai entendue bien avant. Dans un rêve bizarre. C'est pour cela que je suis venu à Ru. J'ai cru que la bête me parlait, alors j'ai tout fait pour la rejoindre. Quand je suis arrivé dans la Tête, je me suis endormi et… »

Son regard devient vague. Et rouge.

« Nous sommes près de la Tête, alors ! s'exclame Coré. Il y a bien un chemin ? Un chemin pour rejoindre la Tête, sans passer par la Moelle.

— Quand je me suis réveillé, j'étais au milieu de ses chairs et sa voix bourdonnait dans ma tête si fort que je ne pouvais même plus parler. Alors j'ai suivi son appel et j'ai découvert cet endroit. »

Coré n'ose pas se retourner, de peur que l'immense pylône luisant n'établisse de nouveau son emprise sur elle.

« Elle ne fait pas exprès, ne t'inquiète pas. »

L'homme sourit. Il en a l'habitude. Il n'a passé sa vie qu'à cela : sourire à des inconnus et chanter.

« Elle est en train de se réveiller », dit Coré.

L'homme chantant secoue la tête.

« Elle n'a jamais été endormie. Elle est tombée et, sous le choc, elle a perdu connaissance pendant quelque temps, c'est tout. Elle dormait avant. Avant de se soulever. Elle ne dormira plus avant… »

Coré répète sa question.

« Où sommes-nous ? »

L'homme hausse les épaules.

« Je ne suis pas anatomiste, mais ce doit être une partie du bulbe rachidien, qui connecte la Moelle et le cerveau. Vous dites que vous vivez "dans la Tête", mais vous pourriez dire "sur le cerveau". C'est un peu drôle, n'est-ce pas, cette manière de voir les organes comme des espaces vides à occuper et non comme des machines chargées de remplir une fonction ? Juste un peu plus avant doit se trouver le cerveau reptilien ou ce qui lui correspond : là où ont lieu les connexions cérébrales les plus fortes et les plus intenses. »

Coré commence à comprendre.

« Les plus simples, aussi. »

L'homme chantant acquiesce.

« Comme se relever, quand on vient de tomber.

— Elle ne fait pas exprès.

— C'est tout naturel, pas vrai ? Vouloir se remettre sur ses pieds. Ses pensées sont si intenses qu'elles rayonnent tout autour, si fortes qu'elles peuvent prendre le pas sur les nôtres qui sommes si petits.

— J'ai rêvé que j'étais elle.

— J'aimerais penser que c'est ma voix qui la réveille, mais la vérité, c'est qu'elle n'a pas besoin de moi. Quoique je fasse, elle va se relever. Tout juste a-t-elle besoin d'un peu d'aide. Peut-être qu'elle aime simplement la musique. »

Coré lève un sourcil, malgré elle.

« Je sais ce que tu penses, reprend l'inconnu. Avec la taille de ses ouïes et ma toute petite voix, quelle sorte de son peut-elle entendre ? Comment croire que cela a le moindre effet ? Ce n'est qu'une toute petite partie de la musique qui passe par l'ouïe, et par le cerveau. L'important, c'est de faire vibrer le corps, et, pour cela, force t'est d'avouer que je suis superbement placé. »

L'assertion ne souffre pas de contestation. L'homme possède de toute évidence un orgueil d'artiste, immense et fragile à la fois, avec des prétentions qui tiennent parfois de l'hybris.

« Je l'ai dit à tout le monde, là-haut. Et je ne suis pas la seule. Il y a des gens qui ont remarqué le changement. Des scientifiques, des sismologues, avec des machines. Il y a des chiffres, des preuves. Je les ai montrées.

— Et qui t'a écoutée ? Si cela avait marché, est-ce que tu serais là, toute seule, perdue entre les muscles ? »

Coré sent un goût amer dans le fond de sa gorge. Elle ne peut pas répondre. Elle secoue juste la tête.

« L'important, c'est le corps : ils ne s'en rendront compte que quand ils le sentiront dans leurs os, dans leurs cavités. Et encore, cela sera peut-être même trop tard. Tu peux écrire la plus belle mélodie possible, l'arrangement le plus délicat, la composition la plus finement ornementée, rien ne touchera jamais mieux ton public que le battement d'un tambour. Nous avons choisi le risque quand nous sommes venus à l'intérieur, quand nous avons décidé de croire que ce n'était qu'une expérience spéléologique de plus. À nous d'en assumer les conséquences, à présent. »

Les flammes reprennent vie en Coré. Elle observe le visage de l'homme : il est vieux, plus vieux qu'elle, ridé. Pour lui, tout est déjà joué. Il a le luxe d'être fataliste. Mais elle ?

« Je n'ai pas choisi, moi ! Personne ne m'a demandé mon avis ! Je suis née ici ! À Cumiga ! Personne ne s'est posé la question de savoir si j'étais d'accord, si je voulais vivre dans la crainte de la destruction, dans la peur de la catastrophe, dans l'angoisse qu'il soit trop tard ! Ils m'ont fait, et c'est tout !

— Comme tout le monde.

— Exactement ! Personne n'a choisi, à part peut-être Romano et les autres ! Ceux qui vivaient là avant que Ru ne s'affaisse, ils n'ont pas choisi non plus. Qu'est-ce qu'ils devaient faire ? S'enfuir ? Pour aller où ?

— Est-ce que cela importe ? »

À présent, le feu flambe entièrement, aussi rouge que le sol, et le bulbe nerveux y réagit sans doute. Il devient plus brillant encore, d'un blanc faussement uniforme qui dissimule un secret multicolore. Les connexions nerveuses au sol bourdonnent en harmonie. La voix de Coré, presque un cri, s'élève et les notes profondes des pensées de Ru emplissent la salle du battement de fréquences basses et similaires, construisant un contrepoint mélodique à sa colère.

« Bien sûr que cela importe si on n'a nulle part où aller ! »

L'homme recule d'un pas. Il veut ouvrir la bouche, mais la vibration de la pièce couvre sa tentative d'y ajouter sa propre note.

« Tu viens ici parce que tu le peux ! Tu es venu ici parce que cela te faisait trembler d'excitation ! Tu viens là pour chanter, pour nous donner des leçons ou je ne sais quoi, pour dire avec tes grands airs que tout est déjà trop tard. Mais tu peux repartir ! Tu n'as pas vécu ici. Tu n'as pas peur de l'extérieur. Tu n'es pas vraiment rouge Ru comme moi. Comme nous.

— Ce n'est pas ça, proteste-t-il faiblement. Je devais…

— Tu ne devais rien du tout. Tu es venu regarder la catastrophe et en tirer de belles mélodies pour tous tes amis de l'extérieur. Tu ferais mieux d'écrire des chansons sur les accidents de la route. Tu es un charognard, voilà tout ! »

Quand le mot est sorti, Coré se calme brusquement et le bulbe nerveux avec elle. L'homme la regarde avec une expression défaite.

Sa bouche reste ouverte, pathétique. Il n'a plus de mots, plus de notes, plus de sons. Il est venu à Ru avec toute l'idée, toute la certitude de ce qu'il était en dehors, mais à l'intérieur, à l'intérieur de l'intérieur, les règles et les postures de l'extérieur n'ont plus de sens.

« Je refuse de croire que je ne suis qu'un corps. Je refuse de dire qu'on ne peut pas parler, qu'il n'y a plus le choix. Les hommes à l'intérieur de Ru accélèrent son relèvement, c'est un fait. Ça ne sert à rien de le discuter. Mais qui a dit qu'on ne pouvait pas vivre dans une bête debout ? »

Seul au milieu de son silence, l'homme chantant n'est plus si impressionnant. Il n'est même plus reconnaissable. Qui il est ne représente plus aucun mystère pour Coré. Elle découvre que, si sa colère n'est pas dirigée contre lui seul, elle l'englobe pourtant.

« Peut-être que le vrai problème, c'est qu'on a voulu faire à l'intérieur comme à l'extérieur. On a voulu faire dans Ru comme au-dehors. Personne ne s'est posé la question du "pourquoi". On a dit "Pourquoi changer ?", "Pourquoi faire autrement, puisqu'on a toujours fait ainsi ?". Pour quelle bonne raison, à part celle de l'habitude, a-t-on décidé de vivre comme cela, et tant pis si cela veut dire aller droit au désastre ? »

Le chanteur essaie alors de répliquer :

« D'autres avant toi ont essayé. Ça ne marche pas. »

Coré ne répond pas tout de suite. Elle regarde l'homme, ce chanteur de l'extérieur, qui est venu voir, persuadé d'avoir un rôle à jouer pour découvrir que sa présence n'est pas *nécessaire* et qui s'est alors réfugié dans la manifestation la plus mince de ce qu'il est capable : faire se mouvoir un corps qui ignore sa présence.

« L'important, ce n'est pas de réussir, répond-elle. L'important, c'est de continuer à essayer de le faire. »

Elle se sent si pleine de feu, en nage, la langue et la gorge sèches comme du sable, qu'elle s'étonne de ne pas s'être muée en torche. Le bulbe nerveux a repris son aspect initial. Dans un coin de sa tête, elle distingue alors la présence de Ru : une voix sans mots, une forme dénuée de contours. Elle sent la bête compter ses forces et faire jouer doucement tous les muscles de ses puissants membres. Sa colère flamboyante, si minuscule soit-elle, a contribué elle aussi à accélérer son redressement. Coré comprend que tout le temps qu'elle a passé à prévenir de l'imminence du désastre a été perdu. Tout comme le chanteur, l'immense majorité attendra qu'il arrive, certaine – et peut-être à raison – de son impuissance. Elle l'espère même. Ce sera, après tout, un sacré spectacle.

Ce qu'elle doit désormais faire, c'est penser à l'après. Il lui faut trouver le moyen d'être heureuse dans un monde en mouvement, au sein d'une bête qui se déplace. Puisqu'il est trop tard pour prévenir le désastre, il faut saisir l'opportunité et en faire un changement pour le mieux.

De cela, le chanteur paraît incapable.

Coré lui demande :

« Alors, où est le chemin de la Tête ? »

L'homme immobile tend le bras vers le couloir d'où il est venu.

« Tu n'es pas obligé de rester ici », l'invite la jeune femme.

Il fait non de la tête.

« Je pense que je vais rester là et écouter encore un peu. »

Puis il s'assoit en tailleur contre l'une des connexions nerveuses et ferme les yeux. Ignorant Coré, il commence à dodeliner de la tête sur un rythme étrange et complexe que lui seul entend et qui n'a rien à voir avec la vie de Ru. Elle cligne de l'œil, surprise et étrangement déçue, puis tourne les talons en prenant soin de ne pas faire de bruit. Elle s'engage dans le couloir musculaire. Aucun obstacle ne vient contrarier son avancée. Elle marche d'un bon pas, heureuse de toucher au but. Une fois dans la Tête, elle devra réfléchir aux décisions à prendre. Elle se presse car la rencontre lui a rappelé que le temps leur est compté. Ru se relèvera vite.

Derrière elle, la voix du chanteur s'élève en une litanie froide. Le pauvre homme, pense Coré, est bien trop de l'extérieur, bien trop *bleu* pour comprendre vraiment Ru. Ce sentiment de pitié ne dure pas longtemps car elle ne tarde pas à se souvenir qu'il ne chante pour personne d'autre que lui-même.

ANGLES MORTS

Le soir même, après quelques excuses pour sa disparition présentées de mauvaise foi aux organisateurs, Alvid s'isole dans sa chambre d'hôtel et compose le numéro de téléphone de son producteur. Celui-ci lui répond d'une voix empâtée : il dormait. Alvid n'a pas tenu compte du décalage horaire. Il constate avec une certaine satisfaction que l'heure de Ru lui est devenue naturelle. C'est une bonne chose. Il doit tout faire pour cesser d'y être un étranger. Quand le producteur lui demande ce qu'il se passe, Alvid lui répond qu'il n'a pas retrouvé Sandro mais qu'il va rester à Ru quand même. Il a envie de faire un film. Son producteur répond très bien, qu'ils en parleront à son retour. Alvid insiste : il ne va pas revenir. Pas tout de suite. Il reste. Il a besoin d'aide pour trouver un logement plus permanent qu'une chambre d'hôtel, ainsi que du matériel. Il a sa caméra, mais c'est tout. Il lui faut des microphones, un ordinateur, des disques durs, bref : l'habituel. Le producteur soupire, demande sur quoi porterait le film. Alvid ne sait pas encore, pas exactement. Il a besoin de regarder encore pour voir et pour savoir. Nouveau soupir. Le producteur dit qu'il le rappellera demain. Alvid lui demande de ne pas tarder. Le lendemain, c'est la fin du festival et il doit rendre sa chambre d'hôtel. Ils raccrochent. Alvid sort, va boire un verre et se couche. Il dort sereinement.

Sandro a peut-être disparu pour qu'il vienne, pour lui montrer quelque chose. Alvid, en tout cas, est décidé à regarder pour de bon.

Le lendemain, au moment de rendre les clefs, il reçoit deux adresses sur son téléphone : l'une d'un appartement, l'autre d'une société de location de matériel. Il s'installe dans le premier et, le deuxième jour, l'équipe avec des valises ramenées de la seconde. Contrairement à ses habitudes, Alvid a voulu parer à toute éventualité. Il a donc loué un peu de tout. Le sol du minuscule et obscur studio est recouvert de câbles, d'objectifs, de projecteurs et de microphones sans fil. N'en connaissant pas, il n'a pas donné de date de retour. Pour les détails, voir avec la production. Le troisième jour, il se rend à la préfecture. Cette fois-ci, il n'y a aucun étudiant enthousiaste pour l'attendre et l'accueillir. Quand il demande à voir le préfet, on lui dit que ce n'est pas possible. Il donne son nom, ce qui ne l'aide pas beaucoup. On lui demande pourquoi cette visite, il dit qu'il fait un film, qu'il est un des réalisateurs invités du festival. Pour les autorisations de tournage, il faut voir avec la sous-préfecture de la Tête. Alvid dit qu'il ne veut pas filmer seulement dans la Tête.

« Où voulez-vous tourner, alors ? » lui demande-t-on, l'air étonné qu'on s'intéresse au reste de Ru.

Alvid répond :

« Partout. »

On le regarde de la tête aux pieds puis, voyant qu'il n'a pas l'intention de partir, on finit par appeler un responsable. Une heure plus tard, Alvid voit arriver l'adjointe préfectorale à la Culture : une femme courtaude et souriant de toutes ses éclatantes dents. Elle le salue avec une grande familiarité, bien qu'ils ne se soient jamais rencontrés. L'adjointe, comme le préfet durant le festival, ne tarit pas d'éloges sur les films d'Alvid. *Hors* en particulier, bien sûr. En quelques minutes, Alvid ressort avec l'assurance de pouvoir filmer où il le désire. Il n'entendra plus jamais parler de madame l'adjointe préfectorale à la Culture. Il n'est pas dupe. Il sait que certaines portes ne s'ouvrent jamais vraiment. À moins d'y mettre du temps, bien sûr, et encore : pas à chaque fois.

Le quatrième jour, Alvid se met au travail. Il sort tout d'abord sans caméra, n'emportant qu'un enregistreur audio portatif, une courte perche et un couple stéréophonique de microphones. Il se plante sur le parvis de la Gare Occipitale, mû par le souvenir de son impression première à Ru. Comme il s'y attendait, si sa présence fait au début lever quelques sourcils, au bout d'une heure d'écoute plus personne ne lui prête la moindre attention. Alors seulement se met-il à marcher. Il sillonne l'esplanade au pied de la grosse tour, d'est en ouest puis du nord au sud, ne s'aventurant jamais à travers les deux avenues qui délimitent la place. On pourrait dire qu'il a une allure de chercheur d'or, sa perche au bout de son bras droit crispé avec les deux câbles des microphones la reliant à l'enregistreur passé en bandoulière ; ou mieux encore : d'un de ces glaneurs de métaux qui sillonnent parfois les plages de l'extérieur. À ceci près qu'Alvid ne recherche rien. Il écoute. Écouter n'est pas une conquête. C'est une longue attente. Il s'agit de recevoir le monde à travers une paire d'oreilles artificielle, dont la position et l'orientation peuvent faire basculer la sensation du tout au tout. Peu à peu, l'oreille se familiarise et, par une habitude ancrée de concentration passive, le paysage sonore se décompose tout autour d'Alvid : les voix, les pas, le vrombissement patient des moteurs de climatisations, les éclats de rire, et les annonces étouffées à l'intérieur de la gare puis, encore plus loin, plus ténu, la marée des voyageurs qui souffle, se canalise dans des escaliers mécaniques. Puis Alvid fait demi-tour et tout le reste de la Tête s'offre à lui : des dizaines de milliers de véhicules, les tintements des feux de signalisation pour malentendants, le roulement pneumatique des affiches publicitaires, le glissement aigre des tramways sur leurs rails. Quelque chose trouble ses oreilles entraînées. Cette ville ne sonne comme aucune autre. Mais aucune ville ne sonne comme aucune une autre. Chaque ville a une voix, un timbre, une prononciation. Celle-ci est agitée, frénétique, haletante mais alanguie Il laisse échapper un glapissement victorieux quand il comprend. Il dirige alors ses microphones vers le haut et la voûte bleutée du crâne. Le son dans ses oreilles s'affine avec le mouvement des capsules directionnelles ; il perd ses graves puissants de l'activité humaine. Cette *couleur* sonore qui le perturbait tant, c'était celle-ci : la résonance dilatée de cette caverne vivante dans laquelle baignent tous les sons de la ville. Alvid ferme les yeux.

Il se concentre sur les déformations induites par cette réverbération et, peu à peu, au son s'ajoute la lumière. Il entend et voit rouge Ru.

Alors Alvid arpente ainsi la Tête durant un peu plus deux semaines, casque sur les oreilles et micros en main, à la recherche du son qui démarrera son film. Son gros sac sur le dos lui donne une allure de randonneur, et c'est en quelque sorte ce qu'il est. D'autres marchent un appareil photo en main. Pas lui. Le goût du son lui est venu avant celui de l'image. Alvid écoute avant de voir, il enregistre avant de photographier. Lorsqu'il a réalisé ses premiers longs métrages, certains ont dit de lui qu'il filmait comme s'il tenait un microphone plutôt qu'une caméra. Il n'a jamais cherché à les contredire. Il trouve l'image non seulement belle, mais aussi juste.

Pour Alvid, un film est œuvre de patience, d'écoute et de vision. La vision, cependant, vient toujours en dernier. Il écoute, mesure, attend. Quelque chose va se manifester.

Les meilleures découvertes ont souvent quelque chose d'accidentel. Il s'est assis pour manger sur un banc et a déjà laissé retomber son casque autour de son cou quand il remarque qu'il n'a pas arrêté l'enregistrement. Les microphones sont dirigés vers le sol. Les indicateurs de niveau sonore s'agitent légèrement : deux lumières vertes frémissantes. Ce n'est pas grand-chose, mais cela l'intrigue. Il pose son sandwich, enfile son casque de nouveau. Il entend bien quelque chose mais n'arrive pas à déterminer ce dont il s'agit. Alors, indifférent au passage, il s'accroupit et colle la mousse protectrice des micros contre le sol. Le son, bien que toujours amorti et étouffé par l'épaisseur du trottoir, se présente alors plus nettement à lui. Il y a des pas sous le sol ; il y a peut-être même plusieurs paires de pieds.

Alvid se redresse brusquement, bien décidé à trouver la source du son. Il agite sa tête dans tous les sens. Il repère une plaque d'acier dans le sol, marquée du sigle de la préfecture. Il se morigène : bien sûr qu'il y a des pas sous le sol. Comment une ville pareille pourrait-elle exister sans un système d'égouts ? Sandro lui reprochait souvent de se dissiper dans des considérations philosophiques et, ce faisant, de perdre de vue l'évident, le simple, le quotidien. Il se fige, et tout son matériel lui paraît soudain bien pesant, quand il comprend qu'il vient pour la première fois de penser à Sandro non pas comme à son mari bien vivant et présent, mais dans un temps du passé. Alvid essaie d'ouvrir la plaque, mais celle-ci n'offre aucune prise. Il faut un outil adapté.

Le temps est donc venu de se servir de sa précieuse autorisation d'aller où il le veut. Il rentre chez lui, téléphone au numéro que la préfecture lui a fourni, explique sa volonté de passer sous la chaussée. On dit qu'on le rappellera. Alvid dit préférer rester en ligne jusqu'à avoir une réponse. On est surpris ; il insiste. On lui propose un rendez-vous pour le lendemain avec un employé des services techniques sous-préfectoraux. Le soir vient. L'esprit surexcité, bouillonnant d'envies et d'anticipation, Alvid vérifie plusieurs fois que tout son matériel est organisé et ses batteries chargées. Il peine à trouver le sommeil. Il est si occupé par le film dont il commence à distinguer la forme lointaine devant lui qu'il ne remarque pas qu'il a appelé cet appartement sommaire « chez lui ». Le voilà chez lui à Ru. Bientôt, l'extérieur ne sera plus qu'un souvenir. Au bout de quinze jours d'écoute, ses oreilles se sont habituées au souffle de Ru comme à l'état normal du son.

Le lendemain, le technicien qui vient à sa rencontre porte un uniforme rouge dont seule la sacoche à outils le différencie d'un agent des forces de l'ordre. Alvid le rejoint non loin de son immeuble et l'homme le regarde arriver d'un drôle d'œil avec son propre sac et son propre matériel. Après l'avoir sommairement salué, il délimite à l'aide de plots et de bande plastique, rouges l'un et l'autre. Puis il choisit une barre de fer à l'embout en forme de croix et, d'un geste habile, fait sauter la plaque de fer hors de son emplacement. La trappe dévoile une échelle en aluminium. Ils descendent tous les deux. Le pied d'Alvid est moins assuré en passant d'un barreau à un autre. Le technicien allume une lampe torche.

« Alors, c'est quoi que vous voulez voir ? »

Alvid, qui ne sait pas encore bien où il est, répète avec un peu d'incertitude dans la voix :

« Tout. »

L'homme hausse les épaules et s'engage dans le tunnel, indifférent à Alvid qui le suit, micros ouverts et oreilles couvertes. Dans le noir, il ne voit pas le sol mais l'entend très bien. Il marche sur de la terre. Sur la droite, de longues et larges canalisations métalliques tintent sous les gouttes d'humidité. Les murs sont de béton froid et gris. Le plafond, la chaussée et le trottoir ne sont qu'à deux mètres au-dessus de lui. Alvid doit baisser le gain d'entrée : les voitures et les camions qui circulent font tant de bruit que les préamplificateurs de son enregistreur saturent. Tous les trois mètres, des lampes fluorescentes verdâtres luisent assez pour les distinguer elles, mais rien autour.

Au bout de plusieurs minutes de marche, le technicien s'arrête et se retourne.

« On peut continuer comme ça longtemps, mais il n'y a pas grand-chose à voir de plus. »

En effet, la galerie continue, en croisant d'autres, mélangeant les canalisations et les tuyaux.

« Toutes les eaux usées vont bien quelque part, non ? »

Le technicien acquiesce. Il lève le bras dans une vague direction ouest.

« Toute l'eau vient de l'extérieur d'un côté… »

Puis l'autre vers l'est.

« … et ressort de l'autre. »

Il a suffi à Alvid de poser une seule question pour que l'homme, à qui peut-être personne ne demande rien de ce qu'il sait et connaît, se mette à parler sans vraiment attendre de réponse. Il déroule une explication qu'on peut imaginer longuement mûrie dans l'espoir de la prononcer enfin.

« C'est toute la ville qui est comme ça. Elle est comme sur pilotis, si on veut : impossible de creuser pour faire des fondations. La cervelle… »

Il tape du pied, et Alvid découvre qu'il marche sur le cerveau de Ru.

« … est trop dure pour pouvoir forer dedans. Alors il a fallu ramener de la terre, beaucoup de terre, pour faire une épaisseur et pouvoir creuser des fondations. C'est comme ça partout, dans tous les organes. De toute façon, c'était pas la place qui manquait. Là-dessous, il y en a bien pour trente ou quarante mètres de terre, étalée en couches. »

Il mime des épaisseurs de ses deux mains.

« Ça fait terre, béton, terre, béton, terre… Vous voyez le principe. Béton armé et même surarmé, bien sûr. Le plus dur, ça a été de faire remonter les camions jusqu'ici, tout droit le long de la Moelle. Ils avançaient pas vite. Depuis l'Anus, c'était une bonne semaine ou dix jours. Enfin, si vous voulez mon avis, c'était quand même un sacré bordel, mais un beau morceau d'ingénierie. »

Cette dernière phrase, il la prononce en une seule expiration. Il a le regard un peu rêveur : emporté dans l'évocation de ces travaux monumentaux tels que l'humanité n'en avait jamais connu jusque-là. Pour Alvid, c'est la première image du film et il regrette de ne pouvoir la filmer. Il sait qu'un regard comme celui-ci, il ne sert à rien de chercher à le retrouver ou le recréer. On ne peut que le voir. Lui l'a vu. Il devra le faire exister autrement dans le film. Ce sera un regard en creux.

« Personne n'habite ici, en dessous ? »

Le technicien ne comprend pas.

« Hier, j'ai entendu des pas sous un trottoir. Par mes micros. Et des voix aussi, ment-il pour insister.

— Vous êtes sûr ? »

Alvid acquiesce.

« J'ai du mal à croire que vous ayez entendu quoi que ce soit. C'est moi qui tiens le registre des entrées et des sorties, et, hier, personne n'est descendu du tout. Il n'y avait personne. »

C'est au tour d'Alvid de demander :

« Vous êtes sûr ? Vers midi, ou plutôt au début de l'après-midi ? »

L'autre secoue la tête et répète qu'il n'y avait personne.

« Il n'y a jamais personne là-dessous. »

Alvid fait la moue. Il n'est pas convaincu. Le technicien l'observe. Il le trouve étrange.

« Pourrai-je revenir demain ? »

L'autre hausse les épaules.

« Si vous voulez. Vous n'allez rien entendre de plus, par contre. Je sais pas ce que vous cherchez, y a que des tunnels, des fondations, des tuyaux… »

Ils reprennent le chemin de la bouche d'égout et remontent. Une fois retrouvé le goudron sous leurs pieds, Alvid remercie son guide. Ils se serrent la main et se donnent rendez-vous le lendemain à la même heure. Le technicien se laisse faire, toujours pas convaincu.

Le jour suivant, Alvid arrive un peu en avance avec quelques microphones de surface. Leur capsule est collée au milieu d'une rondelle de caoutchouc. Moins directionnels, ils captent mieux les vibrations du sol que ceux qu'il a utilisés jusque-là. Il les pose face contre terre, emballés dans une résine protectrice et attend, à genoux au milieu du trottoir, indifférent aux passants qui le bousculent. Tout d'abord, il n'entend rien. Puis le son revient, amplifié par la sensibilité accrue des microphones. Il entend un pas puis un autre qui s'éloignent vers le nord. Fébrile, Alvid ramasse les capsules et court cent mètres en avant pour rattraper les pas qui avancent toujours, écoute, puis repart. Au bout de la quatrième course, hors d'haleine, il constate avec déception que les pas ont disparu. Leur volume n'a pas lentement diminué pour disparaître. Non : ils se sont effacés d'un seul coup. Le casque toujours sur les oreilles, Alvid se laisse aller sur le dos. Sa déception ne suffit pas à tuer son excitation. Il n'a pas rêvé. Il y a bien des gens sous la Tête. Il y a des gens qui vont et viennent.

Qui sont-ils ? Où vont-ils ? Comment peuvent-ils apparaître et disparaître à volonté ? Est-il possible qu'il soit le seul à les avoir remarqués, à les avoir entendus ?

Mais ce n'est pas tout. Il y a autre chose. En retrouvant son souffle, en calmant les battements erratiques de son cœur, Alvid croit discerner un son plus étrange. Il y a un grondement sourd, ténu, encore plus profond. C'est un son si ample qu'il ne ressemble qu'à un autre : la respiration de Ru, l'haleine de la Tête. Le son se déploie. Alvid pousse au maximum le gain d'entrée de son enregistreur, le gain de sortie de ses écouteurs, jusqu'à ce que la rumeur de la rue en devienne insupportable, douloureuse. Il utilise toutes ses facultés de concentration et de scotomisation pour ne pas se laisser distraire. Il n'écoute que ces fréquences basses entremêlées et vivantes dont sa propre oreille ne perçoit que les longueurs d'onde les plus courtes. Le son se gonfle et se dégonfle, changeant comme la lumière flamboyante d'un crépuscule à l'extérieur, puis s'arrête à son tour brusquement. Alvid ne bouge pas. Il continue de supporter le vacarme brûlant de la ville qui maltraite ses tympans. Il ne lutte pas contre la migraine qui commence à s'emparer de ses tempes. De la sueur coule sur son dos, mouillant le goudron à travers son T-shirt. Il vibre. Il attend. Plusieurs minutes passent. Des visages inquiets apparaissent au-dessus de lui. Il les repousse d'un geste et ferme les yeux pour ne plus les voir. Il n'a rien. Il va très bien.

Il ne s'est jamais senti aussi vivant.

Et le son revient. La fin de l'attente coupe le souffle de l'auditeur terrassé par l'ampleur de ce qu'il perçoit. À des kilomètres de là, loin de la Tête, par-delà les égouts et les fondations, est-ce le battement d'un des cœurs de Ru qu'il entend ? La paroi musculaire se contracte si lentement que le mouvement est imperceptible. Les muscles ne bougent pas encore, mais c'est la prémisse d'un mouvement. Alvid se redresse brusquement. Les cœurs sont occupés ! Les deux cœurs, du Nord comme du Sud, sont habités ! S'il a entendu ce son, d'autres mieux équipés que lui l'ont certainement perçu. Et pourtant, on a bâti dans les ventricules, comme partout ailleurs. La sueur qui coule dans son dos devient froide et Alvid frisonne. Il ramasse son matériel. Étourdi par la révélation, il reprend le chemin de son rendez-vous. Devant un arrêt de tram, il contemple une minute le plan du réseau de transport de la Tête à côté duquel est accrochée la carte de Ru.

Alvid prend alors conscience pour la première fois de tout ce qu'il ne sait pas, tout ce qu'il ne connaît pas de cet endroit. En cet instant précis, le désespoir et l'ambition le partagent équitablement en deux. S'il devait résumer son état émotionnel, il le ferait avec cette phrase :

« J'ai vu si peu de Ru ! »

Ses yeux s'attardent sur les deux formes brunes qui symbolisent les cœurs. Il a envie de crier. Il faut les avertir ! Il faut s'en aller ! Mais, en observant les passants autour de lui, il découvre à leurs visages qu'ils savent. Tous les sourcils froncés, tous les nez penchés vers les téléphones portables, tous les bras serrés contre les torses lui disent qu'ils savent. Tous ceux qui vivent à Ru savent, au fond d'eux-mêmes. Ce son, les battements éternels des cœurs de Ru, ils l'entendent aussi clairement que lui mais avec leur corps entier. Depuis qu'ils sont nés, leurs os et leurs entrailles vibrent avec lui. Tous autant qu'ils sont, ils savent ce qui va se passer, ce qui adviendra forcément. Les cœurs de Ru vont battre. Inexorablement, tous les quartiers, tous les parcs, tous les centres commerciaux, et tous les *êtres humains* qui les occupent seront écrasés, broyés, réduits en poussière par une force telle que personne n'en a jamais expérimenté. La force de Ru fera passer les séismes pour de gentilles bousculades, les raz-de-marée de l'extérieur pour des fuites d'éviers et les plus terribles ouragans et typhons pour de plaisantes brises marines. L'esprit d'Alvid tourne en rond, avec toute l'obstination de son caractère d'artiste obsessionnel. Tout cela va arriver ! Tous le savent. Et pourtant, ils y vivent !

Comment décrire l'angoisse qui lui serre alors le cœur ? Comment exprimer sa terreur ? Il tremble, frissonne. La tentation le saisit un instant de tourner les talons, d'abandonner tout ici, de sauter dans le premier train à destination de l'extérieur et d'oublier toute cette histoire. Il choisira même d'oublier Sandro, qui a autant de chance de s'être proprement dissous dans Ru que d'y avoir été assassiné, et il reprendra sa vie. Pourra-t-il vivre, même à l'extérieur, en sachant ?

Non. Il ne pourra pas. Car, de Ru à l'extérieur, il n'y a qu'une enveloppe corporelle à franchir. Tout comme la terre de Ru vient du dehors, l'extérieur ne peut faire fi de la créature. Il ne partira pas. Il n'a pas la force de refermer ses oreilles et ses yeux. Ainsi Alvid décide-t-il à nouveau de rester. Cette décision, il l'a déjà prise une fois, mais il la reprend à nouveau. Il n'y a pas de véritable décision qu'il ne faille répéter au moins une fois. Certaines, comme un mariage, doivent être répétées plusieurs fois. Tous les matins au réveil, disent certains. Sandro et lui avaient l'habitude d'en rire quand les matins étaient difficiles. Ils reprenaient la décision ensemble. Alvid reprend donc sa décision, mais cette fois-ci avec Ru et non pas en observateur extérieur. Ses oreilles, pas plus que ses yeux, si entraînées soient-elles ne le mettent pas en dehors du monde.

Il rejoint le technicien, qui lui ouvre l'accès aux soubassements de la Tête avec moins de grâce que la première fois. Cette fois-ci, c'est Alvid qui ouvre la marche. Le technicien lui demande ce qu'il cherche. Alvid répond en souriant qu'il cherche les gens qu'il a entendus. L'homme proteste une nouvelle fois qu'il n'y a personne ici.

« Ils y sont forcément, répond Alvid. Je les ai entendus. »

Alors il cherche. Il cherche pendant plusieurs heures, casque sur les oreilles. Il pose ses microphones de surface sur tous les murs en quête de bruits de pas. Au fond de son écoute, le battement de Ru continue. Maintenant qu'il l'a véritablement entendu, il ne peut plus le chasser de ses oreilles. Lorsque son guide commence à perdre patience, il se retourne vers lui et dit :

« Vous n'avez pas besoin de m'accompagner, vous savez. Je peux me débrouiller tout seul. Il ne va rien m'arriver. »

Mais l'homme secoue la tête.

« Je n'ai pas le droit de vous laisser tout seul. Question d'assurances. S'il vous arrive quelque chose, ce sera de ma faute. »

Alvid réfléchit.

« Et si je me laissais enfermer ? Par erreur. Mon erreur. Si nous disions que nous sommes sortis et que vous ne m'avez pas vu redescendre ? Ce serait de ma faute. Je serais le seul responsable. Nous pourrions même préférer dire qu'il ne s'est rien passé. Personne n'en saurait rien et, si quelqu'un s'en rend compte, il ne s'en prendra qu'à moi. Un touriste idiot. »

L'homme le regarde, pensif. Il pèse le pour, le contre, évalue le risque. Il doit considérer celui-ci comme bien peu élevé car il finit par acquiescer. Ils conviennent que, le soir venu, Alvid restera seul dans les soubassements et que le technicien ne viendra l'en tirer que le lendemain matin. Par chance, Alvid est venu équipé. Il a emporté quelques provisions et sa propre lampe. Au fond de son sac à dos, consciencieusement roulé, il porte un mince sac de couchage qui lui suffira bien en cas de fatigue. Le sol est sec.

Toute la nuit, seul en dessous de la Tête, Alvid s'avance loin, bien loin dans les tunnels en prenant soin de marquer à la craie son passage à chaque croisement. Il a rebranché des microphones directionnels, qu'il braque dans chaque tunnel, guettant le plus petit frottement de pied, la plus mince respiration. Il y a seulement quelques mois ou même quelques jours, Alvid se serait senti mal à l'aise, enfermé dans des couloirs souterrains. Mais quelque chose a changé en lui. Il a maintenant compris qu'il n'est jamais vraiment enfermé, pas plus qu'il n'existe un dehors ou un dedans. Puisque Ru n'est pas véritablement séparée de l'extérieur, il n'y a pas de couloir sans issue.

Sa nuit, pourtant, est infructueuse. Il n'entend rien. Quand le matin revient, quand le technicien lui ouvre de nouveau la trappe et quand ils jouent la petite scène de surprise sur laquelle ils se sont accordés la veille, il est bredouille et doit bien se rendre à l'évidence que son guide avait énoncée. Il n'y a personne dans ces galeries. Son film ne commencera pas là. Tant pis. Il reviendra peut-être prendre quelques images tout de même.

Il rentre chez lui, et s'endort. Le lendemain, il choisira un nouvel organe où porter ses oreilles puis ses yeux. Ce n'est pas son premier faux départ.

Mais, comme tout observateur trop préoccupé par une forme ou un signe en particulier, Alvid n'a pas remarqué tous les autres.

Il n'a pas vu, juste en dessous de l'endroit où il a marqué son chemin à la craie, d'autres marques subtilement gravées dans le béton. Avec l'étroit faisceau de sa lampe torche, il n'a pas remarqué les traces dans la poussière du sol. Il n'a pas vu la fissure dont s'échappait une chaleur douce et humide qui contrastait durement avec le froid sec des couloirs bétonnés. Le microphone tourné dans la mauvaise direction, il n'a pas entendu les voix qui murmuraient dans la fissure, attendant qu'il passe pour en sortir. Il est passé à côté.

À travers ses microphones comme par un objectif, Alvid s'est trop concentré sur ce qu'il voulait voir ou entendre, sur ce qu'il entendait et cherchait à voir, et pas assez sur ce qu'il ne voyait pas. Il n'a pas prêté attention à tout ce qui se déroulait dans son angle mort.

Il ne cherchait pas la bonne chose ; aussi n'a-t-il pas pu découvrir le chemin qui mène à la Tête : l'entrée cachée du monde de l'Intra.

Qu'il s'en rende compte ou non, qu'il le veuille ou pas, Alvid fait bel et bien partie du monde du dessus.

JOURS ROUGES

Voilà ce qui arrive :

Au début du mois d'octobre, alors que dans les Organes Nord la durée d'allumage de l'éclairage artificiel raccourcit, alors que les ouïes et l'Anus laissent entrer l'air de plus en plus frais de l'extérieur et que la préfecture ordonne de ne pas forcer le chauffage pour compenser, alors que les élèves et les étudiants se résignent tout juste à une autre année scolaire, alors que les cadres des grandes entreprises Ru et de la préfecture se serrent les uns contre les autres pour se tenir chaud, alors que les employés des magasins des Cœurs Nord et Sud se frottent les mains en relevant leurs grilles et alors que la vie des travailleurs en contrat flottant des Intestins continue, ignorée de tous les autres, il se passe à Ru une chose telle qu'il ne s'y en est jamais passé.

Les travaux d'élargissement de l'autoroute de la Moelle arrivent enfin à leur conclusion. L'axe principal de circulation de Ru arbore désormais six voies, trois dans chaque sens, sur la majorité de son parcours, huit en certains endroits et même dix à l'approche finale de la Tête. Le trafic, longtemps ralenti et obstrué, reprend enfin avec soulagement. La circulation à l'intérieur de Ru en est facilitée. Cet unique point de blocage suffisait à tout ralentir. Le préfet fait une apparition devant les caméras de télévision, il coupe un ruban comme il avait déclenché la première coulée de béton de l'agrandissement, des années auparavant. Deux symboles certes dérisoires mais qui lui permettent d'entourer toute l'entreprise, de s'en approprier la réussite et d'en recueillir la gloire. Il sourit, comme il sourit tout le temps. Il fait des promesses qui, comme toutes les promesses, n'engagent que ceux qui les croient. Devant les objectifs, il parle longtemps, le visage fier, mais toutes ces paroles ne disent rien. Elles ne servent qu'à occuper l'espace. La vérité ne se trouve pas là. Malheur à ceux qui l'y cherchent.

Le premier portique s'élève deux semaines seulement après la rupture du ruban, tout près de l'Anus. Un ralentissement se constitue immédiatement. Les automobilistes ne comprennent pas ; ou plutôt ils comprennent trop bien. Sous son toit, toute une série de cabines et de bornes de paiement automatique. Sur chaque cabine, sur chaque borne, ils découvrent le logotype de la société Ruton : l'entreprise de travaux publics la plus vaste des organes. Le ralentissement se transforme en bouchon. La plupart des conducteurs, voyant le montant demandé s'afficher sur les écrans aux cristaux liquides vert bouteille, sortent leur carte de crédit et l'insèrent. Le flux continue. Mais d'autres hésitent, râlent, crient. Certains même sortent de leur véhicule, remontent la file, expliquent aux autres ce qu'il se passe.

« Il y a des portiques Ruton. Il faut payer. La Moelle est payante maintenant ! »

Les autres hochent la tête, coupent leurs moteurs, sortent. Ils adressent des signes obscènes aux caméras de surveillance postées sur les barrières de l'autoroute. Quelques voitures passent encore après avoir payé, mais elles le font sous les huées des autres conducteurs. Comment osent-ils payer ? Pourquoi acceptent-ils ? La Moelle de Ru n'appartient à personne, et peu importe qui a coulé le macadam. Pourquoi paieraient-ils à Ruton le droit de l'emprunter ? Le bouchon s'élargit, s'allonge. Des voitures et des camions sont garés en travers de la chaussée. Soudain, les six voies ne semblent plus si larges que ça. Elles sont bien faciles à remplir, à bloquer. En moins d'une heure, l'interminable file d'automobiles et de poids lourds s'étire dans les deux sens, presque jusqu'à l'extérieur et au-delà de la fin des Intestins.

Voilà ce qui arrive : on installe un péage sur une route qui n'avait pas de prix. On instaure un octroi là où il n'en existait pas. Et de quel droit ? Voilà le crime : un vol.

Les images du bouchon s'envolent dans les réseaux, et les voix indignées s'entremêlent dans les airs jusqu'au plafond de Ru. Les caméras de télévision ne tardent pas à débarquer, tous objectifs dehors. Il s'agit de reprendre le contrôle : de montrer ce qu'il faut montrer. Par un heureux hasard, elles sont là pour capter le premier geste de violence et le diffusent encore et encore pendant toute la matinée. Le geste est bien dérisoire, en vérité. Quelques conducteurs se saisissent d'une barrière automatique, tirent, tirent, les mains crispées et les traits déformés par l'effort subit, jusqu'à la faire sortir de ses gonds puis l'arracher tout à fait. Et soudain, alors que les réseaux montraient jusque-là des visages et donnaient à entendre des mots, voilà que les écrans de télévision dans tout Ru ne présentent plus que cette barrière arrachée et les cris de victoire satisfaits de ceux qui l'ont détruite. En chœur, toutes les télévisions de Ru annoncent maintenant :

« Voilà le crime : la destruction. Le meurtre d'une barrière. Voilà la violence véritable. La violence *gratuite* : cette barrière n'avait rien fait. »

Et à force de le répéter, ceux qui regardent la télévision sont tentés de le croire. Après tout, cette barrière n'avait *effectivement* rien fait. Qui plus est, elle ne leur appartenait pas ! Chacun sait que c'est un crime grave que de détruire *gratuitement* ce qui ne nous appartient pas. Et l'horreur ne connaît pas de fin : une barrière arrachée, et ce sont toutes les barrières qui s'envolent. En chantant, on les jette sur le bas-côté, au rebut, à leur place. Et les écrans de faire coexister à présent ces images paradoxales : visages défaits et cris d'horreur d'un côté ; chansons et larges sourires et embrassades de l'autre. C'est qu'ils sont sereins, ces vandales. Ils détruisent consciencieusement, sûrs de leur bon droit quoi qu'en disent les télévisions, quoi que pépient les réseaux. Ces barrières, ces cabines, ce portique n'ont rien à faire là. Alors ils les enlèvent. Ce ne sont tout de même pas des visages sur des écrans qui vont leur dire ce qui est bien ou non. Il y a des postes de radio dans les voitures mais, les rares qui parlent encore, personne ne les écoute. Tout le monde est trop occupé à démanteler cette gare de péage inconvenante ou à partager des bouteilles de bière et de vin miraculeusement sorties des coffres. Ceux qui ne démontent pas discutent, jouent. Quelques microphones et quelques objectifs s'y aventurent, mais on les traite avec dédain. Ils sont pour la plupart refoulés au bord de la chaussée, sur le côté de ce qui se passe. En périphérie de l'événement. Certains rient : pourquoi ne viennent-ils pas plutôt boire un coup avec eux ?

Au bout d'une grosse heure de travail, le portail est presque entièrement démonté. Les barrières ne bloquent plus personne, si bien qu'on s'en désintéresse. On recommence à passer, comme si de rien n'était. La circulation reprend, une fois ce petit caillot éliminé. Mais on rencontre bientôt un autre barrage, descendu vers eux des Organes Nord, toutes lumières dehors. Une douzaine de camions rouge Ru barrent à leur tour la chaussée. En un rien de temps, le bouchon se reforme. Les policiers veulent procéder à des relevés d'immatriculation, à des contrôles d'identité. Ils ont été envoyés par la préfecture pour rechercher des coupables. Chacun sait que la violence est interdite et, qui pis est, quelqu'un doit bien payer pour les dommages infligés à la propriété de l'entreprise Ruton.

Au même moment, l'adjoint préfectoral au Transport fait son apparition, lutin surgi de sa boîte, et pousse de grands cris indignés. Il n'y a pas là de quoi être surpris. Cette cession, ce partenariat, avait été prévue dès le lancement du projet d'élargissement. La société Ruton a accepté de prendre pour elle une partie des frais des travaux et a reçu en échange le droit d'exploitation de plusieurs tranches de l'autoroute de la Moelle. Rien que de très normal. Les conditions et l'éventuel renouvellement de la concession seront débattus en assemblée préfectorale à échéance de cinq ans. Rien que de très normal. Ces vandales, ces casseurs, n'ont pas d'excuse. Nul n'est censé ignorer la loi. Tout cela dit sur le ton calme de l'évidence. Et les autres visages télévisuels de le remercier de ces précisions, de ces explications. Tout cela n'est donc qu'un incident malheureux. Les télévisions passent alors à autre chose. Elles détournent les objectifs, et ne repassent plus durant le reste de la journée qu'un montage de l'image de la barrière arrachée, de l'embouteillage monstre et de la parole de l'adjoint. Sujet clos.

Mais la journée n'est pas finie. L'après-midi débute à peine et les forces de l'ordre écarlates continuent à bloquer la Moelle, ne laissant passer que les automobilistes qui acceptent de donner leurs papiers. Après leur argent, on exige d'eux leur identité. À nouveau des images s'envolent vers les réseaux, mais les télévisions n'en montrent plus rien. C'est qu'on a appris entre-temps la nouvelle de la mort d'un ancien préfet, depuis longtemps malade. Cette auguste information a préséance sur de petites échauffourées.

Voilà le crime : détourner les yeux.

Vu d'en haut, le barrage rouge des camions de police semble bien dérisoire face à tous ces gens et toutes ces puissantes machines. C'est à se demander par quel miracle une aussi mince barrière peut retenir un pareil flot. Mais on sort de nouveau de son véhicule, et on crie que ce n'est pas normal. On ordonne aux policiers de les laisser passer. N'ont-ils rien de mieux à faire ? Aux visages fermés des forces de l'ordre, on comprend qu'eux-mêmes ne sont pas à l'aise. Ces automobilistes sont bien nombreux. En cas de problème, y aura-t-il assez des matraques et des fumigènes pour les arrêter tous ? Les policiers sont bien seuls face à une telle multitude, et tous ceux qui ont démonté le portique se sentent gonflés d'une énergie nouvelle. Jamais ils ne se sont sentis si emplis de force. S'ils ont cassé tout un bâtiment, ce ne sont pas quelques hommes et femmes en rouge qui vont les arrêter.

En pareille circonstance, ce qui doit arriver arrive. Une matraque se lève et retombe sur un crâne. On envoie les fumigènes, qui couvrent les six voies de la chaussée d'un voile pudique. De dessus ou du côté, on ne distingue plus rien. Il faut être au cœur de la fumée pour voir les coups, prendre les coups.

Voilà le crime : la violence masquée dans la fumée.

Alors c'est la cohue, ou plutôt la débandade. On contourne les voitures, on saute par-dessus, on abandonne tout en laissant les portières ouvertes. Dans la fumée, matraques et boucliers de plexiglas à la main, les uniformes rouges avancent entre les véhicules. On dirait le courant d'un ruisseau entre des galets. C'est la rivière écarlate qui repousse le fleuve, mais le fleuve n'a nulle part où aller. Partout autour des automobilistes : des voitures abandonnées. À gauche comme à droite : les barrières métalliques de l'autoroute. Face à l'avancée des uniformes, ils ne peuvent que faire demi-tour, courir vers la bretelle la plus proche. Ils toussent, ils pleurent. Ils ne voient plus rien. Ils s'attendent à tout instant à sentir sur leur épaule une main gantée qui les tirera en arrière, vers les camions. En quelques minutes seulement, les alentours du portique sont désertés. Ce n'est plus qu'un cimetière de véhicules abandonnés. À cela près, on pourrait croire qu'il ne s'est rien passé. Les camions rouges sont repartis.

Voilà ce qui arrive : le premier des Jours rouges.

Impossible de savoir si cette journée suffit à expliquer la suite des événements Il est plus probable qu'elle fasse partie d'une conjonction de facteurs.

Le surlendemain, après vingt-quatre heures de silence, le préfet fait une annonce. Les images des voitures abandonnées et du portique saccagé ont circulé sur les réseaux et un malaise, sinon un mécontentement, s'est répandu à travers tout Ru. Tout au long du jour précédent, des voix se sont exprimées pour mettre en question la légitimité de la cession à Ruton. Si la chose était si publique, pourquoi est-ce la première fois que l'on en entend ouvertement parler, comme un fait accompli ? Le préfet annonce donc un moratoire sur la tarification de l'autoroute de la Moelle. Il déclare également ouverte une grande concertation pour assurer une meilleure répartition de l'effort financier. Magnanime, l'entreprise Ruton, qui a d'abord affiché son intention de demander aux automobilistes vandales le paiement des dommages, décide finalement de ne pas les poursuivre en justice. Cette même justice administrative traite leur cas en moins de vingt-quatre heures. Ils en sont quittes pour une amende modérée. Toutes ces tentatives d'appeler au calme sont cependant insuffisantes.

L'échauffourée de la gare de péage du sud des Intestins agit sans le moindre doute comme un déclencheur. Le quatrième jour, sans concertation aucune – inexplicablement, dit la préfecture –, près d'un millier de personnes empruntent la bretelle d'accès à l'autoroute à pied. Parmi eux, on peut reconnaître plusieurs de ceux qui ont pris part au saccage des cabanons de paiement. Certains portent des pansements ou arborent fièrement les blessures reçues pendant l'émeute dissimulée dans la fumée. Ils remontent et n'ont qu'un seul mot à la bouche :

« Assez ! »

Assez de quoi ? s'interrogent immédiatement toutes les télévisions de Ru. Nombreuses sont les conjectures, mais aucun objectif ni aucun microphone, échaudé par les événements de l'avant-veille, ne se risque à donner la parole aux premiers intéressés. Au reste, ceux-ci ne répètent que cela : « Assez, assez, assez ! » À chacun de compléter comme il le souhaite. Le cortège s'étale à travers les six voies. De tous les ponts au-dessus de la Moelle, des téléphones et d'autres écrans capturent l'image de cette avancée. Les bras sont croisés, les torses serrés les uns contre les autres de manière à devenir inséparables. Une main rouge Ru qui voudrait se saisir d'un seul devrait lutter avec le millier entier. À la bretelle suivante, qui dessert la liaison Grêle-Côlon, la marche venue du sud est rejointe par plusieurs centaines de personnes encore, qui s'ajoutent à la chaîne. Les autorités du Transport et la direction de Ruton n'ont pas tardé à réagir : la Moelle est interdite à la circulation. Une certaine fébrilité s'empare de la préfecture, qui s'ingénie par ailleurs à n'en rien montrer. La Moelle bouchée, c'est Ru entière qui commence à s'embouteiller. Partout, des Reins aux extrémités enclavées des Membres, on sort de sa voiture. Impossible d'avancer. Partout, on se met à marcher. Les deux milliers grossissent, deviennent dix mille et plus. Tout au long de la journée, ce n'est que ça : « Assez, assez ! »

Sur les plateaux télévisés, les commentateurs habituels montrent en boucle toute leur incompréhension. Pourquoi « assez » ? Pourquoi ne demandent-ils pas plus, ou moins ? Qu'est-ce que cela veut dire ? De quoi « assez » est-il le nom ? Pour tous ceux-là, habitués à parler de tout sur un ton égal, le plus difficile est que cette lente et paisible remontée n'offre pas de prise au commentaire. Une fois déclaré qu'ils sont des milliers et qu'ils disent « Assez ! », que dire de plus ? Alors que les organes, les artères de Ru s'encrassent de véhicules bloqués et abandonnés, les rédactions d'information tournent en rond comme des oiseaux en cage et chantent la même chanson. Sans le vouloir, elles propagent à leur tour le mot : « Assez, assez ! » Lorsque la troupe, qui ne cesse de grossir, dépasse la première bretelle d'accès à l'Estomac sans daigner en bousiller la gare de péage, un journaliste dédaigneux qualifie tout cela de « reflux gastrique ». Le mot reste. Il se répand jusque dans le cortège lui-même, qui ne tarde pas à le faire sien. Après tout, ne sont-ils pas tous ceux du fond, tout l'acide de l'Estomac qui remonte jusqu'à brûler la gorge et gêner les organes supérieurs ? L'après-midi se déroule et le Reflux avance. Quand vient le soir, il est presque arrivé aux Poumons. Fatigués, ses membres décident de dresser un camp en travers de la route. Ru sera paralysée toute la nuit aussi. Le Reflux est maintenant constitué de plus de cent mille personnes. Elles montent leurs tentes, mangent, rient, chantent. Jusque tard dans la nuit, « Assez ! » résonne.

Pour savoir « assez » de quoi, on pourrait aller demander à tous ceux qui sont restés au fond des Intestins, dans l'Estomac ou dans la Rate, tous ceux dont la rancœur forme désormais la bile qui remonte la Moelle. Mais à quoi bon ? Sur les plateaux télévisés, on est persuadé de savoir tout ce qu'il y a à savoir sur le sujet. Pourquoi ces gens n'acceptent-ils pas simplement de payer, puisqu'il n'y a pas le choix ? La télévision et la radio ne comprennent pas et, comme à chaque fois que la pensée leur manque, adoptent le ton de la dérision et du mépris dont ne rient que ceux qui ne sont pas sur la Moelle ou ailleurs, tous ceux qui n'ont pas abandonné leur automobile car ils ne prennent que les trains qui desservent

Cumiga ou d'autres endroits comme ça. Leurs moqueries, le Reflux Gastrique s'en fiche. C'est tout juste s'il les entend.

Qu'ont-ils à se dire, tous ces gens qui viennent d'organes différents, font des métiers qui n'ont rien à voir ? Partagent-ils le même « assez » ? Comment leur répondre, s'ils ne posent pas de question ? Comment leur expliquer des règles qu'ils refusent d'appliquer ? En attendant, ils parlent.

Parmi eux, il y a un jeune homme venu de loin qui connaît bien la Moelle puisqu'il a participé à son élargissement. Youssoupha porte à tous les autres cette question : puisqu'il a participé lui-même à son édification, pourquoi devrait-il payer le droit de l'utiliser ? La réponse donnée n'est pas satisfaisante, alors il reprend de bon cœur le refrain, lui qui n'est qu'un intrus toléré à la condition qu'il ne fasse pas de bruit. Il crie avec les autres : « Assez ! » Cependant, ce n'est pas pour cette raison qu'il a d'abord rejoint le Reflux.

Ce matin, il ne travaillait pas. Il s'est levé tard, et son appartement – le nouveau, à peine plus grand que le précédent – lui a semblé inexplicablement insupportable. Alors, comme cela lui arrive de temps en temps, il est sorti se promener. Le Reflux n'était pas encore parti du sud des Intestins, mais une tension inhabituelle faisait déjà trembler tous les esprits dans le Tube Digestif. Peut-être sensible à ce changement diffus, Youssoupha a pris une direction qu'il n'avait pas prise depuis plusieurs mois, plusieurs années même. Il est allé vers la Paroi, vers ce quartier où on l'a initialement jeté, vers le foyer, vers le collège. Il n'a pas été surpris de constater que rien n'avait véritablement changé depuis son départ. Le collège était toujours le même, minuscule près des tours hautes qui touchent presque le plafond du Tube Intestinal. Les barres bétonnées étaient toujours les mêmes, entassées, collées contre la paroi. Elles avaient toujours l'air d'être sur le point de basculer en avant, emportant tous leurs habitants avec elles. Si Youssoupha n'était pas prompt au retour sur soi, il a tout de même constaté qu'il ressentait des sentiments mêlés à l'égard de ce quartier : quelque chose comme de la nostalgie, mais aussi la satisfaction de s'en être éloigné, même seulement de quelques kilomètres. En vérité, l'immeuble où il vit, plus bas dans l'Intestin Grêle, ressemble à s'y méprendre à ceux qu'il retrouve ici.

Un dicton doux-amer circule dans les organes digestifs : « Une fois dans le Tube, toujours dans le Tube » ou « Né dans le Tube, mort dans le Tube ». Comment Youssoupha pourrait-il le quitter vraiment, à part pour une virée aux centres commerciaux gigantesques du Cœur Sud ? Tout l'y rattache.

Voilà ce qui arrive : une fois dans le Tube, toujours dans le Tube.

Youssoupha est rentré dans un bureau de tabac. À l'intérieur, près du comptoir, il a reconnu un garçon du collège : un Extérieur comme lui, avec qui il partageait les cours de français supplémentaires. Les retrouvailles ont été courtes et malhabiles. Les deux jeunes hommes se sont observés. Ils se ressemblaient trop pour éprouver de la joie. Ils avaient les mêmes cernes profonds, les mêmes mains déjà marquées, la même voix rendue prématurément rauque par le tabac et le froid des petits matins. Il pourrait aussi bien s'observer dans un miroir. Cela a malgré tout fait un peu plaisir à Youssoupha. Un visage familier, c'est un visage familier, même s'il n'y a rien de plus à en tirer. Après quelques échanges de platitudes, quelques questions éludées de chaque côté sur le travail et le reste, l'expression de l'autre est soudain devenue grave.

« Tu n'es pas au courant ? a-t-il demandé.

Youssoupha a secoué la tête. Non, il n'était pas au courant. Et au courant de quoi, d'ailleurs ? L'autre a baissé la voix, il a presque chuchoté :

« C'est Mme Hamza. Elle est morte. »

Le visage de sa vieille professeure, longtemps effacé, s'est brusquement rappelé à lui. Il s'est souvenu de l'examen qu'elle les avait menés subir, et des viennoiseries ensuite. Ça et tout le reste, durant toutes ses années au collège. Mme Hamza, morte ? Comment ? L'autre a repris :

« Apparemment : suicide. Elle a laissé une lettre. Elle accusait tout le monde : la préfecture, l'adjoint à l'Éducation, la totale. Elle disait que c'était plus possible. Elle disait qu'elle n'en pouvait plus. »

Youssoupha est tombé de haut. Personne n'en avait parlé, ni à la télévision, ni à la radio qu'il écoute parfois dans les camions, jamais les mêmes, qui l'emmènent de chantier en chantier.

« La lettre est sur les réseaux. Et tu sais le pire ? C'est au collège qu'ils l'ont trouvée, un matin juste avant les cours. Il a été fermé deux jours, c'est tout. C'est la préfecture, à ce qu'on dit. Elle voulait pas que ça fasse de vagues. C'était le mois dernier. »

Alors la bouche de Youssoupha s'est ouverte pour de bon et voilà ce qu'il a dit :

« C'est pas normal. »

L'autre a acquiescé, Youssoupha a répété :

« C'est pas normal. »

Ils se sont quittés après une courte embrassade, comme font ceux qui partagent les mêmes deuils lointains. Sur le trottoir, Youssoupha s'est allumé une cigarette, a aspiré la fumée avec avidité, comme pour y chercher du réconfort. Il a levé la tête vers le plafond rouge et veineux. Il a aspiré encore et a recraché, plusieurs fois, comme pour remplir avec de la fumée le trou que la nouvelle de la mort de Mme Hamza avait laissé en lui, à une place qu'il ignorait jusque-là qu'elle occupât. En moins d'une minute, la cigarette a été terminée, consumée.

« C'est pas normal. »

Cigarette après cigarette, Youssoupha a laissé ses pas le guider vers le collège. Il s'est planté devant la grille et a regardé. Il n'y avait personne dans la cour de récréation. Les élèves devaient être en classe. Il a scruté la façade du petit immeuble bétonné, à la recherche de la moindre trace de son propre passage en ces murs, mais surtout de Mme Hamza. Rien. Il n'a rien trouvé. C'était le mois dernier, et il n'y avait plus rien à voir. Au bout d'un quart d'heure, la silhouette d'un assistant d'éducation a traversé la cour dans sa direction. Il lui a demandé ce qu'il attendait, s'il était un parent, s'il avait rendez-vous. Youssoupha a secoué la tête. Alors il ne devait pas rester là. C'était bientôt la pause. On ne voulait pas de gens qui tournent autour du collège comme ça. Youssoupha a hoché la tête. Avant même de penser à dire qu'il était un ancien élève, il a tourné les talons et s'est éloigné.

Une fois dans le Tube, toujours dans le Tube, oui, mais il ne laisse de trace nulle part.

Youssoupha a compris qu'il était condamné, prisonnier d'un endroit qui l'oubliait aussi vite qu'il était passé. Et il n'était pas le seul. Si Mme Hamza n'était pas encore oubliée, ce serait bientôt le cas.

« C'est pas normal. »

Bientôt, elle serait passée, *digérée* comme le reste. Dans les Organes Sud, dans le Tube digestif, tout descend. Tout passe. Mme Hamza, la professeure, celle qui savait quelque chose, qui savait *faire* quelque chose – pas comme lui, qui n'avait jamais rien appris qu'une langue pour parler, et encore, mal – était aussi effaçable, aussi remplaçable que lui. Youssoupha savait depuis longtemps qu'il n'avait pas de valeur autre que ce que ses mains étaient capables de faire, mais *elle* valait plus. Et de toute cette valeur il ne restait plus qu'une lettre : quelques mots sur les réseaux.

Il a répété :

« C'est pas normal. »

Et, imperceptiblement, attiré malgré lui par une force dont il n'a pas conscience, Youssoupha s'est laissé couler jusqu'à la bretelle d'autoroute. De là-haut, de son perchoir, il a vu le Reflux Gastrique avancer vers le nord sur la chaussée en dessous.

« C'est pas normal », a-t-il dit encore.

Mais il n'y avait plus rien de normal autour de lui. Il s'est retourné, a contemplé le quartier de la Paroi d'un peu plus loin. Il était là le *normal*, l'état actuel des choses. Mme Hamza qui se tue dans l'établissement scolaire où elle a travaillé dix ans : normal. Affaires courantes. La lumière rouge pesante, étouffante, les murs en béton de chaque côté comme des couloirs d'une prison gigantesque : normal. Les portiques de péage sur l'autoroute, poussés pendant la nuit comme des champignons : normal.

Et, allant contre ça, la rumeur qui remontait l'autoroute, venue du sud le plus lointain, du cloaque le plus profond. « Assez ! Assez ! Assez ! » Alors, à l'entendre, le cœur de Youssoupha s'est mis à battre à toute vitesse, plus rapidement que jamais. En cet instant, perché sur cette bretelle d'autoroute au-dessus d'une foule dont les cœurs grondaient aussi fort que le sien, il était plus vivant qu'il ne l'avait jamais été. Il a ouvert la bouche pour répéter encore une fois « C'est pas normal », mais voilà ce que ses lèvres écartées ont laissé passer à la place :

« Assez ! Assez ! »

Et ce n'est plus seulement sa bouche qui a parlé, mais son corps tout entier. Il a scandé dans un souffle venu du ventre. Son diaphragme a soulevé les mots et les a poussés, les a envoyés loin vers le nord, vers la Tête sourde et le Cœur indifférent.

Youssoupha ne possède pas de voiture. Il se dit qu'il n'en a pas besoin, mais la vérité, c'est qu'il n'en a pas les moyens. C'est Mme Hamza qui le fait ajouter sa voix et son acrimonie au Reflux Gastrique car, s'il ne sait pas grand-chose, Youssoupha possède au moins le sens de la reconnaissance et une intuition.

Voilà le crime : un professeur, des professeurs qui prennent leur propre vie à force de construire, envers et contre Ru entière, celle de dizaines d'enfants dont personne ne s'occupe.

Après un bivouac paisible d'une nuit sur le goudron noir et bleuté, le Reflux Gastrique reprend sa marche vers le nord. Le volume sonore n'a pas diminué, mais à un seul mot se sont ajoutés de nombreux autres, le fruit d'une nuit entière de discussions, de jeux et de chansons. Toutes ces paroles disparates ne demandent peut-être rien de précis pour l'instant, mais ce dont ils ne veulent plus est clair. Puisqu'ils ne veulent pas sortir, pas s'en aller à l'extérieur, que vont-ils faire ? Continuer à s'entasser là, y travailler, s'y épuiser, mourir, jusqu'à être remplacés ?

Au milieu du groupe, Youssoupha sent tellement de chaleur que les petits matins glacés à s'embarquer dans un camion avec d'autres anonymes semblent un lointain et mauvais souvenir. Au milieu de la nuit, il a rencontré une femme et ils se sont éloignés dans l'obscurité contre la barrière métallique pour faire l'amour. Couchés tout contre la paroi extérieure de l'Estomac, ils ont recueilli dans leur propre corps la chaleur de celui de Ru et chacun l'a partagée avec l'autre. Désormais, cette chaleur des vastes Organes Sud remonte avec eux. La femme, Youssoupha l'a perdue de vue avec le matin. Elle est quelque part dans le cortège. Savoir qu'elle y est lui suffit.

Dans la Tête, la préfecture n'est pas restée inactive. Pendant les longues heures de la nuit, les télévisions ont montré en boucle les mêmes images du bivouac : ses feux jaunes sur le goudron noir sous le plafond rouge. Elles ont montré les conséquences aussi : les embouteillages partout ailleurs dans Ru, les véhicules abandonnés souvent, les véhicules brûlés parfois. On y a entendu les témoignages de tous ceux que le Reflux Gastrique a incommodés durant la journée passée. Untel n'a pas pu se rendre à son travail. Il travaille à son compte. Qui va lui payer son manque à gagner, ses clients perdus ? Pour une autre, impossible de récupérer ses enfants en temps et en heure à la sortie de l'école. Elle a dû payer la garderie et elle n'a pas les moyens. Une ambulance n'a pas pu passer : le malade est mort. Un autre mort : celui qui a voulu remonter les pentes raides du Membre Milieu Droit à vélo, faute de pouvoir prendre son véhicule. Ses pieds ont quitté les pédales et il s'est effondré, foudroyé par une crise cardiaque. Si seulement les artères n'étaient pas toutes bouchées par la faute du Reflux Gastrique, se lamente à l'écran sa fille, les secours auraient pu arriver à temps ! Il n'aurait pas pris son vélo en premier lieu ! Une seule idée, une seule question sort de tous les écrans :

« Pour qui se prennent-ils, ceux-là, qui bouchent une route publique et y font la fête ? Ou encore : De quel droit incommodent-ils la vie de Ru entière ? Qu'est-ce qu'ils veulent, à la fin ? »

Patiemment, au fil des heures, les médias de Ru ont construit cette opinion. Ils ont habitué tous ceux qui les regardent et les écoutent à percevoir le Reflux Gastrique comme une offense, comme une rébellion inacceptable contre l'ordre *normal.* Comme un crime contre tous ceux qui n'y prennent pas part. Depuis Cumiga ou les autres quartiers préservés, depuis les rues lumineuses et toujours vivantes de la Tête, il est bien difficile de comprendre même son existence. Mais de quoi se plaignent-ils, au fond ? Il y a des choses bien pires qu'une barrière de péage sur une autoroute ? S'ils ne sont pas contents, crachent même certains, ils n'ont qu'à aller voir à l'extérieur si c'est mieux. C'est accepter Ru comme elle est ou sortir !

Le terrain ainsi préparé, la majorité apparente de Ru ne réagit pas quand des cohortes entières d'uniformes rouges empruntent à leur tour la Moelle, dans la direction du sud. Ils sont plusieurs centaines de membres des forces de l'ordre dont les bottes ferrées frappent en rythme le macadam de l'autoroute. À cause des embouteillages, ils n'ont pas pu aller à la rencontre du Reflux en camion. Ils doivent, eux aussi, marcher. Nombreux sont ceux qui découvrent ainsi la distance véritable qui sépare la Tête du reste du corps. On ne connaît vraiment un chemin qu'en le parcourant à pied et c'est ce qu'ils font, armurés de la tête aux pieds et alignés sur quatre rangs en travers des six voies. À peine se sont-ils mis en marche que la nouvelle de leur avancée parvient déjà au Reflux Gastrique. Un rapide calcul permet de prédire que le cortège et la compagnie se rencontreront près de l'accès au Cœur Nord vers la fin de l'après-midi. Alors le cortège, qui depuis le matin s'est quelque peu étiré et alangui, resserre les rangs. D'un côté ou de l'autre, la nervosité est égale. Le souvenir des fumigènes et des coups de matraque est récent et sensible, mais pas assez pour leur faire tourner les talons. Du côté des uniformes rouges, tout l'équipement, toutes les armes, les lanceurs de balles de caoutchouc et les grenades de désencerclement ne suffisent à effacer l'idée du nombre toujours croissant des membres du Reflux. Les gradés sont les plus nerveux. Ils savent que, quand il leur faudra donner l'ordre d'avancer pour disperser l'attroupement, le chaos sera total. Pourtant, par obéissance aux ordres ou par obstination, les deux groupes avancent l'un vers l'autre toute la journée.

Ce matin-là, Coré apparaît dans la Tête. Des dizaines de caméras de sécurité le long des avenues se tournent vers elle. Des ordinateurs fouillent dans leurs banques de données et retrouvent son visage. La photographie date d'il y a plusieurs années mais, pas de doute, c'est bien elle. Elle a abandonné son cache-œil. Le trou noir de son orbite béante est rendu plus profond encore par les cheveux blonds désordonnés qui dévalent ses épaules, de chaque côté de son visage. Elle ne porte rien, pas de sac, pas d'équipement. Toutes ses possessions, elle les a abandonnées dans les interstices. Ses vêtements, après des mois passés dans l'Intra, paraissent avoir absorbé la couleur des muscles de Ru. Elle est toute rouge Ru, comme les forces de l'ordre qui descendent la Moelle vers leur objectif. Cependant, sa couleur à elle est moins parfaite, plus composite, moins uniforme. C'est la couleur réelle de Ru qu'elle arbore. Elle varie un peu selon l'angle sous lequel on la regarde.

Elle ne se cache plus. Pas question d'effet de masque. Depuis sa rencontre avec l'homme chantant, se perdre dans l'Intra ne lui apporte plus la moindre satisfaction, et elle errait aux abords de la Tête, surgissant de temps à autre par le chemin des égouts. Voilà quelques semaines qu'elle croit goûter un changement dans la texture de l'air. Elle sent quelque chose, qui doit arriver. Elle en est persuadée, mais la brusque apparition du Reflux Gastrique l'a surprise, elle comme les autres. Elle en a ressenti une profonde humiliation : la douleur de n'en faire pas partie. Pourtant, elle ne peut rien y faire. Elle sait que cette marche n'est pas la sienne. Voilà trop longtemps qu'elle parcourt Ru, son visage et sa voix sont trop connus. Le Reflux Gastrique n'est pas fait pour elle, pour la reine de l'Intramonde. Quand tous ces gens ont démonté la gare de péage, quand ils ont reflué sous les fumigènes pour revenir encore plus nombreux, Coré a compris que, malgré tout ce qu'elle aime se raconter, il y a encore trop d'Agathe en elle. Elle a beau connaître l'Intra comme les lignes de sa propre main, elle ne peut effacer la petite fille de Cumiga qui ne demande rien d'autre que d'être le centre de l'attention comme elle l'a toujours été. Le Reflux Gastrique lui apprend durement qu'elle n'est pas et ne sera jamais le centre ou même l'épicentre de la secousse. Tout ce qu'elle peut faire, c'est suivre et aider le flux du mieux qu'elle peut.

Ruminant cette leçon d'humilité, Coré traverse la Tête et se dirige vers le parc du lac Romano. Longtemps, elle s'est imaginée ce jour où elle marcherait à visage découvert dans les rues de la préfecture, où tous la reconnaîtraient et se tourneraient vers elle. C'est exactement le contraire qui se produit. Il n'y a que les yeux de verre automatiques qui l'observent. Les passants sont courbés vers leurs téléphones, tournés vers les télévisions et y suivent l'événement. Personne ne regarde Coré. Plus besoin de dissimulation : la police est bien trop préoccupée par le Reflux pour venir la perturber. Une fois arrivée dans le parc, elle s'assied dans l'herbe, puis s'allonge. Elle attend.

Elle savoure. Depuis combien d'années n'a-t-elle pas saisi ce plaisir simple, ce plaisir facile, celui de sentir l'herbe humide sous ses pieds nus et sous sa tête ? Depuis qu'elle a retiré ses lentilles colorées, toutes ces années auparavant, dans le Rein Gauche, elle n'a jamais savouré la force et la perfection de l'illusion des grands organes du Nord. Elle tend le bras, lève la main, étire ses doigts vers le plafond bleu. Pour une fois, une unique et peut-être dernière fois, elle laisse couler en elle tous les souvenirs de l'enfance d'Agathe à Cumiga. Des centaines de sensations refoulées la submergent en quelques minutes : tous les frissons agréables d'une enfance calme dans un endroit protégé. Dans un monde facile. Dans la Tête, dans le Cœur Nord, à Cumiga et ailleurs, tout est si *facile*. Manger, dormir, aller d'un point à un autre, s'allonger dans l'herbe, rencontrer quelqu'un, faire l'amour. Tout est facile. Se loger, voyager : facile. Faire partie de Ru, respecter les lois de la préfecture, travailler : facile. Tous les coûts véritables de cette facilité, de cette aisance, de l'agriculture biologique et interne : cachés, escamotés, rejetés plus loin au sud, au-delà de l'Estomac. Ce sont tous les déchets de la facilité qui remontent et brûlent joyeusement la Moelle sur leur passage. Durant cet instant de répit qu'elle devine comme le dernier avant longtemps, ou le dernier tout court, Coré se laisse aller à imaginer ce qu'aurait été sa vie si elle avait cédé à la facilité, et son esprit, toujours, la ramène à Cumiga comme si elle ne pouvait jamais s'en échapper. Elle prend une profonde respiration, en récompense de toute la force qu'il lui a fallu exercer pour s'en extraire. Elle pense à Agathe et, pour la première fois, la considère avec une certaine tendresse. Coré n'est rien. C'est Agathe qui a fait le plus dur. Après tout, c'est elle qui, la première, a retiré les lentilles qui troublaient sa vision. Coré lui doit des excuses, et des remerciements aussi.

Elle se redresse. Il est près de treize heures. Le parc s'est rempli autour d'elle de gens qui déjeunent, qui boivent, qui flânent. Des couples se promènent, s'allongent. Facilement. Au milieu de cette étendue herbeuse, près des rives plantées d'ajoncs, c'est comme si le Reflux Gastrique n'existait pas. L'illusion, soudain, redevient insupportable à Coré. Elle est soulagée, rassurée. En s'y laissant aller, elle a eu peur de ne jamais en ressortir. Mais des yeux ouverts ne peuvent pas se refermer. Un regard rouge ne peut pas redevenir bleu.

Des lentilles retirées ne se remettent pas.

Coré voit les autres arriver. Par l'Intra et par les organes, elle a envoyé un message à travers Ru, à tous ceux qui l'ont écoutée un jour et veulent l'écouter encore. Un groupe se forme autour d'elle, mais elle prend garde à ne pas rester au centre. Elle veut que tous parlent avec tous. Elle n'a rien à dire qu'elle n'ait déjà dit plusieurs fois. À part peut-être que le redressement de Ru est inévitable, et peut-être même souhaitable, mais ce n'est pas le moment. C'est seulement celui du Reflux Gastrique. Alors elle s'efface, présente, lie, ne parle pas plus que nécessaire.

Elle en reconnaît certains : des membres du Regard Rouge en même temps qu'elle, accompagnés de dizaines d'autres, des nouveaux. Le groupe a survécu, bien sûr, sous une forme ou une autre, durant toutes ces années. Les plus anciens échangent des coups d'œil connivents et même heureux. Depuis qu'ils se connaissent, tous attendent un moment comme celui-ci, même s'ils n'osent pas le dire ou le reconnaître comme tel, et d'autant plus qu'il a commencé sans eux et paraît se passer très bien d'eux. Mais ils peuvent aider, ils veulent jouer un rôle. Quand tout le monde est arrivé, ils sont bien moins nombreux que le Reflux Gastrique. Il y a peut-être autant de gens rassemblés dans le parc que de gendarmes en armure en marche le long de la Moelle. Ils sont assez en tout cas pour troubler le calme du lac Romano et susciter des regards curieux et inquiets. Alors ils prennent la route avant d'attirer plus d'attention. Le long des larges trottoirs de la Tête, le groupe au sein duquel Coré n'occupe jamais la même place plus de quelques minutes traverse la ville-préfecture pour rejoindre l'accès à l'autoroute. La bretelle est barrée par de nombreux camions rouges et peu d'hommes. Le groupe du Regard Rouge vient s'écraser de toute sa masse contre le barrage. Les gendarmes en faction, malgré eux, reculent d'un pas ou deux. Coré rejoint l'avant du groupe et regarde les gardiens de l'ordre dans les yeux à travers leurs visières. Ceux-ci la reconnaissent, ou plutôt, les caméras installées dans leurs casques. La jeune femme voudrait pouvoir voir ce qu'ils voient, les mots qui s'affichent à côté de son portrait. De quel délit, de quel crime l'accuse-t-on ? Elle n'a jamais rien fait de véritablement *mal*. Malgré tous ses discours, elle n'est jamais *allée contre* les règlements de la préfecture, ce que le Reflux Gastrique fait avec tant de naturel. Elle pourrait en ressentir encore de la honte : Coré, reine des paroles et non des actes.

Mais la puissance de la parole n'est pas à prendre à la légère. Tous les gens autour d'elle prêtent leurs forces à la sienne quand elle déclare :

« Nous allons passer. »

Il n'y a pas d'agression dans sa voix, nulle menace. Rien que des faits. Ils vont passer. Les gendarmes hésitent, mais pas longtemps. Coré n'a besoin de rien dire de plus. Elle recule, se fond de nouveau dans le groupe. Les gendarmes sont moins d'une dizaine. Tous les renforts possibles sont en route vers le sud. Ils s'écartent et le groupe des anciens du Regard Rouge dévale la bretelle et s'engage à son tour sur la Moelle. De loin, des caméras de télévision filment toute la scène et se demandent bien qui sont ceux-là, qui marchent à leur tour.

Quelques centaines de mètres plus loin, Coré sent de nouveau dans son esprit une pensée qui n'est pas la sienne. Le centre nerveux où elle a rencontré l'homme chantant n'est pas loin. Si un groupe de quelques centaines de personnes partageant la même idée est assez pour le faire réagir, que se passera-t-il si le Reflux Gastrique remonte jusqu'à la Tête ?

Au bout de quatre heures de marche forcée et majoritairement silencieuse, le groupe parti de la Tête aperçoit enfin sur l'horizon étroit les formes rouges des forces de l'ordre en marche. Quelques-uns des policiers se retournent et les aperçoivent, mais ils n'arrêtent pas d'avancer. Ils ont leurs ordres, et ceux du Regard Rouge n'y ont pas encore de place. Coré et les autres marquent le pas pour maintenir la distance entre eux et les uniformes de la préfecture. Les deux groupes avancent régulièrement en direction du Reflux Gastrique dans le long tunnel qu'est l'autoroute de la Moelle, gardé de chaque côté par les parois des Poumons. Enfin, comme il était prévu, la police et le groupe de la Tête arrivent en face du Reflux. Ils l'entendent avant de le voir. Le cri résonne sur le goudron, bondissant de barrière de sécurité en barrière de sécurité. « Assez, assez ! » À ce son, les forces de l'ordre ralentissent quelque peu, et Coré et les autres, sans s'en rendre compte, forcent le pas, comme galvanisés. Quel enthousiasme ressentent-ils, tous ces anciens du Regard Rouge ou des autres groupes comme celui-ci ! Quel bonheur, quel soulagement font battre leurs cœurs : la joie de n'être plus tout seul. Peut-être – ils n'osent pas tout à fait l'espérer – ce jour-là tournera-t-il différemment de tous les précédents ? Peut-être ne se finira-t-il pas seulement par de la toux, par des bras cassés ou des figures défigurées ? Cette fois-ci, ils sont plus nombreux. Ils ont avec eux le Reflux Gastrique, tous ces gens qui ne battaient pas un cil quand ils respiraient les gaz lacrymogènes pour eux, quand ils prenaient les coups à leur place. Cette fois-ci, ils ne sont pas seuls face aux uniformes rouges qu'ils tiennent à leur tour pris dans une nasse. Le Reflux Gastrique est visible maintenant et les forces de l'ordre s'arrêtent. Elles plantent fortement leurs bottes dans le sol. Les rangs de derrière se retournent et font face à leurs poursuivants. Le Reflux arrive et forme sa chaîne humaine à quelques mètres seulement des matraques. « Assez, assez ! » Ceux de la Tête reprennent le chant un moment puis le silence se fait. Personne ne sait bien quoi dire. C'est à celui qui fera le premier geste.

En haut de la butte, côté est, pris entre le grillage de sécurité et la paroi du Cœur, Alvid laisse reposer sa caméra sur son monopode. L'objectif orienté en plongée dévoile toute la scène. Le grand-angle rend les silhouettes individuelles indiscernables. Il ne voit à l'image que trois masses. Venue du haut et de la droite du cadre, gigantesque et dévorante, il y a la masse du Reflux, immobile. Elle étend les bras vers la gauche et vers le bas, certaine en cet instant de sa force, pour encercler les gendarmes. Ceux-ci forment quatre rangs, quatre minces lignes écarlates au milieu de la multitude bigarrée. De loin, elles paraissent trembler légèrement. Elles sont nerveuses. Enfin, tout à la gauche du cadre, les nouveaux venus qu'Alvid a suivis depuis la Tête ferment le cercle. Ils sont immobiles aussi, mais d'une manière plus délibérée que le Reflux. Ces gens-là tiennent une position. Au milieu du groupe, une tête blonde irradie. Tous les autres semblent s'être placés en fonction d'elle, sans en avoir conscience. Il faut prendre du recul, regarder de loin pour le constater.

Cela fait trois semaines qu'Alvid a commencé à filmer, au moment où les images du saccage de la gare de péage se sont imposées sur tous les écrans de télévision de Ru ; il a bien dû admettre n'avoir rien filmé de particulièrement intéressant. La réalité de la vie à l'intérieur de la bête est à l'image des pas qu'il a entendus dans les égouts : toujours elle se présente à lui masquée et se dérobe à son regard dès qu'il croit l'atteindre. Il a parcouru tous les quartiers de la Tête, il est allé dans le Cœur Nord, dont il est revenu avec une migraine et la nausée, pris d'un mal au cœur justement. Rien de ce qu'il a filmé ne s'est révélé à ses yeux comme véritable, car la vie y est si semblable à celle de l'extérieur qu'un œil innocent n'y verrait aucune différence. C'est de n'avoir pas déniché cette différence qu'Alvid considère comme son plus grand échec. Deux jours après la révolte du portique, il a décidé de revenir là où tout a commencé, sur les rives du lac Romano, pour le scruter à nouveau et découvrir peut-être, dans le parc libéré des tentes du festival du film, une manière de filmer le ciel artificiel et clos. Casque sur les oreilles, il a orienté le microphone et l'œil de verre de la caméra dans la direction du plafond et il a cherché, en vain, puisqu'il ne savait pas ce qu'il cherchait. Un endroit, peut-être, où la peinture bleue s'effrite, où l'illusion se désagrège, mais elle est trop bien entretenue. Le mensonge est trop puissant pour se révéler à son faible regard. Ce n'est que lorsqu'il a ramené l'objectif parallèle au sol qu'il a vu quelque chose d'intéressant. Il a vu cette figure blonde avec un gouffre noir sur le visage, et tous ceux qui s'aggloméraient autour d'elle. Il a reconnu le son de ses pas.

Pour la première fois, Alvid a eu le sentiment de tenir quelque chose, une image qui ne lui glisserait pas entre les doigts au moment où il croirait la saisir. Depuis qu'ils se sont mis en route, Alvid n'a pas coupé l'enregistrement. Il est resté toujours à bonne distance pour qu'ils ne le remarquent pas. Il a dû s'approcher quand le groupe s'est glissé sans dommages entre les camions de police, puis il a ralenti pour les laisser le distancer de nouveau. Seul, il a marché derrière tous les autres en direction du sud, à la rencontre du Reflux Gastrique. À tout instant, il a cherché le meilleur point de vue. Maintenant qu'il avait enfin rencontré ce qu'il voulait filmer, il fallait le capturer, non sous l'angle le plus flatteur, mais sous le plus adapté. Il a essayé de l'arrière, laissant les groupes en marche s'éloigner sur la bande grise. Il a essayé de côté, courant derrière la barrière ouest en prenant le risque d'être remarqué, d'être repéré. Il a posé sa caméra au sol. Il a porté l'engin, mais rien n'a convenu. Alors, en sueur, il a tiré une paire de pinces coupantes de son sac à dos et s'est ouvert un passage dans le grillage du bord de la route. Puis, la caméra tenue à deux mains, il est grimpé tout en haut de la butte ocre, couverte d'une végétation éparse et exogène. C'est de là qu'il a vu le Reflux arriver.

Leur cri de ralliement remplit son casque, mais un autre son le perturbe. Il tourne la caméra dans toutes les directions, orientant du même coup le microphone adjoint. Le bruit parasite vient de derrière lui, de l'autre côté de la paroi. C'est le vacarme du Cœur Nord, de la vie propre de ses centres commerciaux, absolument indifférent aux événements se déroulant en dehors de ses murs. Alors que les uniformes rouges se fixent en rang face au Reflux Gastrique, on continue à y acheter et à y vendre comme si de rien n'était, le long de galeries lumineuses et colorées. Les allées de fausse pierre blanche, où Alvid, quelques jours plus tôt, a tenté sans succès de dénicher une vérité à capturer, continuent de résonner du battement régulier des pas des clients que tout concourt à y retenir, tandis que la multitude d'enceintes diffusent en boucle musiques et publicités absolument semblables. Le volume sonore en est si élevé qu'il perce l'épaisseur de la chair de Ru. Personne n'y vit. Personne n'a élu résidence dans le Cœur Nord de Ru dont le Cœur Sud est une sorte de double dégradé, empli de magasins moins propres et moins bien éclairés à destination des populations des organes moins bien fréquentés. Il n'y a rien dans les Cœurs de Ru qui masque ce qu'ils montrent de la motivation première de la vie à l'intérieur de la bête.

Alvid, troublé, change donc de microphone et remplace celui-ci par un appareil plus long qui lui permet de capter, même d'aussi haut et d'aussi loin, le son de tout ce qu'il se passe sur la Moelle. Et, pendant de longues minutes, il ne s'y passe rien. Alvid observe, fasciné par tous les petits mouvements de ces trois groupes dont aucun ne veut être le premier à bouger. Chacun sait ce qui va arriver. Personne ne veut que la responsabilité lui en soit imputée. La posture résolue du groupe venu de la Tête montre qu'ils s'y sont préparés depuis longtemps. L'immobilité des gendarmes marque un peu plus d'incertitude, d'impatience aussi. Ils sont venus pour faire un travail. Ils attendent un ordre. Leurs corps, sous leurs armures, produisent une myriade de gestes minuscules : des mains serrées, des étirements du cou, des pieds qui trouvent une meilleure position. Si la masse du Reflux Gastrique paraît fixe, c'est uniquement à la distance à laquelle l'observe Alvid. Il s'agit en vérité une mer d'allées et venues, dont les constituants ne cessent de se mouvoir, d'en heurter d'autres pour leur parler. Ce groupe-là est venu parce qu'il devait venir, mais il n'a qu'une connaissance théorique de la suite des événements. Certains paraissent regretter d'être venus, pris de doute, et étirent la forme du Reflux vers le sud. La chaîne humaine, déjà, se délite quelque peu, perd certains de ses maillons. Elle ne forme que la frontière d'une vie grouillante, semblable à la membrane extérieure d'une bactérie. Un rien suffira à la rompre. Que se passera-t-il alors ? Les unités qui composent le Reflux se disperseront-elles ?

Alvid décolle un instant son œil du viseur. Tous les visages, qu'il s'était habitué à voir de près, s'éloignent de lui. Satisfait de son point de vue et de son cadre, il appuie sur l'interrupteur et la diode rouge s'allume, signe que la caméra enregistre. Le cinéaste fait une moue satisfaite mais, du coin de son œil maintenant libre, il aperçoit autre chose à laquelle il ne s'attendait pas. En haut de la butte d'en face, sur le versant est de l'autoroute, des formes rouge Ru s'avancent. Pas d'erreur possible : ce sont des véhicules. Ils arborent tous les deux un appendice noir et oblong sur le dessus. Ce sont des canons à eau. Alvid laisse échapper un cri. Quelques regards sur la chaussée se lèvent alors dans sa direction. Par réflexe, il tend le bras vers eux. Un grondement de protestation monte alors jusqu'à lui depuis le Reflux Gastrique. Alors d'autres sons de moteurs rugissent depuis le nord. Une tornade écarlate de gyrophares déboule à toute vitesse et vient piler derrière le groupe de la tête blonde. Ils sont désormais coincés. La seule route qui n'est pas barrée, c'est celle du sud : un défi lancé au Reflux Gastrique, ou une dernière chance de tourner les talons, de baisser la tête pour que tout rentre dans cet ordre dont plusieurs dizaines de gardiens descendent de voiture. Parmi le groupe venu de la Tête, on noue des foulards autour des visages, on remonte sa capuche. On protège ses yeux et ses voies respiratoires. On sait quoi faire. Il est maintenant clair qu'ils sont désormais la véritable cible des forces de l'ordre. Ceux-ci, du nord comme du sud, avancent vers eux, les prennent en étau. Le Reflux Gastrique et ses bras liés ne sait visiblement pas comment réagir. S'il ne fait rien, c'est devant ses yeux qu'il sera fait un exemple des autres.

À ce moment, Coré sent une sueur froide lui couler entre les omoplates. Une peur primale et abjecte se saisit d'elle quand, dans la clarté rougeâtre de la fin de l'après-midi, elle voit la pince rouge Ru se refermer sur elle. Soudain, elle est à nouveau Agathe, et il fait nuit, et comme les bras de ceux du Reflux de l'autre côté du cordon policier, les siens sont liés à ceux de ses camarades, mais elle sait que la force de ces liens ne sera pas suffisante pour empêcher qu'on l'en arrache. Elle sent à nouveau la douleur cuisante sur son visage, et la voilà à nouveau aveuglée. Elle tremble, serre les dents. Autour d'elle, on se prépare à recevoir les coups mais aussi à les rendre. Toutes ces années à fuir, à se cacher, ne ressentait-elle que cela ? Que de la peur ? Elle croyait pourtant l'avoir entièrement transformée en colère ! Y penser lui suffit à retrouver ce nœud dans son ventre qui brûle et rend physiquement insupportable l'avancée de ces uniformes. Quelques mètres devant elle, à quelques *corps* d'elle, la première matraque tombe. Le premier coup est donné, puis rendu. Dans son dos, dans la masse jusque-là inerte du Reflux et de leurs bras croisés, une voix rauque perce le silence terrible du matraquage qui commence.

« C'est pas normal ! »

Une autre matraque tombe, des boucliers les heurtent. Coré, au milieu du groupe, est ballottée entre les corps de ses compagnons. Dans un instant, la mêlée sera totale. Déjà, en haut du talus à l'ouest, les compresseurs des canons à eau se mettent en marche. Coré cligne de son œil restant. Mais dans le Reflux, une autre voix répète :

« Non ! C'est pas normal ! »

Puis encore une autre. Bientôt, c'est à l'unisson qu'ils hurlent que ce n'est pas normal, ce qu'il est en train d'advenir sous leurs yeux. Ils le crient à s'en cramer la gorge, comme pour oublier que ce n'est *au contraire* qu'un exemple de la triste normalité. C'est ainsi à Ru. L'indignation du Reflux est vraie, et touchante : c'est la première fois qu'ils voient d'aussi près un gardien de l'ordre et la première fois qu'ils entendent avec leurs propres oreilles les cris et les bruits des matraques qui tombent.

« Assez ! » crie quelqu'un d'autre, et il semble que d'autres encore doivent revenir sur ce premier mot, mais non, une autre voix répond, plus forte que les sifflements des fumigènes, plus forte que les canons à eau qui renversent déjà ceux de la Tête par demi-douzaines, les laissant à la merci des uniformes et des casques.

« Non ! Pas assez ! Encore ! Venez par ici ! Venez ! »

C'est aux gendarmes que la voix s'adresse. L'esprit du Reflux bascule alors en un instant. Ce n'est plus une foule qui avance pacifiquement. C'est une armée en marche : une troupe disparate, munie seulement de ses mains et de ses colères, toutes différentes, toutes flamboyantes en ce moment-là. S'ils sont deux mille, alors ce sont deux mille bouches qui relèvent le défi et en lancent un autre :

« Par ici ! Venez vous battre ! »

La moitié des forces de l'ordre se retourne alors vers le Reflux, ignoré jusque-là. La pince s'ouvre, la pression se relâche sur le Regard Rouge et leurs compagnons. Coré, qu'une poussée plus forte que les autres a jetée à terre, trouve une main tendue vers elle, la saisit, se relève. Elle hurle. Elle reprend les mots du Reflux à son compte et ajoute sa voix à la cacophonie. Par ici ! Par ici ! Définitivement envolée, la peur ! Elle n'est plus que flamme, alimentée par de l'adrénaline. Une grenade de désencerclement atterrit près d'elle. Elle ne réfléchit pas, se précipite, donne un coup de pied dedans qui l'envoie voltiger au-dessus de la mêlée. Elle se jette en avant, les poings serrés, prête à frapper, désireuse d'enfin rendre les coups. Pas question de tribunal administratif, cette fois-ci ! Elle sent le poids du Reflux Gastrique derrière elle !

De là-haut, Alvid contemple les mouvements de la foule comme le ferait un commentateur sportif, à l'abri dans sa tribune. Il a ressenti une brève nausée quand les premiers coups sont tombés, mais il en sait assez sur le pouvoir des images pour reconnaître chez lui la même appétence pour la violence graphique que chez n'importe qui. Il ne peut décoller l'œil du viseur. Fasciné par les longues minutes d'inaction de la masse incroyable du Reflux Gastrique qui occupe la majorité de son cadre, il observe avec un regard d'esthète les lignes rougeâtres qui enserrent les silhouettes masquées. Les coups pleuvent et le dégoût lui remue les tripes, mais il ne peut pas, ne veut pas détourner le regard. Il a besoin de voir. C'est tout ce qu'il avait besoin de voir. Elle est là, en cet instant précis, sous ses yeux, la vérité de Ru qu'il cherche depuis trois semaines ! Il sent monter en lui le plaisir esthétique, indéfinissable et immoral. Cette chose magnifique et terrible, ce combat du rouge contre le rouge, c'est le plan le plus beau qu'il ait jamais filmé, et, cette fois-ci, pas de mensonge, pas de manipulation ! La vérité, rien que la vérité ! Les fumigènes tracent des arcs de cercle au-dessus des combats et retombent. Le nuage gris et rouge s'élève, enfle. À l'extérieur, la fumée pourrait se dissiper, mais dans la Moelle elle est retenue par le plafond bas. Bloquée, elle prend la forme rotonde du tunnel vivant. Alvid pousse un cri de désespoir quand elle finit par tout masquer. Alors, mû par le besoin viscéral de continuer à voir, il replie son monopode et, abandonnant par terre son sac avec toutes ses affaires, il piétine le grillage et dévale le talus à toute vitesse. La caméra sur son épaule enregistre sa folle cavalcade.

Le cri a échappé à Youssoupha qui, lorsque celui-ci est repris, se précipite en avant, bousculant au passage d'autres membres du Reflux. Il vient se heurter à la chaîne humaine qui fait barrage entre le cortège et les uniformes, entre le matraquage confus et eux. Il crie avec les autres : « Qu'ils viennent ! Qu'ils osent venir par ici ! » Youssoupha ne possède que ses mains, mais celles-ci sont musclées, dures, rendues fortes par le temps passé à bâtir la route sur laquelle il marche, et tant d'autres ouvrages semblables. Youssoupha n'a pas de mots, à part : « C'est pas normal ! » Il ne peut pas, comme ceux qui tiennent la chaîne fermée, discuter, lancer des protestations de pacifisme, de mépris de la violence. La violence elle est là : la même, peu ou prou, que celle qui a fait partir un garçon de chez lui, toutes ces années auparavant, celle qui lui a fait prendre la mer et tenter la traversée. Il ne pensait pas la retrouver dans Ru. Youssoupha se met en colère. Cette fois-ci, pas de fuite. Pas question de retrouver son appartement minuscule au fond de l'Intestin. Il lève les mains, adresse aux gendarmes de grands signes. Il veut attirer leur regard. Il veut les forcer à le voir. Mais la chaîne tient bon. Youssoupha rue, les secoue. Elle ne rompt que quand une matraque y tombe. Alors le jeune homme se précipite en avant, indifférent aux gaz tout autour de lui, les yeux pleins de larmes. Il met ses poings devant son visage. Il est grand. Il est fort. Il frappe de ses deux poings noués, écarte avec ses avant-bras les matraques, saisit un bouclier et l'arrache à son propriétaire incrédule. Youssoupha exulte : pourquoi n'a-t-il pas su plus tôt qu'il était si fort ? Dans la mêlée surgit le visage de la femme avec qui il a fait l'amour la veille, dans l'excitation du bivouac sur l'autoroute. Ses traits sont déformés par la colère : ses yeux écarquillés, presque révulsés ; ses lèvres retroussées dévoilent ses dents ; une fine couche de sueur recouvre ses joues. Youssoupha la trouve très désirable, mais elle disparaît tout de suite dans le chaos. Il frappe encore une fois, puis encore une fois. Il pose un genou à terre, se relève. Une silhouette rouge Ru succède à une autre. Pris par la furie du combat, Youssoupha oublie où il est. Il faudra y penser après. Quelque chose le frappe en pleine poitrine, le met à terre, lui coupe le souffle et le trempe. C'était un des deux canons à eau qui continuent de projeter des hectolitres de liquide à haute pression sur tout ce qui ne porte pas un uniforme. Sonné, dégoulinant, Youssoupha reste à terre quelques instants et, à quatre pattes sur ses coudes et ses genoux, il halète pour retrouver sa respiration.

Caméra toujours sur l'épaule, Alvid s'engouffre dans la fumée. L'œilleton collé au visage, il scrute la fumée à la recherche de ce qu'il voyait d'en haut, mais il ne voit plus rien. Ici-bas, le chaos de la mêlée est incompréhensible. Sa vue ne peut seule rendre compte de ce qu'il s'y passe. Ses narines sont pleines de l'odeur poivrée des fumigènes. Pourtant, par-dessus la cacophonie des hurlements, des cris, des coups de plastique contre les os, des os contre les os, au-delà des craquements et des gémissements de douleur de ceux qui sont tombés à terre dans le brouillard indifférent, Alvid entend quelque chose. Il entend une voix qu'il ne cherche plus. Il n'ose y croire, mais pourtant il n'y a pas de doute : c'est bien la voix de son mari.

« Sandro ? » appelle-t-il. Personne ne lui répond. De l'œil, de l'objectif, il scrute. Il fouille le vacarme de la pointe de son microphone et tente de suivre la voix jusqu'à sa source. Au milieu de la bataille, en plein milieu, Sandro chante, et il chante mieux qu'il n'a jamais chanté, un air sans parole. Quand il trouve exactement la direction, Alvid se met à courir, bousculé de tous les côtés par les gendarmes comme par les émeutiers. Sandro est là, juste là, tout près ! À portée d'oreille, donc à portée de main ! Alvid continue à courir et il touche presque au but. Dans son viseur se dessine la silhouette reconnaissable entre mille autres de son mari, debout sur un camion rouge renversé. C'est alors que le sol se met à trembler, que tout se renverse et qu'Alvid perd l'équilibre. Il heurte violemment le goudron, il entend le fracas de l'objectif réduit en éclats et, à travers les larmes, la fumée laisse la place à l'obscurité.

Coré reconnaît la voix de l'homme chantant entre les muscles, mais elle a bien trop à faire pour s'en préoccuper. Elle frappe elle aussi. Elle ramasse ceux qui tombent. Elle tombe, on la ramasse à son tour. Ses membres sont endoloris, et son torse aussi, là où les coups de matraque sont tombés, là où les boucliers l'ont heurtée. Autour d'elle, les rangs de son groupe se sont éclaircis. La fumée grise et rouge s'est frayé un chemin entre eux, et cette voie s'est élargie. Soudain, elle se retrouve seule. Pour la première fois depuis le commencement de l'affrontement, elle n'a personne derrière elle, personne à côté. S'est-elle éloignée sans s'en rendre compte ou bien les gendarmes sont-ils finalement parvenus à les disperser ? Elle appelle, mais la cacophonie ambiante est telle que, si elle ne voit personne, sa voix est tout de même couverte. Personne ne l'écoute. Elle n'entend que le chant de l'inconnu. Elle tourne sur elle-même, fouille le brouillard lacrymogène à grands mouvements de brasse, et plusieurs choses arrivent en même temps. Une main gantée la saisit au bras, le tord dans son dos. Elle n'a pas vu arriver l'armure rouge. Un coup derrière son genou : elle s'affaisse malgré elle. Une douleur terrible lui fend la tête en deux. Une pensée qui n'est pas la sienne, une pensée gigantesque oblitère tout en elle. Si elle pouvait la transcrire par des mots, ce seraient ceux-ci :

« Je suis toujours à terre. Ce n'est pas normal. »

Coré se met à trembler. Sa bouche s'assèche quand elle sent venir sous elle le tremblement. Alors que le gendarme commence à lui tordre le deuxième bras pour la menotter, la secousse fait craquer le goudron et tout bascule. La dernière pensée consciente de Coré est pour ceux de l'Intra. Elle espère qu'ils ont pu sortir à temps, s'échapper avant d'être comprimés par les muscles.

Plus tard, il sera le temps de se demander lequel des événements de ces Jours rouges aura eu la plus grande influence sur le réveil de la bête. Plus tard viendra le moment d'en attribuer ou d'en revendiquer la responsabilité. Mais comment savoir ? Est-ce cette brusque décharge de colère, cette brusque et inédite flambée d'énergie libérée qui donne soudain au corps titanesque la force de se mouvoir de nouveau ? Une partie de son cerveau lent et endormi a-t-elle entendu le chœur des voix qui criaient « C'est pas normal ! » ou « Assez ! » ? Fallait-il des milliers de coups au même endroit, une violence brutale à une échelle que n'en avait jamais connu l'intérieur pour susciter la contraction totale des muscles ? Ou bien, contre toute attente, est-ce la voix du chanteur dont l'appel a finalement percé les brumes du sommeil de la créature géante ? Peut-être est-ce simplement la fumée des gaz lacrymogènes qui est responsable. La vérité, c'est tout cela, ou bien rien du tout. Quand des hommes et des femmes se livreront à des conjectures et des analyses, quand ils évoqueront, l'œil luisant, la voix de Sandro Kostas qui a fait se soulever Ru ou au contraire le souffle conjugué de tous les membres du Reflux Gastrique, ce sera en réalité l'ego qui parlera. Quelques rares paroles s'élèveront et soutiendront qu'il est plus probable que rien n'y est pour rien, que cet anthropocentrisme est une erreur. Ru devait se relever, c'est tout. C'était une forme de fatalité. Un événement comme le Reflux Gastrique paraît peut-être un bouleversement pour des yeux d'humains, mais Ru elle-même n'en a rien perçu. Indifférente, elle s'est relevée car elle devait le faire. Du moment qu'elle était tombée, du moment que des hommes et des femmes s'y étaient installés, cela devait arriver. La seule cause humaine qu'il soit juste de donner à cela, c'est la présence même de l'homme, et tous ses faits et gestes.

Si Alvid avait pu filmer toute la scène, de combien de kilomètres, de combien de dizaines ou de centaines de kilomètres aurait-il dû se reculer pour réussir à capturer l'image du mouvement en entier ? Il est facile de dire « Ru se relève » ou bien « Ru s'est relevée » mais pour plus de détails, par où commencer ? Ce sera un travail qu'affronteront des cohortes d'historiens, quand les décennies auront passé. La première conséquence du « Réveil » – le terme, contesté par tous les mégabiologistes, sera pourtant utilisé tel quel – est la destruction totale et absolue des deux Cœurs, ou plutôt de *tout ce qu'ils contenaient*.

La première secousse qui fait s'effondrer toute l'émeute, c'est le battement complet du Cœur Nord : le premier vrai battement depuis plus de deux siècles. Le muscle se tend, se durcit et se contracte aussi aisément que s'il ne s'était déroulé qu'une minute depuis le précédent. À l'intérieur de Ru, tout mouvement s'arrête. Tout se fige. Le niveau sonore est si élevé que tous ceux qui s'affrontent dans les gaz lacrymogènes sont terrassés, les mains collées aux oreilles. Le mouvement de la paroi du Cœur Nord balaye d'un seul coup toute la fumée. Puis vient le craquement. Ils ne voient pas les muscles comprimer les centres commerciaux bétonnés, réduire les parkings en graviers, faire de tout l'acier, tout le verre et tout l'aluminium des amas de rebut. Ils ne voient pas les milliers de personnes compressées, étouffées dans l'obscurité car, avec la rupture des arrivées d'électricité, la lumière des dizaines des milliers de néons multicolores et des millions d'écrans est soufflée aussi facilement qu'une bougie. Sur la Moelle, quelques minutes auparavant, c'est le craquement des os cassés qu'on a entendu. Voilà le seul son auquel leurs esprits peuvent le rapprocher : le rugissement tonitruant de boulets de démolition innombrables lancés par autant de moteurs à explosion contre un milliard de tours bétonnées. Quand le cœur est entièrement contracté, il ne reste de tout le commerce de Ru que de la poussière grise. Elle se mélange à l'océan de sang d'un rouge presque noir, si longtemps étouffé sous les fondations, et la boue sanguine est propulsée dans tout le système circulatoire de Ru à une vitesse dépassant l'entendement. Impossible de savoir combien de gens périssent en quelques minutes dans les ventricules. Personne ne ressort jamais du Cœur Nord. Seuls quelques survivants parviendront, plusieurs jours plus tard, à s'extirper des artères ou des veines où la giclée de sang les a emportés. Ils sortiront rouges dehors mais surtout rouges dedans, à genoux devant la force incommensurable qui les a miraculeusement épargnés.

Un deuxième battement suit le premier. Puis, venue de loin au sud, parvient la réplique. Le Cœur Sud bat à son tour et, bien que l'organe soit de moindre taille, il broie avec plus d'aise encore toutes les futiles constructions qui l'obstruent. La disproportion entre le contenant et le contenu l'explique sans doute, ainsi que les matériaux de mauvaise qualité utilisés dans cette pâle copie du temple commerçant du Cœur Nord. Durant son presque siècle d'existence, la zone commerciale sud n'a été qu'un brouhaha confus de constructions et de démolitions rapides, un entrepôt remplaçant bien vite l'autre dans la valse éternelle des enseignes interchangeables. Il fallait faire croire au neuf, toujours. Pourtant, en un battement aveugle, toute cette nouveauté disparaît sans plus d'effort que les boutiques séculaires du Nord et les produits de haute qualité qui en décoraient les rayons. Le torrent de boue noirâtre envahit le Cœur Sud, ramasse tout ce qu'il y a à ramasser et, relancé par cette deuxième contraction, gicle dans les conduits sanguins de la moitié est de Ru en direction du nord. Dans le flux sanguin, la fabrication des objets et leur provenance n'ont plus la moindre importance. Tous sont également mélangés, confondus avec les corps des clients.

Puis la bête se relève, dans un tremblement plus terrible encore. À l'intérieur, tout bascule soudain à quatre-vingt-dix degrés lorsque Ru, poussant de ses forces prodigieuses sur ses quatre membres postérieurs, redresse la tête et le torse. Il est difficile de décrire dans le détail le chaos qu'un pareil renversement déclenche dans les organes supérieurs. Les immeubles gratte-crâne sont renversés à la diagonale. Le contenu de tous les bureaux, les meubles de tous les appartements glissent et s'écrasent contre les murs. Dans la Tête, les habitants perdent l'équilibre. On ne compte plus les jambes cassées, les fronts fendus. Quelques voix raisonnables tentent de se faire entendre, mais c'est bien la terreur qui domine : une terreur flambante et incontrôlable. Comment garder son calme quand tout bascule d'un seul coup ? Un bruit de déchirement à peine croyable se fait entendre lorsque la patte avant droit quitte le sol. Elle emporte avec elle les rails du RuWay. Par malchance, un train à grande vitesse arrive à ce moment-là, juste à l'heure, indifférent à la catastrophe. Il est à moitié engagé pour gravir la pente du membre quand celui-ci se soulève et, sous l'effet du brusque changement d'inclinaison et de direction, se casse en deux tout net. Une dizaine de rames restent par miracle accrochées aux voies magnétiques, mais l'autre moitié du train, après s'être figée un instant en l'air, comme incertaine de la direction à prendre, chute brusquement en tournoyant. Elle s'écrase dans un nuage de poussière métallique minuscule en comparaison de la bête. À l'intérieur, on pousse un cri d'horreur. Toutes les chaînes de télévision, peut-être dans l'espoir de détourner l'attention de la catastrophe interne ou bien par simple fascination, ne montrent plus que l'unique image du membre immense sur lequel on aperçoit un mince trait gris qui se termine, au niveau de la dernière articulation, par une tache plus foncée. Pour ajouter l'humiliation au cataclysme, cette image n'est même pas captée par une caméra de Ru. Non, il faut être à une grande distance, à l'abri du redressement et de ses conséquences, pour parvenir à le filmer. Ce sont des images d'une chaîne de l'extérieur que diffusent les télévisions. En cet instant, dedans ou dehors, tous ceux qui peuvent le voir voient la même chose. Il s'en trouve certains à l'extérieur pour, à défaut de se réjouir tout à fait, éprouver une certaine satisfaction devant la scène de destruction. Personne toutefois n'oserait l'avouer quand les wagons, que l'on croit sauvés ou en passe de l'être, commencent à glisser à leur tour dans le vide. La voie est rompue et avec elle les lignes électriques qui alimentaient le magnétisme retenant les trains.

Dans la Tête, c'est de voir la seconde moitié du train s'écraser à environ vingt kilomètres de la première qui donne véritablement le signal de la panique. La préfecture, la capitale active et luisante qu'Alvid a découverte il y a seulement quelques semaines, se dissout quasi instantanément dans un chaos indescriptible. Si on attendait ou espérait jusque-là une réponse des autorités, la chute lamentable du train le plus rapide de Ru marque clairement que l'ordre habituel est rompu. Il le montre mieux même que le sol qui tremble encore, se soulève une nouvelle fois, penche encore davantage. Dans les minutes et les heures qui suivent, il n'existe plus dans l'esprit des habitants de la Tête qu'une seule pensée : celle de s'enfuir. Sur tous les écrans de Ru et d'ailleurs, la télévision retransmet des images dont on ignore qui les filme tout comme qui peut bien les regarder. Ceux qui se satisfaisaient de la rupture du RuWay ne parviennent plus à masquer leur jouissance paradoxale devant l'étendue de la catastrophe. Car sous les voies de chemin de fer courraient aussi des conduites à haute tension. L'obscurité tombe sur la Tête comme un coup de froid. La lumière n'entre plus dans toute la ville que par trois orifices majeurs : les deux ouïes et le trou au-dessus de la préfecture. Par chance, il fait jour au-dehors et un soleil radieux. Mais, à mesure que passe le temps, à mesure que les bâtiments se vident, que les voitures s'entassent sur des chaussées trop pleines, la pénombre reprend ses droits quand l'après-midi s'étire et touche à sa fin. Bientôt l'œil ne distingue plus qu'une multitude indénombrable de petits éclats blancs : les lumières de tous les téléphones portables serrés dans la main de citadins hagards. Tous avancent plus ou moins dans la même direction. Un grand axe de circulation d'ouest en est se crée spontanément. Dans le noir, en n'y voyant qu'à quelques pieds devant eux, ceux de la Tête avancent, collés les uns contre les autres pour se rassurer, dans la direction des ouïes. Contrairement à ce qu'on pourrait imaginer, les actes de violence et autres débordements sont marginaux. Les premières morts ont des causes accidentelles. C'est que le sol bouge toujours, jetant à chaque mouvement à terre des marcheurs mais aussi des quartiers entiers. À intervalles irréguliers, un choc encore plus puissant ébranle la Tête. Peu sont ceux qui ont encore assez de batterie ou de réseau satellitaire sur leur appareil pour voir la raison de ces chocs dont l'extérieur, lui, ne manque rien. C'est Ru qui lève l'une ou l'autre de ses pattes avant et frappe avec elle le côté de sa tête. Ce n'est qu'au troisième coup que certains comprennent la raison de ce geste.

« Elle a mal à la tête ! » s'écrie quelqu'un, et il a raison. La bête a la migraine. Maintenant qu'elle est tout à fait éveillée, la présence d'une ville entre son crâne et son cerveau doit lui être insupportable. Saisie de méningite, elle cogne son crâne du plat de sa patte dans un geste réflexe avec l'espoir, peut-être, d'en chasser la douleur ou sa cause. Mais rien n'y fait. Les fondations creusées entre ses synapses sont trop solides pour être aussi aisément délogées. Les immeubles s'écroulent, oui, mais les décombres restent là où ils tombent, sous le crâne, sans le battement d'un cœur pour les disperser. Au cours de la nuit suivante, la fièvre s'empare de la bête immobile et, dans la Tête, la température commence à monter lentement. Au début, ce n'est qu'une légère gêne pour ses habitants en déroute, mais en peu de temps la soif les saisit. Ils suent à grosses gouttes. Les malaises se multiplient. Le mouvement latitudinal et régulier s'interrompt. Les lumières s'éteignent au cours de la nuit. Les batteries des téléphones portables ne suffisent pas à les garder allumés. Aux petites heures de la nuit, plus rien ne bouge dans la Tête, à l'exception des bâtiments qui tombent encore, écrasant dans leur chute des hommes et des femmes qui ne voient pas, dans le noir, la mort s'abattre sur eux. La température continue de s'élever. Au lever du jour, elle atteint les quarante-cinq degrés à l'intérieur de la Tête. Pourtant, ses habitants se sont figés. La raison de cet immobilisme se répand lentement parmi eux. Si l'air frais et la lumière pénètrent par les ouïes, ceux qui envisageaient de s'échapper par cette voie déchantent. La tête de Ru est maintenant redressée et les orifices auditifs donnent non plus sur une épaule mais sur le vide en dessous : le vide sur mille mètres, et puis l'eau bouillonnante ou ce qu'il reste de côte. Peut-être le salut est-il à chercher du côté du Sud, et de la Moelle ? Ce chemin-là est bouché lui aussi. Le mouvement du cou a creusé une tranchée infranchissable, et la route elle-même est couverte de débris de béton et de goudron. Pire encore, les plus courageux qui s'y risquent malgré tout s'arrêtent brusquement dans leur marche et, comme possédés, se mettent à tourner en rond en braillant des paroles sans le moindre sens avant de s'effondrer, la bouche béante et les yeux exorbités. Sidérés, les spectateurs de la scène sombrent dans un désespoir noir. Est-ce Ru elle-même qui s'empare d'eux quand ils s'aventurent à la jonction entre la Tête et la Moelle ? Comment la bête qui les a accueillis tant d'années pourrait-elle vouloir leur mort maintenant ? Ceux-là trouveraient sans doute une forme de réconfort en apprenant que Ru est évidemment totalement indifférente à leur présence, à leur mort ou à leur survie. La seule chose qui lui importe, c'est de se débarrasser de cette céphalée persistante. Sous son crâne, où la fièvre continue de monter et les habitants suffoquent, une rumeur germe et croît : il reste bien une issue. C'est l'orifice au-dessus de la préfecture. Celui-ci, bien que désormais plus proche d'un plan horizontal grâce à la bascule du crâne, n'en est pas moins inaccessible. Mais c'est par là que viendront les secours. On jure avoir vu un hélicoptère, voire même plusieurs, s'envoler à travers, emportant sans doute en sûreté – où donc ? – le préfet et tous ses adjoints. Les engins sont passés dans un sens, ils peuvent faire de même dans l'autre. C'est donc sans doute de là que viendront les secours. L'extérieur, après tout, ne va pas les abandonner à leur sort. Alors, rassemblant ses dernières forces dans la chaleur intolérable, le peuple de la Tête se détourne des ouïes et de la Moelle et converge dans la direction de la préfecture. Malgré les nuages d'orage qui ont maintenant couvert le ciel, le vrai, une lumière apaisante entre encore à cet endroit. Peu à peu, ceux qui ne se sont pas évanouis, terrassés par la soif, brisent les portes automatiques de la préfecture et s'y répandent, s'y entassent. Le bâtiment, dont l'architecture devait évoquer la forme de la bête, est étrangement épargné par la catastrophe. Sa pierre rouge est en grande partie intacte. Nul ne peut dire si le préfet a réellement fui par les airs, mais le centre du pouvoir de Ru est vide quand la foule y pénètre et s'y réfugie. À l'intérieur de cette bête miniature, elle paraît chercher le réconfort du souvenir de Ru telle qu'elle était encore trois jours auparavant. Mais la préfecture est bien trop petite, mille fois trop petite, pour les accueillir tous. Alors celles et ceux qui ne parviennent pas à rentrer s'assoient où ils le peuvent, le nez levé vers l'extérieur pour la première fois. Au paroxysme de la fièvre, les bribes de brise marine qui pénètrent par le trou les rafraîchissent un peu.

Tous désormais attendent la venue des secours, le retour des hélicoptères qui les soulèveront à leur tour et les emporteront dehors.

La chaleur est telle que, lorsqu'une nouvelle claque fait trembler la Tête entière, elle a finalement raison de la reproduction de la bête, qui s'effondre dans un silence terrible, gardant sous elle ceux qui y avaient trouvé refuge. Devant l'entrée, à l'air libre ou presque, personne n'a plus la force de pousser un cri d'horreur. La nuit revient et la chaleur est telle pendant ces dernières heures du peuplement de la Tête que le goudron et le béton que Georgy Romano y a coulé commencent à fondre.

C'est durant la troisième nuit que la bête se met en marche. Ses deux membres antérieurs, qui avaient quitté le sol, s'y reposent lourdement. À l'intérieur, tout s'écroule, tout valse, tout est envoyé dans des directions inattendues. Dans ce qu'il reste des villes et des habitats des Organes Nord, les pieds quittent le sol, échappent au goudron pendant plusieurs minutes d'apesanteur, avant que tout retombe brusquement : membres brisés, colonnes fracassées, des morts… À ce stade de chaos, le mentionner paraît simplement anecdotique. Dans les Organes Sud, on se serre les uns contre les autres, on tremble et on claque des dents, espérant follement que le sort ne frappera pas aussi durement ici aussi. Et c'est vrai : on n'y ressent que de vagues répliques de la secousse. C'est tout juste si quelques immeubles plus fragiles que les autres s'effondrent. Dans l'Estomac, dans les Reins, dans l'entièreté du Tube Digestif, on s'essuie la sueur du front en soupirant : ç'aurait pu être pire ! Et en effet, le pire – si c'est possible – est toujours à venir pour le haut du corps de Ru.

Au bord des étangs et sous les frondaisons pulmonaires, les vacanciers, les touristes et la très minoritaire population locale, tous se sont regroupés vers le centre des deux organes symétriques. Ils ont vu les parois se dilater et senti la bourrasque catastrophique, semblable à une tornade brève et soudaine, dévaster en un clin d'œil les routes, les supermarchés, les villages et les stations balnéaires. Les toits, les bateaux, les tentes de camping : tout s'est envolé, irrésistiblement emporté par le dessous, lorsque les poumons se sont contractés dans le mouvement réflexe de l'expiration. La population, pour éviter de subir le même sort, s'est alors agrippée à tout ce qu'elle pouvait, ce qu'elle trouvait de solide et de bien fixé dans la terre et le béton. Des ongles se sont brisés sur des parpaings, des mains ont brûlé sur de l'écorce âpre, des visages ont été balafrés par des branches crochues. C'est tout le confortable paysage touristique qui se retourne en un souffle contre ses usagers. La plupart des débris emportés s'échappent par la trachée, mais certains, sous l'effet de la bourrasque contraire qui suit, s'abattent au sol avec fracas. Il pleut des tuiles, il pleut du bois, il pleut des mâts et des coques de bateaux. En vain, les humains terrifiés cherchent un abri. Comment pourraient-ils trouver une protection quand c'est tout leur monde qui gonfle et dégonfle, quand ce sont leurs habitations qui se soulèvent et les écrasent ? Le désespoir ne tarde pas à les saisir, comme il a saisi la Tête les jours précédents. Ils ne peuvent que constater leur impuissance. Au quatrième cycle respiratoire, un bosquet entier est emporté. Ses racines remplissent si bien leur office qu'elles emportent avec elles suffisamment de terre pour découvrir la chair rougeâtre des poumons. Des corps chutent dans le gouffre et, désarticulés par le choc, prennent les airs à leur tour. Tous les témoins de la catastrophe halètent de surprise quand le vent cesse brusquement. « Sauvés ! » pensent-ils. Ils lèvent la tête et constatent que tout ce bois, toutes ces feuilles et tous ces cadavres, conjugués avec les débris charriés par la tempête de l'autre poumon, ont obstrué les bronches à leur jonction, avant la montée vers la trachée. Quelques minutes irréelles se passent, durant lesquelles on se laisse tomber au sol de soulagement, on serre ses proches contre soi, on rit même un peu. Mais cette joie n'est qu'un dernier feu illusoire. Ru n'est pas créature à se laisser asphyxier. Son système respiratoire réagit sans attendre et, quelque part au fond du lobe inférieur gauche, quelqu'un comprend ce qui est en train de se passer et s'exclame : « Elle tousse ! » Puisque les hommes vivent en son sein, protégés jusque-là du monde extérieur, Ru est forcément pour eux féminine. Les poumons, pourtant, se contractent plus que normalement pour rejeter ce corps étranger qui les bouche. De l'extérieur, le râle que la bête pousse peut être compris comme un cri de guerre. De l'intérieur, des bronches et même à l'extrémité des membres, c'est une vibration proche du séisme. Sous la contraction des côtes et du sternum, poussés par le diaphragme, les poumons se réduisent à moins de la moitié de leur volume initial. Des kilomètres de distance sont réduits à moins de quelques centaines de mètres. Des villages éloignés deviennent des quartiers voisins. Pelouses, forêts, étangs, résidences locatives estivales : tout se confond enfin. Les enfants s'évanouissent. Les adultes hurlent de douleur, les mains collées aux oreilles et les mâchoires béantes dans une tentative dérisoire de lutter contre la pression qui s'exerce sur leurs tympans. Des dizaines de cœurs cessent de battre, l'effort pour faire circuler le sang devenant trop important. Tant il est comprimé, l'air devient irrespirable. Le corps de Ru se met à trembler. Les déchets qui obstruent les bronches, également. Des troncs entiers craquent, se fendent en leur milieu. Ils se brisent, mais les morceaux libérés ne retombent pas : ils restent suspendus en l'air, qui pourrait tout aussi bien être solide, désormais. Un pan de mur est fiché en diagonale à travers le conduit. Une longue fissure y apparaît tout un coup et se répand en arborescence dans toutes les directions. Le plan de béton finit par éclater en morceaux et un sifflement se fait entendre. Au sol, compressés les uns contre les autres, les humains sentent la pression sur leur poitrine se relâcher. Ils se croient tirés d'affaire une nouvelle fois ; une fois encore, ils ont tort. Le barrage cède. La pression accumulée se résorbe dans un déplacement d'air prodigieux. Cette fois-ci, ce ne sont pas quelques branches ou bien une dizaine d'arbres qui partent. C'est la moitié ou presque des constructions, de leurs fondations, de la terre ramenée de l'extérieur, de l'eau des étangs, des poissons, des algues, des hommes, des femmes et des enfants, vivants ou non, qui s'envole à la vitesse d'une balle de fusil, file dans les bronches, dans la trachée et produit entre les cordes vocales le bruit caractéristique.

Au-dessus de la mer, la gueule de Ru s'ouvre largement et, dans un rugissement humide et douloureux, la bête vomit dans les vagues tout ce qu'elle a dans les poumons. Du sang rouge s'ajoute au chaos des matières et colore la mer en dessous de la tête. Contre les parois des Intestins, tous tremblent en se demandant ce qu'il se passe quand leur organe est agité à son tour de convulsions, sous l'effet des contractions empathiques de l'Estomac. Le vomissement fait trembler la bête tout entière. Ce qui affecte la bouche affecte aussi l'autre extrémité. Défiant toutes les probabilités, le dégorgement fait monter encore la température dans la Tête, saisie d'une ultime poussée de fièvre. Le vomissement dure plus de trois heures. Quand ses poumons sont vides, un nuage de débris et de corps microscopiques constelle la mer. S'il y avait encore une plage, si la soudaine surrection n'avait pas déjà ravagé le littoral, nul doute que des milliers de corps y seraient à nouveau rejetés. Puis Ru avance, cherchant à faire baisser sa température : elle plonge son corps tout entier dans l'eau salée. Chaque patte qui quitte la terre ferme et pose ses griffes sur le fond sablonneux déplace des milliers d'hectolitres. Des courants se créent aux quatre points cardinaux. Les morts des Poumons, asphyxiés, écrasés par la pression, brisés par la pierre et les troncs heurtés le long des voies respiratoires, se dispersent dans toutes les directions, emportés par les eaux comme tout le reste. On les découvrira encore des années plus tard, cadavres anonymes, rongés par le sel et moisis par l'eau, sur les rivages de pays étrangers fort lointains de Ru. Mais la dispersion des morts n'est pas la seule conséquence du bain de Ru. Des vagues hautes de plusieurs dizaines de mètres se lancent à l'assaut des falaises survivantes, sur une ligne longue de centaines de kilomètres. Des murs d'eau hauts comme des collines déferlent sur les terres déjà vitrifiées par la chute de la bête. Si quelque chose de vivant avait survécu durant presque deux siècles, écrasé par Ru, l'inondation aurait eu raison de lui pour de bon. Les rouleaux emportent tout : les engins des carrières de terre pour les cultures internes, les pitoyables rails et rames restantes du RuWay comme la rampe autoroutière d'accès à l'Anus dont les six voies, depuis que Ru s'est relevée, n'amènent plus nulle part. L'autoroute tracée vers le sud favorise – ironie du sort – la progression du raz-de-marée vers les terres habitées dont Youssoupha, des mois auparavant, pissant depuis le rebord de la route, a aperçu le reflet brillant et verdoyant. Tout comme le désastre des Organes Nord résonne dans ceux du Sud, une catastrophe extérieure répond au ravage interne. Le soir venu, la mer a gagné plusieurs dizaines de kilomètres sur les terres. Ru ne bouge plus. En elle, rien ne se meut non plus. Ceux pour qui le tumulte n'a pas rendu tout déplacement impossible n'osent bouger, de peur de déclencher quelques catastrophes supplémentaires. Comme si un acte humain et individuel pouvait produire le moindre effet face à un tel bouleversement. Même face à la preuve irréfutable de son insignifiance à une échelle supérieure à la sienne, même pris, immobilisé, l'esprit humain ne peut tout à fait se résigner à son impuissance. Il *doit* y avoir quelque chose à faire.

Voilà comme Ru est : plantée sur ses six titanesques pattes que viennent lécher les vagues impuissantes, son corps oblong et écarlate presque à l'horizontale au-dessus de la surface de l'eau, vomissante, grognante, rugissante. Inévitable. Dans quelques heures, une patte se soulèvera et une autre après elle, et la bête se remettra en marche, tout aussi inarrêtable que deux siècles auparavant. Mais à l'intérieur, une fois les grandes destructions terminées, une fois la catastrophe calmée, un ultime mouvement humain se met en œuvre. L'autoroute de la Moelle, le centre de tant de conflits bien dérisoires à présent, est tout à fait inutilisable. Alors une cohorte en haillons, échevelée, couverte de poussière de béton et de traces rouges des sangs inséparables de la bête et des hommes marche vers le sud, le long du Tube Digestif. La bête a pivoté en s'avançant dans la mer ; aussi le mot « sud » n'est plus le mot juste ; qu'importe, ils l'utilisent tout de même, comme ils l'ont utilisé toute leur vie. La direction de l'Anus, c'est le sud, et c'est comme ça. Le monde peut bien tourner à l'extérieur : qu'importe ! Le mot est plus important pour eux que la chose. Ils marchent, serrés les uns contre les autres, le long des boulevards délaissés pendant tant d'années, au milieu des avenues étroites qui serpentent contre la paroi des Intestins. Ils marchent dans le courant d'eau de mer qui s'est engouffré par la bouche, par l'œsophage, dans le sens contraire de tout ce qui a été rejeté. Ils suivent le flot des déchets, emportés comme le reste de la digestion. Ils se laissent porter par le courant, pieds nus dans l'eau froide, avec le reflux des égouts, les mottes de terre, les papiers gras, les sacs poubelles et les excréments. Tout ce qui était en dessous d'eux a ressurgi et ils doivent avancer avec. Droit vers l'Anus, le long des courbes tortueuses de l'Intestin Grêle et celles, plus franches et paresseuses du Côlon. Le chemin est long, dans l'ignorance totale de ce qu'il peut bien advenir ailleurs dans Ru ou à l'extérieur. Les téléphones, inutiles faute de réseau, sont abandonnés au fond des poches et des sacs ; enfin, ceux qui n'ont pas été simplement oubliés sur la table du salon, sur le comptoir du café, laissés là dans la précipitation. C'est le mouvement contraire du Reflux Gastrique et, pourtant, il produit en partie des effets semblables. La vue est tout aussi bouchée : par une obscurité naturelle cette fois, et non par les gaz lacrymogènes lancés dans une tentative futile de contrôler la foule. On remarque d'ailleurs quelques uniformes rouges dans ce long cortège digestif. Ils sont ternis, maronnasses. En un autre temps, un autre lieu, leurs porteurs auraient peut-être été ostracisés, fichus hors de la troupe, renvoyés en queue de cohorte, mais à présent : à quoi bon ? Ils marchent comme les autres. Les matraques dérisoires restent à la ceinture. Loin derrière, les lanceurs de meurtrières balles en caoutchouc. Les armures : mises en pièces. À présent, des êtres humains sont réapparus sous les uniformes et ils n'ont qu'une seule pulsion, comme les autres : non pas frapper, mais s'échapper, survivre au lieu de meurtrir. Alors, comme on se rend bien compte qu'ils sont aussi démunis que le reste du monde, on ne les fout pas dehors. Il faudrait même les soutenir un peu : sans l'institution pour les tenir, sans la hiérarchie pour les pousser, ils ont l'air un peu plus perdus que les autres. Pas de beaucoup, mais un peu quand même. Ils ont besoin d'aide pour avancer. À prendre durant trop d'années l'habitude d'obéir, on en oublie comment mettre un pied devant l'autre tout seul. Heureusement, les voilà fondus au sein d'un groupe, d'une multitude qui n'a pas d'énergie à perdre à les rejeter. Il faut aller au sud, rejoindre l'Anus et le salut.

C'est que chaque pas est difficile et qu'ils sont lourds, les pieds mouillés. Il faut de la force pour avancer encore dans ce paysage chamboulé, ruiné. Cependant, par un paradoxe étrange, les destructions paraissent moins catastrophiques sur les bords du Côlon. Peut-être est-ce une question d'écart : ici, il n'y a pas de plafond ensoleillé pour s'effondrer, pas de lumière blanche éclatante, pas de peine prise pour donner l'illusion de l'extérieur à des visiteurs du dehors ou pour rendre la vie plus confortable. Personne du dehors n'y venait, de toute façon, ou alors pour n'en jamais repartir. Ici, finalement, Ru n'est pas plus rouge qu'auparavant. L'eau boueuse et puante qui coule dans les rues ne choque pas tant que cela. Les quelques échappés des Organes Nord qui descendent pour la première fois vers le sud n'auraient pas été plus choqués s'ils étaient venus une semaine plus tôt. Le Tube, encore une fois, ressemble au Tube. Aucun effort n'a jamais été fait pour en dissimuler la fonction première. De toute manière, l'heure n'est ni au constat du désastre, ni aux lamentations. Priorité est donnée à la marche. Un pas après l'autre. Les quelques paroles prononcées sont brèves : « Attention ! », « Non, pas là », « Donne ta main » ou encore « Relève-toi ! », ou des mensonges utiles comme « Plus si loin » ou « Bientôt arrivés ! ». On serait bien en peine d'y discerner des visages, des expressions. C'est une masse qui descend vers l'Anus, une masse qui n'a plus que cela pour elle. Elle descend, épaules contre épaules, des mains qui poussent entre les omoplates ou retiennent des chutes par le devant de la chemise. Elle ne laisse pas d'espace entre ses parties. En un mot : elle fait corps. Parce qu'il n'y a que ça à faire.

Quand apparaît aux premières lignes du cortège ce qu'il reste de la jonction de l'autoroute de la Moelle avec le Tube Digestif et donc avec la route de l'extérieur, les cœurs tambourinent et, consommant ses dernières forces, on se met à courir. Une inquiétude, pourtant : l'arche de l'Anus reste invisible. Nul n'en tient compte. Il est forcément là et, en s'approchant, en pataugeant dans l'eau accumulée sur le rebord du sphincter, les survivants du Tube Digestif comprennent qu'ils ont été victimes d'une énième et cruelle illusion d'optique. L'Anus n'a pas disparu. Il fait seulement nuit au-dehors. Le noir à l'extérieur est presque aussi total qu'à l'intérieur.

Ru se tient désormais dans la mer, les pieds dans le large, sur le rebord de la zone inondée. Depuis le continent ne vient aucune lumière, à l'exception de quelques points jaunes et tremblants au loin que l'on pourrait confondre avec des étoiles. Le ciel au-dessus de la bête est bouché, couvert de gros nuages. Certains, plus bas que les autres, s'accrochent en lambeaux à Ru elle-même, formant une drôle de traînée brumeuse. Une hilarité nerveuse, un rire désespéré soulève les survivants, à commencer par les plus courageux, qui se risquent à pencher le regard par-dessus le bord. Pas de salut par l'Anus. Comment pourraient-ils s'échapper par là ? C'est une chute de plusieurs centaines de mètres, directement dans les vagues, dans les récifs fracturés que piétinent les pattes de la bête. Toute cette marche pour rien ! Mieux vaut en rire. Une silhouette s'élance tout de même de l'arrière du cortège, faisant s'écarter les autres devant elle, et bondit vers l'extérieur. Il fait si noir qu'on ne la voit même pas tomber. On n'entend même pas le bruit du choc contre l'eau salée, aussi solide que du béton en chutant de cette hauteur. Quelques autres suivent son exemple. Il est difficile de savoir pourquoi. Croient-ils vraiment à leur survie ? Il est plus probable qu'ayant fait tout ce chemin ils refusent de s'arrêter. Peut-être l'obscurité et le vide valent-ils mieux à leurs yeux que l'obscurité et les Intestins. Toutefois, ils ne sont pas nombreux à sauter et leur chute met fin à l'hilarité amère. Un silence religieux vient peser sur les survivants du Tube Digestif. Comme les membres du Reflux Gastrique face aux gardiens écarlates de l'ordre, ils lient leurs bras, nouent leurs mains. L'Anus est grand ouvert, mais sortir, c'est sauter. Ils comprennent alors qu'il n'y a pas d'échappatoire. Pas moyen d'échapper à Ru. En vérité, il n'y en a jamais eu. Comme ils l'ont fait au cours de leur longue marche le long des Intestins, ils devront faire corps dedans, de la même façon que la bête fait corps dehors. Ils doivent apprendre à faire partie d'autre chose qu'eux-mêmes, d'un endroit qui les dépasse. Deux siècles d'immobilisme de la bête, deux siècles à faire comme toujours : deux siècles d'erreur. Ru, c'est là qu'ils ont vécu, c'est là qu'ils vivent et vivront, qu'ils le veuillent ou non.

Devant leurs yeux sidérés, des lumières chaudes et aveuglantes explosent dans la nuit. Des traits lumineux se dessinent sur fond de nuages, du continent jusqu'à la peau de Ru. L'odeur du brûlé se répand dans la nuit et la couleur des flammes : orange sur rouge, jaune et bleu sur cramoisi. C'est que la surrection de Ru a plongé l'extérieur dans une terreur atavique bien différente de celle des habitants de la bête. Ru qui se relève, c'est pour eux le cauchemar recommencé et la preuve que leur victoire historique n'en était pas une. Dedans, dehors, tous sont impuissants face à la force de Ru. Alors ils tirent, ils envoient leurs avions, leurs bombes, par réflexe. Il n'y a que la peur encore supérieure des conséquences et des retombées qui empêche ceux de l'extérieur de déchaîner sur la bête leur arsenal le plus terrible et le plus destructeur. Certains, sans doute, brûlent de l’essayer, comme d’autres brûlaient de le faire deux siècles plus tôt, mais ils sont heureusement retenus par d’autres à la tête plus froide. Si toutes les bombes plus petites ne réussissent pas à l’abattre, pourquoi une plus grosse, la plus grosse de tous les temps, y parviendrait ? En cet instant, c’est la raison qui empêche le pire. Les terres qui ont subi l’inondation ? Elles étaient de toute manière perdues, sous la bête, stériles et incultivables. Qu’elle se relève, cette créature importune ! C’est presque un soulagement. Alors des comités se réunissent et prennent une décision très sérieuse et mûrement réfléchie : il ne s’agit plus d’abattre Ru mais de la chasser. Qu’elle s’en aille ! Si possible, qu’elle aille tomber ailleurs, vers les rives d’un autre pays ! Qu’elle soit le problème de quelqu’un d’autre ! Bon débarras ! Les associations humanitaires s’écrient : « Et ses habitants ? Et tous ceux qui y vivent ? » Les sérieux comités secouent la tête, leur posent délicatement une main sur l’épaule et l’autre en travers de la bouche. Ceux qui vivent dans Ru sont l’affaire de Ru. D’ailleurs, ils sont probablement déjà tous morts. Une fois encore : bon débarras ! Voilà ce que font les avions, les missiles, les bombes. Ils ne cherchent pas à tuer Ru mais à l’importuner. Comme des moustiques, des drones volettent autour de sa gueule et la piquent de leurs roquettes. Les explosifs lui chauffent l’arrière-train dans l’espoir de la pousser en avant. « Et les vagues ? » s’écrient encore les organismes non gouvernementaux. « Et les raz-de-marée supplémentaires que le départ de Ru ne manquera pas de provoquer ? » Les mêmes comités, toujours, secouent la tête. Il faudra faire avec. Mieux vaut un peu d’eau qu’une bête rouge dans son genre qui reste plantée dans les eaux nationales. Dehors, la bête ! Ébahis, les survivants du Tube Digestif contemplent l’assaut depuis leur point de vue privilégié sur le rebord du sphincter anal. Ils assistent sans le savoir à une offensive militaire d’une ampleur inégalée depuis l’apparition initiale de Ru, une débauche cataclysmique de moyens, une dépense égale aux budgets totaux de pays de moindre importance, et dans quel but ? Pour une tentative futile de se débarrasser d’un problème sans le résoudre. Car les sérieux comités le sont suffisamment pour savoir qu'ils ne peuvent rien. Ils cherchent donc à passer la balle. Un pilote d'avion de chasse plus aventureux que les autres se risque entre les membres postérieurs de la bête et croit apercevoir des milliers de visages dans un orifice plus grand que les autres à la lumière d'une explosion. Il en rend compte immédiatement à son contrôle de mission, qui lui ordonne de rentrer à la base où on lui expliquera très calmement qu'il n'a rien vu, pour la simple et bonne raison qu'il n'y avait rien à voir. L'assaut dure près de douze heures. Le jour revient et n'arrête pas les explosions.

Tous ces efforts militaires, en fin de compte, doivent bien produire quelque effet puisque, à la tombée de la nuit suivante, à la fin du sixième jour rouge, elle se met en marche, déplaçant autour d'elle de montagneux massifs d'eau salée. Les avions de chasse et les drones rentrent alors à la base pour de bon. Les batteries de missiles qui tiraient depuis la sûreté de bases arrière ne tirent plus. Les stries de fumée qui balafraient le ciel se dissipent et ne sont plus remplacées. Les soldats et les membres des sérieux comités exultent, se réjouissant d'avoir gagné de haute lutte le droit de faire comme si de rien n'était. Depuis, l'Anus, les survivants du Tube Digestif voient s'éloigner le rivage, ballottés régulièrement par le pas hexamétrique de Ru. Ils ne pleurent pas, n'éprouvent pas de joie ni de colère.

Les survivants du Tube Digestif font quelques pas en arrière, convaincus à présent que ces avions ne sont pas là pour les sauver. Ils ont fait de grands gestes des mains, ils ont crié, ils ont dépensé de précieuses batteries de lampe torche en signaux morses, trois courts, trois longs, trois courts, sans résultat. L'armée qui s'active au-dehors est tout aussi indifférente à leur égard que Ru elle-même. Un autre groupe humain se laisserait sans doute aller alors au désespoir, mais les survivants du Tube Digestif n'ont plus d'espérance à espérer. Ils constatent seulement. L'extérieur ne veut pas d'eux. Cela n'est au fond que justice : quand Ru était au sol, ils ne voulaient pas de l'extérieur non plus. Ils ne sont pas non plus résignés. Simplement, qu'ils le veuillent ou non, ils sont embarqués.

VOIX

DANS LE NOIR, il y a une voix tout près d'Alvid qui parle à son oreille.

« Il y a longtemps, il y a très longtemps, quand le monde était encore vide, avant les mammifères ou même les dinosaures, longtemps avant que les premiers hommes se mettent à penser qu'ils étaient des hommes et non des singes comme les autres, très longtemps avant qu'ils chassent, cueillent ou cultivent la terre pour faire des villages et des villes ; il y a si longtemps que personne ne sait combien de temps exactement, vivait le géant Britta.

» D'où venait-il ? Personne ne le sait. Puisque lui-même l'ignorait et qu'il était le seul à savoir quelque chose, nul n'en savait rien non plus en ce temps-là. Un beau jour, le géant Britta avait remarqué qu'il était là et qu'il s'appelait ainsi. Peut-être existait-il avant cela même. Peut-être pas. La conscience lui était venue en passant, sans faire d'effort particulier pour l'obtenir. Il n'y avait pas eu de coup de tonnerre ni de grand chamboulement. La veille, Britta n'était pas Britta ; le lendemain, si.

— Qu'est-ce qu'il faisait là ? » intervient une autre voix.

Des sifflets et des *chut !* lui répondent, tout doucement. Depuis qu'il fait noir, il semble à Alvid que tout le monde autour de lui murmure en permanence. Peut-être est-ce simplement la chape d'obscurité qui absorbe les sons et les paroles avant qu'ils ne parviennent à ses oreilles. Alors il les tend.

« Britta ne faisait rien, reprend la voix. Il ne mangeait pas, il ne chassait pas, il ne pêchait pas. Au reste, il n'existait pas sur toute la terre de gibier assez grand pour lui. Britta n'avait jamais faim, jamais soif. Simplement, il allait. Il parcourait les terres émergées de son pas large et infatigable, projetant derrière lui une immense étendue d'ombre. Britta était si haut qu'il cachait parfois la lumière du soleil. Souvent, il écrasait sous ses pieds de nombreuses créatures minuscules mais ne s'en rendait presque pas compte. Ses os étaient si durs qu'on les aurait confondus avec de la pierre. Ses muscles se contractaient et se détendaient sous sa peau comme de profonds courants souterrains. Peu importait pour lui en ce temps-là la direction dans laquelle il portait sa marche. Indifférent aux points cardinaux, il errait d'est en ouest et du nord au sud, enjambant au passage fleuves et collines. Comme il ne connaissait pas l'envie ou le désir, Britta était pleinement satisfait. Tout cela aurait pu durer pour l'éternité.

— Et alors ? l'interrompt encore la même personne.

— Mais *chut* à la fin ! s'agace quelqu'un d'autre.

— Tu vas le savoir. »

À tout cela, Alvid n'a rien à ajouter. Depuis la venue du noir interminable, il éprouve de la difficulté à prendre la parole. Il doit faire preuve d'une grande concentration pour ne pas perdre le fil de ce que raconte la voix.

« Tout cela aurait pu durer pour l'éternité si une étrange chose n'était pas arrivée à Britta. Un matin, au sortir d'un de ses longs et profonds sommeils, il découvrit dans sa poitrine une sensation qui n'y était pas présente la veille. Lorsqu'il s'était étendu, la tête confortablement posée sur un bosquet de sapins, tout était normal. Et pourtant, ce matin-là… *ça*. Avait-il dormi plus longtemps que de coutume ? Quel était cet étrange engourdissement qui le terrassait et l'empêchait de se relever pour reprendre sa marche insouciante ? Deux saisons entières, Britta resta couché, se livrant à une activité aussi nouvelle que cette troublante nouveauté dans son cœur. La pluie, la neige et des bourrasques de vent glacé passèrent sur lui sans qu'il s'en soucie : Britta méditait sa découverte. Il observa le passage des nuages, les allées et venues du soleil à travers le firmament d'une façon neuve. Enfin, quand il fut tout à fait certain de l'exactitude de son sentiment, il se releva et tendit les bras jusqu'à mouiller ses titanesques doigts dans un cumulus. Britta avait compris ce qui lui arrivait. Pour la première fois de son existence sans limite, le géant Britta se sentait seul.

» Alors il reprit sa marche. Celle-ci était désormais pourvue d'un but. Avec la compréhension de la solitude de Britta lui était venue la certitude que celle-ci était insupportable. Le géant marcha alors avec résolution et parcourut une fois encore toute la terre. Le regard sans cesse fixé sur l'horizon, il découvrit le monde comme avec des yeux nouveaux. Il lui était impossible de savoir ce qu'il cherchait tout à fait. Cependant, la question découverte ce matin-là continuait de brûler en lui. Elle le poussait à ne jamais s'arrêter et il ne s'arrêtait pas. Cette question était celle-ci :

» "Suis-je donc le seul de ma sorte ? N'y a-t-il personne d'autre comme moi ?"

» À chaque nouveau lever de soleil, jour après jour et année après année, Britta devait lutter contre le désespoir qui menaçait de le saisir. Il écarta les nuées devant lui pour scruter la courbure du monde, il balaya des forêts et souleva même le cœur des montagnes à la recherche de quelqu'un, de quelque chose de semblable à lui. Il n'y trouva que des bêtes ignares et des racines inconscientes. Cette terre, dont il avait longtemps mangé les fruits et bu l'eau, lui appartenait tout entière, mais à quoi bon posséder un monde s'il n'y a personne avec qui le partager ? Petit à petit, les épaules du géant se courbèrent et sa tête se mit à pencher sous le poids de cette peine ignorée jusqu'alors. »

Le silence règne à présent autour d'Alvid, qui sent son propre corps imiter celui du géant. Dans l'obscurité, sa tête penche vers ses pieds et ses épaules s'affalent. À sa gauche comme à sa droite, les respirations pesantes des auditeurs ont remplacé les protestations. Quand le récit reprend, il croit reconnaître l'odeur de la mer que ses narines n'ont pas sentie depuis son arrivée à Ru. Depuis combien de temps ?

« Un autre jour, Britta arriva au bord de l'océan. C'était la seule étendue d'eau qu'il n'avait jamais traversée. Le corps du géant était trop grand et trop lourd pour qu'il sût nager et les abîmes marins étaient trop profonds, même pour lui. Il s'assit sur le sable et fit dans son dos une grande dune qui lui servit de dossier. Maintenant tout à fait découragé, Britta décida qu'il ne se lèverait plus. Il avait vu tout ce qu'il y avait à voir. Il avait cherché partout. À quoi bon, s'il était le seul être intelligent à habiter ce monde ? Il laissa aller sa tête en arrière sur le sommet de la dune, l'œil vague tourné vers l'océan, il prit la résolution de ne plus bouger jusqu'à ce que la mer vînt le recouvrir et l'emportât.

» "Peut-être, pensa-t-il, les courants me mèneront-ils vers une autre terre, où vivent des géants comme moi."

» Britta avait fermé les yeux. C'est alors qu'il entendit pour la première fois une voix autre que la sienne. Incrédule, ses cœurs battants à tout rompre dans sa poitrine, il se redressa. La voix était haute et claire, elle perçait les cieux intouchés et faisait fuir les nuages. Les vagues elles-mêmes paraissaient s'écarter, la marée reculer à son approche. Ainsi Britta fit-il la rencontre d'une autre comme lui.

» L'inconnue s'avança vers lui.

» "Je suis Ropé, dit-elle. Depuis que je suis éveillée, je marche à la recherche d'un autre comme moi pour mettre fin à ma solitude.

» — Comment m'as-tu trouvée ?" demanda Britta.

» Ropé – puisque c'était son nom – montra du doigt les profondes traces dans le sable que la venue du géant avait laissées.

» "Il y a maintenant deux saisons que je te suis à la trace dans l'espoir que tu t'arrêtes assez longtemps et de pouvoir te rattraper. Je suis heureuse de faire ta connaissance."

» Il est inutile de dire à quel point Britta était heureux lui aussi. C'est ainsi que les deux géants, les quatre premiers cœurs à avoir jamais battu de concert, entreprirent à nouveau de parcourir le monde. Ensemble cette fois-ci, ils virent de nombreuses et belles choses sur lesquelles les yeux de chacun étaient passés sans les voir et sans les remarquer. Le regard est une chose étrange et fluctuante, qui change selon l'endroit depuis lequel on le porte comme selon la compagnie de l'observateur. Les regards de Britta et de Ropé avaient disparu pour en faire un troisième qui n'appartenait ni tout à fait à l'un ni à l'autre. Le monde s'emplit pour eux de couleurs étranges et de sons brillants. À eux deux, ils façonnèrent le paysage. Absolument absorbés l'un dans l'autre, ils tracèrent des vallées sans s'en rendre compte ou détournèrent des fleuves par jeu. Ils saisirent la terre et dressèrent des montagnes pointues simplement pour le plaisir d'y grimper. À qui ces jeux pouvaient-ils nuire ? Peut-être aux créatures minuscules qui couraient entre leurs pieds sur leurs pattes infimes. Si cela arriva, Britta et Ropé, tout à leur bonheur, ne s'en rendirent pas compte. Il en est de la nature des géants comme de celle des hommes : ils sont aveugles aux conséquences de leurs actions à moins de les constater sur une face qui ressemble à la leur. Ainsi, ces deux géants, qu'avaient-ils bien de commun avec ces ridicules insectes dont la présence n'était jamais qu'une démangeaison ? Ils n'étaient attentifs qu'à un seul visage : Britta, celui de Ropé ; Ropé, la face de Britta. Ce furent pour les deux géants des années de bonheur simple et calme. Ils firent plusieurs fois le tour de la Terre, revenant toujours à cette plage où ils avaient eu la chance de se rencontrer. Ils s'y asseyaient longuement et regardaient l'océan. Que pouvaient-ils bien y avoir de l'autre côté de cette étendue ? La tentation de s'y risquer les saisissait toujours. Chaque fois, ils étaient près d'y céder. Chaque fois, ils renonçaient. Il y avait toujours une vallée qu'ils n'avaient pas vue ensemble ; une crique que Ropé voulait terminer de dessiner avant de s'en aller ; une forêt dont la forme vue d'en haut n'était pas encore harmonieuse ; toute une prairie dont Britta devait retourner la terre du bout des doigts pour que l'herbe y repousse plus neuve. Les deux géants repoussaient leur désir, l'entravaient par une multitude de tâches plus immédiates. Quoi qu'il y eût de l'autre côté du monde, cela n'allait pas disparaître. C'était sûrement aussi immuable que Britta et Ropé eux-mêmes. Ils possédaient la chose la plus importante : ils avaient le temps.

» En ce temps-là, ailleurs pouvait attendre. »

Alvid, troublé, hoche légèrement la tête. À présent, au contraire, ailleurs a tout à fait disparu.

« Britta et Ropé eurent quatre enfants : des géants comme eux, dont la taille et la forme dépassaient l'entendement. Le plus jeune avait pour nom Croua. Les puînés, des jumeaux, s'appelaient

Alas et Algis. L'aîné était Pyru, le plus grand et le plus fort des quatre. Les trois premiers ressemblaient à parts égales à leurs deux parents. Chez Croua, au contraire, on discernait bien plus nettement le visage de Ropé. Sans qu'elle l'avoue, c'était vers lui que les affections de la géante se portaient le plus facilement, bien qu'elle fît tout ce qu'elle pouvait pour ne pas le montrer. Pyru, Alas, Algis et Croua atteignirent rapidement la même taille que Britta et Ropé, mais ils restaient dans leurs cœurs des enfants, sujets à des émotions brusques et changeantes. Eux qui savaient d'où ils étaient nés, eux qui ne s'étaient pas éveillés seuls dans un monde vide et apparemment fait pour eux, ils connaissaient l'ennui et la joie, la colère et l'émerveillement, l'abattement et l'enthousiasme. Ils accompagnaient leurs parents dans leurs voyages, mais ils ne découvraient pas à chaque fois des visions nouvelles. Ils étaient heureux de retrouver une vallée ou au contraire déçus de voir qu'un bois n'avait pas si bien poussé qu'ils l'espéraient. Les formes mouvantes du monde n'étaient pas pour eux une source suffisante de satisfaction. Britta et Ropé observaient les mouvements d'humeur de leurs quatre enfants avec étonnement et perplexité. Les deux vieux géants, qui ne connaissaient de la violence que celle des tempêtes qui s'écrasaient contre leurs torses, ne savaient que dire quand leurs enfants se querellaient.

» "Pourquoi vous battez-vous ? demandait Ropé. Quelle raison avez-vous de chercher querelle quand le monde tout entier s'offre également à vous, et pour toujours ?

» — Pour toujours ? répondait Pyru. Il n'y a pas de toujours pour nous. Nous savons où est notre début, et ce qui commence doit finir."

» Britta mûrit cette remarque pendant des jours et des jours avant de répondre. Il était étranger à l'idée de la mort et de la fin. Le flétrissement ne concernait que les choses minuscules qui rampaient au sol.

» "Et même si vous devez finir ? demanda-t-il à son tour. En quoi les poings contre les poings retarderont-ils la fin ?"

» Pyru fit la moue.

» “Tant que nous pouvons nous battre, c’est qu’elle est encore loin.”

» L’aîné des quatre enfants n’était pas seulement jaloux des tendresses gigantesques que Ropé accordait à son frère cadet. Il posait aussi un regard envieux sur ses deux parents. Ceux-ci lui paraissaient toujours un peu plus immuables que lui, éternels, alors qu’il n’aurait que le privilège de la vieillesse. Ils devaient être détenteurs d’une essence secrète de la terre qu’il sentait bouger en dessous de lui. Une idée effroyable lui était venue très jeune, qui le séparait depuis du reste de sa famille : ses parents vivraient plus longtemps que lui. Avec les années, elle avait tissé dans ses cœurs de puissantes et solides racines et continuait de grandir, chaque jour un peu plus insupportable. Plus le temps passait, plus son ressentiment croissait et plus ses coups se faisaient durs et réguliers. Faute de pouvoir frapper son père et sa mère, il se retournait contre ses frères. Alas et Algis ne tardèrent pas à s’éloigner de lui, à l’éviter tant qu’ils le pouvaient, à marcher loin de lui. Croua, le plus jeune et le plus tendre de cœurs, ne pouvait s’y résoudre. Il recevait les coups et les rendait parfois, sans rien dire.

» “Pourquoi Pyru est-il tellement en colère ?” demanda un jour le cadet à ses parents.

» La réflexion de Ropé dura plusieurs jours encore, puis elle secoua la tête et soupira.

» “Je ne sais pas. Mes cœurs à moi ne sont pas faits pour de pareils débordements. Je suis, tout comme Britta, pareille à une montagne. Mes profondeurs et mon sommet garantissent mon équilibre.”

» Cette réponse ne pouvait satisfaire Croua, qui réfléchit à son tour.

» “Peut-être Pyru a-t-il l’impression d’être une montagne mineure et creuse.”

» À cela, Ropé ne répondit rien, mais elle reporta la phrase à Britta, qui resta muet en l’entendant. »

Alvid ajuste sa position. Il se recule dans le noir. Les infimes instants que met son dos à heurter le mur contre lequel il vient s'appuyer sont une éternité. Depuis que l'obscurité est venue, chaque petit mouvement est devenu un saut dans le vide. Une fois aussi confortablement installé que possible, il reprend le fil du récit.

« La vie de la famille des géants continua comme cela quelque temps, jusqu'à ce que leurs pas les ramènent encore une fois sur la plage où Britta et Ropé s'étaient rencontrés. C'était à chaque fois pour eux six un moment privilégié, durant lequel même les cœurs meurtris de Pyru s'apaisaient. Deux traces étaient encore visibles, près de la dune que Britta avait façonnée pour dormir : celles de son pied et de celui de sa compagne. Le géant s'arrêta et, penché vers cette marque, dit à ses enfants :

» "La prochaine fois que vous viendrez ici, elles seront effacées. Cependant, vous devrez toujours garder leur forme à l'esprit. Ainsi, vos pas vous ramèneront toujours à la mer."

» Il se tourna vers eux. L'un avait la figure sombre, deux distante, et l'autre attentive. Il les serra tous quatre contre lui dans une longue et forte étreinte.

» "Cet endroit est à jamais une part de vous comme de nous, vos parents. Vos vies seront longues, bien que peut-être moins que les nôtres. Pourtant, quelle que soit leur durée, vous nous trouverez toujours ici."

» Puis les six géants s'étendirent et leurs corps pesants creusèrent le sable pendant le long sommeil du retour chez soi.

» Quand Pyru, Alas, Algis et Croua s'éveillèrent, Britta et Ropé n'étaient plus là. Le vent comblait de sable la trace de leur sommeil. Deux petits lacs d'eau salée remplissaient la forme de leurs deux pieds. Les quatre fils échangèrent des regards et des paroles troublées. Où pouvaient-ils être ? Ils décidèrent de partir à leur recherche.

» Croua, le plus jeune et le plus vif, parla en premier.

» "Je partirai vers le nord, car c'est dans cette direction que Ropé tournait le plus souvent son regard."

» À ces mots, Pyru le couva d'un œil soupçonneux, mais les trois autres ne remarquèrent rien. Alas et Algis secouèrent la tête.

» “Nous partirons à l’ouest. C’est le seul endroit que nous ne connaissons pas et c’est là que Britta se dirigeait quand il a rencontré Ropé.”

» Leurs paroles étaient sincères mais incomplètes. Depuis longtemps déjà, leurs cœurs tremblaient du même appel que Britta et Ropé avaient senti : ils brûlaient d’aller de l’autre côté de l’océan et de découvrir une terre vraiment nouvelle. Là-bas, ils trouveraient un monde qu’ils pourraient faire entièrement leur, un monde où l’ombre de leurs parents n’aurait jamais obscurci le ciel.

» Pyru les regarda avec mépris. À quoi bon chercher autre chose quand toute leur courte vie sera déjà insuffisante pour posséder entièrement la terre qu’ils connaissaient ? Il resta silencieux et songeur. Quand ses frères lui firent leurs adieux, il leur répondit avec toute l’affection fraternelle qu’il était capable de donner. Celle-ci lui parut étrangement insuffisante.

» Alas et Algis se rendirent à l’extrême limite ouest des terres. Là, ils prirent leur élan. Le monde trembla plusieurs minutes sous le tonnerre de leur course, puis ils sautèrent aussi loin que le leur permettaient leurs considérables forces. Leur plan était de bondir par-dessus l’océan tout entier, directement sur la terre nouvelle qui devait s’y trouver. Hélas, il n’y avait nulle terre. Ils tombèrent à l’eau avec de titanesques éclaboussures. Ils s’enfoncèrent dans la mer et, tout géants qu’ils étaient, ils ne touchèrent pas le fond. Ils battirent des bras, tapèrent des pieds, donnant vie à des vagues et des courants monstrueux, en vain. Ils étaient trop lourds et ils ne savaient pas plus nager que leurs parents. Ils tentèrent de faire demi-tour mais leur saut les avait entraînés trop loin pour rebrousser chemin. La terre où ils étaient nés était hors de vue. Ils restèrent à flot tant qu’ils purent, avancèrent aussi loin que possible, dans l’espoir de découvrir un secours qui n’arriva jamais. Bientôt, la force leur manqua. L’eau passa par-dessus leurs têtes. La main dans celle de l’autre, les deux géants se noyèrent, un bras unique tendu entre eux deux.

» Leurs deux corps flottent encore à la surface du grand océan. De la terre est venue les recouvrir, et avec elle de l’herbe et des arbres. On y vit comme sur deux grands continents qui n'en forment qu'un seul. »

Deux voix halètent en même temps.

« Quand Croua atteignit la rive nord de la terre, il se montra moins aventureux. En plissant les yeux, il apercevait presque l'autre côté. Il posa un premier pied dans l'eau pour en éprouver la profondeur. Il la trouva satisfaisante. Il posa ensuite prudemment le deuxième. C'est alors qu'il sentit deux mains serrer son cou. Il réussit à se retourner à moitié et découvrit le visage de son agresseur : Pyru. Il voulut parler, mais les mains de son frère empêchèrent ses paroles de sortir.

» Son frère aîné avait si bien réfléchi qu'il s'en était rendu fou et s'était convaincu que Croua était responsable de la disparition de ses parents. En effet, il avait été si prompt à désigner la direction vers laquelle les chercher ! Il s'était dévoilé ainsi. Pyru était maintenant rempli de l'idée d'une trahison : Croua voulait se débarrasser d'eux et profiter seul de l'amour de leurs parents, qui le rendraient immortel comme eux. Sa jalousie à son paroxysme, il avait décidé que s'il ne pouvait être l'égal de Britta et Ropé, si ses parents avaient décidé de l'abandonner, s'il devait en être séparé, ses frères le seraient tout autant et surtout Croua dont les traits rappelaient insolemment le visage de sa mère. Alors, sans prononcer une parole, il serra, serra, tira, secoua, serra si bien, tira encore et si fort que le cou céda et que la tête morte de son frère lui resta entre les mains. Alors seulement, trop tard, saisi par l'horreur de son geste, il lança son bras vers l'arrière et puis vers l'avant et jeta la tête de Croua le plus loin possible. Elle tomba dans la mer et y resta. Comme les corps de ses frères, elle y est toujours. C'est un îlot minuscule et oublié. »

Cette fois-ci, c'est carrément un glapissement de terreur qui accueille la mort du troisième géant. Alvid sent un frisson courir entre ses omoplates, un tremblement qui n'est pas dû au froid. Depuis les Jours rouges, il n'y a plus eu une seule journée de froid à Ru.

« L'odeur de la mer, la vision du corps décapité de son frère furent soudain insupportables à Pyru. Il tourna les talons, tourna le dos à la mer et, constatant qu'il était seul au monde, plus seul encore que son père l'avait été aux premiers jours de sa conscience, il se mit à courir. Ses deux cœurs menaçaient de percer sa peau dure comme de la roche. Il voulut essuyer ses mains écarlates du meurtre de son frère mais il ne parvint qu'à en étaler la couleur sur ses cuisses, ses bras, son visage et son torse. Rouge désormais, il courut encore. Enfin il ressemblait à Britta. La solitude lui était insupportable, mais il l'avait attirée sur lui-même. Il avait craint la mort, donc il avait tué. Il s'élança vers le cœur des terres, refaisant le paysage sur son passage. Partout où il posait son pied poussait une colline. Il courut jusqu'à l'épuisement, espérant qu'à force ses cœurs pleins d'envie se fendraient, se briseraient en deux. Il voulait qu'ils s'arrêtassent enfin de battre. Rien n'y fit. Sa vie ne voulait pas en finir là.

» Alors Pyru cessa de courir. Il regarda autour de lui, ne reconnut pas l'endroit où il était arrivé. S'il avait regardé plus attentivement, peut-être y aurait-il remarqué la marque du pas de Britta, dans le temps où lui aussi se pensait le seul être conscient du monde. Son esprit était trop troublé ; ses cœurs étaient trop affairés à ses propres émotions. Il choisit de s'étendre, comme son père avant lui. Le dernier des quatre fils s'allongea, résolu à ne plus jamais bouger. Il attendrait désormais que la mort le prît. Il sombra dans un sommeil millénaire. Durant la profonde nuit, de nouvelles créatures vinrent, qui se crurent l'unique conscience du monde. Elles bâtirent des villages puis des villes, tracèrent des routes. Pyru ne remarqua rien de tout ça, emporté dans des rêves de douleur et de remords, certain que c'était sa juste punition que d'attendre en vain, jusqu'à ce que le monde finisse.

» De la poussière s'accumula sur lui, puis de la terre et des roches. Il se fit des montagnes au-dessus de Pyru. Seuls ceux qui escaladaient les plus hauts des pics entendaient parfois la pesante respiration du géant rouge sur lequel ils poussaient, et le double battement régulier de ses cœurs jumeaux. Quand ils revenaient de leur aventure, ils contaient aux autres, incrédules, qu'un jour viendrait où Pyru se relèverait et irait se recueillir au bord de la mer, là où ses parents étaient partis, là où il avait tué son frère. »

Enfin, le conteur se tait. Le silence se fait naturellement. L'écoute d'Alvid dérive, emportée dans les soubassements de leur univers sonore, vers la respiration de Ru et le choc régulier de ses six pattes contre le sol. Comme tout le monde depuis les Jours rouges, il a appris à vivre avec. Son corps bouge au rythme du balancier de la marche de Ru. Une marche vers où ? Il n'en a pas la moindre idée. Peut-être, s'il faisait partie des courageux qui veulent reconquérir la Tête, où de ceux qui escaladent les orifices d'excrétion, pourrait-il apprendre quelque chose. Cependant, l'obscurité est venue. Même s'il se tenait au sommet du crâne de Ru, dominant la terre tout entière, Alvid ne verrait rien. Avant les Jours rouges, il avait trop d'yeux, mais le noir est venu.

« Est-ce que c'est vrai ? demande une voix fluette, probablement celle d'un enfant.

— Comment ça ?

— Ce que tu as dit : est-ce que c'est vrai ? »

Alvid entend le froissement des habits du conteur alors que ses épaules se soulèvent.

« Non. Peut-être. Je ne sais pas.

— Qui te l'a dit ? persiste l'enfant.

— Personne ne me l'a dit. Je le sais, c'est tout.

— Comment est-ce que tu peux savoir quelque chose, si ce n'est pas vrai ? »

D'abord, il ne répond rien. Alvid entend le minuscule bruit mouillé de son plissement de lèvres. Il fait la moue, il réfléchit. Il soupire. Comme le géant sous la montagne, comme Ru quand il est arrivé, avant les Jours rouges, avant l'obscurité, Alvid sent le sommeil s'emparer de lui. Il n'est resté que quelques heures éveillé, mais cela ne fait plus grande différence pour lui. Endormi, éveillé : c'est la même noirceur, le même vide qui l'accueille. Ses paupières ne servent plus à rien d'autre qu'à battre l'air en vain. Avant de se laisser aller à ce sommeil facile, roulé dans une vieille couverture, il entend le début de la réponse du conteur à l'enfant.

« Quel âge as-tu ?

— Dix ans. »

Il y a, comme toujours, de la fierté dans la voix de l'enfant.

« Tu en es sûr ? »

L'enfant hésite, puis hoche la tête.

« Mais tu ne te souviens certainement pas du jour de ta naissance. Comment peux-tu le savoir alors ?

— Je le sais, c'est tout ! On me l'a dit.

— Est-ce que c'est vrai ?

— Je le sais, répète l'enfant.

— Alors tu seras peut-être d'accord avec moi pour dire que “savoir” et “la vérité”, ce n'est pas la même chose. »

L'enfant reste bouche bée. Alvid entend ses mouvements de tête. Il n'est pas convaincu.

« Que diras-tu, toi, à tes enfants, quand tu leur raconteras ton enfance ? Quand tu leur raconteras les Jours rouges, et le soulèvement de Ru ? Que leur diras-tu ?

— Je leur dirai ce qu'il s'est passé, c'est tout.

— Et s'ils ne te croient pas ? S'ils te demandent comment tu le sais ?

— Mais… j'étais là ! »

Tous sourient, autour de la pièce. Alvid l'entend. Il sourit aussi, dans les brumes de l'endormissement.

Alors le conteur reprend.

« Tu leur raconteras ce que tu penses être la vérité. Tu leur raconteras ce que tu sais, et la vie que tu auras eue dont moi je ne sais rien. Tu leur raconteras tout ça, et puis eux-mêmes raconteront tout ce qu'ils savent à leurs enfants, qui feront de même avec leurs enfants, et ainsi de suite. Il y aura peut-être parmi eux d'horribles personnages dans mon genre, qui pensent que ce qu'ils imaginent vaut ce qu'ils savent, qui sont convaincus d'être capables de fabriquer de la vérité nouvelle avec des choses qui ne sont peut-être pas arrivées. Cela mélangera tout encore.

» Puis il arrivera un jour où l'un d'entre eux parlera à tout un groupe, comme je le fais aujourd'hui, et il leur dira peut-être quelque chose comme cela :

» “En ce temps-là, Ru ne bougeait pas encore. Les hommes vivaient partout sur la Terre et ils ne connaissaient pas la bête rouge. Un jour elle se leva, et ils l’abattirent. Les hommes de cette époque étaient si confiants dans leur pouvoir qu’ils décidèrent de vivre à l’intérieur du corps de la bête. Seulement, Ru n’était pas morte. Comme chacun sait, il n’est pas dans la force des hommes de vaincre la bête. Ru n’était qu’endormie. Vinrent les Jours rouges, où Ru se releva. Il y avait des villes entières dans la Tête de Ru et des magasins dans ses Cœurs. Ils furent entièrement détruits.”

» Alors, un autre garçon interrompra sans doute ton arrière-arrière-arrière-arrière-petit-enfant dans son histoire. Il lui demandera : “Comment sais-tu cela ?” ou “Comment peux-tu en être certain ?” et il lui répondra : “Je le sais, c’est tout, parce qu’on me l’a raconté.” Le garçon continuera : “Mais ce n’est pas possible ! Des magasins dans les Cœurs ! C’est ridicule ! C’est absurde, même.” Et ton arrière-arrière-arrière-arrière-petit-fils pourra seulement répondre : “Je sais, mais c’était comme ça en ce temps-là !” Peut-être même qu’il dira quelques bêtises dans son récit. Il inventera sans doute des noms et des lieux, mais ça ne voudra pas dire qu’il dira moins la vérité. Il racontera tout cela pour que les gens de son temps en tirent une leçon. Parce que la vérité, c’est ce que l’on apprend.

— Mais alors, interroge une dernière fois l’enfant, dans ton histoire, c’était quoi la leçon ? »

Les commissures des lèvres du conteur remontent. Il sourit.

« Je ne sais pas. D’après toi ? »

Alvid n’entend pas la réponse de l’enfant. Il est déjà endormi.

CONGRÈS

TOUT LE LONG de ce qui fut l'autoroute de la Moelle, le goudron est fracturé. Les lignes blanches sont rompues, tordues. Les portions survivantes sont courbées. Elles ont pris un air de collines. Depuis les Jours rouges, plus aucun véhicule ne peut y circuler. Il y a bien trop de creux et trop de brèches. La Moelle n'est plus une route mais c'est à présent un spectacle. Coré passe de nombreuses heures à observer les lumières nerveuses qui suintent à travers le goudron. Elles brillent si fort qu'on dirait que le macadam fond. Il se teinte de mille couleurs qui se mélangent au rouge Ru : le bleu fait du pourpre, le jaune de l'orange, le vert du brun. Chaque jour, les lumières sont différentes, s'allumant et s'éteignant au rythme de l'activité nerveuse de Ru. Avec Coré, des photographes, des peintres et des cinéastes viennent s'asseoir sur le bas-côté de l'ancienne autoroute pour saisir, chacun à son rythme, les teintes changeantes de la Moelle. Il y aurait là matière à une étude scientifique, de quoi établir une typologie. Quelles sont les couleurs du matin ? Du soir ? Le mouvement de marche suscite-t-il un orange sombre ou un violet clair, presque rose ? Quelle est la couleur du repos ? Celle de l'immobilisme ? Coré regarde les peintres et les photographes observer le spectacle. Les mouvements des pinceaux prennent en compte le balancement régulier de la marche de la bête. Toutes les cinq ou six minutes, ils s'immobilisent. Les peintres saisissent leur toile pour l'empêcher de tomber quand le sol tremble sous le choc. Tout le monde s'est si bien habitué à la marche de Ru qu'il faut à Coré un effort conscient pour la remarquer de nouveau. C'est cela, le nouvel état des choses : le monde balance, c'est tout. Comme la plupart de ceux qui étaient sur l'autoroute lors des Jours rouges, Coré s'est réfugiée dans l'Estomac. Les survivants du Réveil ne parlent jamais de l'interminable marche, du chaos, de tout ce qu'il s'est passé ces jours-là. Un voile de silence s'est posé sur tout cela. Depuis, Coré est tombée dans une inaction qui n'est pas tout à fait de l'oisiveté. Le Reflux Gastrique l'a chamboulée. Elle se réveille encore la nuit en sentant autour de son cou une main gantée au bout d'un bras en uniforme. C'est un peu ridicule, pense-t-elle, de focaliser son attention sur une chose aussi minuscule que cela au milieu de la catastrophe, de tous les morts de la Tête, du grand craquement à l'intérieur des Cœurs, des étouffés des Poumons et de tout le reste. Sa mémoire et son inconscient fonctionnent par métonymie ou, plus précisément, par synecdoque. C'est la partie pour le tout ; la main du gendarme qui la saisit pour la bête qui se relève et les centaines de milliers de morts. Réduire l'événement général au geste particulier permet de tenter d'en comprendre quelque chose. Coré, assise au bord de ce qui a été une autoroute, imagine une deuxième typologie, celle de l'angoisse et du traumatisme qui se résumerait en une question :

« À quel objet ou à quel geste – fût-il infime – pensez-vous quand vous vous remémorez les Jours rouges ? »

Mais elle n'en parle à personne. En vérité, dans les rues de l'Estomac comme dans le reste du Tube Digestif, il semble que personne ne parle des Jours rouges. Tout comme Coré, Ru entière est dans l'expectative. Comme Coré, elle attend. Le temps, qui filait si vite auparavant, paraît arrêté à présent. Encore une fois, synecdoque : Coré comme le reste, Coré pour Ru. C'est que personne n'a vraiment eu le temps de se demander quoi faire, en général. Tout Ru a eu trop de travail à faire les choses qu'il y avait à faire sur le moment. Il fallait loger les réfugiés des Organes Nord qui ne gardent du Nord que le nom, puisque le perpétuel mouvement de Ru a rendu toutes les directions caduques. Il a fallu trouver une façon de faire revenir de la lumière. Il a fallu se débrouiller pour que tous ne meurent pas de faim. Alors les habitants de l'Estomac et du Tube Digestif ont pris les problèmes dans l'ordre.

Le logement était le plus facile. Il y avait beaucoup de place dans l'Estomac et le long des Intestins. Au vu du nombre de morts, ce n'était pas la place qui manquait. Certains, échappés de la Tête ou des Membres Avant, ont fait la moue en découvrant l'endroit où ils atterrissaient, mais, n'ayant pas le choix, ils ont dit merci et ont accepté de bonne grâce l'aide qu'on leur proposait. Il leur a fallu simplement, comme tout le monde, s'habituer à la puissante odeur de l'acide gastrique et des excréments.

Le problème de l'alimentation n'a pas été si difficile que cela. Les parois du Gros Intestin ont été, depuis les premiers temps du peuplement de Ru, le haut lieu de la culture interne. Des champs et serres s'étagent sur des dizaines de niveaux. Il a simplement fallu retrousser ses manches et s'y mettre, faire l'inventaire des réserves, séparer les semences fertiles de celles, stériles, reçues de l'extérieur, compter les têtes de bétail. Heureusement, les éleveurs et les cultivateurs ne sont pas nombreux à avoir pris part au Reflux Gastrique, et ils n'avaient rien à faire dans la Tête ou les Cœurs. Les agriculteurs n'ont pas le loisir de quitter leur exploitation. Après plusieurs générations à se sentir exploités, à vendre à prix dérisoire leur lait ou leur grain poussé sur une terre achetée à crédit, ils ne se sont pas laissé convaincre facilement de partager ou de recevoir l'aide qu'on leur proposait. « C'est notre tour ! » se sont écriés quelques-uns. « Qu'ils viennent quémander ! » À qui pensaient-ils en disant « ils » ? À la préfecture peut-être. Mais de la préfecture, pas de trace. Juste un bâtiment perdu dans une Tête brûlante. Non, pas de « ils », rien que du « nous ». Alors, de mauvaise grâce, ils ont accepté de donner en échange de travail. Pour manger, tout ce qui reste de Ru a mis les mains dans la merde. Fort heureusement, dans les Intestins à présent actifs, l'engrais ne manque pas.

L'énergie s'est révélée un problème plus délicat et tout aussi urgent. Quelques réserves d'essence et d'autres hydrocarbures ont permis d'assurer une sorte d'intérim fondé sur les générateurs d'appoint et autres groupes électrogènes. Ru maintenant coupée du réseau du reste du monde, il a fallu trouver une solution plus durable. Les ingénieurs, les chercheurs et les autres se sont donc vite mis à pied d'œuvre. Question de survie. Ils ont d'abord parlé de déployer des éoliennes sur le dos de Ru, idée qui a suscité un certain enthousiasme. Après tout, puisque Ru marche, le vent doit être considérable à l'extérieur. Mais la fabrication de telles machines aurait pris trop de temps et – le serpent se mordant la queue – consommé trop d'énergie. Quelqu'un a suggéré de créer des sortes de fermes à courant. On s'est jeté sur l'idée avec une avidité d'affamé. On a dévalisé des salles de sport et on a raccordé tous les appareils, tous les vélos et les elliptiques, toutes les barres à tirer, tous les poids à pousser, à des transformateurs. Cela a semblé fonctionner pendant une semaine ou deux. La lumière est revenue dans les rues de l'Estomac et le long du Tube Gastrique. Cependant, il n'y avait plus personne pour la voir. Tout le monde était occupé à pédaler ou à ramer. Un roulement a alors été mis en place : des horaires de production d'énergie ont été proposés, une charge de travail pour chacun. Cela a posé plus de problèmes que cela n'en a résolu. Il y a eu de la fraude. On a resquillé. Les professeurs, entre autres, ont renâclé. Devaient-ils aller pédaler après une journée passer à enseigner ? Il est vrai qu'avec les cultivateurs, ils étaient parmi les rares dont l'activité n'a pas été interrompue par les conséquences des Jours rouges. Ru en marche ou Ru immobile, il y a toujours des enfants à qui apprendre. Pour pouvoir reconstruire, il fallait bien que quelqu'un s'en occupe. On n'allait tout de même pas les faire ramer aussi. La situation autour des fermes à courant s'est envenimée et, petit à petit, la lumière s'est éteinte de nouveau. C'est alors qu'un professeur de biologie à la retraite a proposé la solution qui devait être la bonne.

« Il y a une source d'énergie incroyable dans Ru et on l'entend tout le temps. Les cœurs. »

Il a proposé de fabriquer une multitude de petites usines électriques, non pas marémotrices mais cordimotrices. Ce serait le mouvement perpétuel du sang qui fournirait le courant nécessaire à la vie dans Ru. Et si Ru s'arrête de nouveau ? Si Ru s'arrêtait de nouveau, on verrait à ce moment-là. Nul besoin d'être paralysé à présent par des problèmes futurs et hypothétiques. Alors on s'est lancé dans de nouveaux préparatifs, avec plus de circonspection que durant les tentatives précédentes. Comme des chats, les Rus étaient échaudés. Il a fallu, non sans mal, se risquer dans les anciennes artères de circulation, vêtus de scaphandres de fortune, pour installer les machines, tirer les câbles les reliant aux générateurs. Il a fallu trouver de nouvelles ouvertures dans les branches les moins importantes du système circulatoire. Les premiers essais ont été effectués les dents serrées mais se sont montrés suffisamment concluants pour lancer l'installation de toutes les autres usines. Le projet a mobilisé pendant trois mois toutes les énergies qui n'étaient pas occupées ailleurs. Coré y a participé, avec plus d'enthousiasme qu'aux fermes à courant. Elle a creusé des tranchées, déroulé des kilomètres de câble et même porté un scaphandre au beau milieu de l'aorte abdominale. Elle en est revenue plus rouge Ru que Ru elle-même, la vitre poisseuse de sang épais. Enfin, les lumières se sont rallumées et cette fois pour de bon. Une chose étonnante : au cours de tout ce travail, il ne s'est trouvé personne pour en prendre radicalement la tête ou pour s'en attribuer la paternité. Le créateur de l'idée lui-même s'est effacé sans difficulté une fois le système conçu et fonctionnel. Il est retourné à sa retraite paisible. Il a refusé toute forme de célébration. Le sang de Ru est désormais ce qui rend possible la vie de tous les habitants des Organes Sud. Si cela n'était à sens unique, ce serait une sorte de symbiose.

Les trois problèmes majeurs – l'énergie, l'alimentation, le logement – réglés de manière à peu près pérenne, les Rus se sont retrouvés sans rien à faire. C'est à ce moment-là que Coré a commencé à faire ses rêves de saisissement et qu'elle est retournée sur le bord de l'autoroute. C'est alors que les peintres ont commencé à venir aussi. Comme la majorité des habitants des Intestins, ils sentent les excréments. Cela ne dérange pas Coré : elle aussi.

C'est alors que la rumeur du Congrès a commencé à se répandre, sans origine discernable, comme le font souvent les idées. Avant les Jours rouges, on aurait dit qu'elle venait des réseaux ; mais il n'y a plus de réseaux. À part, bien sûr, les réseaux nerveux et circulatoires de Ru. Cette idée, elle est très simple, et Coré, l'entendant pour la première fois, la trouve très pertinente et raisonnable. Maintenant que l'essentiel est assuré, il faut se mettre à régler tout le reste. Les habitants des Organes Sud ont tous leurs raisons pour ne pas vouloir de la continuation de l'anarchie, pourtant paisible, dans laquelle les ont laissés les Jours rouges. La proposition gonfle, prend différentes formes et couleurs. « Il faut parler pour ne pas recommencer », disent les uns ; « Il faut parler pour ne pas laisser les autres faire ce qu'ils veulent », répondent d'autres ; « Il faut parler, on n'a pas le choix », disent des troisièmes. La seule chose sur laquelle tout le monde est d'accord, c'est qu'il faut parler. Alors, avant même qu'une discussion ne soit entamée, il faut choisir un endroit. Comme on pouvait s'y attendre, l'ancienne rivalité entre les deux derniers organes vraiment peuplés ressurgit : l'Estomac ne veut pas que cela se passe dans l'Intestin et l'Intestin préférerait ne parler à personne plutôt que de le faire dans l'Estomac. Une nouvelle idée se fait jour, dont Coré comme les autres survivants du Regard Rouge refusent la paternité. Elle paraît pourtant convaincre. Sans qu'aucune décision ne soit prise, l'idée devient évidence et l'évidence devient fait accompli. « Le Congrès sera au Rein Gauche. » C'est dit, c'est fait.

En quelques jours, les premiers groupes, rapidement constitués, partent déjà. Ce ne sont pas encore des délégations. Simplement, qui veut va. Pour faire quoi ? Le Congrès. Où ça ? Dans la vieille université du RG. En quoi le Congrès consiste-t-il ? Personne n'en a la moindre idée. On verra sur place.

Les rêves de Coré commencent alors de se dissiper. Tout l'Estomac bruisse d'un même mot, encore dénué de signification véritable, mais qui suffit à chasser les cauchemars. C'est aussi à ce moment-là qu'elle détache son regard des lumières nerveuses de la Moelle. Elle abandonne les peintres, les photographes et les vidéastes à leurs couleurs. De toute façon, elle n'en voit que la moitié. Une fois de plus, elle retrouve les membres restants du Regard Rouge. Même au temps d'Agathe, la jeune femme n'a jamais su exactement combien de personnes constituaient le Regard. Après les Jours rouges, ne reste dans l'Estomac qu'une courte vingtaine de membres qui se retrouvent pourtant sans difficulté quand ils le décident. La chute des réseaux et l'absence de lignes téléphoniques rendent ardu le contact avec ceux qui habitent loin de chez soi. Pas pour ceux du Regard Rouge. Ils sont comme reliés par un invisible fil d'Ariane, long et élastique. Il suffit à l'un de tirer dessus et les autres suivent le filin jusqu'à lui. Au moment du Reflux Gastrique, Coré avait tiré la corde. Cette fois-ci, elle se contente de répondre à l'appel. Ils se rejoignent dans un café presque abandonné où Coré, quand elle évangélisait encore à travers Ru, avait parlé quelques fois. Quand ils disent « Allons au Congrès », ils énoncent un fait plus qu'une décision. Avec un pronom personnel de plus, personne ne ferait la différence. Le surlendemain, ils se retrouvent au même endroit et prennent la route. Coré se fond avec délice dans le groupe une nouvelle fois. À l'exception des heures passées à déchiffrer les lueurs de la Moelle, elle n'a pas souffert de la solitude depuis les Jours rouges. Durant la fuite vers les Organes Sud, en reprenant ses forces, pendant le travail sur l'installation cordimotrice, elle s'est fait des amis, des amants parfois. Mais le Regard Rouge, ce n'est pas pareil. Ceux-là la regardent et se souviennent de quand elle avait deux yeux. Les amis que l'on se fait à ces âges-là nous connaissent comme nul autre, mieux que nos parents même, car ils se souviennent de ce qui nous a faits tels que nous sommes. Ces camarades-là ne demandent jamais rien de nous d'autre que ce que nous sommes. Et pour cause : ils nous ont connus quand nous n'étions pas nous.

Avec l'autoroute de la Moelle détruite et les voies circulatoires noyées de sang et impraticables – peut-être quelqu'un d'ambitieux rêvera-t-il un jour d'y croiser dans des sous-marins –, il n'est plus si aisé d'aller d'un organe à l'autre. Il ne reste qu'un seul chemin : par l'Intra. Si Coré le connaît depuis bien avant les Jours rouges et en a même dressé une carte, celle-ci est maintenant obsolète avec Ru redressée et en mouvement. Ce qu'il reste du Regard Rouge met près de trois semaines à rejoindre le Rein Gauche, au terme d'un voyage épuisant dont ils ressortent poisseux et ensanglantés, puant l'hémoglobine et l'acide lactique. Pour autant qu'il y en ait jamais eu, il n'y a plus dans l'Intra de chemin droit et facile. Ce n'est plus qu'une succession de couloirs étroits dont les murs et les plafonds ne cessent de bouger. Ils manquent plusieurs fois d'être écrasés par une contraction musculaire brusque. Ils en réchappent essoufflés et hilares.

Avec les semaines de route, cela devient presque un jeu, comme tout. Ce sont de vrais enfants des dernières années du peuplement de Ru : tout faire jeu rend le monde plus facile. Ils instaurent des règles ludiques pour donner du sens à un monde incompréhensible. C'est à qui se risquera dans les goulots d'étranglement les plus étroits, à qui prendra le plus de risques, à qui rampera dans le passage le plus terrible. Ils risquent leurs vies en riant. Après le chaos terrible des Jours rouges et avant eux les coups et les éborgnages, ils ont pris le pli de rire de tout. « J'ai l'impression d'être une fourmi dans une énorme horloge, s'écrie l'un d'eux au sortir d'un bivouac. Tout bouge tout le temps. » Alors ils se souviendront de ce voyage comme du Jeu de l'Horloge. Pour Coré qui a découvert tant de routes maintenant disparues, c'est un retour en arrière. Elle s'attend presque à entendre une voix chanter et elle se demande ce qu'il est advenu du chanteur, celui qu'elle était certaine de connaître et qui pensait réveiller Ru à lui tout seul. Elle rit, on lui demande pourquoi, elle répond que ce n'est rien. Un frisson l'a parcourue. En repensant à lui, Coré croit se souvenir d'avoir entendu sa voix durant la grande émeute sur la Moelle, et avec ce souvenir est revenu celui de la main rouge sur elle. Elle s'en ouvre brièvement à un camarade.

« Pourquoi cela te fait si peur ? Tu n'as jamais rêvé de celui qui t'a tiré dessus. Tu n'as pas fait de cauchemar de celui qui t'a éborgnée.

— Celui qui m'a pris mon œil, je ne l'ai pas vu », répond Coré.

Enfin, voilà qu'ils arrivent dans le RG. Celles et ceux, Coré parmi eux, qui y ont fait leurs – parfois brèves – études, ont le souffle coupé et la nausée. Tout d'abord, il y a l'odeur. Le Rein fonctionne à présent. C'est ici que l'urine fermente. Quelques-uns se sentent mal, mais on s'habitue vite. On s'habitue à tout. Ils se sont bien habitués à l'acide gastrique dont il faut éviter les ruisseaux en marchant dans la rue, aux excréments dans les Intestins, qu'il faut ramasser, pelleter. Alors qu'est-ce qu'un peu d'urine ? Ce qui vide réellement les poumons de ceux du Regard Rouge, ce sont les bâtiments. Ils n'ont pas changé du tout.

« Avaient-ils déjà l'air aussi miteux à l'époque ?

— C'est dans ce bâtiment qu'on s'est réunis pour la première fois. Je ne me rappelais pas qu'il était si petit.

— Un soir, bourré, j'ai pissé contre cette porte. »

L'urine, un peu plus, un peu moins. La terre et l'herbe des parterres, des terrains de sport, en sont remplies. Elle goutte, se condense sur les murs des résidences universitaires. Les baies vitrées sont couvertes d'une buée jaunâtre. Tout cet orange foncé autour dans l'air, avec le rouge du Rein, cela fait une couleur maronnasse.

« Ça n'est pas dangereux, de respirer ça, dans l'air ? »

Haussements d'épaules.

« L'urine, c'est stérile.

— On devrait s'appeler Regard Brun, maintenant. »

La plaisanterie ne fait rire personne.

Tout de même, ils se réfugient vite à l'intérieur, où, par le miracle de la climatisation et de l'air recyclé, cela sent moins. Si les bâtiments n'ont pas changé, ils sont remplis à déborder. Il semble que tout le monde est là, dans le désordre le plus total. Les premiers arrivés se sont chargés d'appliquer dans le RG la même méthode que dans l'Estomac et, avec quelques installations de fortune, ont assuré l'alimentation en électricité. D'autres sont d'ores et déjà occupés à dresser des serres dont ils remplissent les bacs de terre gorgée d'urine.

« Ça va bien pousser », remarque l'un des cultivateurs, du ton de celui que plus rien n'étonne.

Certains ont même ramené on ne sait comment quelques porcs et poules. Un groupe, tout vêtu d'imperméables, installe à l'extérieur une machinerie d'aspect complexe qui a selon eux pour but de récolter l'urine ambiante et de la purifier pour la boire. De dedans, on les observe dubitativement et on rationne sa gourde. On dresse des tentes, toutes identiques ou presque : des rescapées de grands magasins de sport bon marché du Cœur Sud. Chacun s'établit où il le veut, chaque groupe occupe une salle ou deux selon sa taille. Les couloirs sont spontanément laissés libres, comme des rues dans un village. Tout résonne de discussions, de rires et de chansons. Coré, errant un peu partout, estime qu'il doit y avoir là plusieurs milliers de personnes. Elle songe à la nuit où le Regard Rouge avait bloqué le RG. S'il y avait eu un lendemain, s'ils n'avaient pas été chassés, tabassés pendant la nuit, aurait-il ressemblé à cela ? Quelque part en Coré, Agathe s'éveille un peu et sourit. Elle imagine ce qui aurait pu être un bon souvenir. Partout dans le RG, on s'installe pour longtemps. On n'a pas fait toute cette route pour repartir de sitôt. Encore une manifestation du bon vieil esprit de conquête de l'être humain. À peine chassé depuis quelques mois, il revient déjà. Avec son habituelle horreur du vide, il veut tout remplir. On n'est pourtant pas à l'étroit dans l'Estomac ou le Tube Digestif.

« Georgy Romano serait fier », marmonne Coré.

Çà et là, son orbite vide attire des yeux curieux. Un réflexe enfoui la pousse à vouloir disparaître. Elle souffle à un ami d'aller vérifier qu'en ramenant le courant électrique personne n'en ait profité pour remettre en marche les caméras de sécurité.

La petite salle qui abritait la première réunion à laquelle Agathe s'est rendue est encore inhabitée. Le Regard Rouge se l'accapare et s'y installe. Le premier soir, une fois accoutumés à l'odeur persistante, s'organise une joyeuse veillée. Ils ont déniché une vieille bouteille de rhum. Ils échangent des souvenirs avec de l'émotion mais un peu de gène aussi. À présent, bercés par le ballottement sismique et deux fois ternaire de la marche de Ru, vibrants à intervalles réguliers du battement de ses cœurs que personne n'entend plus, il est difficile de croire qu'ils ont réellement vécu ces vies d'avant les Jours rouges. Ils chantent pourtant, des chansons qu'ils n'ont pas chantées depuis très longtemps, des chansons de manifestations, des airs comme ça un peu désuets mais qui leur nouent tout de même les entrailles. Quand ils s'endorment, malgré l'air conditionné, la buée de leurs chaudes respirations se pose sur la vitre intérieure des fenêtres et vient éclaircir la buée jaune du dehors. Coré, un peu grise, dort tournée vers un mur. Pas de rêves. Rien que du noir à l'allure un peu rouge de sang à l'intérieur de ses paupières.

Le lendemain matin, sans que personne n'ait rien ordonné ni rien demandé, un mouvement se fait à travers l'université occupée. De longs courants emplissent les couloirs et les allées, en direction de l'amphithéâtre 1, le plus grand du RG. Bien qu'immense, celui-ci ne réussit pourtant pas à accueillir tous les participants au Congrès. Tous les sièges et tous les strapontins sont occupés, il ne reste pas une marche qui ne soit pleine de gens assis et on s'entasse tout au fond, épaule contre épaule, jusqu'aux portes entièrement bouchées. Quelqu'un a l'idée d'installer des caméras dans l'amphithéâtre pour retransmettre sur un réseau local ce qu'il se passe à l'intérieur. On s'empare alors des écrans de télévision, des moniteurs informatiques, on ressort du fond des sacs des téléphones et des tablettes inutiles depuis les Jours rouges, et l'image de l'amphithéâtre envahit le RG. Quelqu'un proteste qu'il est dommage que ceux restés à l'Estomac ou plus au sud ne voient pas ce qu'il se passe. On le fait taire sans ménagement : s'ils voulaient être là, ils n'avaient qu'à venir.

Coré, elle, a réussi à se glisser à l'intérieur de l'amphithéâtre 1, plein à craquer, dont la ventilation ne parvient pas à compenser la chaleur et l'odeur de tous ces corps. Collés les uns contre les autres, tous suent et tous sentent la sueur. Les tubes fluorescents et anciens baignent le Congrès dans une lumière d'un blanc verdâtre. Tous ont l'air un peu maladif. Voilà ce que cela fait quand des milliers de corps veulent être au même endroit. Pour faire quoi ? Tout le monde se le demande un peu. On se doute bien qu'il faut parler. Quelqu'un va forcément parler ? Mais qui ? Et pour dire quoi ?

Quel est celui qui prendra en premier le risque de s'adresser à la foule qui bruit de centaines de conversations. Seuls quelques-uns, comme Coré, la mine concentrée, les sourcils froncés, observent en silence. D'un seul coup, une femme se lève. Elle est en bas de l'amphithéâtre, elle se retourne vers la salle. Elle ouvre la bouche, se retient ; face au brouhaha, elle attend. Peu à peu, un silence approximatif se fait. Qui est-elle ? Que veut-elle ? Que va-t-elle dire ?

« Bonjour à tous ! Je suis très heureuse d'être là. »

Un murmure, un grondement plutôt, lui répond.

« Je suis heureuse et je suis fière, car en peu de temps nous avons prouvé que nous ne nous sommes pas laissé abattre par les Jours rouges. Si nous continuons à réunir nos forces, nous réussirons bientôt à reprendre la Tête…

— Pour quoi faire ? »

Tout en haut de l'amphithéâtre, un garçon pas beaucoup plus vieux qu'Agathe aux débuts du Regard Rouge a bondi sur ses pieds pour protester. La question a l'air de désarçonner l'oratrice autoproclamée.

« Pourquoi reprendre la Tête ? On n'en a pas besoin. Les Organes Sud suffisent. »

Une autre se lève.

« Qui êtes-vous, d'ailleurs ? Pourquoi vous y tenez tellement ? »

La première femme à avoir parlé titube sous l'attaque, mais son expression ne change pas. Elle arbore toujours un sourire de façade.

« Depuis toujours, depuis le peuplement de Ru, la Tête a toujours été le centre de…

— On n'en veut pas, de centre ! l'interrompt à nouveau le garçon.

— Je la reconnais, fait une quatrième voix, un quatrième corps levé comme sur un ressort. Elle est de la préfecture ! »

La salle explose alors dans un chaos indescriptible. Une seule analogie valable : l'émeute du Reflux Gastrique, à ceci près qu'on n'en vient pas aux mains. Pas encore. Coré se relève à son tour et veut lancer quelques paroles d'apaisement. Elles se perdent au milieu des autres. Chacun se retourne vers son voisin, qu'il le connaisse ou non, et tout ressort. Dans les mois qui ont suivi les Jours rouges, personne n'a réellement pris le temps de parler, et il y en a, des choses à dire. Des décennies de rancœur, de rivalité entre Organes Nord et Organes Sud, des violences que l'urgence du travail à faire pour assurer la survie a poussées de côté sans les effacer. Maintenant que tout le monde est dans une même pièce, il faut bien que cela sorte. Tout est évacué. Les paroles montent, la chaleur aussi et elles tournent autour des têtes comme de la vapeur dans une cocotte. L'amphithéâtre 1 est au bord de l'implosion. Certains se sautent à la gorge pour un soupçon, un désaccord vague, un souvenir de s'être rencontrés dans la Ru d'avant, celle dont la respiration lente ne faisait pas, en permanence, office de silence. Le chaos se répand hors de l'amphithéâtre, hors des bâtiments même. Heureusement que ceux restés dans l'Estomac ne voient rien. Ils ne comprendraient pas ce qu'il est en train d'arriver. Des figures bondissent sur la scène, font des gestes, tentent de crier plus fort que le boucan. Sans succès. Ils sont tout de suite pris à partie par les premiers rangs. C'est tout un monde qui se parle d'un coup.

Était-ce vraiment une bonne idée ? se demande Coré. Peuvent-ils parler ? Ont-ils des choses à se dire, eux tous qui n'ont jamais vraiment discuté ? Peuvent-ils se convaincre ? Qu'ont-ils en commun, les cultivateurs du fond de l'Estomac, avec les anciens cadres de compagnies de transport public ou d'entreprises du bâtiment ? Peut-il y avoir une discussion entre Regard Rouge et uniformes rouges ? L'angoisse et la colère saisissent Coré. Et s'il était là ? Qui ? Celui qui l'a éborgnée, tant d'années auparavant, qui doit être le même que celui qui l'a attrapée, avant que tout se mette à bouger. S'il se cachait parmi les rangs de sièges, si elle mettait la main sur lui ? Elle ne voudrait pas parler, non. Une ombre de vengeance glisse sur son cœur, et un voile rouge devant ses yeux.

La préfecture avait ceci de confortable : elle prenait les décisions à leur place. Ils pouvaient protester, les considérer comme stupides ou iniques même ! mais au moins, tous les Rus n'avaient pas à les prendre. Ils n'avaient pas à parler. Ils n'avaient pas à s'écouter. Ils pouvaient faire comme si tout était normal, comme s'ils ne se voyaient pas les uns les autres. À présent qu'il n'y a plus de préfecture, à présent que tout est en mouvement, ils sont obligés d'apprendre. Ce qui les maintenait enfants, ignorants, a disparu. La préfecture elle-même, ce qu'il en reste, doit apprendre à écouter. Avant d'apprendre à écouter, il faut apprendre à se taire.

Sur la gauche de l'amphithéâtre, quelques rangs en contrebas de Coré qui voit le geste du coin de l'œil, une main se lève, rigide au bout d'un bras droit, au milieu du chaos. D'autres se lèvent dans son entourage. Bientôt, il y a plusieurs dizaines de mains levées. Les voiles rouges et noirs se lèvent en Coré. Le poids imposé sur sa poitrine se relâche. Elle lève la main à son tour. Peu à peu, toute une forêt de bras levés se met à pousser. On se bouscule, on se met des coups dans l'épaule, on s'encourage à le faire également. Quand tous ont levé leur main, le silence est total dans l'amphithéâtre. Tous les visages sont tournés vers la personne qui, la première, a levé la sienne. C'est une femme encore, plus vieille que celle de la préfecture. Quand elle prend la parole, sa voix semble familière à Coré, mais depuis quelque temps il lui semble connaître toutes les voix et tous les visages. La femme dit :

« Nous avons tous des choses à dire. Mais nous n'y arriverons pas si nous ne nous écoutons pas. Il va falloir poser des règles. Je propose que, pour aujourd'hui, nous nous contentions de faire les présentations. »

Un murmure d'assentiment passe dans l'amphithéâtre. L'inconnue ne s'est pas levée. Pourtant, tous l'écoutent. Elle a gardé sa main tendue.

« Je m'appelle Éva Hamza, reprend-elle. Avant les Jours rouges, j'étais enseignante. Maintenant, je ne suis pas certaine. »

Puis elle baisse enfin la main. Son voisin hésite, et prend la parole.

« Je m'appelle Ervin Ternot. Avant les Jours rouges, j'étais étudiant. »

Et ainsi de suite.

« Je m'appelle Bachar. Je suis boucher.

— Je suis David Darmand. Je suis informaticien. »

La vague des présentations fait le tour de l'amphithéâtre et passe par la première femme à avoir pris la parole. Surmontant un trouble et une peur visibles, elle dit :

« Je m'appelle Samantha Chikaoui. Je suis troisième adjointe au Logement de la préfecture de Ru.

— J'étais ! » crie quelqu'un.

Samantha Chikaoui se corrige, tandis que des sifflements rabrouent le perturbateur. Le mouvement parcourt la salle et revient jusqu'à Coré. Lorsque son voisin baisse la main, elle dit simplement :

« Je m'appelle Coré. Je suis du Regard Rouge. »

Puis elle baisse la main et passe la parole. Elle tient sa tête droite, montrant fièrement son orbite vide à tous les regards curieux. Derrière elle, dans le couloir, les mains continuent de s'abaisser et les noms de s'égrainer. Les visages et les mots se confondent. Qui pourrait en apprendre et en retenir autant à la fois ? Mais avant de savoir, il faut entendre. Avant de posséder, il faut reconnaître.

Puis Éva Hamza se redresse. C'est une figure courbée, appuyée sur une sorte de canne, mais Coré devine qu'elle doit être beaucoup plus jeune qu'elle ne le paraît.

« Tout le monde est venu ici avec quelque chose à dire. Je propose qu'aujourd'hui chacun retrouve ceux avec qui il est arrivé. Préparez ce que vous avez à dire, ou à lire, ou à chanter, ou à danser, ou à mimer. Nous écouterons tout cela demain. C'est compris ? »

Un hochement de tête se répand à travers tout l'amphithéâtre. Personne n'ose la contredire. Le Congrès regarde Éva Hamza se lever, rejoindre l'escalier et sortir. Après quelques instants d'hésitation, l'amphithéâtre commence à se vider à sa suite. Coré est l'une des dernières à sortir.

Le lendemain, tous reviennent, par petits groupes. Cette fois-ci, l'amphithéâtre se remplit sans désordre. Il n'y a pas de cohue.

Éva Hamza entre en dernier. Quelqu'un lui a gardé un siège en haut de l'escalier. Elle le rejoint en s'aidant de sa canne. La même question est sur toutes les lèvres : comment a-t-elle fait pour venir jusqu'au Rein Gauche ?

« Si quelqu'un veut commencer, c'est le moment. »

Puis elle s'assoit et croise les mains. Coré a de la difficulté à détacher son regard de la femme. Agathe voulait être la reine de Ru pour prendre sa revanche. Coré, elle, voulait qu'on l'écoute et que l'on parle après elle. Éva Hamza fait tout à la fois, face à un auditoire de plusieurs milliers de personnes.

Un premier groupe s'avance sur la scène. Tout le monde reconnaît parmi eux Samantha Chikaoui, la femme de la préfecture. Une sourde hostilité se dégage de l'auditoire. L'ancienne adjointe au Logement s'avance, un morceau de papier à la main.

« Nous venons de la Tête. Nous avons fui pendant les Jours rouges. Nous remercions l'Estomac et les Intestins pour leur accueil en ces temps difficiles. Nous demandons de l'aide pour retourner dans la Tête. Là-bas, il y a de l'équipement, des moyens de communication avec l'extérieur. En retournant à la Tête, nous pourrons demander de l'aide.

— L'aide de l'extérieur ? s'écrient plusieurs. Jamais !

— On va pas vous aider à nous cogner dessus comme avant ! »

Samantha Chikaoui bafouille.

« Je… Je suis désolée si vous avez subi des violences sous l'ancienne préfecture mais je vous assure que…

— Il n'y a plus de préfecture, ancienne ou autrement !

— On n'en veut plus !

— Avant les Jours rouges, le préfet nous assurait bien qu'il n'y en avait pas, de violence ! »

La voix de Éva Hamza claque comme fouet.

« Silence ! Ce n'est pas le moment du débat ou d'exprimer ses griefs. Laissez-les parler. Vous parlerez après ! »

Même tout en haut de l'amphithéâtre, on peut voir le regard de gratitude que lui porte le groupe Chikaoui.

« Merci », dit, penaude, l'ancienne adjointe.

L’ancienne professeure lui répond sèchement :

« Ne me remerciez pas. Je suis d’accord avec eux. »

Le groupe Chikaoui descend de scène. Un autre prend sa place.

« Nous sommes des cultivateurs de la Paroi Intestinale. Pendant des décennies, on nous a traités comme des moins-que-rien. On ne veut rien du tout, à part vous prévenir que c’est terminé. Maintenant, on est tous égaux. C’est fini, le temps des tarifs arbitraires et des ventes forcées. Celui qui veut manger, il vient travailler. C’est tout. »

Leur affirmation suscite plusieurs murmures d’approbation. Le tour d’autres, maintenant.

« Nous sommes des mégabiologistes. Depuis le peuplement de Ru, nous avons travaillé à partir de la théorie de Rodolphe Amity qui posait pour principe que Ru était un cadavre. D’autres chercheurs, comme Saturnin Walter entre autres, postulaient qu’il s’agissait en réalité d’un organisme vivant. Malheureusement, ces voix contradictoires n’ont pas été suffisamment entendues. Les Jours rouges nous ont montré ce qu’il en était réellement. Nous goûtons amèrement le résultat de nos erreurs. Nous vous présentons nos excuses. Nous travaillons à reconstituer un groupe universitaire suffisant pour formuler de nouvelles hypothèses. »

Cette communication reçoit un accueil poli.

Un groupe monte sur la scène, ne dit rien, exécute une danse complexe qui laisse l’amphithéâtre I perplexe.

Un autre vient et chante un air populaire, une chanson de Sandro Kostas. Coré écarquille alors les yeux ! C’était lui ! Le chanteur dans l’Intra, c’était Sandro Kostas ! Elle doit se retenir de se lever et de l’annoncer à tout le Congrès. Qui cela pourrait-il intéresser ? Mais que faisait-il là ? Pourquoi était-il venu à Ru ?

« Nous sommes médecins, infirmiers, aides-soignants, disent les suivants. Depuis trop longtemps, nous faisons notre travail dans des conditions trop difficiles. Nous ne parlons pas des Jours rouges, mais de bien avant. Nous exigeons désormais des conditions d’exercice du soin qui ne fassent pas de nos serments de vains mots. »

Des écrivains ajoutent :

« Nous n'avons rien vu venir. Nos histoires n'ont pas suffi à prévenir les Jours rouges. Nous sommes désolés. »

Une délégation de chanteurs et artistes leur répond :

« Même les Jours rouges ne doivent pas arrêter la fête. Le spectacle doit continuer. Cela fait partie des valeurs de Ru. »

Coré et ses amis montent sur scène. Les mots, bien que choisis ensemble et longuement réfléchis, viennent difficilement à la bouche de la jeune femme.

« Nous sommes le Regard Rouge. Nous ne présentons pas d'excuses. Nous étions là pendant le Reflux Gastrique. »

Quelques applaudissements épars, malgré la menace du regard noir d'Éva Hamza.

« Nous ne savons pas ce qui va se passer à présent. Nous ne pouvons rien savoir de ce qu'il va advenir. Nous dépendons de Ru. Quand nous étions étudiants ici, des policiers de la préfecture sont venus et nous ont cognés dessus. Nous y avons perdu, entre autres, des yeux. Qu'importe ce dont le futur est fait. Cependant, nous ne laisserons jamais les choses recommencer comme avant les Jours rouges. »

Ils descendent. Quelques hommes et femmes prennent leur place.

« Avant les Jours rouges, nous étions des policiers et des gendarmes. Nous sommes désolés.

— Menteurs !

— Laissez-les parler !

— Eux ne nous laissaient pas parler, avant ! »

Le groupe qui a la parole ne se laisse pas désarçonner.

« Nous sommes désolés. Nous ne faisions qu'obéir. Nous ne faisions que notre travail.

— Fallait changer de travail ! Salauds ! »

Éva Hamza se lève et descend vers la scène, suivie par un groupe de gens qui lui ressemblent. Plusieurs d'entre eux l'aident à monter les quelques marches raides qui mènent au plateau.

« Nous étions, nous sommes des professeurs. Avant les Jours rouges, nous étions dévoués à vos enfants. Juste avant le Reflux

Gastrique, j'ai voulu attenter à mes jours en avalant des médicaments et en me jetant de la fenêtre du deuxième étage d'un établissement scolaire. Je n'ai pas réussi. Nous pouvons vous aider, et aider vos enfants. À présent, méritez-nous. »

Puis viennent quelques économistes :

« La séparation d'avec l'extérieur et les conditions de réelle quasi-pénurie qu'ont eu pour conséquence les Jours rouges nous offrent une possibilité de construire un nouvel ordre économique libéré de l'idée de marché.

— Ça ne marchera jamais !

— Mais taisez-vous, à la fin !

— Un peu de bon sens ! »

Ensuite, une douzaine de figures viennent s'exprimer dans une langue maladroite mais directe :

« Nous sommes arrivés à Ru il n'y a pas longtemps. Juste avant. Nous voulons de l'aide. »

Puis des banquiers :

« Il n'y a plus de réseau. Virtuellement, il n'y a plus d'argent. Nous ne savons pas quoi faire. »

Puis des garagistes :

« Il n'y aura bientôt plus d'essence et donc plus de voitures. Mais nous connaissons la mécanique. Cela peut toujours servir. »

Puis des peintres :

« Nous ne savons pas faire grand-chose d'utile. Que va-t-il advenir de nous ? »

Puis des philosophes :

« Face à un tel renversement épistémologique, devant un bouleversement ontologique de cet ordre, en constatant un pareil changement paradigmatique, l'individu doit reconsidérer sa place dans la cosmologie du monde, entre les deux échelles pascaliennes. Il doit comprendre être "un néant à l'égard de l'infini". Pour le dire simplement, il faut apprendre à n'être que des bactéries, et non plus le centre du monde.

— Et la conscience alors ?

— La conscience n'est pas le contraire de l'humilité. »

Le groupe suivant a l'honnêteté d'avouer qu'il n'a rien compris. Les philosophes font la moue. D'autres économistes viennent contredire les premiers. D'autres philosophes aussi. D'autres, encore une fois, signalent non sans humour que tout cela est très compliqué. L'amphithéâtre rit.

Et les interventions continuent de la sorte tout au long de la journée, jusqu'à tard le soir. Quand la majorité de la salle n'écoute plus car elle s'est endormie, le Congrès choisit de lui-même de revenir le lendemain. Et les interventions reprennent. Viennent les boulangers, les ouvriers de la métallurgie, les informaticiens, les chefs de projet, les employés des postes, les managers de boutiques de restauration rapide, les vendeurs rescapés des Cœurs par un coup du sort. Tous partagent le même sentiment, et la même question à la bouche : plus jamais ça, plus comme avant, il faut faire autrement ; mais alors quoi ? Que pouvons-nous faire ? Quel objectif chercher à atteindre. Sommes-nous si certains de le partager ?

Aux portes de l'amphithéâtre 1, on se pousse pour rentrer, pour dire ce que l'on a à dire. Cette force de la foule pèse sur les gonds et sur les esprits, et avec elle la force de tous ceux qui n'ont pas fait le voyage, tous ceux qui ne sont pas encore arrivés, tous ceux qui manqueront le Congrès mais en sentiront quand même les effets.

Au bout de trois jours d'échanges, certains commencent à se lasser. Ils sont vite remplacés. Un groupe non négligeable, pourtant, ne rate pas un mot. Certains prennent même des notes. Parmi eux, entre autres mais toujours visibles, il y a Coré et Éva Hamza.

HORS

AU MILIEU des bouleversements, quand le goudron a craqué et que tout s'est mis à bouger, le Reflux Gastrique a continué de refluer, mais dans l'autre sens. Des groupes épars, formant un nouveau cortège distendu, ont retrouvé comme ils l'ont pu le chemin de l'Estomac et du Tube Gastrique. Youssoupha en faisait partie.

Ainsi, alors même que tout avait changé et que personne ne comprenait exactement de quelle façon ni pour combien de temps, il s'est retrouvé à l'endroit exact d'où il était parti. Il a passé plusieurs jours enfermé dans son minuscule appartement, pris d'une terrible nausée. La tête dans les toilettes, rendu incapable d'avaler quoi que ce soit sans le rendre, il a attendu que la fièvre lui passe. Se tenir simplement debout était devenu une épreuve. Sous ses pieds, le corps de Ru relevée remuait sans cesse. Depuis les Jours rouges, tout ballotte de droite à gauche et tout tremble imperceptiblement avec les battements des cœurs en fonctionnement. Les yeux de Youssoupha ne remarquaient rien mais son oreille interne ne s'y trompait pas. Le monde en mouvement perturbait le fonctionnement habituel des organismes. Ce trouble est bientôt appelé le « mal de Ru ».

Une fois remis, Youssoupha se poste de nouveau à sa fenêtre. Il est surpris de voir de l'agitation dans la rue. Enfermé, il s'est imaginé que tout était fini, que tout le monde avait disparu. Après l'élan collectif du Reflux Gastrique, la solitude lui est devenue insupportable. Il décide de sortir, mû par le désir vague de retrouver peut-être la femme avec qui il a couché lors du bivouac sur l'autoroute. Il a oublié son nom – l'a-t-il su ? –, mais des images et des sensations du plaisir lui reviennent et l'ébranlent encore. Pour Youssoupha, elles sont définitivement liées à l'extérieur et au groupe, aux chansons et à l'odeur des feux de camp. Pour la première fois depuis qu'il a quitté le foyer, il ressent l'envie de la promiscuité, sous toutes ses formes.

Qui plus est, son réfrigérateur est éteint et ses placards sont vides. Il n'a plus rien à manger. Il faut sortir. Alors il sort.

Dehors, sur une place, il rejoint un groupe qui attend. Quelqu'un parle, dressé sur un plot de béton, mais Youssoupha ne parvient pas à distinguer ses paroles. Il demande à son voisin :

« Qu'est-ce qu'il se passe ? Qu'est-ce qu'il dit ? »

L'homme se retourne vers lui, surpris de son ignorance. Il a l'air de se demander où Youssoupha s'est caché ces derniers temps. Dedans. Il s'est caché dedans, comme il a toujours appris à le faire. Le voisin répond tout de même.

« Il dit qu'il faut des gens pour travailler aux cultures. »

Youssoupha hoche la tête, le remercie. Son estomac fait écho. La mention de cultures réveille sa faim. Il répond, presque pour lui-même.

« Je veux bien. »

Et il s'avance dans la foule. Il se fraie un chemin, épaule contre épaule. Serré au milieu des autres, la nausée s'efface pour de bon. Pour la première fois depuis les Jours rouges, il retrouve une sensation d'équilibre. S'il était seul sur cette place, il chuterait sans doute. Quand il arrive tout près de l'orateur, il constate que l'homme ne lui dit rien. Non pas qu'il s'attende à le connaître, mais il n'en a jamais vu de tel : la figure sèche et grise, la voix rauque, les mains profondément tachées de terre sous les ongles mille fois brisés. Il y a donc des gens comme cela dans Ru ; preuve de sa vastitude que Youssoupha ne soupçonnait pas. Il lève la main, rejoint une cohorte nombreuse qui prend la direction du sud. Pas de camion, cette fois-ci. Les automobiles ne circulent plus, faute de carburant. Les pompes à essence sont vides et, sans électricité, éteintes. La marche dure deux jours, plutôt silencieusement. Il y a quelques provisions qui sont partagées entre tous en portions chiches mais bienvenues. La puissante odeur d'excréments, venue de sous la chaussée, ne suffit pas à leur couper l'appétit. Youssoupha remercie, mâche et pense. Il regarde autour de lui. Ce groupe ne ressemble ni au Reflux Gastrique, ni à ceux qui venaient chercher du travail à l'aurore sur le chantier de l'élargissement de la Moelle. Dans les deux cas précédents, tous se ressemblaient au moins un peu. Il y a là des gens tels que Youssoupha n'en a jamais vu, des silhouettes effarées sans doute venues des Organes Nord ou des Membres Avant dont le visage reflète une question : « Qu'est-ce que je fais là ? Comment en suis-je arrivé là ? » Youssoupha voudrait leur dire quelque chose, leur expliquer que ce n'est pas grave, que lui ne s'est jamais posé la question, mais il n'a pas les mots. Il goûte en silence sa satisfaction, le réconfort de la marche à plusieurs.

Durant les mois qui suivent, Youssoupha n'est plus jamais seul. Il découvre avec les autres les champs étagés des parois du Côlon. Il est passé de nombreuses fois tout près, mais la Moelle faisait une large boucle pour éviter ce spectacle. Quand Ru ne bougeait pas encore, quand les villes comme la Tête étaient encore reliées au reste du monde, l'agriculture interne était tant que possible dissimulée, rejetée là où le regard ne se porte pas. C'est pourtant une vue spectaculaire. Sur des dizaines de mètres de haut, reliés par un système complexe d'escaliers et de téléphériques, les champs sont construits les uns sur les autres et forment un genre de pyramide. Comme toutes les constructions réalisées pendant le peuplement, c'est un ouvrage monumental. Des millions de tonnes de terre ont été amenées de l'extérieur pour remplir des réservoirs en béton de l'étendue de terrains de sport. Les canaux d'irrigation sont larges comme de profondes rivières. Le bourdonnement d'un puissant générateur emplit toute cette étrange vallée géométrique, en attendant le retour de l'électricité. Chaque goutte de carburant lui est consacrée : c'est la station d'épuration qui assure le traitement et le courant de l'eau à travers toutes les cultures. Le générateur assure aussi un éclairage faiblard.

Avant les Jours rouges, peu de gens habitaient là, oubliés avec leurs engins et leurs machines. À présent, près de mille personnes sont à pied d'œuvre. À présent, le centre de Ru s'est comme déporté vers le Côlon. La production de nourriture a pris le pas sur tout le reste. Youssoupha vient s'entasser avec les autres dans un hangar transformé en dortoir de fortune. Il y en a des dizaines comme cela. Il passe la première nuit avec appréhension, serrant sous lui les quelques effets qu'il a emportés, dont le téléphone vide de batterie qui a longtemps été son unique lien avec le monde. Cependant, le dortoir du Côlon n'est pas celui du foyer. Personne ne vient le réveiller pendant la nuit. Personne ne le brutalise. Tout le monde est bien trop épuisé par la journée de travail pour penser à cela. Car les cultivateurs en usent durement avec les ouvriers nouvellement arrivés. Ils parlent sèchement, distribuent les outils et corrigent sans patience les gestes à effectuer. Ils rudoient, humilient parfois celle ou celui qui avoue sa fatigue. Il y a une brillance inquiétante dans leur regard. Eux qui étaient oubliés avant les Jours rouges paraissent jouir de leur pouvoir nouveau. Ils sont encore plus durs avec ceux qui ont l'air de n'avoir jamais travaillé avec leurs mains jusque-là. Ils prennent leur revanche. Un seul mot d'ordre est repris à travers tous les étages de l'immense ferme :

« Il faut travailler pour manger. »

Youssoupha, habitué très tôt à cette vie, ne s'en sort pas trop mal. Il trouve même du plaisir à creuser, sarcler, arroser, sillonner, nourrir, abattre. Les journées sont longues et les nuits sont courtes. Emporté par le rythme des journées toujours similaires mais jamais identiques, il oublie les dernières traces du mal de Ru. Le soir, le dortoir est rempli de conversations, de jeux, de chansons. On ne parle que de l'instant présent, rarement d'avant les Jours rouges, jamais du lendemain. Le travail des champs à l'intérieur de Ru, libéré du rythme des saisons, ne se prête pas à la contemplation du passé ou du futur. Qu'importe qui ils étaient auparavant et qui ils seront. Aujourd'hui, ils travaillent et ils mangent. Ils se demandent un peu ce que font tous ceux qui ne travaillent pas avec eux. Les semaines passent dans une activité continue et le monde de Youssoupha se clôt de nouveau autour des mêmes champs, de la même trentaine de personnes qui partage son dortoir. Chaque nuit, il s'étend sur son lit, terrassé et content. Le souvenir du désir né sur l'autoroute ne le trouble plus, chassé par la fatigue. En se perdant dans l'effort, à la lueur tremblante des lampes torches, tout le reste disparaît. L'odeur du Côlon devient familière, et presque agréable à ses narines.

Puis, un jour, les lumières se rallument. Sur les champs, la rumeur s'était répandue d'efforts pour ramener le courant. Ils en avaient tous ri. Cela semblait si loin ! Cela ne les concernait pas ! Et voilà que les lampes de jour brillent de nouveau ! Voilà que les machines agricoles fonctionnent ! Le bourdonnement du générateur de la station d'épuration disparaît. Tout d'un coup, il n'y a plus besoin d'autant de main-d'œuvre. Des centaines de gens se retrouvent les mains vides. Ils n'ont plus rien à faire là. Alors ils partent et s'en retournent, avec soulagement parfois, vers l'Estomac. Ils ne sont pas mécontents de ne plus faire ce travail ingrat et difficile. Le mot « Congrès » est prononcé. Une délégation de cultivateurs compte s'y rendre. Sans qu'il sache tout à fait comment cela est arrivé, Youssoupha se retrouve seul dans son dortoir, seul dans son champ. L'effort de groupe momentané s'efface ; flammèche soufflée par le retour de la clarté. Sous l'éclat brutal des lampes solaires, la puanteur des excréments de Ru devient de nouveau insupportable.

Que faire ?

Le responsable des parcelles sur lesquelles il travaille vient enfin voir Youssoupha. Il dit :

« Je n'ai plus besoin de toi ici. Tu peux t'en aller.

— M'en aller ? Où ? répond le jeune homme.

— Je ne sais pas, moi. Chez toi ! »

Youssoupha se souvient de son appartement. Rien ne lui semble plus éloigné d'un chez-soi. Il n'est chez lui qu'entouré, et au travail.

« Retourne d'où tu viens, quoi ! »

Le lendemain, Youssoupha reprend donc le chemin de l'Intestin Grêle. Seul. Sans enthousiasme. Il serait bien resté. Le soir, plutôt que de dormir par terre ou dans un parc, il se présente aux portes d'un hôtel-restaurant. Il n'a pas d'argent pour payer sa nuit – il n'y a plus guère d'argent nulle part, et surtout pas dans le Côlon –, mais il porte un sac à dos rempli de provisions qu'il est prêt à partager. La salle n'est pas très remplie, les chambres non plus. Il n'y a là qu'un groupe d'une quinzaine de personnes, chargées de tout un attirail que Youssoupha ne reconnaît pas. Ils portent des cordages, des piolets, des pics et des mousquetons. Ils l'invitent, lui et ses provisions, à venir manger avec eux. Youssoupha les rejoint volontiers, soulagé de ne plus avoir ses pensées pour seul interlocuteur. Il n'aime toujours pas parler, mais son silence passe pour de l'écoute attentive. Il apprend que ce sont des grimpeurs, et qu'ils ont pour projet d'escalader un orifice d'excrétion pour aller explorer la surface de la peau de Ru. Youssoupha, fasciné, les écoute discuter leur plan. Ils veulent rejoindre l'Ardroit, la grande zone résidentielle du Membre Arrière Droit où se trouve selon les cartes un orifice qui correspond à leur projet. Pour cela, ils passeront par l'Intra. Dans l'Estomac, d'où ils viennent, on leur a indiqué une route qui devrait être praticable en dépit des mouvements musculaires. Parmi eux, il y a des ingénieurs qui n'ont pas renoncé à l'installation d'éoliennes à l'extérieur. Qui sait, peut-être sera-t-il même possible d'y construire des habitations ? Une grimpeuse évoque la possibilité de fabriquer dans l'orifice un ascenseur pour faciliter les allers-retours entre l'intérieur et l'extérieur. Bien sûr, ce n'est qu'un projet lointain, et qui ne se ferait pas sans mal, mais pour eux cela vaut le coup d'essayer.

« Celui qui travaille mange », intervient Youssoupha pour la première fois.

Les grimpeurs éclatent de rire en entendant cet aphorisme des cultivateurs. Youssoupha se sent mal à l'aise. Ils lui demandent ce qu'il fait. Il hausse les épaules. Il ne sait pas.

« Est-ce que tu sais grimper ? »

Youssoupha secoue la tête.

« Je peux apprendre. »

Il a déjà appris à bâtir des routes, à cultiver des champs et à élever des porcs, il peut bien apprendre aussi à grimper. C'est ainsi, tout simplement, qu'il se joint aux grimpeurs et à leur voyage risqué. Il tourne les talons à l'Estomac et retourne vers le sud-est. Un vague souvenir l'y pousse, la vision terrible d'un garçon sur une plage, qui contemple un monstre sur une falaise et se demande ce que cela doit faire de regarder de tout en haut.

La traversée jusqu'à l'Ardroit par l'Intra se passe sans difficulté majeure. Plusieurs membres du groupe semblent déjà habitués à pareille circulation.

« Maintenant qu'on ne peut plus passer par les artères, disent-ils, et que les autoroutes sont brisées, il est nécessaire d'apprendre à se déplacer de cette façon. »

Youssoupha les écoute attentivement, marche là où ils marchent, s'arrête quand ils l'ordonnent. Il apprend à déchiffrer les mouvements des muscles, à guetter les signes de contraction, à évaluer le temps nécessaire au franchissement des passages étroits pour ne pas se retrouver coincé. Il observe les différentes teintes du rouge Ru des chairs : la couleur presque brune des muscles plus importants qui se contractent doucement, le rouge cramoisi des fibres de moindre longueur à la période plus courte, le rose pâle des tendons durs comme de l'acier.

Pendant le chemin, un grimpeur en particulier attire son attention. Il se fait appeler Frédéric. Son visage étroit est recouvert d'une barbe clairsemée. Il porte des lunettes aux montures brisées. Il paraît encore moins à l'aise que Youssoupha, et les autres grimpeurs doivent l'aider à de nombreuses reprises. Youssoupha ne peut chasser l'impression qu'il l'a déjà vu quelque part sans pouvoir cependant se remémorer l'endroit exact. Il lui demande s'il a participé au Reflux Gastrique, s'il a habité dans les Intestins. Frédéric répond par la négative. Avant les Jours rouges, il vivait dans la Tête et n'était venu dans les Organes Sud que brièvement, pour affaires.

Le groupe de grimpeurs émerge de l'Intra en plein milieu de l'Ardroit. Le quartier, autrefois très habité et couru, est à présent quasiment déserté, à l'exception de quelques groupes et familles vivant en autarcie. La ligne de train qui le reliait à la Tête est rompue et l'endroit souffre désormais de l'absence d'une voie de transport directe et aisée vers les champs du Côlon. Qui pis est, le mouvement du membre rend toute vie durable presque impossible. Si les grimpeurs ont choisi cet endroit, c'est que le plafond y est le plus bas de toute Ru : l'immeuble le plus haut n'en est séparé que par une petite dizaine de mètres. Ils montent donc les cinq étages de ce bâtiment neuf et déjà presque ruiné par l'incessant tremblement du membre. La construction de cette nouvelle résidence, dont le rez-de-chaussée devait être occupé par plusieurs commerces, avait été terminée quelques semaines seulement avant le Reflux Gastrique. Elle fait un drôle d'effet à Youssoupha.

« J'ai travaillé sur le chantier d'un immeuble exactement comme celui-là.

— Avant les Jours rouges, répond un grimpeur, tous les immeubles neufs se ressemblaient. »

Il a de l'amertume dans la voix.

Ils montent jusqu'au toit. Un soupir d'ébahissement les parcourt. En levant la tête, à travers l'orifice, ils peuvent apercevoir un coin de ciel bleu dans l'intervalle entre deux exhalaisons vaporeuses. Youssoupha en perd son souffle. Une larme surprenante lui vient au coin de l'œil. En un regard autour de lui, il constate qu'il n'est pas le seul. Avant les Jours rouges, sur la jonction de l'autoroute, il n'y aurait pas prêté attention. Pourquoi tant d'émotion soudaine ? Les grimpeurs ne lui laissent pas le temps de résoudre cette question. L'un d'eux tire de son sac à dos un fusil à harpon. Un câble est accroché au projectile. Un homme pointe l'arme vers la paroi.

« Croisons les doigts pour que cela tienne. »

Il tire. La flèche, propulsée à grande vitesse, vient se ficher dans la chair. Tout le groupe laisse échapper un cri de joie. Sauf le tireur. Les traits froncés, celui-ci attrape le câble à deux mains et s'y suspend. Il tire vigoureusement dessus à plusieurs reprises. Alors seulement, il se retourne vers les autres et, soulagé, il soupire :

« Ça devrait tenir. »

Alors il recharge le fusil avec un deuxième harpon et, visant soigneusement, tire un deuxième câble, qui vient se planter à cinquante centimètres seulement du premier. Il en tire encore un troisième avant de poser l'arme à terre et d'essuyer une goutte de sueur sur son front. Il regarde une autre grimpeuse et lui dit :

« À ton tour ! »

La jeune femme, petite, fine et musculeuse s'avance vers les trois câbles. Avec un mousqueton, elle se lie à l'un d'entre d'eux et saute lestement sur un deuxième. Elle entame son ascension avec gracilité et aisance, bien qu'une ride de concentration lui barre le front. Elle enroule ses bras et ses jambes autour du fil avec des mouvements serpentins. Elle paraît glisser verticalement. Voyant la bouche bée de Youssoupha, son voisin de gauche lui apprend :

« Avant les Jours rouges, c'était une gymnaste professionnelle. »

En un rien de temps, l'athlète est parvenue tout en haut, à l'entrée de l'orifice d'excrétion. Sécurisée par son baudrier, elle lâche d'une main le fil et tire de son sac une série de barreaux, qu'elle attache soigneusement aux deux lignes restantes, formant ainsi une échelle. Le troisième fil servira ainsi à s'assurer pendant l'escalade de l'échelle. Les autres grimpeurs la regardent faire quelques instants puis, voyant que tout se passe bien, se détournent pour installer leur campement. La marche jusqu'ici a été longue et fatigante. C'est toute l'ascension qu'ils réaliseront aujourd'hui. Quand la gymnaste touche à nouveau terre, son travail terminé, elle est accueillie par des vivats. Le soir vient. Les lumières de l'Ardroit, qui sont revenues quand le reste du réseau a été connecté aux usines cordimotrices, baissent pour accompagner la nuit. Quelque part, un système informatique clos est toujours en charge de la simulation des rythmes circadiens et saisonniers. Les grimpeurs, eux, ont le nez levé vers le disque bleu de l'orifice d'excrétion. L'azur fonce doucement, prend des teintes roses et orangées puis celles de la nuit. Ils n'ont pour la plupart jamais vu un ciel véritable mais leur corps le reconnaît et en est ému. Un fil de vent s'introduit dans Ru par là et l'échelle s'agite doucement, lestée et fixée au sol. Youssoupha en observe longuement le balancement régulier.

Il se relève au milieu de la nuit et se dirige vers le rebord du toit pour uriner. Par chance, depuis quelques heures, Ru ne bouge plus. Pour autant, il ne s'approche pas trop. Une chute est vite arrivée. Comme depuis l'autoroute de la Moelle, son jet d'urine trace un arc de cercle et se perd vers le bas, dans le noir. Son besoin satisfait, il s'en retourne vers la tente qu'il partage avec deux autres quand il entend une voix qui murmure. Sa curiosité piquée, il fait le tour du camp puis, en décrivant une spirale de plus en plus large, le tour du toit. Il distingue une silhouette solitaire, recroquevillée sur le rebord. Youssoupha s'approche.

« Frédéric ? » appelle-t-il à voix basse, reconnaissant l'homme.

Le murmure cesse. Youssoupha s'avance encore. Frédéric se relève. Youssoupha croit le voir fourrer à toute vitesse quelque chose dans sa poche. Avant qu'il ne pose d'autres questions, Frédéric bafouille, sur un ton pataud :

« Je ne peux pas dormir. Alors je me parle tout seul, pour me tenir compagnie.

— Tu veux que je reste avec toi ? Il est encore tard. »

La proposition de Youssoupha n'est pas tout à fait sincère et il est en réalité soulagé quand Frédéric la repousse. Qu'il ne s'inquiète pas. Qu'il se repose. Il a l'habitude. Alors Youssoupha ne se fait pas prier. Il tourne les talons et regagne son couchage. Il se rendort si vite qu'il n'entend pas la voix basse de Frédéric reprendre sa discussion solitaire.

Le lendemain, le véritable travail de grimpe commence. L'échelle n'était qu'un premier pas et une preuve qu'ils ne se lançaient pas dans une aventure impossible : l'orifice d'excrétion a une hauteur de plus du double de celle qui le sépare du toit. En tout, c'est près de vingt-cinq mètres de paroi épidermique rouge Ru qu'ils doivent escalader. Une telle ascension n'a rien d'un exploit sportif individuel. Elle demande au contraire une organisation collective et un relais. Les plus aptes, comme la gymnaste, s'assurent et se perchent en hauteur. On accroche à la ligne de sécurité une poulie et un autre câble qui permet de monter aisément, dans un panier métallique, tout le matériel nécessaire. Les grimpeurs déplient leurs plans. Ils ont prévu deux prises par mètre et une station de repos tous les cinq mètres. Youssoupha est affecté au comptage et à la préparation des pitons. Perchée en équilibre précaire sur le plus haut barreau de l'échelle, tenue au sol par deux grimpeurs, la femme s'arme d'une perceuse de la taille de sa tête et donne de puissants coups de foret dans la chair. Un peu de sang rouge Ru suinte et goutte au sol près des pieds de Frédéric, qui fait la grimace.

« Ça ne lui fait pas mal, le rassure-t-on. À son échelle, c'est rien de plus qu'une morsure d'acarien. »

Cela ne semble pas beaucoup le rassurer. Au cours de la journée, Youssoupha observe Frédéric avec attention. Il n'a pas l'air beaucoup plus au fait de l'escalade que lui. Quand a-t-il rejoint le groupe des grimpeurs ? Pourquoi ?

Une fois trois trous percés, la voltigeuse les comble avec des chevilles. Elle s'empare d'une prise dans le monte-charge et coince trois longues vis entre ses dents. En un clin d'œil et trois coups de visseuse, la première prise est installée. Tout le campement s'immobilise et retient son souffle quand les pieds de la gymnaste quittent le barreau de l'échelle ; elle se pend des deux mains, puis d'une seule, à la prise qu'elle vient d'installer. Précairement suspendue par ses cinq doigts, elle penche pourtant son visage vers le bas et sourit :

« Je crois que ça tient ! » crie-t-elle.

Le campement éclate de nouveau en rires et en applaudissements. La jeune femme reprend sa perceuse et installe un deuxième piton, puis un anneau dans lequel elle fait passer la ligne de sécurité. C'est seulement après l'installation de tout ce premier étage qu'elle consent à se laisser glisser jusqu'au sol, visiblement épuisée, et à passer le relais. Un autre grimpe à sa place, fixe tout un étage de prises, indifférent au sang de Ru qui tache ses mains et ses vêtements, et laisse sa place. Et ainsi de suite. Quand ils ont gagné cinq mètres sur la paroi, les grimpeurs s'attaquent à l'installation de la station de repos : une étroite plateforme où l'on ne peut se tenir qu'assis, les jambes dans le vide, et seulement un à la fois. Youssoupha remarque que plusieurs d'entre eux la considèrent avec dédain. Pourquoi auraient-ils besoin d'une béquille comme celle-ci ?

Fasciné, Youssoupha regarde les grimpeurs danser contre la paroi, collés au mur, se laissant pendre au bout de leurs longs bras, ne prenant qu'à regret la peine de s'assurer à la ligne de sécurité qui continue de s'élever avec les prises. Il ne peut se croire capable d'une pareille agilité. Quand il grimpera à son tour, ce sera avec peine, et lentement. Il frissonne par avance du vertige et de l'humiliation face à l'habileté du reste du groupe. À quelques mètres de là, occupé à préparer le repas du soir, Frédéric fait la même moue. Le soir venu, ils ont déjà fixé plus de la moitié des prises. Les derniers montés de la journée manient la perceuse et la visseuse à plus de vingt mètres de haut, sans trembler. Au cours du repas, on ne parle évidemment que de cela. Youssoupha, qui n'a rien à dire puisqu'il n'a pas grimpé, mâche silencieusement.

« Demain, dit-on, on aura terminé. Si Ru se maintient, après-demain on est dehors ! »

L'enthousiasme est modéré par la perspective d'un brusque mouvement du membre. S'ils doivent grimper en tenant compte du mouvement, rien ne sera plus aussi simple. Malgré leur fébrilité, ils dorment tous comme des pierres, disséminés sur le toit de béton. Par chance, Ru ne bouge pas non plus de la journée du lendemain. L'après-midi est déjà bien avancée quand l'avant-dernier grimpeur redescend.

« Je pouvais presque voir ! s'écrie-t-il. Je serais bien resté, mais je sentais que je fatiguais. »

On le congratule et on le rassure. Le grimpeur qui avait tiré les coups de fusil à harpon enfile à son tour le harnais, s'assure et s'élance à l'assaut de l'immense paroi. Le silence règne sur le toit. À la force de ses bras, Youssoupha fait monter en même temps que lui le matériel nécessaire à la pose des deux dernières prises. D'autres grimpeurs suivent son escalade à travers des jumelles et la commentent d'un ton expert et inquiet.

« Il prend des risques. Il n'emprunte que les voies les plus dures.

— Il a toujours été comme ça. Il veut faire son intéressant. »

Quelques rires inquiets. Très loin au-dessus, à trente mètres d'altitude, six coups de perceuse se font entendre et résonnent tout au long de l'orifice cylindrique. La chose suivante qu'entendent les grimpeurs restés en bas est le glissement du mousqueton qui dévale la ligne de vie à toute vitesse. Le plus haut grimpeur touche le sol avec un grand sourire au visage.

« Alors ? » lui demandent les autres, avides.

Il répond simplement.

« Vous verrez demain. »

En effet, la journée est trop avancée pour replier le camp et réaliser l'ascension. Le groupe décide de passer une nouvelle nuit sur le toit. Les grimpeurs rassurent Youssoupha :

« Ne t'inquiète pas, on va t'aider.

— Ce n'est pas si difficile.

— Ce n'est pas si haut, trente mètres !

— Tu seras assuré.

— Il suffit de ne pas regarder en bas ! »

Youssoupha rit, mal à l'aise. Des gouttes de sueur froide coulent contre sa tempe. Il a le trac. Durant la nuit, il a du mal à trouver le sommeil. Les deux grimpeurs dont ils partagent la tente, eux, ronflent paisiblement. Youssoupha, lui, guette. Il écoute. Il croit entendre la voix de Frédéric qui parle de nouveau tout seul. Il veut se lever pour aller le rejoindre et découvrir ce qu'il fait réellement, mais c'est à ce moment qu'il finit par s'endormir. Il rêve de la forme de Ru. Debout, sur une plage déserte, il observe aux jumelles des formes de la taille de grains de poussière apparaître sur le dos de la bête et y planter un drapeau.

Au matin, le campement est replié en quelques minutes. Les tentes, une fois roulées, ne prennent presque aucune place sur le dos des grimpeurs. Les premiers s'élancent sur la paroi et montent à toute vitesse. Youssoupha les regarde, le souffle coupé. Ils ne réfléchissent pas, leur corps connaît instinctivement la voie à prendre, leurs mains sautent aisément de prise en prise. Ils gardent entre eux une distance de sécurité de quatre mètres et cela ralentit l'allure de certains. Par gentillesse, on a délesté Youssoupha de tout poids à porter en plus du sien. Pas de sac à dos pour lui. Quand vient son tour, il accroche son mousqueton à la ligne de vie comme on le lui a montré. L'escalade de l'échelle se déroule sans difficulté. Elle est bien fixée au sol. Le regard sur la paroi, il ne peut s'empêcher, lui, de prévoir un chemin. Comme pour l'encourager, une brise plus forte que les autres descend vers lui en tourbillonnant le long de l'orifice. Une fois arrivé au dernier barreau, Youssoupha pose la main droite sur la première prise, à un mètre au-dessus de sa tête. Puis la deuxième. Ensuite, retenant son souffle, il vient chercher des pieds les deux pitons qu'il sent en dessous de ses genoux. « Reste collé à la paroi, dit celle qui le suit. Ne fais pas le dos rond. » Alors il contracte ses muscles abdominaux et se serre contre la chair rouge. L'avant de ses vêtements se tache de sang. « Le pied, d'abord. » Youssoupha lève la jambe gauche et trouve une prise. « N'aie pas peur. Il ne peut rien t'arriver. » Il n'a pas peur. Il n'a pas eu peur depuis qu'il est arrivé à Ru. Il n'en a jamais eu le luxe. Prenant appui sur son pied gauche, il propulse son corps vers le haut, le bras droit tendu. Le visage tourné vers la paroi, il sent ses doigts trouver une prise. Il expire de soulagement, soupire avec la satisfaction du geste correctement exécuté. Il lève son pied droit, ignore la prise située au même niveau que son pied gauche, saute directement à la suivante et lance son bras gauche à la verticale. Ses deux membres touchent au but sans difficulté. En un rien de temps, il est à la première station de repos. Quelques applaudissements et sifflements tintinnabulent au sol :

« Il l'a fait !

— C'est un grimpeur, oui !

— Ne regarde pas en bas ! »

Un large sourire éclaire le visage en sueur de Youssoupha. Debout sur l'étroite planche, il regarde en haut. La forme circulaire de l'issue a déjà grossi. Une vague de vapeur l'enveloppe et, quand elle se dissipe, il est trempé de plus que de la sueur. Surpris, il rit et continue l'escalade. L'adrénaline court en lui. Plus il grimpe, plus il avance facilement. La voie fabriquée par le reste du groupe est simple et directe. Elle épouse délicatement les formes et les accrocs de la paroi. Pied gauche, main droite, pied droit, main gauche et ainsi de suite. Il dépasse la deuxième station, puis la troisième. Au-dessus de lui, quelqu'un crie :

« Oups ! »

Un corps se détache de la paroi, projeté en arrière, dévale deux mètres le long de la ligne de vie et revient se poser naturellement sur les prises. Tous les grimpeurs qui ont assisté à la scène éclatent de rire devant l'acrobatie. Youssoupha y compris. Son cœur bat de plus en plus fort. Le ciel bleu à travers l'orifice occupe désormais plus de place dans sa vision que le rouge. Une autre odeur vient concurrencer celle du sang de Ru. Plus que quelques mètres. Une interruption pour ajuster son mousqueton. Au-dessus de lui, des voix poussent des exclamations de stupéfaction. Encore quatre mètres, quelques prises seulement. Le vent est de plus en plus fort et, malgré l'effort, Youssoupha sent le froid. Sa main droite se projette vers le haut mais ne trouve pas de prise, ni de paroi. On saisit son poignet et on le tire vers le haut.

Ses pieds retrouvent le sol ou, à défaut, une surface horizontale. Youssoupha lève les yeux. Sa mâchoire tombe. Bouche bée, il tourne sur lui-même, incapable de croire au spectacle qui s'offre à lui. Tout est bleu. À perte de vue. Tout est bleu. Le ciel véritable propose une infinité de nuances de bleu dans la lumière du soleil qui chauffe la sueur sur sa peau. Le vent passe sur lui, emplit ses narines de l'odeur du sel : en dessous de cet horizon si éloigné, c'est la mer. Azur du ciel, mer céruléenne : bleu partout. Ils sont sortis de Ru, sortis du rouge. Les grimpeurs occupés à planter une barrière de sécurité tout autour de l'orifice laissent échapper des esclaffements irréguliers et sans raison particulière.

« Je vous l'avais dit, non ? répète le premier grimpeur. Je vous l'avais pas dit ?

— Georgy Romano serait fier de nous, crie quelqu'un.

— On l'emmerde, Romano ! On les emmerde, lui et tous les autres ! »

Sans plafond au-dessus de leur tête, ils sont libres. Sous leurs pieds, Ru est toujours étonnamment immobile. Ils se tiennent juste en haut de la courbe de son épaule. Des sacs à dos, ils tirent des chaussures à crampons et plantent des piquets dans la peau rouge pour s'y attacher. Plus de deux heures se passent encore avant que tous soient arrivés en haut. Ce n'est qu'un clin d'œil pour Youssoupha. Se tenir de nouveau à l'air libre fait chanter en lui le souvenir de sensations anciennes, enfouies, oubliées. Est-ce un lambeau de terre qu'il distingue, flou, à l'horizon ? Est-ce de là que s'est embarqué un garçon, toutes ces années auparavant ? Il partage l'enthousiasme du reste des grimpeurs, mais il doit se battre avec l'instinct de redescendre la paroi, de retrouver le confort et la sûreté de Ru. Quelque chose en lui veut retrouver l'oubli. Frédéric émerge enfin du tunnel, l'un des derniers. Il est échevelé, semble perclus. Ses traits sont comprimés en une grimace douloureuse. Il n'a pas l'air surpris du bleu du ciel et de la mer. Il ne les regarde même pas. Il ne regarde personne. C'est à ce moment que Ru recommence à bouger et se remet en marche. Le membre sur lequel ils se tiennent tremble, s'élève, la pente s'accentue brusquement. La plupart des grimpeurs sont assurés et portent leurs crampons. Pas Frédéric. Celui-ci, à quelques mètres de Youssoupha, est surpris par le mouvement et bascule en arrière. Youssoupha se précipite, la main tendue comme pour chercher une prise d'escalade, et saisit son bras à l'instant où le pied de l'homme va quitter le sol. Une seconde de plus et il se renversait et dévalait la pente vers l'à-pic. Youssoupha retient Frédéric *in extremis,* sous les applaudissements des autres grimpeurs.

« Quel réflexe ! »

Mais il ne les entend pas. La main serrée sur le bras de Frédéric, juste en dessous de l'épaule, il croise vraiment son regard pour la première fois. Il comprend alors le sentiment de familiarité que celui-ci lui inspire. C'est l'homme qui avait prononcé un discours lors de son examen à la sous-préfecture. C'est l'homme au regard bleu glacé. Il n'a su de qui il s'agissait que des mois, voire des années plus tard. Son visage, il l'a vu de nombreuses fois depuis, glabre, sur des écrans de télévision ou de téléphones portables, imprimé sur des affiches. Ce visage, c'est celui du préfet de Ru. De l'ancien préfet, pour être plus exact.

« Merci », bafouille Frédéric.

Youssoupha ne répond rien. Une main tend à l'ancien préfet une corde et un autre mousqueton pour se fixer au sol. Tous ainsi harnachés, ils se lancent dans l'installation d'un campement aussi solidement planté au sol que tout le reste. Il faut tout accrocher : les tentes, les bagages, les sacs de couchage. L'horizon lointain leur épargne une rechute de mal de Ru. Youssoupha se lance dans le travail avec avidité pour ne pas penser à ce qu'il a vu, ce qu'il a reconnu. Cependant, quelque chose bouillonne en lui, qui est plus que de simples questions. Que fait-il ici ? Les autres grimpeurs connaissent-ils son identité véritable ? Comment s'est-il échappé de la Tête ? La préfecture devait avoir des issues en place, des protocoles d'urgence. Cela veut dire qu'il s'en est tiré en laissant mourir tous les autres habitants des Organes Nord. Que vient-il faire avec eux ? Pourquoi avoir grimpé ? À qui parlait-il les nuits précédentes, et par quel moyen ? Dans quel but ?

Occupé à ses interrogations et à sa colère grondante, Youssoupha ne profite même pas du spectacle du paysage marin qui défile de tous côtés, au fil de l'avancée de Ru. De l'avancée vers où ? Peu importe. Pour les grimpeurs, il en va de la marche des bêtes géantes comme de l'escalade : qu'importe la destination, c'est le mouvement qui compte.

Le soir venu, ils se saoulent. Youssoupha ne boit pas. Ses entrailles sont trop nouées. Il n'arrive pas à cesser d'observer Frédéric, et ses moindres mouvements. Allongé dans sa tente, il sait que le sommeil ne viendra pas. Un soupir de soulagement résonne autour du camp quand la marche de Ru cesse et avec elle le mouvement du membre sur lequel ils se tiennent. Au poignet du voisin de Youssoupha, une montre à cristaux liquides annonce 3 h 34 du matin quand il reconnaît le son de la fermeture éclair de la porte d'une tente, un pas qui s'éloigne et, bientôt, les murmures de Frédéric. Youssoupha s'extirpe silencieusement de son sac de couchage et sort à son tour. L'obscurité est totale, à l'exception des bandes luminescentes qui signalent le puits et le campement. Il doit se fier à ses oreilles pour retrouver Frédéric, qui continue à chuchoter. Marchant les bras tendus devant lui, il finit par apercevoir sa silhouette. La main droite de l'ancien préfet est posée contre son oreille. C'était donc au téléphone qu'il parlait depuis tout ce temps. Au loin dans la nuit, quelques lumières apparaissent. Frédéric, tournant le dos à Youssoupha, tire de sa poche une barre lumineuse verte qu'il agite au-dessus de sa tête. Un éclair de phares lui répond au-dessus de l'horizon obscurci. La colère flambe en Youssoupha quand il discerne la forme d'un silencieux aéronef qui s'approche. Le préfet essaie de s'échapper !

Un voile grenat tombe sur ses yeux.

Il s'avance, sans prendre de précautions pour être discret. L'entendant arriver, l'ancien préfet se retourne. Il ouvre la bouche. Pour dire quoi ? Impossible de savoir. Youssoupha ne lui en laisse pas le temps. Il est sur lui. Ses deux mains sont serrées autour de son cou. Frédéric se débat, griffe ses poignets, frappe son ventre. L'étreinte ne se relâche pas. Les deux corps tombent à terre. L'ancien préfet halète, râle. Youssoupha serre toujours. Il ne sent plus ses mains. Il ne sait pas pourquoi il serre. Il sait juste qu'il faut serrer. Ne pas le laisser s'enfuir. C'est tout. Au sol, Frédéric se débat encore, donne des coups de pied. Certains atteignent leur cible. Sans résultat. Mais bientôt il s'arrête de bouger. La lueur glaciale des yeux bleus s'éteint. Deux points blancs. Youssoupha desserre enfin les mains. Il se recule. Les lumières de l'aéronef se rapprochent encore. Par un mouvement réflexe, il envoie du pied la barre lumineuse voltiger par-dessus le rebord de Ru. Il y a de nouveaux éclairs, de nouveaux appels lumineux. Le téléphone dans la poche de Frédéric vibre. Youssoupha le saisit et le jette à son tour à la mer.

Personne ne répond plus à l'aéronef, qui finit par se détourner. Youssoupha s'assoit à côté du corps de l'ancien préfet. C'est une belle nuit de printemps. Malgré le vent marin, il ne fait pas trop froid. Bientôt, l'aube viendra et les grimpeurs verront ce qu'il a fait. Il décide d'attendre. Il pose sa main sur la peau familière de Ru.

RUPHAGIE

IL Y A au sud de l'Estomac, en périphérie de la périphérie, un endroit abandonné même par ceux qui éprouvaient le sentiment de l'avoir été par la préfecture et par les Organes Nord. On appelle ce genre d'endroit une zone. Différentes dénominations administratives lui ont été données au fil des mandats et des projets formulés à mi-voix pour la changer. Rien de tout cela n'a eu d'effet sur la zone. Aucun plan n'a été mené à bout, aucune carte n'a eu raison de ce territoire sans forme. Personne n'a jamais su réellement qu'en faire. On n'y touche pas, comme par peur de s'y brûler. La zone est restée la zone ; tout aussi simplement et tautologiquement : la zone est la zone. On le dit d'ailleurs comme ça : « Là-bas, c'est la zone. » Sans autre qualificatif. Cette ceinture-là ne lie rien ni personne. Elle n'entoure même pas.

La raison de l'abandon de cette région de l'Estomac par toutes les administrations successives de Ru est la suivante : le terrain. Ce fond du fond de la région gastrique n'est constitué que d'une muqueuse toujours changeante et en fermentation permanente sur laquelle les efforts de terrassement et d'assainissement les plus soutenus sont restés sans effet. Rien n'a pris, ne laissant qu'une sorte de terrain vague jonché d'îlots de béton et de continents de macadam rongé de toutes parts. L'odeur terrible qui s'en dégage n'a pas joué en la faveur de la zone. Inutile de préciser qu'on n'y a jamais rien bâti. L'antépénultième préfecture a été celle qui a rendu les armes. Refusant après une énième tentative infructueuse de valoriser ce territoire, elle a mis en œuvre la construction d'un haut mur tout autour de la zone, et puis c'est tout.

Cependant, ni l'odeur ni le mur n'ont empêché des gens de l'occuper. À tout prendre, la construction du mur a même plutôt facilité leur installation. En rendant les habitants de la zone invisibles, elle les a libérés un peu plus. Des dizaines de cabanes, de cabanons et de cahutes y ont poussé ; preuve là encore de l'irrésistible pulsion humaine d'occupation de l'espace. Leur multiplication a eu quelque chose de fongique : la présence d'une appelait une deuxième ; toutes les deux en faisaient surgir deux nouvelles ; et ainsi de suite, de manière exponentielle. L'avant-dernière préfecture a bien tenté de les chasser, de raser les cabanes et d'ajouter au mur une confortable épaisseur de grillage électrifié – pour raison de santé publique avant tout –, rien n'y a fait. Ils sont revenus. La zone a été de nouveau occupée. Les Jours rouges et les grands bouleversements qui ont suivi n'ont eu pour ainsi dire aucun effet sur elle. La zone est la chose la plus immuable de Ru, celle peut-être qui ressemble le plus à la bête elle-même. Elle existe, c'est tout. Elle rend bien son indifférence au reste de l'Estomac et des organes habités. C'est tout juste si ses habitants ont entendu parler du Reflux Gastrique, à peine s'ils ont eu vent des deux grandes émeutes sur l'autoroute de la Moelle. Les signes nouveaux du mouvement de Ru, ils les ont interprétés comme une manifestation de plus de l'instabilité de la zone. Qui vit là ? Tous ceux qui n'ont plus rien à faire dans les organes habités, du Sud comme du Nord. Celles et ceux qui n'ont pas trouvé de place ailleurs. Ceux qui ont tenté et ont échoué. Ceux qui s'y sont échoués. Des naufragés. La zone, c'est le dedans du dedans, les reclus parmi les enfermés.

Les habitants de la zone pratiquent la ruphagie. La rumeur répandue dans les quartiers alentour est vraie. Cette habitude contribue à leur donner une mauvaise réputation. Mal à l'aise, les autres habitants de l'Estomac ont toujours préféré faire comme s'ils n'étaient pas là. Comme s'ils ne savaient pas ce que font les ruphages. En vérité, personne ne le sait vraiment. Il faudrait passer le mur pour cela, et personne de sain d'esprit ne s'y risquerait. Dans la zone, le sang de Ru et d'autres fluides corporels comme l'acide gastrique à très légère concentration suintent constamment au sol à travers la muqueuse. Les ruphages récoltent ces liquides et, par un procédé d'évaporation, récoltent la matière solide rouge. Ce que la vapeur a laissé derrière elle, ils le réduisent en poudre fine. C'est cette poudre qu'ils consomment. La plupart du temps, ils l'avalent simplement, mais certains ruphages la respirent par les narines. D'autres encore la répandent sur l'intérieur des lèvres et attendent patiemment que l'effet se fasse ressentir. Il y a même une frange des ruphages qui recueille le liquide pour le boire directement, tel quel. Les puissants effets stupéfiants du sang de Ru sont alors décuplés. Ceux-là, même les autres ruphages les regardent avec méfiance et inquiétude. Il se murmure dans la zone que boire le sang pur de Ru rend fou. Il est vrai que les buveurs de Ru ont une brillance distante dans leurs yeux, ne restent qu'entre eux, apparaissent et disparaissent sans qu'on sache pourquoi. Ce sont des parias parmi les parias. Quelle que soit la manière dont on la pratique, la ruphagie a pour conséquence le rougissement des gencives et des dents. C'est donc à leur bouche que l'on reconnaît les ruphages, les rares fois où ils s'aventurent en dehors du mur, hors le périmètre de la zone. Cela leur fait une figure assez terrifiante.

Tout cela, Sandro l'a appris de manière plus ou moins nette au fur et à mesure de ses investigations et en se rapprochant de la zone. Passé quelques semaines de stupéfaction et de désorientation suivant les Jours rouges, cela fait plusieurs mois qu'il arpente tout l'Estomac et le Tube Digestif à la recherche de son mari, une photographie à la main. La veille, pour la première fois, quelqu'un a semblé reconnaître la figure d'Alvid sur le cliché ancien et flou qu'il a réussi à sauver de la débâcle, au fond de son portefeuille. C'est Alvid lui-même qui l'avait forcé à y mettre une photo de lui. Sandro avait protesté.

« Tu as peur que je t'oublie ?

— Non, mais ça peut servir. Et, en tournée, ça ne peut pas te faire de mal de te rappeler que j'existe. »

Sandro avait accepté de mauvaise grâce, à la condition qu'Alvid en prenne une de lui en échange. Il est maintenant forcé d'admettre qu'il avait eu raison. Quand un passant, la veille, a cru reconnaître Alvid, son cœur a fait un bond. Où l'avait-il vu ? Quand ? L'homme a froncé les sourcils.

« Je crois que c'est un des ruphages. »

Sandro l'a saisi par les épaules. Qui sont-ils ? Où vivent-ils ? Le passant a secoué la tête.

« Si j'étais vous, je n'irais pas là-bas. Dans la zone, ils sont… bizarres. »

Si Sandro lui avait posé la question, le passant aurait sans doute répondu qu'il ne les avait jamais réellement rencontrés. Tout ce qu'il pouvait dire, c'est qu'il avait vu un homme ressemblant à Alvid prendre la direction du mur et disparaître de l'autre côté, quelques semaines plus tôt. C'était une information bien discutable et peu précise, mais c'était la première piste que Sandro levait. Il n'a pas hésité. La nuit tombait, les lumières tout juste revenues s'éteignaient déjà. Il a regagné le minuscule appartement vide où il a élu une résidence de moins en moins temporaire, bien décidé à explorer cette fameuse zone dès le lendemain matin.

Et le voilà, seul dans l'espace vide et désolé devant le mur. Cela fait plus d'une demi-heure qu'il a laissé derrière lui les dernières habitations. Il a marché plus de quinze kilomètres pour arriver jusque-là. Pour arriver nulle part. Il contemple le mur, cherchant de l'œil une entrée. La barre de béton grillagé a été durement secouée par les mouvements de Ru. Elle ressemble à présent à une mâchoire inférieure à la dentition irrégulière. À Ru, tout prend des allures d'organes gigantesques. Le pouvoir de suggestion de l'endroit est terrible. Sandro s'approche. Il entend le cliquetis du courant dans le grillage. Là, une fissure et quelques fils coupés. Des traces dans la boue rougeâtre dévoilent un passage récent. Sandro s'y faufile. L'espace dans le béton est étroit. Ses omoplates raclent contre le mur. Il grimace de douleur mais persiste. Le mur a près de trois mètres d'épaisseur. Tout cela au moins était nécessaire pour contenir l'odeur de cloaque de la zone. Celle-ci prend Sandro à la gorge et la nausée arrive. Lui qui se croyait habitué, insensible à tout après quelques jours passés à souffrir dans les champs du Côlon, est d'autant plus surpris par la violence de la sensation. Faute d'une meilleure analogie, il décide que cela sent comme une caisse entière de boudin rance. L'odeur l'entoure de toute part et, surtout, il marche dedans. Qu'il trouve ou non ce qu'il est venu chercher, il devra nettoyer plusieurs fois ses chaussures ou peut-être même les jeter. Dans sa vie précédente, il se serait débarrassé de la paire sans hésiter. Mais il n'est plus à l'extérieur. Il n'est plus une célébrité à qui ses confortables revenus permettaient de payer quelqu'un pour tenir toujours à sa disposition plusieurs paires de chaussures de rechange. À présent, s'il jette celles-ci, où en trouvera-t-il d'autres ? S'il n'y a pas de famine ni de problème de logement dans le Tube Digestif grâce aux efforts des volontaires du Côlon et à la réduction drastique de la population durant les Jours rouges, ce n'est pas l'abondance. Loin de là. Donc Sandro devra rentrer chez lui avec ses chaussures et leur puanteur, trouver un moyen de les en débarrasser. Chaque jour qui passe est pour lui une découverte de son inaptitude aux gestes les plus simples parmi ceux nécessaires. L'échec cuisant des heures passées dans le Côlon en est la preuve. Sandro ne sait résolument rien faire de ses mains. Il n'a jamais été bon à cela. Le problème est que, sans sa voix, il n'est plus bon à rien du tout.

De la période écoulée entre son arrivée à Ru et les Jours rouges, Sandro ne garde aucun souvenir précis : rien que des images floues et colorées, quelques mélodies qui surgissent parfois dans sa tête, venues d'on ne sait où, quelques éclairs de lumière, ainsi qu'une fine teinte sanglante rouge Ru sur ses mains et toutes les parties exposées de sa peau. Il est revenu à lui brusquement, quand l'autoroute de la Moelle a craqué, le visage noyé de larmes dues aux gaz lacrymogènes, le nez morveux, la gorge brûlée. Il a voulu crier, mais rien n'est sorti. Il a cherché de l'aide dans la cohue, au milieu du nuage. Il a saisi le bras de quelqu'un et s'est laissé guider hors de la fumée. Il a voulu remercier celui ou celle qui l'avait aidé malgré lui ou elle. Il n'a pas pu parler. Il a tout juste pu tousser et émettre un grognement indistinct. La terreur l'a envahi en découvrant le son qu'il produisait. Que s'était-il passé pour que lui,

Sandro Kostas, ne puisse plus utiliser sa voix ? Était-il vraiment la source de ce croassement pathétique ? Il lui a fallu se rendre à l'évidence et se laisser aller comme il le pouvait, porté par la foule des autres, tout aussi terrifiés que lui par le bouleversement. Un instant, il a cru apercevoir dans la foule le visage familier d'Alvid, mais quand il est parvenu à s'avancer dans sa direction, il était trop tard. Le visage avait disparu. Ce n'est que plusieurs jours après qu'il a compris que sa voix était perdue pour de bon. Non pas qu'il ne puisse plus produire le moindre son. Il peut même parler. Mais, que ce soit à cause des gaz ou de ce qu'il a fait pendant ces mois oubliés, seul à Ru, son timbre est irrémédiablement changé. Il est devenu plus bas, plus rauque. Son souffle ne résonne plus comme avant contre son palais. Cette découverte l'a plongé dans une profonde dépression. Puisqu'il n'était plus Sandro Kostas le chanteur, puisqu'il n'était plus lui-même, il s'est joint à toute la troupe qui s'en allait vers le Côlon. Deux semaines plus tard, il était moins que poliment remercié. Trop inefficace. Il trouverait bien quelque chose d'utile à faire ailleurs. C'est en remontant vers l'Estomac qu'il a retrouvé la photographie d'Alvid dans son portefeuille et s'est lancé à sa recherche.

Pourquoi a-t-il la certitude que son mari est toujours vivant ? Pourquoi ne se résigne-t-il pas à l'avoir perdu, comme tant d'autres depuis les Jours rouges ? Difficile à expliquer. Il y a des sentiments qui sont des vérités. Et cela lui donne quelque chose de précis à faire pour oublier la perte de sa voix et son humiliation.

Sandro émerge du mur et découvre la zone : une étendue de boue rouge à peu près plate, plantée de cabanes misérables. Çà et là subsistent quelques cultures en pot, des plantes dont les feuilles fatiguées pendent lamentablement jusqu'aux becs de volailles maigres qui les picorent sans pitié. Ce terrible bidonville est l'endroit le plus rouge Ru de tous. C'est en quelque sorte son centre, un troisième cœur amorphe et oublié. Quelques silhouettes humaines y errent : faméliques, tordues. Sandro s'avance, mal à l'aise. Tous se tournent vers lui. Les lèvres sont pourpres. La peau autour des bouches est écarlate. Les gencives sont cramoisies. Les dents sont rouge sang. Les pupilles sont béantes. Les regards, vitreux. Un frisson dévale la colonne vertébrale de Sandro. Durant toutes les années qu'il a passées en tournée, dans toutes les fêtes auxquelles il a été invité, il a rencontré de nombreux drogués. Il a connu ceux qui tournaient au café, ceux qui devaient boire, ceux qui fumaient des joints pour arriver à dormir ou ceux qui sniffaient pour tenir, ceux qui avalaient des cachets pour danser et oublier toute idée de fatigue, et même ceux qui s'enfermaient dans des chambres d'hôtel pendant des jours pour se piquer jusqu'à toucher le fond. Lui-même n'a que rarement dit « non » à ce qu'on lui proposait, et la présence d'Alvid à ses côtés n'a pas toujours réussi à le dissuader de faire ce qu'il appelait des « bêtises ». Mais aucun de tous ceux-là n'avait l'air aussi détruit et aussi étrange que les gens de la zone. Ces gens-là ne sont plus là. Ils s'avancent dans sa direction d'un même mouvement. C'est un large arc de cercle qui se resserre autour de Sandro. Par un réflexe défensif, il lève ses deux mains devant lui, paume vers les bouches rouges.

« Je cherche quelqu'un. »

Les bouches rouges ne répondent pas tout de suite. Leur regard porte au-delà de lui. Ils ont l'air incertains de sa présence. Les intestins de Sandro font des nœuds. Si seulement il était encore celui qu'il était avant de venir à Ru ! Il les aurait embobinés juste en ouvrant la bouche. Mais il n'est plus qu'un homme du mauvais côté de la quarantaine avec une voix de fumeur trachéotomisé. Rien que parler suffisamment fort pour se faire entendre de tous ces ruphages lui brûle la gorge.

« Je cherche mon mari, répète-t-il en sortant de sa poche la photographie. Est-ce que vous l'avez vu ? »

Il fait un pas en avant. Jamais il ne s'est senti aussi petit et insignifiant qu'en face de tous ces esprits vidés, rongés, bouffés par le rouge Ru. Il tend le portrait d'Alvid devant lui. Quelques ruphages finissent par s'avancer en retour. Ils paraissent s'éveiller d'un profond sommeil quand ils se penchent sur le cliché. Sandro doit réprimer un mouvement de répulsion en découvrant leurs visages d'aussi près. La peau de leur face est couverte d'une couche de poudre rouge qui donne un hâle factice à leur teint. Deux traces plus sombres décorent l'espace entre leurs narines et leur lèvre supérieure. Ils ouvrent la bouche, hésitent, puis disent finalement :

« Par là. »

Ils désignent une cahute minable, tout au fond de la zone, distinguable des autres par l'état particulièrement lamentable de son toit de tôle. Les bouches rouges s'écartent ensuite, se dispersent à travers la zone comme si Sandro n'était plus là, ou bien simplement quantité négligeable. Sandro hésite. Il veut se précipiter mais répugne aussi face à la perspective d'une déception, ou de pire encore. Que fera-t-il s'il trouve Alvid dans cette cabane misérable, la gueule écarlate, le regard vide et la bouche béante comme tous les ruphages ? Il y a pire encore que d'avoir perdu quelqu'un : le retrouver changé à tout jamais, si loin de soi qu'on ne le reconnaît pas. Sandro lui-même n'est plus que l'ombre de l'homme qu'il était auparavant. Sa voix disparue, son inaptitude à quoi que ce soit d'autre dévoilée au grand jour, Alvid voudra-t-il encore de lui ? Ne marche-t-il pas vers une cruelle déconvenue, d'une sorte ou d'une autre ?

Pourtant, malgré ces questions qui lui enflamment l'esprit, il marche dans la boue rouge vers le cabanon où se trouve peut-être l'homme qu'il aime. La porte est un mince panneau de ferraille. Comme un plongeur, il prend une profonde respiration avant de frapper. Il attend. Pas de bruit. Il frappe à nouveau, plus fort. Toujours rien.

« Il y a quelqu'un ? »

En tendant l'oreille, il croit entendre du mouvement à l'intérieur. Sandro insiste.

« Alvid, tu es là ? Tu m'entends ? »

De l'autre côté de la porte de fer rouillé, une voix qu'il connaît bien marmonne.

« Il n'y a personne. Laisse-moi tranquille. »

La gorge de l'ancien chanteur se serre. Les mots se bousculent et sortent en désordre.

« C'est toi ? Alvid ? Tu es là ? Ouvre-moi. C'est moi !

— Va-t'en, je te dis. »

Sandro ne l'entend pas de cette oreille. Il se recule et d'un coup de pied bien ajusté fait voler le battant de fer hors de ses faibles gonds. À l'intérieur règne une pénombre couleur de brique. Sandro s'avance, baissant la tête pour réussir à entrer. De la poudre rouge est répandue sur le sol. Elle vient se coller sous ses semelles boueuses. Tout sent la sueur, la crasse et l'urine mélangées avec la tristesse sanguine du reste de la zone. Au fond du minuscule réduit, une silhouette est prostrée sur un amas de tissus qui rêve peut-être d'être un lit. Elle crie d'une voix fébrile mais parfaitement reconnaissable.

« Casse-toi, je te dis ! Fiche-moi la paix ! Fous-moi le camp ! »

Sandro ne recule pas. Il avance encore, au contraire. Il n'est plus qu'à quelques dizaines de centimètres de l'homme. À cette distance, malgré le noir, il n'y a pas de doute possible sur son identité. Après tout, qu'est-ce que des époux si ce ne sont des gens capables de se reconnaître dans le noir ? Sandro s'avance encore, les mains tendues.

« C'est moi, Alvid. Je suis venu te chercher. »

Mais Alvid se recroqueville un peu plus sur la banquette. Un liquide rouge goutte entre ses lèvres. Sandro a envie de bondir.

« Tu n'es pas Sandro. La voix de Sandro ne sonne pas comme ça.

— Quelque chose est arrivé à ma voix. Elle n'est plus la même. Je l'ai perdue. Mais c'est toujours moi. Tu ne vois pas que c'est moi ? »

Alvid est maintenant contre le mur de palettes de la cabane. Entre deux lattes, un trait de lumière rosée vient éclairer son visage. Sandro laisse échapper un glapissement de terreur.

« Laisse-moi tranquille, continue son mari. Le rouge vaut mieux que le noir. Retourne d'où tu viens. Il n'y a rien pour toi ici. Rien à trouver dans la zone. »

Toute la moitié haute du visage d'Alvid est marquée d'une large et noirâtre cicatrice. La peau semble encore brûlée. En dessous des sourcils épars, les paupières sont mi-closes. En dessous, Sandro distingue la forme d'yeux blanchâtres, ternes. Aveugles. Son mari, qui a passé toute sa vie à regarder autour de lui, à saisir le premier coup d'œil ou à bâtir des images qui y ressemblent, ne voit désormais plus rien. Plus rien que le noir de la cécité et le rouge abyssal où le plonge la ruphagie. Que voit-il là-dedans ? Peu importe : Alvid aveuglé ne reconnaît pas Sandro à la voix métamorphosée.

Sandro se fige. Comment lui faire comprendre ? Il avise une chaise ou un bidon ou une caisse ; bref, un objet pour s'asseoir ; il s'y laisse tomber. Les deux hommes, les deux époux diminués, restent de longues minutes face à face, en silence. Tous deux sont venus à Ru chercher quelque chose : Sandro, une vérité plus haute dans la musique ; Alvid, Sandro, et plus tard, ce qui échappait à son regard. Aucun n'a trouvé ce qu'il espérait. Ru les a changés, les a amoindris tous les deux. Voilà ce qu'un corps fait à une présence étrangère. S'il ne le rejette pas tout de suite, il le manipule, le façonne comme il l'entend, de façon inconsciente et inconstante, pour l'intégrer ou l'assimiler. Ru n'avait pas besoin de chanteur pour se réveiller et se remettre en marche. Ru ne voulait pas qu'on la scrute, ni qu'on cherche dans ses entrailles la vérité. Elle a aveuglé l'un, presque rendu muet l'autre. Privés de son sens, Alvid n'a pas cherché à trouver un autre but. C'est la recherche qui a sauvé Sandro et l'a empêché de sombrer dans le désespoir. L'espoir, Alvid, lui, l'avait depuis longtemps épuisé. Sans cela ? Le rouge. La ruphagie et les images indescriptibles, indicibles peut-être, que projettent sur ses rétines éteintes la poudre écarlate et le sang brun. Le rôle échoit à Sandro de le faire revenir. C'est au chanteur, habitué à être regardé et écouté, celui dont la vie n'a jamais été tournée que vers lui-même, ses pensées et méditations traduites en musique ; au chanteur de sauver celui qu'il aime.

Alvid renifle. Quelques gouttes de mucus mêlées de poudre rouge Ru coulent jusqu'à sa lèvre. Sandro se racle la gorge. Il prend la parole.

« C'est toujours moi. Ma voix n'est plus là, c'est vrai. Parfois, en m'entendant, je me demande aussi qui parle. Je me dis qu'un autre doit avoir élu résidence dans ma bouche et traduit mes pensées, sans me demander mon avis. Il est à peu près certain que je ne chanterai plus jamais. Je ne peux plus tenir la moindre note sans grimacer de douleur. Je sonne… Je sonne comme un cormoran malade ! Moi ! Qu'est-ce que je vais bien pouvoir faire sans ma voix ? Mais c'est toujours moi. C'est toujours *moi*. J'étais moi avant d'être un chanteur, après tout. On se dit toujours qu'on n'est que ce qu'on fait ou ce qu'on sait faire. Si tu pouvais me voir ! Tu te moquerais de moi ! Je ne sais rien faire que chanter, et maintenant, je ne sais même plus faire *ça*. Je suis devenu profondément inutile. Je suis venu à Ru parce que j'étais certain que j'avais quelque chose à en dire, quelque chose à en faire ou à en chanter que personne d'autre n'était capable de faire. Je pensais que j'étais indispensable, mais c'était trop pour moi. La vérité, c'est que je n'avais rien de particulier. Rien d'essentiellement différent de tous les autres qui grouillaient à l'intérieur de la bête. Je croyais être un créateur, mais je n'étais qu'un conduit. Je n'inventais rien. Je recrachais simplement ce qui passait à travers moi. Ru m'a pris, m'a secoué dans tous les sens, et j'en suis ressorti comme ça. Je pensais faire de Ru quelque chose de neuf et d'éblouissant. C'est Ru qui m'a fait, et me voilà vieux et quelconque. »

Il s'arrête un instant. Reprend sa respiration. Il soupire.

« C'est un peu humiliant, pas vrai ? »

Sandro attend une réponse qui ne vient pas. Il se relève brusquement et sa voix croassante retrouve quelques instants une ombre de sa puissance d'autrefois.

« Mais je suis là, je t'ai retrouvé, alors je ne vais pas te laisser moisir dans cette boue rouge ! Parfois, j'en ai tellement marre de ce fichu rouge Ru de tous les côtés ! Partout où je regarde, rien que ça ! C'est à devenir fou. Une fois qu'on l'a remarqué, on ne voit plus que ça. Ils étaient complètement dingues, l'expédition Romano et les autres, de mettre les pieds là-dedans et de croire qu'ils pouvaient le cacher. La peinture craque de partout. Plus on le cache, plus il revient. Même sans l'avaler, il finit par rentrer dans la tête. Quelquefois, j'ai l'impression de l'entendre, cette couleur. Ça me pèse dessus, ça me comprime les tympans, ça me coupe le souffle tellement c'est rouge ! Je me damnerais pour un fichu coin de ciel bleu, pour un rien de brin de vent ! Mais c'est là qu'on est maintenant. C'est là qu'on vit, on a choisi d'y être, toi et moi, alors il va bien falloir qu'on fasse avec.

» Alors tu vas arrêter de faire comme si tu ne me reconnaissais pas, tu vas te lever, tu vas venir avec moi et on va passer le mur et sortir de ce trou à merde et après on verra ce qu'on fait tous les deux, toi aveugle et moi sans ma voix ! »

Il s'avance une dernière fois, saisit le corps tremblant d'Alvid dont les gouttes de sueur lui coulent dessus. Un voile de poussière écarlate retombe sur le lit. Les bras de son mari se serrent autour de son cou. Alvid ne pèse presque plus rien. Il n'était bientôt plus qu'une carcasse évidée, une ombre pleine du sang de Ru et de rien d'autre. Quelques jours, quelques semaines encore, et il aurait rejoint les autres au-dehors, les gueules rouges qui se tournent paresseusement dans leur direction, sans les voir vraiment, lorsqu'ils émergent de la cabane de mort.

« Pourquoi es-tu parti ? » murmure Alvid. Sa voix n'est qu'un filet tremblant, à peine audible. Son haleine pue le sang de Ru.

Le cœur de Sandro est serré. S'il n'avait pas été le chanteur, s'il n'était pas venu à Ru, s'il ne s'était pas laissé disparaître en elle, Alvid ne se serait jamais retrouvé dans cette situation. Il n'y serait pas venu à sa recherche, il ne s'y serait pas perdu à son tour. Tout est de sa faute.

Sous le poids des deux hommes, les pieds de Sandro s'enfoncent profondément dans la boue rouge. À plusieurs reprises, une chaussure manque d'y rester coincée. Les ruphages les suivent à quelques mètres de distance. Dans son dos, l'un d'entre eux ricane, peut-être sans raison. Sandro ne se retourne pas. Il ne faut pas, surtout pas, se retourner. Il faut laisser la zone derrière soi sans y jeter un regard, de peur d'y rester prisonnier. Plus ils se rapprochent du mur, plus Alvid tremble entre ses bras, serré contre sa poitrine. Qu'il est frêle ! S'il pouvait y avoir du vent à l'intérieur de Ru, Sandro aurait peur qu'il s'envole. La traversée du mur est difficile. La fissure est trop étroite. Sandro est obligé de déposer Alvid, qui tient à peine sur ses jambes. Il ne lâche jamais sa main, la serre avec obstination. Il a laissé son mari passer en premier, par peur que celui-ci fasse demi-tour. Ils avancent donc au rythme alangui de la ruphagie. Ils réussissent pourtant à émerger de l'autre côté. Ici, le sol est solide. Sandro n'a jamais été aussi heureux de sentir sous ses pieds la froideur rugueuse du macadam usé. Au loin, à plusieurs kilomètres, il distingue la silhouette des premiers immeubles habités de l'Estomac et, autour d'eux, quelques lotissements fragiles de pavillons entassés les uns sur les autres. Tout est gris, tout est laid. Au moins, pense Sandro, ce n'est pas rouge.

Sorti de la zone, Alvid vacille. Sandro le rattrape de justesse et le soulève à nouveau contre son torse étroit. Durant les longues heures de marche jusqu'au minuscule appartement, le ruphage babille comme un nouveau-né. Sandro croit l'entendre marmonner :

« Ils ne croiront pas que c'est arrivé. »

Parvenus dans la minuscule boîte que Sandro doit bien appeler « chez lui », Alvid se laisse déshabiller comme un petit enfant, se laisse baigner comme un petit enfant. Il dodeline de la tête sous le jet d'eau tiède. Sandro fait de son mieux pour ne pas être effrayé par sa maigreur et les traces rougeâtres qui marquent son corps à plusieurs endroits. Qui sait quelles conséquences durables la ruphagie peut avoir ? Si les réseaux tenaient encore, il aurait fait une recherche. Il n'aurait rien appris. La zone était un endroit oublié. Aucun médecin n'avait jamais eu le courage de mener une étude clinique des symptômes découlant de la consommation du sang de Ru. Sandro ne devrait pas avoir de regrets. De toute manière, personne n'aurait pu lui répondre.

Il allonge Alvid sur son lit étroit. Il a fait de son mieux pour nettoyer son visage des croûtes et des saletés accumulées. Malgré les marques de sa cécité, le visage de son mari ressemble à présent à celui que Sandro connaît. Il le veille toute la nuit, lui donne à manger et à boire le lendemain, le regarde replonger dans un sommeil agité et même parfois bondissant. Il le prend dans ses bras quand le manque fait se tordre les membres décharnés d'Alvid. Une deuxième nuit passe, semblable à la première. Puis une troisième. Sandro ne bouge pas. Entre ses dents, entre ses lèvres déshabituées, un semblant de comptine se glisse parfois, tentative dérisoire de vaincre la douleur et de tuer l'ennui. C'est tout ce dont il est capable, à présent.

En regardant Alvid dormir, baigné de sueur, Sandro se demande s'il s'échappera un jour tout à fait de la zone. Son esprit en sera-t-il un jour vraiment libéré ? Un cruel pressentiment lui souffle que non. Comme la déesse de la légende, Alvid a mangé la nourriture des ruphages. Est-il comme elle condamné à n'en partir jamais ? Face à la bouche tordue de son mari, où malgré tous ses efforts la couleur rouge ne s'est pas encore dissipée, Sandro n'a pas de mal à croire qu'Alvid ne lui a été rendu que pour la moitié de l'année. Sera-t-il capable de l'empêcher de retourner aux Enfers le reste du temps ?

IMMUNITÉ

Un immeuble à l'envers est une chose étrange. Le regard ne sait pas vraiment dans quel sens le lire. Ce qui était une porte devient une fenêtre et les fenêtres deviennent des entrées. Sans le vouloir, on associe toujours une façade à un visage. Mais à quoi ressemble une façade renversée ? Celle devant laquelle Coré s'est arrêtée n'est pas à l'envers : elle a basculé à quatre-vingt-dix degrés. Ce qui était une assez longue et basse barre, plutôt élégante et agréable à l'œil, s'est transformée en une tour biscornue. Le bâtiment est encore reconnaissable, mais avec un effort. La familiarité ne se suffit plus à elle-même. La cour bétonnée, plantée de quelques arbres et de bancs confortables, les terrains de sport avec leurs panneaux de basket-ball, leurs cages de football : toute cette grande esplanade est maintenant une paroi immense au pied de laquelle Coré se tient. Elle est debout sur un sol qui était auparavant la façade d'un parking couvert. Sa mémoire fait de son mieux pour remettre ce paysage d'équerre et pour le peupler de jeunes gens, de lycéens rieurs avec parmi eux Agathe, dont l'univers immuable se réduisait paisiblement à Cumiga.

À présent, Cumiga est renversée sur son axe. Plus rien dans son allure ne veut rien dire. Coré saute de mur en mur. Parcourir le quartier, dont la principale qualité a toujours été la sécurité et le calme, est devenu une varappe risquée. Quelques amis ont suggéré de l'accompagner. Coré a refusé. Elle voulait être seule pour voir ce qu'il y a à voir. Elle ne s'attendait à rien, par peur d'être déçue. Rien en effet n'aurait pu la préparer à cet amas de pavillons dont les volets pendent lamentablement sur leurs gonds, où les branches des arbres tombent toutes dans un sens, dépeuplées de leurs feuilles sur un flanc. Le mobilier en plastique des jardinets a roulé contre les haies qui, rendues à l'état sauvage, menacent de les avaler en entier. Les pousses de thuyas et de cyprès jouent le rôle du lierre. Coré se fraie un chemin, sautant de carcasse de voiture en lampadaire horizontal. La fixité de Cumiga et sa constance se fondaient sur l'immobilisme de Ru. Ru s'est relevée, tout a bougé. Tant pis pour Cumiga. Même le chemin que Coré se fraie est précaire. Depuis quelques jours, Ru ne marche plus. Mais au prochain mouvement du membre, tout ira valser encore. L'itinéraire qu'elle a emprunté jusqu'ici n'existera pas plus.

Coré ne croise personne. Cumiga est vide, désertée. Aucune voix n'agite le quartier bouleversé. Les maisons sont abandonnées. Les portes sont laissées grandes ouvertes. Du temps où Agathe y vivait, il ne serait venu à l'idée de personne de s'absenter sans verrouiller sa porte. Le prix de la sécurité était celui-ci : le bon voisinage, les sourires de façade, la méfiance. Les portes fermées. La maison où vivait Enzo est vide et béante. Celle de Solenn, *idem*. Pour la première fois en plus d'un an, depuis bien avant les Jours rouges en fait, Coré pense à eux deux, qui étaient pour la jeune Agathe les personnes les plus importantes du monde. Qu'ont-ils pu devenir ? Après les Jours rouges, comment le dire ? Comment le savoir ? Elle n'a aucune prise sur cela, et pourquoi le devrait-elle ? Peut-être, contre toute probabilité, ressurgiront-ils dans sa vie un jour. Des choses plus étranges sont déjà advenues. En attendant, ils n'existent peut-être plus que dans sa lointaine mémoire d'adolescente : deux figures partielles. Coré se sent investie d'une lourde responsabilité. Elle porte en elle tout un monde disparu. Comme tout le monde. À présent, chacun des Rus a en lui la bête avant le mouvement.

Coré a beau s'être préparée, avoir bâti en elle des murs et échafaudé toutes sortes de protections, la vision de sa vieille maison renversée la secoue. Elle n'est pas revenue depuis si longtemps ! Elle est partie pour disparaître. Elle n'a jamais plus adressé la parole à ses parents. Elle se mord la lèvre en gravissant la haie. Ses mains s'écorchent sur les ronces qui l'ont envahie. D'où viennent-elles ? Même dans un environnement aussi contrôlé, aussi artificiel et clos que Cumiga, les ronces sont parvenues à s'imposer. Les ronces surgissent toujours. La baie vitrée est restée ouverte. Le volet roulant n'est qu'à moitié descendu. Coré parvient à se hisser à l'intérieur. Elle ouvre la bouche pour appeler, mais se retient à la dernière seconde. S'il y avait quelqu'un pour lui répondre, elle l'aurait déjà remarqué. Ses parents sont comme les autres. Perdus. Elle ne peut s'en prendre qu'à elle-même. Si elle l'avait voulu, elle aurait pu les retrouver bien avant. Être dramatique et perturber le silence de mausolée de Cumiga n'est pas nécessaire. Le salon est le même. Les meubles étaient tous vissés au sol. Ils n'ont pas glissé, pas bougé. Sur le mur où se tient Coré, il n'y a qu'un amas de livres, de magazines et d'appareils électroniques. Tout ce qui n'était pas fixé a voltigé. À part cela, et l'épaisse couche de poussière rouge-brun qui recouvre tout, rien n'a changé. Coré a un frisson tiède. C'est *terrible* comme rien n'a changé. Elle pourrait être partie depuis quelques jours seulement. Elle s'attend presque à voir surgir ses parents, à l'âge qu'ils avaient quand elle est partie, avec la même figure, la même posture. Figés. Mais non. Ils ne sont pas là. Comme Enzo, comme Solenn, Papa et Maman n'existent plus que dans sa mémoire.

Coré se hisse sur la table basse. De là, elle saute sur l'autre extrémité du canapé. Elle bondit alors pour atteindre les piliers de la rambarde de l'escalier de bois clair. En prenant appui contre le mur, elle réussit à se glisser entre deux barres, de l'autre côté. Les marches sont un peu ridicules, à la verticale. Debout sur la rambarde, Coré avance jusqu'à l'étage. Là, elle poursuit son avancée sur ce qui était le mur du couloir jusqu'à la porte de son ancienne chambre. Le battant est fermé. Coré s'accroupit, essaie de faire jouer la poignée. La serrure est verrouillée. Elle la brise d'un coup de talon. La porte tombe alors sur ses gonds. Coré se glisse dans l'ouverture et se laisse tomber à l'intérieur.

Là encore, rien n'a changé, et même moins qu'ailleurs. La pièce a été close quand elle est partie, et personne ne l'a utilisée depuis. Debout près de la fenêtre qui a été des années durant son unique ouverture sur le monde, Coré contemple avec un attendrissement amusé les affiches qu'Agathe avait accrochées au-dessus de son lit, au-dessus du bureau où elle faisait ses devoirs. Sur l'une d'entre elles, la silhouette élancée de Sandro Kostas, découpée dans un magazine, la contemple. Coré reconnaît bien le chanteur qu'elle a rencontré dans l'Intra. Rien ne la surprend, à l'exception des couleurs de la chambre. Elle n'avait aucun souvenir de ce violet pastel et de ce rose fade. Ayant grandi là-dedans, il n'y a rien d'étonnant à ce que le véritable rouge Ru du Rein Gauche ait bouleversé Agathe. Une photo de la jeune fille accompagnée de ses parents trône dans un cadre sur le bureau. Pour l'atteindre, Coré marche précautionneusement sur le large miroir du dressing. Elle observe le visage souriant et juvénile d'Agathe, puis le sien, reflété à ses pieds. Les lèvres de Coré s'étirent avec hésitation pour imiter le sourire de l'adolescente sur le cliché. Malgré les années, malgré sa défiguration, la perte de son œil, Coré doit admettre qu'elle se ressemble. Son sourire devient véritable. Elle glisse le cadre dans son sac à dos. En tournant la tête vers la gauche, elle voit à travers la fenêtre. Tout Cumiga ou presque lui est dévoilé, un gouffre vertical. Surplombant tout ce paysage de son enfance, Coré respire profondément. Contre toute attente, elle est heureuse d'être revenue. Non, ce n'est pas du bonheur, mais du calme qu'elle ressent. Une partie d'elle qui lui manquait lui a été rendue. Sans les Jours rouges, sans le renversement perpendiculaire de Cumiga, elle n'aurait jamais osé revenir. Sereine, elle décide de s'en retourner d'où elle vient. Les prévisions étaient claires quand elle est partie. Dans quelques jours, Ru va se remettre en marche.

Elle pénètre dans l'Intra par un passage caché au milieu du chantier d'un nouveau centre commercial. Elle traverse la muqueuse sans difficulté et, une fois dedans, prend une minute pour s'orienter. Depuis les Jours rouges, les boussoles et autres outils sont devenus inutiles. Les points cardinaux ne veulent plus rien dire, à l'intérieur. Heureusement, le chemin n'est pas compliqué à retrouver. Pour regagner le RG, elle doit grimper. C'est ce à quoi elle s'emploie, suivant les petits marqueurs fluorescents qu'elle a posés à l'aller. Tracer une route dans l'Intra est une tâche complexe, d'autant plus à présent que tout peut bouger à tout instant. Coré sait qu'un groupe du Congrès s'est attelé à l'ample tâche de produire une carte de l'Intra qui tienne compte de ces mouvements, afin de faciliter les allées et venues à travers Ru. Depuis plusieurs semaines, Coré se dit qu'elle devrait aller les y aider, mais ne peut s'y résoudre. Les années d'exploration solitaire l'ont rendue avare de son savoir. Guider quelqu'un à travers l'Intra ne lui pose pas de problème. Poser son itinéraire par écrit lui semble, au contraire, une dépossession. S'ils tracent de nouvelles routes, si la circulation redevient aussi aisée qu'avant les Jours rouges, tout ne risque-t-il pas de recommencer comme avant ?

Alors qu'elle est en route depuis plusieurs heures, grimpant le long des pentes musculaires, sautant de nerf en nerf, se hissant le long des tendons, Coré entend des voix qui se rapprochent, venues d'au-dessus d'elle. Elle se fige et s'assoit. Le passage qu'elle s'apprêtait à emprunter est trop étroit pour s'y croiser. Elle prend patience. Quelques minutes plus tard, une troupe d'une vingtaine de personnes apparaît. Elle découvre avec plaisir que plusieurs membres du Regard Rouge en font partie. Elle les salue avec chaleur. Ils s'étreignent comme les vieux camarades qu'ils sont, eux qui ont survécu aux Jours rouges ensemble. Ils lui expliquent la raison de leur expédition.

« Nous avons reçu un appel.

— Un appel ? Mais de qui ? Et comment ? »

Les communications téléphoniques ont toutes été rompues avec les connexions de Ru au continent. Des tentatives sont en cours pour recréer une liaison satellitaire avec l'extérieur mais, pour autant que Coré en sache, elles ont été infructueuses jusqu'ici.

« Un appareil radio a capté un signal. C'était un message en morse. Un appel au secours.

— Un S.O.S.

— Apparemment, il y a un bateau amarré à la Patte Milieu Gauche. Nous avons décidé d'aller voir ce qu'il se passe.

— Et de qui il s'agit.

— Tu voudrais venir avec nous ? Nous pourrions avoir besoin de ton aide. Jusque-là, nous avons suivi les marqueurs que tu as laissés, et ça nous a bien facilité la tâche.

— Ce n'est pas rien d'avoir avec soi Coré, la reine de l'Intra ! »

Devant leur insistance, celle-ci accepte de les accompagner. D'une part, sa curiosité est piquée. Qui serait assez fou pour tenter de débarquer sur une patte de Ru ? D'autre part, l'expédition retardera d'autant son retour au Congrès dans lequel elle peine depuis plusieurs semaines à trouver sa place. Elle n'est pas faite pour la valse permanente des groupes de travail, des rapports, des prises de parole organisées. Contrairement à ce qu'elle pensait, les années écoulées à sillonner les cafés associatifs et interlopes de Ru ne l'ont pas préparée à cela. D'autres parlent plus fort qu'elle. Elle ne se sent pas la force de lutter pour passer au-dessus du niveau sonore. Elle qui a toujours voulu être au centre d'un événement comme le Congrès a découvert avec amertume qu'elle ne sait pas quelle part y prendre. Elle n'est pas inflexible comme Éva Hamza ni aussi bien entraînée que Samantha Chikaoui, dont les deux figures se sont distinguées comme deux pôles opposés du Congrès. Coré, elle, n'est qu'une petite fille de Cumiga. Que pourrait-elle faire dont d'autres ne seraient pas capables, et peut-être même mieux ?

Alors elle prend la route de la patte avec les autres. Elle prend même la tête de la cohorte. Elle est, c'est vrai, celle qui sait le mieux lire les changements musculaires de Ru. S'il s'agit de son seul véritable talent, eh bien soit ! Elle mène le groupe dans une trajectoire descendante. Pour rejoindre la patte, chaque pas est un piège. Chaque enjambée est une prise de risque : un risque qu'il s'agit de prendre seul et non en groupe, non en assemblée. Les muscles actifs ne fournissent pas un appui sûr. Les semelles glissent sur leur surface humide de sang. Entre les doigts des membres de l'expédition, des prises qui semblent solides se dissipent sans crier gare. Plusieurs fois, cœurs battants, ils doivent sonder de leurs lampes de poche le vide en dessous d'eux dans l'espoir d'y déceler la prochaine plateforme solide. Leur descente suit grossièrement le fémur. Dans le chaos de fibres qu'ils parcourent se relient mille fils et connexions : une toile d'araignée sans âge autour d'un axe millénaire. Coré descend avec prudence ; beaucoup plus que si elle accomplissait le voyage seule. Pendant ses plus longues explorations, comme celle qui lui a permis de trouver le chemin de la Tête, elle ne se fiait qu'à son instinct. Là, elle doit prendre en compte la vingtaine de corps qui la suivent et se fient entièrement à elle pour les amener sains et saufs à destination. Elle ne prononce que des ordres brefs, qui ressemblent parfois à des pensées à voix haute : « Ici », « Par là », « Non », « Plus bas », ou « Donne », « Chut ! », « Avancez ». Les membres du Regard Rouge, qui connaissent bien Coré, accueillent ces directives avec des sourires amusés. Les autres voyageurs les prennent avec moins bonne grâce. La rudesse de Coré passe parfois pour de l'impolitesse. Qui est-elle, celle-là, pour leur parler ainsi ? Comment peut-elle les amener où que ce soit avec un seul œil ? Un murmure de protestation grandit cycliquement dans le groupe, vite calmé par ceux du Regard Rouge. Elle sait ce qu'elle fait. Elle sait où elle va. Elle a passé plus de temps à naviguer dans l'Intra que quiconque. S'ils veulent arriver à bon port, ils doivent lui faire confiance. Et force leur est d'admettre qu'ils avancent. Ils contournent le globe gigantesque de la rotule et s'engagent le long du tibia. Ils sont rougis, épuisés, mais ils descendent.

Le récepteur radio qu'ils ont emporté continue de recevoir le même signal. Trois longs, trois courts, trois longs. Ce code-là, même Coré le connaît : un reste, sans doute, d'étés passés dans des camps de vacances au bord des étangs pulmonaires où des moniteurs zélés encourageaient les enfants à se prendre pour de véritables aventuriers le long de chemins tout tracés, jamais loin de la route, jamais sans sécurité. Le soir, cherchant le sommeil sur un perchoir instable, elle se souvient qu'Agathe détestait la hauteur, honnissait les journées passées à réaliser des parcours d'obstacles en haut de branches, engoncée dans une combinaison à l'odeur de sueur, le torse, les cuisses et l'entrejambe serrés dans un harnais trop dur. Elle s'endort avec la certitude qu'elle ne tombera pas. Le sol est tellement loin sous elle qu'il n'a plus de réalité. La chute serait si longue qu'il n'y a pas de sens à avoir le vertige. Les pieds dans le vide, indifférente aux murmures de ceux qu'elle guide, Coré dort seule. Comme toujours, elle laisse derrière elle des marqueurs fluorescents. Pourtant, c'est tout juste si elle se soucie du chemin du retour. Il faudra bien grimper tout ce qu'ils auront descendu. L'important est de parvenir à destination. Sous elle, au fil des jours, rien que des muscles, rien que du rouge. Le Membre Milieu Gauche est encore immobile. La troupe d'explorateurs lui a amené une nouvelle prédiction : Ru ne devrait pas bouger avant plus d'un mois. C'est d'ailleurs pour cette raison que leur expédition a été jugée faisable. Coré ne croit guère aux analyses des flux électriques et sanguins auxquelles se livrent les mégabiologistes. Aucun d'entre eux n'a pu annoncer les Jours rouges. Pourquoi leur ferait-elle confiance maintenant ? Ru bougera quand elle bougera. Il ne sert à rien de chercher à prévoir ses mouvements. Il faut simplement être prêt à s'accrocher quand viendra le moment.

Au bout de quinze jours de pénible descente, ils arrivent tout en bas. Leur dernière journée est entièrement consacrée à la recherche d'une sortie de l'Intra. Le soir venu, ils émergent enfin dans la patte, tout près des griffes. Par chance, celle-ci n'est pas immergée. Cela changera quand Ru se remettra en marche.

« Et si elle bouge pendant qu'on est là ? s'écrie une exploratrice, soudain affolée par cette donnée qu'elle n'avait pas prise en compte avant de partir.

— La peau de Ru est imperméable à plus de quatre-vingt-dix-neuf pour cent », répond un autre.

Coré fait la grimace.

« Et si elle ne l'est pas, dit-elle d'une voix blanche dénuée d'humour, on n'aura qu'à se laisser flotter jusqu'en haut. »

Quelques membres du groupe ricanent, mais pas elle.

« Le signal est-il toujours là ? »

L'opérateur radio acquiesce.

« Alors allons-y. »

Environ cinquante ans après le premier peuplement de Ru, une fois que les infrastructures essentielles ont été bâties, une fois que l'on a pu penser au reste, il s'est trouvé un adjoint préfectoral aux Transports, à l'Économie ou au Commerce pour proposer d'établir des comptoirs portuaires à l'extrémité des membres de la bête. L'espace entre la peau et les ongles était suffisamment large pour faire passer des engins. En comparaison du titanesque chantier de la Moelle, étendre un axe autoroutier jusque-là ne représentait pas une terrible entreprise. Quel membre choisir ? Les deux membres postérieurs reposaient sur le continent. Les deux membres antérieurs étaient trop profondément plongés dans la mer. Le Membre Milieu Droit reposait sur une falaise à moitié détruite et seule la griffe atteignait l'eau. Seul le Membre Milieu Gauche présentait une posture intéressante. Des travaux ont donc été lancés. Une fois une voie d'accès rudimentaire tracée, une ébauche de quais et de hangars a été construite. Les élections suivantes ont cependant amené une administration différente. Pour la première fois, le nouveau préfet n'était pas un proche ou un disciple de Georgy Romano, et ce préfet-ci a décidé de concentrer l'effort économique sur l'attraction à Ru de familles aisées pour consommer les biens et services créés en interne, et non sur le commerce extérieur. Le projet de port a donc été simplement laissé de côté, après plus d'un an de travaux. Les quais nus sont restés tels quels jusqu'à aujourd'hui et ont même résisté au réveil de la bête.

Çà et là, quelques marques, quelques graffitis montrent à l'expédition qu'ils ne sont pas les premiers êtres humains à visiter le port abandonné. Cependant, comme Cumiga, le port de la patte est tout à fait désert à présent. À une exception. À l'extrémité du quai n° 3, un navire solitaire est amarré. Les envoyés du Congrès échangent des regards surpris. Ils ne s'attendaient pas vraiment à trouver quelqu'un. Qui serait assez fou pour venir mouiller à Ru ? Ils s'approchent avec hésitation. Sur la proue du navire à la coque piquée de rouille est inscrit le nom *Vaillant*. Sa présence suscite dans le groupe d'explorateurs des réactions contraires :

« Il faut être vaillant pour venir jusque-là.

— Ou complètement fou ! Qui sait quand le membre va bouger ?

— Les mégabiologistes disent que…

— Tout le monde se fiche de ce que racontent les mégabiologistes !

— Qu'est-ce qu'ils viennent faire ici ?

— Il n'y a qu'une seule façon de le savoir. »

Ralentissant le pas, Coré a laissé les autres la dépasser et se retrouve désormais en queue du groupe. Elle a fait ce qu'elle devait faire : les amener là. Ont-ils vraiment encore besoin d'elle pour le chemin du retour ? Seule la curiosité la fait rester. Coré sait bien qu'il est idiot de croire qu'il n'y a de vrai que ce qu'elle a vu à l'intérieur, mais une part d'elle est tout de même surprise. À quoi les passagers de ce navire ressemblent-ils ? Ils s'avancent sur le bord du quai. La passerelle du *Vaillant* est relevée. Ils appellent. Immédiatement, des visages apparaissent aux hublots et sur le pont supérieur du bateau.

Coré est presque soulagée de voir qu'ils sont des hommes et des femmes comme les autres, comme eux. Il y a une différence entre savoir et constater.

Les Rus et ceux de l'extérieur s'observent en silence durant quelques instants. Entre eux, l'espace qui sépare le bateau du quai a des allures de gouffre. Comment commence-t-on une pareille conversation ?

« Vous êtes venus ! finit par s'exclamer un des passagers.

— Vous avez appelé.

— Nous n'étions pas sûrs que vous recevriez le message. On commençait les préparatifs pour faire demi-tour.

— Que venez-vous faire à Ru ? l'interroge brusquement une femme du groupe de Coré.

— Nous demandons l'asile ! »

Ceux de Ru restent ébahis.

« Nous voulons vivre parmi vous. Nous avons mis tout ce que nous avions dans ce bateau, pour nous échapper et vous rejoindre. Vous n'avez pas idée de ce que c'est, au-dehors. Vous ne pouvez pas vous imaginer ce que c'est, depuis que la bête s'est relevée ! La police, les militaires, la répression. Sous prétexte de l'état d'urgence, c'est "Tais-toi !" et "Marche ou crève !" »

Il tend la main vers les autres passagers.

« Certains d'entre nous ont été passés à tabac, simplement pour s'être trouvés au mauvais endroit au mauvais moment. Nous avons essayé de protester mais personne n'écoutait, de toute façon. Vous ne pouvez pas vous imager comment c'est, là-bas ! »

Coré grommelle :

« Au contraire, je me fais une assez bonne idée.

— C'est difficile ici, vous savez. Ce n'est pas comme à l'extérieur, ou comme avant. Rien ne fonctionne comme on s'y attendrait. C'est beaucoup de travail.

— Ce ne peut pas être pire que là d'où on vient. Nous voulons simplement la chance de vivre autrement. Nos soutes sont pleines de provisions et de matériel ! Nous avons pris tout ce que nous pouvions. Regardez : pour vous prouver notre bonne foi, nous n'avons même pas débarqué avant de vous rencontrer. Nous voulions avoir votre accord !

— Et si nous n'étions pas venus ? »

Le silence à bord du *Vaillant* qui répond à cette question est éloquent. S'ils n'étaient pas venus, l'équipage aurait sans doute débarqué tout de même. Qui aurait pu les en empêcher ? Le groupe venu du Congrès se retire de quelques dizaines de mètres pour discuter la conduite à tenir.

« Il faut demander l'avis des autres, l'avis du Congrès. On ne peut pas prendre nous-mêmes la décision de les laisser débarquer.

— Il n'y a pas le temps de remonter jusque-là et de revenir. D'ici là, Ru aura recommencé à bouger, et je ne donne pas cher d'eux et du *Vaillant*. Il faut choisir aujourd'hui. Maintenant.

— Est-ce qu'on ne peut pas au moins se laisser la nuit pour réfléchir ?

— Qu'est-ce que cela changerait ? On ne peut demander d'aide à personne.

— C'est à nous de les accueillir ou non.

— Est-ce qu'on a vraiment le choix ? On ne va tout de même pas les abandonner à leur sort.

— Quelqu'un est-il contre les laisser débarquer ? Votons à main levée.

— À l'unanimité ? À la majorité ?

— Peu importe. C'est juste pour voir ! Que ceux qui ne veulent pas les accueillir lèvent la main. »

Plusieurs mains se dressent dont, à sa propre surprise, celle de Coré. Des regards étonnés se tournent vers elle.

« Je suis désolée de dire cela, mais on ne sait pas vraiment ce qu'ils veulent. On ne peut pas *simplement* leur faire confiance.

— Comment peux-tu dire ça ? D'entre nous tous, tu es peut-être celle qui a le plus souffert sous la préfecture…

— Ce n'est pas une compétition.

— … et tu devrais d'autant mieux comprendre qu'ils fuient une situation pareille à la nôtre à l'époque. Tu devrais leur faire confiance ! »

Coré s'avance vers son interlocuteur, l'index collé à son orbite.

« Tu vois ça ? C'est ce qui se passe quand on fait confiance ! C'est ce qui se passe quand on se dit que les choses sont ce qu'elles ont l'air d'être. Ceux-là, ils viennent de l'extérieur. Tu sais ce que c'était, la préfecture ? C'était l'extérieur. C'était comme l'extérieur ! Excuse-moi si je n'ai pas envie de laisser entrer ça à nouveau chez moi !

— On ne peut tout de même pas les laisser crever en mer ! S'il y a une chance qu'ils disent la vérité, il est *impératif* de les laisser débarquer.

— Tu les as entendus ! Que vous soyez venus ou non, ils se seraient installés ! C'est Georgy Romano à nouveau. Ils voient un endroit libre et ils plantent leur drapeau !

— Tu ne peux pas juste partir du principe que les gens sont mauvais !

— Voilà ce que je propose, intervient quelqu'un d'autre : on les laisse débarquer et on les laisse là. On remonte avant que le Membre ne bouge. On voit ce qu'en pense le Congrès. On reviendra après, avec une vraie décision.

— Une fois qu'ils seront là, ils seront là. On ne va pas les jeter à la mer !

— Si on ne les laisse pas débarquer, c'est exactement ce qu'il va se passer.

— Ce n’est pas la même chose !

— Je ne vois pas la différence.

— Votons ! Que ceux qui sont pour les laisser débarquer et décider ensuite lèvent la main. »

Presque toutes les mains se lèvent. Celle de Coré, non.

« Une fois qu’ils sont là, ils sont là, répète-t-elle amèrement.

— On a voté. La décision est prise. Arrête de râler. »

Alors Coré se tait. Elle se console en pensant qu’elle n’est qu’un guide. La décision ne lui appartenait pas, de toute façon. Le groupe retourne à portée de voix du *Vaillant*, dont l’équipage a observé, à défaut de les entendre, leurs délibérations et les grands gestes qui les accompagnaient.

« Pour votre sécurité, comme Ru risque à tout moment de se remettre en marche, nous avons décidé de vous laisser débarquer. Cependant, nous ne pouvons pas vous accueillir officiellement. Il nous faut l’avis du reste du Congrès. Nous reviendrons plus tard. »

Un cri de joie s’élève du *Vaillant*. La passerelle descend vers le quai presque tout de suite. L’équipage ne tarde pas à mettre le pied sur la terre ferme. La houle s’accentue. L’écume masque la griffe de Ru, visible jusque-là à travers l’eau salée. Il y a des poignées de main, des accolades. La majorité des envoyés du Congrès sont heureux de recevoir ces gens venus de l’extérieur. Un de ses amis du Regard Rouge s’approche de Coré, essaie de la dérider par quelques plaisanteries. Elle reste de marbre. Elle le repousse. Elle épie le moindre geste des voyageurs. Ils apportent avec eux des valises et des caisses. Ils en ouvrent plusieurs sur le quai, dévoilant des sacs de nourriture et une multitude de composants électroniques qui font, depuis les Jours rouges, défaut à Ru. Une caisse attire le regard de Coré. Ceux qui l’ont débarquée l’ont posée un peu à part et forment un cordon discret qui la sépare des envoyés du Congrès. Coré s’avance.

« Et là-dedans, il y a quoi ? »

Elle montre la caisse du doigt.

« La même chose que dans les autres.

— Ouvrez-la, alors.

— On ne va pas ouvrir tout maintenant. Il y a des denrées périssables et…

— Vous avez bien ouvert les autres. Ouvrez celle-là aussi. »

L'équipage du *Vaillant* ne bouge pas. Indifférente, Coré traverse l'attroupement. Deux hommes de haute taille tentent de la retenir. L'un d'entre eux lui pose la main sur l'épaule. Le voile rouge de la colère tombe alors devant ses yeux. Elle lui lance son genou dans l'entrejambe. L'homme se plie en deux. Elle esquive la prise de l'autre et, d'un geste vif, envoie valser en arrière le couvercle de la caisse métallique. Autour d'eux, personne n'a bougé. Tous sont sidérés par la rapidité de l'incident.

Coré pousse un glapissement.

La caisse est remplie de fusils. Elle ouvre sa voisine. Celle-ci est bourrée d'explosifs. Le capitaine du *Vaillant* vient dans sa direction, la bouche pleine d'excuses et d'explications :

« Il nous fallait de quoi nous défendre. Vous ne savez pas comment c'est, là-bas ! Nous avions besoin d'armes pour nous défendre ! »

Coré ne l'écoute pas. Elle plonge dans la première caisse, saisit une arme, la pointe dans sa direction. Par réflexe, tous lèvent la main.

« Vous aviez besoin de tous ces explosifs pour vous défendre, aussi ?

— Ce n'est pas aussi simple que cela ! Nous…

— Retournez à bord !

— Vous ne pouvez pas !

— Remontez, je dis ! »

Les deux hommes qui ont voulu s'interposer lancent des œillades avides en direction des caisses d'armement mais Coré, les deux pieds écartés et solidement plantés sur le quai, leur barre le passage de son corps et de son fusil.

« Coré ! Ce n'est pas à toi de prendre la décision ! proteste un des membres du groupe.

— Tu veux attendre qu'ils pointent ça dans ta direction avant de la prendre ? Ils ont amené ça avec eux ! Ça veut tout dire ! Remontez à bord de votre bateau et dégagez ! »

Jamais Coré n'a ressenti une colère aussi chaude et aussi blanche. Celle-ci n'a rien de comparable avec ses précédentes flambées. Tout son corps bourdonne à l'unisson. Son esprit est clair et ses sens entièrement en éveil. Elle voit le moindre geste de chacun des corps présents. Tout lui apparaît avec une netteté surnaturelle. La scène est comme éclairée par un puissant projecteur de cinéma. Tous les visages de l'extérieur lui apparaissent suspects. Tous paraissent porter un masque.

Lentement, les mains levées, l'équipage regagne le *Vaillant* puis relève derrière lui la passerelle. Le capitaine tente une dernière fois de prendre la parole :

« Vous commettez une profonde erreur, je vous assure ! Ces armes étaient là seulement pour notre défense. »

Mais Coré n'entend rien. D'un geste, elle indique à un de ses amis de dénouer l'amarre. Le moteur du *Vaillant* se met en marche. Sur le pont, tous les passagers restent silencieux en s'éloignant. Le bateau, régulièrement soulevé par la houle de plus en plus forte, suit la courbe de la griffe immergée puis s'éloigne au large. Alors Coré repose l'arme où elle l'a trouvée, avec dégoût. Elle en veut d'autant plus aux passagers du *Vaillant* pour l'avoir amenée à faire cela. Elle referme les couvercles. Avec l'aide de plusieurs autres, elle fait basculer les caisses d'armes par-dessus le bord du quai. Elles disparaissent sous l'eau dans de grosses éclaboussures. Quand Ru se remettra en marche, elles seront emportées au loin.

« Pourquoi as-tu fait cela ? s'insurge tout de même quelqu'un. Que vont-ils faire maintenant ? Et s'ils disaient la vérité ? Tu y as pensé une seconde ? Et si tu avais tort ? »

Coré se mord la lèvre. Elle n'est pas, comme l'autre le suggère, libre de ces dilemmes moraux. Elle répond simplement : « J'y ai pensé. Et si j'avais raison ? »

Sur le chemin du retour, ils votent à l'unanimité pour raconter qu'ils n'ont trouvé personne et qu'il ne s'est rien passé.

JUSTICE RENDUE

LA SALLE est comble. Avant les Jours rouges, c'était un gymnase. Les gradins pleins à craquer bordent le parquet. Au centre de la salle, il est assis. Derrière lui, encore plus de gens. Tous ces gens assemblés, à regarder ensemble la même chose, c'est un auditoire. Il faut un auditoire pour une audience.

Ce qui se passe aujourd'hui est chose publique. Depuis le moment où les grimpeurs l'ont ramené jusqu'à l'Intestin, les mains attachées, le moindre de ses gestes a été public. Non qu'il ait fait quoi que ce soit d'exceptionnel. Il a dormi où on lui disait. Il s'est assis sur la chaise qu'on lui a désignée. Il a répondu aux questions qu'on lui posait. Tout le monde le regarde. Il est mal à l'aise d'être la cible de tant de regards. D'habitude personne ne lui prête attention. Il ne s'est jamais mieux senti qu'au milieu d'une foule. Dès son plus jeune âge, il a appris à passer inaperçu. Ils ne l'ont jamais regardé jusque-là. Pourquoi l'observent-ils tous, à présent ? Ils ont l'air de le découvrir. Pour autant, Youssoupha sait ce qui est en train d'arriver. Il sait ce qu'il a fait. Il sait quelle est la conséquence de son acte. Cela aussi, il l'a appris. Seul le déroulé des événements retient tant bien que mal son attention. On ne lui a pas attaché les mains. Il les tient croisées devant lui, en position de repos. Depuis qu'il les a serrées autour du cou de Frédéric, il ne sait pas vraiment qu'en faire. Elles lui semblent appartenir à quelqu'un d'autre : à celui dont le regard est voilé de rouge. Il n'est pas encore tout à fait certain que ce quelqu'un soit en vérité lui-même. C'est pourtant ce qu'il a dit. Quand on lui a posé la question « Qui ? », il a répondu : « C'est moi. » Après cela, toute parole supplémentaire est superflue.

Il y a devant lui trois groupes de personnes. Assis le long d'un banc sur sa gauche, se tient le groupe chargé de son accusation. Ils parlent entre eux à voix basse. Ils échangent quelques ultimes remarques, se chamaillent sur le sens d'un mot ou la syntaxe d'une phrase. Bientôt, leur délégué va se lever et prendre la parole. Ce sera ensuite le tour de sa défense, un pareil ensemble d'inconnus. Au fond de la salle, comiquement installé sous un panier de basket-ball, est assis le groupe des juges. Ce sont eux qui, à l'issue du réquisitoire, prendront la décision finale. Les trois groupes, comme le public, ont assisté à l'interrogatoire de Youssoupha et de quelques témoins, presque tous des grimpeurs. Ils n'avaient pas grand-chose à dire. Au matin, ils ont trouvé Youssoupha seul à côté du cadavre de Frédéric. Ils lui ont demandé ce qu'il s'était passé, il leur a dit. Après délibération, ils ont entrepris de le ramener à l'intérieur pour y être jugé. Docile, Youssoupha n'a opposé aucune résistance. Deux semaines ont passé depuis ce récit. L'accusation et la défense ont eu le temps de préparer leur intervention. Durant une semaine, Youssoupha n'a parlé à personne. On ne lui a pas posé de question supplémentaire. Sa parole, à partir de maintenant, n'a plus d'importance. Alors, premier concerné, il écoute comme le reste du public.

La porte-parole de l'accusation s'avance au centre du quadrilatère que forment les trois rangées de bancs et la chaise de Youssoupha. Là, on a pris soin d'amener un pupitre qui a l'air davantage habitué à porter les partitions d'apprentis musiciens que des discours d'importance. Elle évite de lever les yeux vers le public. Elle est peut-être intimidée. Il faut dire que l'éclairage fluorescent du gymnase ne laisse que peu de choses à l'imagination, et sa voûte de tôle amplifie largement le plus petit son. D'où elle regarde, d'en bas, ce doit être impressionnant. C'est sans doute un exercice nouveau pour elle. Elle a été tirée au sort parmi le groupe de volontaires. Youssoupha a envie de lui adresser un sourire d'encouragement, mais il se retient. Cela serait probablement mal vu. C'est étrange, pourtant. Il n'éprouve aucune antipathie pour cette femme qui est chargée de l'accabler. Chacun fait ce qu'il est censé faire. Lui, il était censé avoir ses mains autour du cou de Frédéric. L'accusatrice se racle la gorge, rompant le fil de ses pensées.

« Youssoupha a tué. Il n'y a rien à débattre à propos de cela. »

Elle s'arrête, cligne des yeux, surprise peut-être de la force de sa propre voix et des mots qu'elle porte. Elle répète.

« Il a tué. Il est coupable. Quelles que puissent être ses raisons, quelle qu'excuse puisse-t-on lui trouver, il est coupable. Nous ne pouvons pas accepter le meurtre. Il a tué, il est coupable. Il doit être condamné. Il est certain qu'il a tué, car il était le seul présent au moment du meurtre. Il est certain qu'il a tué, car il a avoué et car il y avait sur le cou de la victime la marque de ses mains. S'il se trouve quelqu'un pour affirmer qu'il n'a pas tué, nous sommes prêts à entendre ses arguments, mais cela au moins ne paraît pas contestable. Vous l'avez tous entendu comme nous. Il a tué sans préméditation, saisi par un instinct rouge, un instinct de mort. Il a tué un homme qu'il ne connaissait pas, sur un soupçon de son identité. Il a tué sans raison de le faire à ce moment-là, à cet endroit-là, à part l'intention de nuire à la victime et de l'empêcher de parvenir à ses fins. Peu importe ce que l'on pense de la victime. Il ne sert à rien de dire du mal des morts. L'accusé l'a tué et, *de son propre aveu*, rien ne laissait une minute plus tôt présager son geste. L'accusé est coupable. Cela ne fait pas de doute. Cela se voit sur son visage, sur sa figure. Si on l'observe, on voit qu'il est coupable. »

Youssoupha lève un sourcil, ouvre la bouche, surpris. La culpabilité est-elle vraiment écrite sur ses traits ? Il les a aperçus le matin même, dans un miroir couvert de buée au sortir de la douche. Ils ne lui ont pas semblé plus coupables que la veille ou plus innocents que le lendemain. Il n'a jamais envisagé que ses actes puissent être inscrits sur sa figure.

« On le voit déjà abattu. L'accusé n'a rien trouvé à dire pour sa défense. Quand on lui a demandé qui a tué, vous avez entendu sa réponse : “C'est moi.” Rien de plus. Aucune excuse, aucune justification, aucun remords. Il faut qu'il porte le poids d'une terrible culpabilité pour refuser de cette façon de tenter de se préserver. Voilà un homme qui a tué, qui a déjà accepté qu'il est coupable, et nous devrions le déclarer innocent ? Cela n'aurait pas de sens. Ce serait une farce. »

Avec cela, Youssoupha est d'accord. Sous l'œil étonné des spectateurs les plus proches, il hoche la tête. Il a tué Frédéric. Il doit être puni. Sans cela, il n'y aurait plus de logique à l'intérieur de Ru. Les Jours rouges n'ont pas pu bouleverser jusqu'à cette loi élémentaire.

« Il reste alors seulement à choisir la peine. Nous disons "seulement", mais ce n'est pas une tâche à prendre à la légère. Le procès de Youssoupha est le premier à se tenir depuis les Jours rouges. C'est un procès pour meurtre et nous reconnaissons que l'identité de la victime pèsera lourdement sur les délibérations des juges. L'issue de ce procès – et ce, même si ce n'est la visée d'aucun membre des trois comités – tiendra d'exemple pour chaque audience qui suivra. Si quelqu'un rédige un jour l'histoire des jours que nous vivons, celle qui suit immédiatement les Jours rouges, son livre fera forcément mention du procès de Youssoupha. Cet historien futur prendra sans doute soin de mentionner les noms de chaque accusateur, de chaque défenseur, de chaque juge. Il portera sans doute même un regard critique sur cette tentative judiciaire. Personne ici ne veut juger comme le faisait la préfecture. Il faut bien juger, pourtant. »

Des gouttes de sueur perlent sur le front de l'accusatrice. Plus elle parle, plus Youssoupha est d'accord avec elle. Il est même intrigué par la perspective qu'on se souvienne de lui. Il n'a pourtant rien fait de remarquable. Tuer avec ses deux mains serrées, tout le monde en est capable. Elles sont faites pour cela.

« Puisque l'accusé est coupable, puisque lui-même ne remet pas ce fait en question, nous avons considéré trois possibilités. Puisqu'il est coupable, Youssoupha ne peut plus faire partie du corps social normal de Ru. L'accusation demande donc que les juges choisissent parmi ces trois peines celle qui lui semblera la plus juste : la mort, la réclusion, l'exil. »

À ces trois mots, un silence total se fait dans le gymnase. L'accusatrice, pourtant, se tourne vers son comité. Elle barre sa gorge de sa main tendue à plat. Elle appelle un autre à la remplacer.

Quelques hésitations. Un homme se lève et prend sa place. De là où il est, Youssoupha entend les remerciements qu'elle lui adresse. Le nouvel orateur ajuste les feuilles, repasse la fin du texte. Le papier sonne comme un coup de tonnerre. L'auditoire entier est suspendu aux lèvres du nouvel orateur.

« La peine de mort, pour nous, n'est pas envisageable. Nous pensons qu'il ne se trouvera pas un juge dans le comité pour la considérer sérieusement. Quelle justice y aurait-il à punir le meurtre par l'assassinat ? Ce que l'accusation reproche à Youssoupha, c'est précisément d'avoir voulu se faire justice lui-même. Ru et ses habitants ne doivent pas rendre la pareille.

» La réclusion semble un projet plus raisonnable. Mais pour combien de temps ? Et où l'enfermer ? Si certains dans l'auditoire ont fait des études de droit, ils se souviendront peut-être qu'avant les Jours rouges un meurtre sans préméditation était le plus souvent puni d'une peine de prison allant de quinze ans à la perpétuité. Mais dans quinze ans, quel homme sortirait de sa cellule ? Quelle Ru retrouverait-il et comment pourrait-il ne pas la détester ? Par ailleurs, qui voudrait ouvrir de nouveaux centres pénitentiaires alors que les Jours rouges nous ont débarrassés de ceux que la préfecture tenait ? Si nous nous efforçons de faire différemment, pourquoi recommencer à l'identique ?

» Une seule peine paraît donc valable : l'exil. L'accusé, on s'en souvient, n'est pas né à Ru. Certes, il y est arrivé à un jeune âge. S'il vient de l'extérieur, l'accusation propose qu'il y retourne. Ru ne peut pas accueillir de meurtriers. Cette sentence aurait également le caractère exemplaire nécessaire à ce jugement. À partir de ce jour, quiconque tuera devra partir, devra sortir. »

Un halètement soulève les gradins.

« L'accusation requiert donc, contre l'accusé Youssoupha, l'exil. »

Sans rien ajouter, la porte-parole ramasse le discours écrit par son comité et s'en retourne s'asseoir. Étonnamment, quelques applaudissements timides se font brièvement entendre. Personne n'essaie de les empêcher. L'envoyé de la défense semble hésiter à rejoindre le pupitre, mais son groupe lui adresse un sourire aimable et l'y invite d'un geste de la main. S'il n'y avait pas le public, on pourrait croire qu'il s'agit d'une réunion informelle. Mais depuis les Jours rouges, nul ne sait vraiment ce qui est formel et ce qui ne l'est pas. Les règles ont été perdues, comme tant d'autres choses.

Le défenseur prend la parole :

« Oui, Youssoupha a tué. Oui, il est coupable. Oui, il a avoué. L'accusation l'a dit. Il n'a prononcé que trois mots : "C'est moi." La défense ne va pas perdre son temps et le vôtre à discuter ce point. Ce serait insensé.

» Mais, face à l'accusé, une question reste. Pourquoi a-t-il tué ? L'accusation a dit qu'il avait tué sans raison, sans savoir pourquoi, dans un moment de rage meurtrière. L'accusation a parlé d'instinct. L'accusé a tué dans un moment rouge. Que celui parmi les trois comités, que celui dans l'auditoire qui n'a jamais rien fait de répréhensible dans un pareil moment rouge, que celui qui n'a commis aucune transgression, aucun crime durant les Jours rouges, que celui-ci se lève et sorte. Sa conscience doit être singulièrement nette. La défense ne reconnaît pas un pareil homme ou une pareille femme parmi celles et ceux qui constituent le comité. Juger l'accusé pour avoir perdu le contrôle, pour s'être laissé aller à un mouvement de passion, c'est lui nier toute nature humaine. Oui, Youssoupha a tué. Oui, il n'aurait pas dû. Oui, il devrait dans des circonstances normales être puni pour cette faute. Mais qui peut dire que les jours que nous vivons depuis que Ru s'est mise en marche ont quelque chose de normal ? L'accusation parle de faire un exemple. Nous sommes d'accord avec elle. Il faut que la justice de Ru fasse un exemple de compassion et de compréhension, et pas une démonstration de rigueur.

» Qui l'accusé a-t-il tué ? L'accusation se refuse à prononcer son nom, comme si un meurtre était une affaire stérile, une chose clinique. À l'entendre, prendre une vie est mathématique : il y a un tueur, un tué, leur addition fait un meurtre, la sentence est l'inconnue qui permet de résoudre l'équation. Youssoupha a tué Frédéric Noguez. Personne dans ce gymnase n'ignore qui Frédéric Noguez était, ni quelle fonction il occupait quand la bête était immobile. Nous allons pourtant le répéter : Frédéric Noguez, quoi qu'il ait pu dire sur ce sujet, n'était pas un citoyen quelconque. Frédéric Noguez était avant les Jours rouges le préfet de Ru. Une défense plus vindicative et moins honnête vous demanderait ceci : parmi vous, combien ont déjà rêvé de s'en débarrasser ? Youssoupha l'a étranglé de ses mains. Combien parmi vous, dans un mouvement de colère, n'ont jamais rêvé être à sa place en ce moment ? Combien, en apprenant le meurtre, ont regretté ne pas l'avoir fait ? »

L'orateur s'interrompt, laissant le temps à quelques mains timides et braves de se lever dans les gradins et sur les bancs.

« Mais peu importent à présent les rancœurs et les amertumes d'autrefois. Cet acte de violence, cette revanche brutale, l'accusé l'a exercée pour vous tous, pour nous tous. Il a tué *à notre place*. En tuant Frédéric Noguez, Youssoupha a tué le passé. Un passé qui, il n'est pas inutile de le rappeler, cherchait à s'enfuir quand le présent ne lui convenait de toute évidence plus. De quelle hypocrisie nous rendrions-nous coupables si nous accablions l'accusé pour cette raison ! Quelle fausseté si nous ne le remercions pas !

» Enfin, l'accusation nous a enjoint de regarder la figure de l'accusé. La défense voudrait proposer de regarder au-delà de l'homme que nous voyons aujourd'hui, de nous retourner et d'observer le parcours qui l'a mené jusqu'à la place qui est la sienne aujourd'hui. Pour un unique acte de violence, certes d'une terrible gravité, il faudrait le tuer, l'enfermer ou le chasser. Voilà un homme qui est entré à Ru enfant, seul, qui a passé toute une vie sans pouvoir appeler un seul endroit "chez lui". Contemplons la violence qui n'a cessé de s'exercer sur lui : celle des examens physiques, des examens pour justifier son aptitude à rester, celle des travaux minables et des conditions de vie sordides qui lui ont échu, comme à tant d'autres avant les Jours rouges, avant que nous puissions décider de tenter de vivre autrement. Toute une vie, une jeune vie c'est vrai, mais une vie quand même. Jamais une réaction de violence, ou si peu ! Une vie de résignation. Si nous le punissons de quelque manière que ce soit, nous faisons l'exacte chose que nous lui reprochons. Une mort violente que personne ne regrette en paiement d'une vie de violence. Effaçons l'ardoise ! Le condamner une nouvelle fois serait de notre part la pire des violences. Celui qu'on n'a jamais vu, on ne le regarderait que pour le punir ? Cette pensée nous est insupportable. Au lieu de le repousser encore, donnons à l'accusé une chance de se joindre à nous pour de vrai. Il ne demande pas mieux ! Redonnons-lui la parole. Il le dira lui-même. »

L'orateur a déclamé sa tirade sans reprendre son souffle. Youssoupha le contemple, fasciné autant par la performance que par le contenu des phrases qu'il peine parfois à lier à sa personne. Il n'a jamais considéré le sort qui lui était fait comme une injustice ou une violence. C'était comme cela. Et cette défense voudrait l'exonérer de son crime par des crimes contre sa personne dont lui-même n'a pas conscience. Le porte-parole du comité de la défense termine :

« En conséquence, nous demandons au comité des juges d'acquitter l'accusé. »

Tous les regards se tournent vers Youssoupha. Un des juges se lève et lui demande :

« Vous avez la parole. Y a-t-il quelque chose que vous vouliez ajouter ? Quelque chose que vous désiriez ? »

Youssoupha se lève. Il est heureux d'avoir le public dans son dos et de ne pas avoir à parler face à tous ces inconnus.

« Dans le Côlon, ils disent : "Qui travaille mange." Je voudrais juste y retourner et travailler. »

Il se rassoit. L'homme qui l'a amené jusqu'ici, qui est resté derrière lui pendant toute la durée des prises de parole, lui pose la main sur l'épaule. Youssoupha se lève de nouveau. Il est bientôt temps de partir. Le même juge reprend la parole :

« Nous rendrons notre verdict demain à seize heures. »

Alors son garde mène Youssoupha hors du gymnase. Pour la durée de son jugement, il a été installé dans l'immeuble en face de la salle de sport. Son logement n'a rien de la cellule que l'on pourrait s'imaginer en pareil cas. La chambre qu'il occupe n'est pas luxueuse, tant s'en faut, mais elle n'est pas dénuée de confort et elle est même meublée avec un certain goût. Par une certaine ironie du sort, cette pièce est de loin la plus agréable dans laquelle il ait vécu jusque-là. Après les vastes dortoirs du Côlon, Youssoupha trouve même cela étrange d'avoir tant de place pour lui seul. Il s'allonge sur le lit, les mains croisées derrière la tête. Demain, à 16 heures, il sera fixé. La nuit va être longue. Comment occuper ces heures ? La télévision est éteinte. Depuis les Jours rouges, aucun canal ne diffuse plus rien. La chambre a le défaut d'être dénuée d'une horloge. Youssoupha va devoir attendre qu'on vienne le chercher. Il décide de dormir pour faire arriver le lendemain plus vite. Il tire la couverture sur lui et ferme les yeux. Il rêve de visages qui l'observent et du vent marin à l'extérieur.

Quelques délicats coups contre la porte le tirent du sommeil. Youssoupha ne bouge pas. Il s'agit probablement de son repas. Quand il était enfant, durant ses premiers jours à Ru, dans les pièces grises, on lui amenait son repas comme cela. Comme si on ne lui faisait pas confiance pour aller le chercher. Cependant, cette chambre est différente. La serrure n'est pas verrouillée. Ils comptent sur le fait qu'il ne se lèvera pas, qu'il ne sortira pas, ne cherchera pas à s'enfuir. Qui sont « ils » ? Tout le monde. Tout le monde compte sur le fait qu'il ne voudra pas s'enfuir. Pour Youssoupha, il est tout naturel de ne pas les décevoir. Il ne se lève pas quand la porte s'ouvre. Toutefois, il y a quelque chose de différent. Deux personnes entrent. Au bruit qu'elles font, l'une d'entre elles s'aide d'une canne.

« Merci, dit une voix de femme. Posez ça là. »

Les yeux clos, Youssoupha entend le tintement d'un plateau que l'on installe sur la table. Il est un peu étonné de comprendre qu'il s'agit peut-être de son dernier dîner avant sa condamnation. Ne demande-t-on pas au prisonnier ce qu'il veut manger, en pareil cas ? Non. On demande son avis au condamné juste avant d'appliquer la sentence. Tout ce processus juridique lui paraît très confus. Avant les Jours rouges, tout aurait sans doute été beaucoup plus réglé et plus efficace. Les pas d'une des deux personnes s'éloignent. La porte tourne sur ses gonds. La poignée joue. L'autre personne, celle à la canne, saisit quelque chose – un tintement de verres, sans doute – et s'approche. Son infirmité donne un rythme étonnant à son pas. L'inconnue tire une chaise, s'assoit tout près du lit et dépose les trois objets qu'elle a apportés sur un guéridon.

« Dors-tu ? Je ne pense pas que tu dormes vraiment. Si tu veux, tu peux ouvrir les yeux. Je veux simplement discuter. »

Youssoupha reconnaît la voix. Il n'ouvre pas tout de suite les yeux, mais sa respiration s'accélère imperceptiblement.

« J'étais occupée au Congrès. Je ne suis revenue dans l'Intestin que pour deux ou trois jours. Quand j'ai appris qu'on jugeait quelqu'un, il a fallu que je vienne voir. Ils ont fait cela bien, pas vrai ? En considérant les circonstances. C'est une bonne idée, ces trois comités. Ce sont des volontaires, bien sûr, ce qui apportera son lot de problèmes à long terme. Mais d'ici là, cela a l'air de fonctionner. Ils font tous leur travail de manière sérieuse. Personne n'est tout seul. À part toi, bien sûr. Mais ils ne vont pas juger quelqu'un d'autre avec toi juste pour te faire de la compagnie, pas vrai ? »

Un petit rire amer.

« Je suis désolée de t'avouer que je ne t'ai pas reconnu tout de suite. Il a fallu que j'entende plusieurs fois ton nom, et qu'ils racontent tout ce qui t'était arrivé avant que je fasse le lien. Ne le prends pas personnellement. Au fil des années, on rencontre tellement d'enfants. Ils ont tous des histoires comme la tienne, ou pire. Mais quand j'ai compris qui tu étais, j'ai su qu'il fallait que je vienne te parler. »

Elle dévisse le bouchon d'une bouteille. Le liquide coule dans un des verres.

« Tu es sûr que tu veux continuer à faire semblant de dormir et me laisser boire toute seule ? Ils étaient réticents à me laisser entrer avec des verres. Je crois qu'ils ont peur que tu t'en serves comme d'une arme, contre moi, contre eux, contre toi-même. Tu es assez grand maintenant pour boire un verre avec moi, pas vrai ? »

Alors Youssoupha ouvre les yeux. Le visage de Mme Hamza le surprend. Il ne correspond pas tout à fait à ses souvenirs de collégien. Toute la moitié droite en semble bloquée : le coin de sa bouche ne se soulève pas quand elle sourit. Ses cheveux sont presque entièrement gris. De profondes rides dessinent à présent les courbes de ses joues. Elle lui tend un verre. Youssoupha le prend. Ils trinquent, il boit. L'alcool lui brûle la gorge.

« Ils m'ont dit que vous étiez morte, dit Youssoupha. Il me l'a dit. Je ne sais plus qui. »

Mme Hamza hoche la tête.

« J'étais… très fatiguée. Épuisée, même. Quand on en est là, on fait parfois des choses regrettables. Mais toi, comment vas-tu ? »

Youssoupha ouvre la bouche, mais les mots ne viennent pas. Contrairement à lorsqu'il était enfant, ce n'est pas une question de langage ou de vocabulaire. Il sait les mots qu'il pourrait utiliser pour répondre. Seulement, c'est peut-être la première fois qu'on lui pose cette question. Sa bouche se crispe. La brûlure de l'alcool se répand jusqu'à son nez. Il sent d'étranges larmes poindre aux coins de ses yeux. Il dit finalement :

« Je suis désolé. »

Et il boit de nouveau. Mme Hamza regarde l'homme qu'est devenu son ancien élève. Il est désolé, c'est vrai. Il n'y a pas de limite à la désolation de ce gamin qui fut. Chose étonnante : c'est maintenant à la vieille professeure que les mots font défaut. Elle leur sert deux nouveaux verres. Silencieusement.

« Tu as fait quelque chose de mal, c'est vrai. On ne peut pas le nier.

— Oui. C'est moi. Je l'ai tué.

— Crois bien que, s'ils avaient été à ta place, nombreux sont ceux qui l'auraient fait aussi, ou y auraient pensé. Au fond, tu sais, tu es bien pratique.

— Pratique ?

— Tu es très utile, plutôt. C'est d'une pierre deux coups : non seulement tu les as débarrassés de quelqu'un dont ils n'auraient pas su quoi faire s'il leur était tombé entre les mains, mais tu leur sers aussi de galop d'essai. Grâce à toi, Ru possède de nouveau un tribunal. Une cour de justice. En cela, tu es *utile.* »

Youssoupha fait la moue, pose son verre vide. Il se rencogne contre la tête du lit.

« Ce n'est pas très réconfortant. »

Mme Hamza rit. C'est un éclat bref et tout sec. Youssoupha gardait d'elle le souvenir d'un rire volubile, virevoltant. Cela aussi a changé.

« Non, tu as raison. On ne devrait jamais, pour dire du bien de quelqu'un, dire qu'il est utile. On ne devrait pas dire qu'il sert à quelque chose. L'être humain ne devrait jamais être considéré comme un moyen. Cela aussi, il faut que cela change, mais c'est peut-être le plus difficile. De l'autre côté des Jours rouges, il faut que nous transformions notre langage aussi, parce que le langage est ce qui forme notre pensée. Ru n'est rouge Ru que parce que je la pense rouge Ru. Si je la pensais bleue, elle serait tout autre pour moi. »

Une phrase, revenue d'une leçon jusque-là oubliée, se fraye un chemin jusqu'aux lèvres de l'homme qui a été un élève.

« La Terre est bleue comme une orange. »

Alors, à son grand étonnement, quelques larmes viennent aussi aux yeux de Mme Hamza. Elle acquiesce, les essuie d'un geste précis.

« Bleue comme une orange. Tu vois que tu écoutais ! Et pourtant, malgré tout cela, tu vas servir à quelque chose. Tu vas remplir une fonction. Ce n'est pas une belle fonction, mais c'est comme cela. Dès que je t'ai reconnu, assis tout seul sur cette chaise face à ces gens qui parlaient de toi, j'ai su ce qui allait arriver. C'est évident. C'est plus facile parce que tu n'es pas né là. Tu viens de l'extérieur. Ça se voit sur toi : ton accent, ta posture. Tout dit que tu viens de l'extérieur. D'ailleurs, l'accusation l'a bien dit. Ils veulent faire un exemple.

— Je ne comprends pas.

— Tu vois, Youssoupha, rien n'existe tout seul. Je ne pense pas que les choses aient une essence. Un oiseau est un oiseau parce qu'il vole quand les autres animaux marchent. J'étais seulement ta professeure car tu étais mon élève. Sans toi, et sans les autres, je n'aurais été qu'une femme qui parlait toute seule. L'un n'existe pas sans l'autre. Chacun remplit une fonction, en fonction de celle des autres. Ce rôle, malheureusement, on ne le choisit pas souvent. À bien y penser, je ne suis pas certaine qu'on le choisisse jamais… »

Elle s'interrompt. Son regard dérive vers sa canne, puis vers la fenêtre à travers laquelle on voit le gymnase.

« Ce n'est un gymnase que si on fait du sport dedans, comprend Youssoupha. Ce n'est un tribunal que si on y rend la justice. »

La moitié de sourire qui éclaire les traits fatigués de Mme Hamza fait chaud au cœur du jeune homme. Satisfaction de l'élève qui comprend qu'il a donné la bonne réponse.

« Alors, que va-t-il m'arriver ? Que vont-ils décider ?

— La décision est déjà prise, tu sais. Ils ont choisi au moment où ils t'ont fait apparaître, en public, dans cette cour de justice. À partir de là, c'était joué.

— Mais, hésite Youssoupha, et la défense ?

— La défense remplit une fonction. Dans ce cas précis, c'est celle de la mauvaise conscience.

— Tout cela, c'était pour rien, alors ? Qu'ont-ils choisi ? Dites-moi ! »

Mme Hamza prend une longue et douloureuse respiration.

« Il n'y a pas de professeur sans élèves. Il n'y a pas de dehors sans dedans. Il n'y a pas de Rus sans ceux de l'extérieur. Pour trouver ce qui est Ru, il faut trouver ce qui ne l'est pas : ce qui vient d'avant les Jours rouges, Frédéric Noguez… Et toi. Tu as commis le crime qu'il fallait, au bon moment. Cette fonction-là a un nom : bouc émissaire. Mais ce n'est pas seulement cela. Pour être ensemble, il faut être sans. Pour que Ru soit ensemble, elle doit être sans toi. »

Les larmes se sont remises à couler sur les joues ridées de Mme Hamza.

« Alors, répète Youssoupha, qu'est-ce qu'il va m'arriver ? »

Il n'est pas prêt lorsque Mme Hamza se penche vers lui et l'étreint longuement.

« C'est à moi d'être désolée. Je suis désolée, Youssoupha. Je ne peux pas le dire. Tu sais ce qui va arriver. C'est trop difficile. Je ne peux pas le dire. »

Elle ramasse les deux verres et la bouteille. Elle répète.

« Je suis désolée. C'est ma faute. C'est entièrement ma faute. C'est entièrement la faute de chacun d'entre nous. »

Puis elle sort de la pièce de sa démarche claudicante. La porte n'est toujours pas verrouillée derrière elle. Youssoupha reste ébahi. Les heures de la nuit s'étirent paresseusement après le départ de son ancienne professeure. Il ne touche pas à son repas, par peur d'effacer le souvenir de la brûlure de l'alcool et la sensation de l'étreinte maternelle de Mme Hamza.

Le lendemain, son garde tape à la porte. Il est l'heure de retourner au gymnase. Il amène avec lui deux tasses de café brûlant, qu'ils dégustent tous les deux, assis sur un banc, silencieux. Youssoupha commence à avoir faim. Il repense à son repas abandonné. Tant pis. Le café lui fait du bien, et la compagnie du garde qui ne sait pas comment lui adresser la parole, qui reprend les tasses quand elles sont vides et retourne à l'intérieur les ranger, laissant Youssoupha seul sur le banc. « Je pourrais me lever, pense celui-ci, et partir en courant, et me cacher quelque part, et personne ne me retrouverait, et rien de ce dont a parlé Mme Hamza n'arriverait. Ce serait facile. Il suffit de me lever et partir. Je suis sûr qu'ils ne me courraient même pas après. »

Mais il ne se lève pas. Il ne part pas en courant. Il attend tranquillement le retour de son garde qui ne le garde pas beaucoup. Il lève la tête. Le plafond est rouge Ru ; ce rouge Ru qui n'est pas si différent au fond du brun de sa peau. Le garde revient. Ils traversent tous les deux la route. Le gymnase est déjà plein de son public. Quelque part dans les gradins, il croit apercevoir le visage de Mme Hamza qui lui sourit. Peut-être qu'il a bien vu, peut-être qu'il s'est trompé. Quelle importance ? Le sourire est là tout de même.

Il prend place sur sa chaise. À main gauche, l'accusation. À main droite, la défense. En face de lui, inévitable, le jugement. Youssoupha se tait. Il écoute calmement le comité des juges annoncer sa condamnation à l'exil.

ÉCOUTER

Au fil des semaines, à sa grande surprise, Sandro est devenu ami avec Hilde. En repensant aux années passées à l'extérieur, aux années consacrées à Sandro Kostas le chanteur célèbre, il ne s'est fait durant tout ce temps aucun ami. Il était proche de ses musiciens, c'est vrai, mais il les oubliait sitôt rentré à la maison. Il y avait toute l'équipe de la maison de disques avec qui il cultivait une familiarité rieuse, mais, avec le recul, elle ne comptait pas pour des amis. Bien sûr, il a rencontré Alvid, avec qui il s'est marié. Un mari est un ami de bien des façons, mais ce n'est pas pareil. Son amitié avec Hilde est donc la première qu'il cultive depuis près de vingt ans. Cela s'est fait si naturellement que Sandro ne s'en est pas rendu compte. Il comprend qu'il s'agit d'une amitié quand, rentré à l'appartement, il se prend à penser : « Il faut que je parle de ceci à Hilde. » Sandro n'a jamais eu la sensation de devoir parler de quelque chose à quelqu'un, même pas à Alvid. Quand il est avec lui, il est avec lui. Quand il n'y est pas, il n'y est pas. Tout simplement. S'il ne se savait pas si irrémédiablement homosexuel, il se demanderait s'il n'est pas en train de tomber amoureux. Il trouve tout de même cette situation étrange, alors il retarde le moment d'en parler à Alvid.

Hilde tient une échoppe dans le local qu'occupait, avant les Jours rouges, une banque. Dire « un commerce » serait incorrect. Rien ne s'y échange. On ne lui donne rien en retour. Aucun argent ne passe de main en main. Si l'électricité est revenue, il n'en est pas de même des réseaux financiers. Des centaines de milliers de cartes bancaires ont été réduites à l'état d'inutiles rectangles de plastique. Quelques-uns ont bien tenté de s'accrocher à l'argent liquide, mais les pièces et billets ont été bien vite abandonnés. C'est, après tout, une monnaie venue de l'extérieur. Hilde est une grande femme avec des mains plus larges que celles de Sandro. Lorsqu'il l'a rencontrée, il les a regardées intensément, se demandant malgré lui quel instrument de musique serait à la taille de pareils doigts. En les comparant avec ses propres phalanges graciles, il s'est senti idiot et un peu ridicule. Il a baissé le regard en découvrant la tête de Hilde penchée vers lui. Hilde parle fort. Elle a une voix puissante et tranquille. Elle rit aux éclats. Elle ne lui dit jamais ce qu'elle faisait avant les Jours rouges, et Sandro ne le lui demande pas. Elle ne lui pose pas de question en retour. Tous les trois ou quatre jours, il s'aligne devant son comptoir et demande ce dont il a envie : légumes, tubercules, un peu de viande parfois. Hilde le sert en faisant une plaisanterie, souvent graveleuse, à propos de la forme des légumes. Certains parmi ceux qu'elle sert – elle secoue la tête quand on prononce le mot « client » – lui donnent quelque chose en échange. Hilde les remercie, et sert tout de même les autres. Une ou deux fois par semaine, un camion électrique est déchargé sur le pas de la porte arrière. Il faut tout rentrer, ranger ce qui doit l'être au réfrigérateur. Un jour, Sandro passe par là à ce moment-là. Il propose son aide. Hilde sourit. C'est peut-être comme cela qu'ils deviennent amis. Quand ils ont terminé, Hilde lui fourre d'autorité une paire de steaks entre les mains. Sandro secoue la tête, veut s'excuser.

« Je suis désolé. Je n'ai rien à te donner en échange.

— On s'en fiche de ça », répond Hilde.

Alors Sandro cite la devise des champs du Côlon. Il fait le geste de lui rendre la nourriture.

« Celui qui mange, c'est celui travaille.

— Tu as travaillé, là. »

Sandro regarde le pas de la porte vide. Il hoche la tête.

« Là oui, mais toutes les autres fois ? Je n'ai pas travaillé. »

Hilde soupire.

« Qu'est-ce que tu fais de tes journées ?

— Comment ça ?

— Tu ne fais pas que venir me voir, pas vrai ? Le reste du temps, tu t'occupes bien, non ? »

Sandro est saisi. C'est la première fois depuis qu'il est arrivé à Ru qu'on lui pose une pareille question. Alors il lui raconte Alvid, les bouches rouges, son mari alité, en lui épargnant les détails les plus terribles. Il laisse échapper à demi-mot qu'il ne fait que cela.

« Que ça ? s'exclame Hilde.

— Oui.

— Comment ça, “que ça” ? Tu t'en occupes, de ton mec, non ? Si tu ne le faisais pas, personne d'autre ne le ferait. Ça compte.

— Mais personne ne m'a demandé de le faire, proteste Sandro. Personne ne me paye pour le faire. Personne ne m'emploie pour le faire.

— Et alors, tu as besoin qu'on te dise de le faire pour faire quelque chose ? Tu as besoin qu'on te paye pour le faire ? »

Le souvenir des premières années passées à écumer les cafés-concerts, à jouer quelques morceaux pendant les pauses des autres musiciens revient à Sandro. Il n'a pas attendu d'avoir son premier contrat pour jouer, pour composer ou pour chanter.

« Ils me font bien rire, s'esclaffe Hilde, dans le Côlon. Ils sont bien gentils, mais ils font exactement ce qu'ils n'aimaient pas qu'on leur fasse. “Celui qui travaille mange” : mais qui décide qui travaille ? On ne va certainement pas laisser des bouseux de fond de Tube dans leur genre choisir à notre place ! T'occuper de ton mari, c'est du travail. Tu feras ça tant qu'il en a besoin. Tant que tu fais ça, vous mangez.

— Et après ?

— Après quoi ?

— Quand il ira mieux.

— Vous n'allez pas arrêter de manger juste parce qu'il va mieux. Ça serait n'importe quoi, pas vrai ? »

Hilde referme les mains de Sandro autour des steaks et le met de force sur le chemin du retour. La fois suivante, elle lui demande des nouvelles d'Alvid. Sandro ne dit pas grand-chose. C'est ridicule : voilà qu'il a honte de parler devant la demi-douzaine de personnes présentes, lui qui remplissait des salles de concert de dizaines de milliers de spectateurs. Quand il revient, il ose tout de même demander à Hilde pourquoi ceux du Côlon la fournissent, ce qu'elle leur donne en échange. Hilde part alors dans un de ses amples éclats de rire qui dévoilent toute sa dentition et jusqu'à sa glotte pour qui, comme Sandro, la regarde d'en bas.

« Moi ? Je leur fais trop peur pour qu'ils me refusent. Et puis, tant qu'à bosser, ils ne vont tout de même pas remplir leurs entrepôts pour rien. Il faut bien faire quelque chose de toute cette salade et toutes ces aubergines, à part se les mettre dans la culotte ! »

Sandro rit avec elle, ravi de la crudité de la plaisanterie. Il rit de bon cœur et savoure le naturel de cette hilarité. Petit à petit, il s'attarde de plus en plus devant l'échoppe de Hilde. Il lui raconte ses journées. Il savoure le plaisir de la conversation. L'ombre d'une voix lui revient et, si elle lui est toujours étrangère et guère plus que le décalque raté de ce qu'elle a été, elle lui devient peu à peu naturelle. Il sert même à Hilde quelques blagues grasses dont il ignorait garder le souvenir. Elle rit fort, à faire trembler les vitres de la boutique. Puis, toujours, il s'en retourne vers le minuscule appartement où l'attend Alvid.

En vérité, Alvid ne l'attend pas. Les premiers jours, et même les premières semaines ont été affreux. Il n'y a de place dans le lit que pour un seul et Sandro, allongé par terre, n'a de toute manière pas beaucoup dormi. Il a fallu donner à boire à Alvid, essuyer sa bouche encore écarlate, passer une serviette humide sur son front brûlant. Il a dû le forcer à se nourrir d'aliments réduits en purée, une minuscule cuiller à la fois. Quand Sandro réussissait à s'endormir quelques heures, les gémissements, les mouvements brusques et parfois même les cris d'Alvid le tiraient de son sommeil précaire. Il s'est bientôt endurci, habitué à ne pas tenir compte des appels incohérents de son mari. Il a été plus difficile de le tenir couché, lorsque de brutaux spasmes de manque agitaient son corps amaigri. Plus difficile encore : ne rien dire, ne pas se décourager sous les insultes, les accusations. Qui était-il vraiment ? Pourquoi ne le laissait-il pas repartir dans la zone ? Dans les pires moments, Alvid lui recrachait son repas à la figure, ne voulant rien avaler d'autre que de la poudre ou du sang. Pourquoi le retenait-il ici contre son gré, prisonnier ? Jour après jour, Sandro a accepté tout cela. Il a nettoyé les draps souillés, a soulevé Alvid pour le conduire faire ses besoins, a réussi à le laver en faisant de son mieux pour ne pas détourner les yeux de ce corps qui ne ressemble plus vraiment à celui de l'homme qu'il a épousé. Alvid, aveuglé, gueule rouge, paraît n'être plus que chocs et tremblements. Par moments, Sandro a regardé dans la direction de la porte ou bien, sorti, il a hésité à prendre le chemin du retour, juste assez longtemps pour que les griffes de la culpabilité l'empêchent de dormir aussi sûrement que les troubles d'Alvid. Au moment de repousser la porte de l'appartement, il mettait alors deux fois plus d'ardeur à faire revenir son mari de son marasme rouge Ru. Il collait son front contre le sien, dans l'espoir que le contact physique fît ce dont sa voix n'était plus capable, ni les yeux brûlés d'Alvid. Sa convalescence a duré si longtemps que Sandro en a perdu le compte des jours. Malgré la lumière artificielle qui fait son possible pour simuler le jour et la nuit, le temps n'était plus rythmé que par ses allers-retours à l'échoppe d'Hilde, son unique interlocutrice, à qui il ne soufflait pourtant mot de toutes ses difficultés. Sandro, devant l'abaissement où était réduit Alvid, devant le peu d'effet de ses efforts, n'ose pas se plaindre. Durant ces semaines à le soigner, c'est comme s'il cessait tout à fait d'exister pour n'être plus qu'une fonction : le soignant. Toute sa vie, on n'a parlé que de lui. Voilà qu'il n'a plus la moindre importance. Dans ses pires moments de doute, il redoute le retour de son mari. Et si celui-ci ne le reconnaissait jamais ? Ces sombres pensées-là, même le tonnerre du plus grand rire d'Hilde ne réussit pas à les chasser entièrement. Enfin, un matin, Sandro ouvre les yeux et trouve Alvid redressé. Il se tient immobile, les jambes étendues et le torse droit contre la tête de lit. Sandro se relève. Alvid ouvre la bouche.

« J'espère que je ne t'ai pas réveillé. J'espère que je n'ai pas fait trop de bruit. »

La poitrine de Sandro se soulève. C'est bien sa voix ! Alvid est revenu et ses lèvres, son menton, ses dents, sa langue, ont perdu toute rougeur maladive. Sandro l'embrasse, baise sa bouche retrouvée, serre son mari contre lui, mais pas trop fort, de peur de le briser. Alvid se laisse faire. Il ne bouge pas. Sandro tente d'ignorer son immobilisme. Peu importe ! C'est bien lui, et c'est le plus important. Le reste viendra ! Après plusieurs mois de doute, il a terriblement besoin d'être optimiste. S'il pouvait encore, il en chanterait.

« J'en ai encore envie, continue Alvid, mais je crois que je peux m'en passer. »

Puis il se tait. Il ne bouge pas. Sandro hésite. Il a mille questions à lui poser, mais il sait qu'Alvid ne pourra pas lui répondre. Il dit simplement :

« Je suis content que tu ailles mieux. »

Mais cette courte phrase paraît très insuffisante à ses oreilles. Alvid hoche lentement la tête et se tait. Ils mangent en silence. Ils se rendorment. Une journée passe. Alvid ne bouge pas. Alvid ne dit rien. Une deuxième journée s'écoule, toujours en silence. Le silence, découvre Sandro, est pire que la maladie. La maladie se combat. Le silence reprend toujours ses droits, quelle que soit l'agitation. Sandro n'a jamais prêté attention au silence. Il a passé sa vie à chanter. L'angoisse le saisit, devant les lèvres scellées d'Alvid. Il prend alors une décision qui lui semble lâche : il fuit, prétextant de devoir aller chercher à manger. Alvid acquiesce sans rien dire ; un geste qui ne veut rien dire. Au-dehors, Sandro passe devant des attroupements et les ignore, entièrement tourné vers lui-même. Il se retrouve devant l'échoppe d'Hilde, ne sachant pas où aller d'autre. Il attend que l'échoppe soit vide et vérifie que personne n'arrive avant de s'y risquer. Hilde est là, égale à elle-même, en train de vider sur son étal un plein sac de pommes de terre. Elle sourit en le reconnaissant et, voyant son expression défaite, l'interroge. Il ne fallait pas plus d'une question. Toute l'histoire tombe à son tour sur l'étal, avec les détails cette fois-ci : l'extérieur, l'accident de voiture, son mariage avec Alvid, sa carrière et sa carrière à lui,

Ru, les Jours rouges, la zone, les gueules rouges pleines de poudre, la convalescence et enfin l'apathie d'Alvid. Hilde l'écoute attentivement. Elle lève un sourcil.

« Je savais bien que ta tête me disait quelque chose ! Si tu veux mon avis, ce dont il a vraiment besoin, ton mec, c'est de prendre l'air. Ce n'est jamais bon de rester enfermé, surtout après une longue… maladie comme cela. »

Puis Hilde se penche par-dessus l'étal et lui fait un clin d'œil appuyé.

« Ça et, tant que tu y es, depuis le temps, il doit avoir bien besoin d'autre chose… Et toi aussi, d'ailleurs ! Ça soigne pas tout, mais ça ne peut pas faire de mal. »

Sandro se surprend à rougir, gêné comme il ne l'a plus été depuis son adolescence.

Il rentre, et Alvid n'a pas bougé. Debout dans l'encadrement de la porte, Sandro hésite. Que peut-il vraiment faire de plus qu'il n'a pas déjà fait ? Il soupire, rentre, ferme la porte, vient s'asseoir sur le lit. Alvid n'a pas de réaction. Sandro pose sa main sur la sienne.

« Qu'est-ce qui te ferait plaisir ? »

Alvid hausse les épaules, fait la grimace. Ce minuscule mouvement doit être douloureux. La peau mal cicatrisée autour de ses yeux se plisse. Les paupières closes se contractent. Il ouvre à demi la bouche. Sandro est suspendu à l'espace entre ses lèvres dont s'échappe enfin une question :

« Où sommes-nous ?

— À Ru. Dans l'Estomac. »

Alvid acquiesce.

« Pourquoi pas à la maison ? »

Sandro est surpris par la question. C'est tout juste s'il se souvient d'à quoi ressemble leur chez-eux, à l'extérieur, dans un autre monde.

« Ru bouge. Nous ne pouvons plus sortir. Enfin, je crois. »

Nouveau hochement de tête. Les deux époux restent plusieurs longues minutes silencieux, liés par une seule main. Venu de loin, un brouhaha mal défini se fait entendre à travers la fenêtre et se rapproche. Des gens chantent, rient et poussent des cris. La main d'Alvid se serre autour de celle de son mari.

« Qu'est-ce qu'il se passe ? » demande-t-il.

Sandro secoue la tête. Il n'en a pas la moindre idée. Alvid fait la moue, discrètement. Une idée vient à Sandro. Il se lève, s'approche de l'unique fenêtre, écarte les rideaux. Il colle son nez contre la vitre. Son souffle dessine un petit nuage de buée. Dans une centaine d'années, ceux qui vivront à l'intérieur ne sauront pas ce que c'est qu'un nuage. Ils connaîtront peut-être le mot, et les enfants dessineront toujours la forme, mais ils n'auront jamais levé la tête pour les regarder passer et chercher à en deviner les formes cachées. Les enfants de Ru n'auront pour cela que les taches brunes des parois internes des organes. Avec son esprit formé à l'extérieur, Sandro peine à imaginer ce que pourra être la vie de ces générations futures et internes. La buée se dissipe.

« C'est un groupe de gens. Ils n'ont pas l'air énervés. Ils chantent, mais je n'arrive pas à comprendre quoi. Ils sont trop nombreux et ils ne chantent pas très bien. Il doit se passer quelque chose, mais je ne sais pas quoi. Ça pourrait être un nouveau Reflux Gastrique, mais ils ne semblent pas en colère.

— À quoi ils ressemblent ? »

Sandro est pris au dépourvu. Il ne s'attarde jamais à l'aspect physique des gens. À vrai dire, il ne s'attarde jamais longtemps sur les gens en général. Il ouvre la fenêtre. Il s'attend à de l'air frais, mais la même température règne dans tout l'Estomac. Il fait seulement entrer un peu plus de l'odeur. Il se penche pour mieux voir.

« La plupart sont jeunes. La majorité d'entre eux a les cheveux plutôt courts, mais quelques-uns portent des queues de cheval. Ils ne sont pas habillés très chaudement, bien que ce soit l'hiver. »

Sandro se reprend. Non ce n'est pas l'hiver. Il n'y a pas d'hiver à Ru. Il n'y a que Ru, ses mouvements, ses flux.

« Ils marchent un peu drôlement. Ils balancent de gauche à droite, leurs genoux pliés, pour compenser les petites contractions de l'Estomac. Ça me fait bizarre de les voir comme ça, mais je dois marcher pareil. Tout le monde marche comme ça. C'est juste étrange, en groupe.

— Y a-t-il plus d'hommes ou de femmes ? demande encore Alvid.

— Difficile à dire. Je crois qu'il y a un peu plus d'hommes, mais pas beaucoup.

— Comment sont-ils habillés exactement ? Quelles couleurs portent-ils ?

— La majorité porte des jeans, donc ils sont très bleus, mais ils ont aussi des foulards rouge Ru noués autour des bras. Tiens, celui-ci a une chemise d'un beau vert ! Et la robe de celle-là ! On dirait qu'on peut cueillir les fleurs du motif. En voilà deux qui ne portent pas de brassards mais de très épais foulards. Ils se cachent dedans. Il y a même quelques uniformes. Tu sais, celui des forces de l'ordre, avant les Jours rouges. C'est bizarre de les voir mélangés aux autres. On a plutôt l'habitude de les voir de l'autre côté.

— Quel autre côté ?

— Je ne sais pas. De l'autre côté, c'est tout.

— Où vont-ils ? »

Sandro se penche un peu plus, pour voir par-delà le mur épais de l'immeuble. Il découvre plusieurs visages comme le sien qui regardent le cortège passer.

« Les premiers se sont arrêtés devant un bâtiment.

— Quel genre de bâtiment ?

— On dirait un gymnase, une salle de sport. Quelque chose comme cela. Un autre groupe arrive dans l'autre sens.

— À quoi ressemblent-ils ?

— Je ne vois pas d'ici. Ils sont trop loin. Je crois qu'ils vont tous rentrer, ou bien qu'ils veulent. Il y a de l'agitation. Ils crient fort. Ils ne sont pas d'accord.

— J'entends.

— Il y a du mouvement, mais je ne vois pas les détails. Tout est noyé dans la masse.

— À quoi ressemble ce gymnase ?

— Je ne sais pas. Il ressemble à tous les gymnases.

— Sois précis. Ne fais pas de tautologie.

— Il a un toit gris, penché, en deux pans. Les murs sont gris-rose. Une couleur de gymnase. Il n'a vraiment rien de particulier. »

À part les centaines de personnes qui se rassemblent devant, sans qu'il sache pourquoi. Sandro se retourne vers la chambre. Alvid n'a pas bougé. Ses mains sont posées sur ses cuisses.

« Tout a quelque chose de particulier… commence-t-il.

— … il suffit de savoir observer. »

Sandro est revenu. Son visage est à quelques centimètres de celui d'Alvid.

« Mais je n'ai pas tes yeux », dit-il.

Alvid répond : « Moi non plus. »

Et sa voix se brise. Il tombe dans les bras de Sandro, qui propose : « Sortons. »

Avec son aide, Alvid arrive à se relever. Ses jambes, fragilisées par les semaines passées allongées, ne le soutiennent pas. Il titube, tangue, même en se tenant aux épaules de Sandro, qui doit l'aider à s'habiller. Une heure s'écoule avant qu'ils ne sortent de l'appartement. Il faut la moitié d'une autre pour descendre les quatre étages. Alvid a le souffle court. Sandro sent son cœur battant contre son côté. Arrivés au rez-de-chaussée, ils sont tous les deux épuisés, mais ils sortent quand même, en essayant d'oublier qu'il faudra remonter les marches. À sentir le corps de son mari serré contre le sien, Sandro est saisi d'un puissant désir.

Dans la rue, ils marchent dans la direction inverse à celle du gymnase. Alvid, qui l'étreint, continue de lui poser des questions : Quelle est la largeur du trottoir ? Et de la rue ? Quelle est la couleur exacte du goudron ? Est-il plutôt gris, ou noir ? A-t-il des reflets bleutés ? Quelle est aujourd'hui la force des lampes publiques ? Combien d'étages ont les immeubles et combien de fenêtres à chaque étage ? À quoi ressemble cette personne qu'ils viennent de croiser ? Comment les a-t-elle regardés ?

Ils ne marchent pas loin, jusqu'à un petit square dont l'herbe éparse ne parvient pas à couvrir entièrement la terre rougeâtre. Ils se laissent tomber sur un banc. Les questions d'Alvid se font de plus en plus précises. Quelle était la couleur des yeux de cette femme ? Et la forme de ses lunettes ? Celle aux cheveux longs, comment était-elle coiffée ? L'arbre derrière le banc où ils sont assis, à quelle espèce appartient-il ? Sandro distingue-t-il un motif sur son écorce ? Quelle est la nuance exacte du vert de ses feuilles ? Est-ce un vert bouteille, gazon, épinard, un vert impérial ? Et l'allée ? Quelle forme ont les graviers qu'Alvid sent sous ses pieds ? Sandro répond à toutes ces interrogations du mieux qu'il le peut, mais ses réponses ne sont jamais assez nettes, assez exactes pour Alvid. Sandro s'agace, mais il continue tout de même. Les feuilles des arbres ne bougent presque pas, car il n'y a pas de vent. Les vitres des fenêtres renvoient des reflets épars et brillants. Chacun a plusieurs ombres, mais si ténues qu'on ne les voit qu'en se concentrant durement. Au loin, le brouhaha de l'attroupement devant le gymnase s'est dissipé. Alvid n'écoute de toute façon que Sandro. Il cherche à retrouver, dans son grondement éraillé, les traces de la voix éteinte de son mari. Celui-ci se demande, au contraire, quel genre d'images sa description peut former dans l'esprit de l'autre. Ses paroles sont-elles suffisantes pour lui donner l'entièreté de Ru, même de ce tout petit quartier de l'Estomac ? Probablement pas. Il a envie de répéter : « Je n'ai pas tes yeux. »

Pourtant, Alvid continue son questionnement incessant. Le lendemain, après une nuit ponctuée de cauchemars, ils sortent de nouveau et s'aventurent un peu plus loin. Ils recommencent le surlendemain, et encore le jour d'après. Toujours Alvid pose les questions, et Sandro fait de son mieux pour satisfaire sa curiosité. Celle-ci ne semble pas connaître de limites. Pour la première fois, Sandro se prend à regarder autour de lui comme Alvid le faisait. Il prend le temps, s'arrête, scrute, contemple, déchiffre le paysage de l'Estomac comme une énigme où la moindre couleur est un indice d'importance. Mais quelle réponse y cherche-t-il à travers lui ? La même qu'il a toujours cherchée. Celle vers laquelle il tendait lui-même en jouant les mélodies qu'il entendait. Celle qui l'a fait se perdre à Ru et y entraîner Alvid après lui. À travers les yeux de Sandro, Alvid veut trouver une signification à sa cécité nouvelle.

Mais, Sandro le devine, c'est une quête vaine, tout comme il ne trouvera pas le sens de la perte de sa voix en chantant. Quels drames peuvent se jouer à l'intérieur de la tête de son mari ? Comment l'aider à accepter ce à quoi lui-même se résout à peine : ils ne seront plus jamais les mêmes hommes qu'ils étaient à l'extérieur.

Qu'est-il arrivé ? Ru.

Le cinquième jour de cette minutieuse description, après qu'ils se sont attardés de longues minutes à discuter la forme et la couleur d'une porte cochère, ils parviennent tous deux jusqu'à l'échoppe d'Hilde. En voyant arriver Sandro, celle-ci surgit de derrière son comptoir. Elle le saisit, le serre dans ses bras, le fait décoller de terre. Ensuite, elle fait de même avec Alvid, qui se tend sous la prise. Hilde rit de sa gêne.

« Désolée. Ça doit être étrange, pour quelqu'un qui ne voit pas, de s'envoyer en l'air tout d'un coup comme ça. »

Sandro sourit.

« Je t'avais prévenu : elle est comme ça.

— De quelle couleur sont ses yeux ? » demande brusquement Alvid.

Sandro plisse les yeux, mais Hilde ne lui laisse pas le temps de répondre.

« Mes yeux sont marron. Voire franchement maronnasses. Mes yeux ne sont pas beaux du tout. Heureusement, j'ai d'autres atouts. »

La claque qu'Hilde se met sur la fesse ne laisse pas de doute, même aux oreilles d'Alvid. Hilde rit encore. Quelques personnes arrivent, elle les sert, revient vers les deux hommes.

« Je suis bien contente de faire ta connaissance. Sandro m'a parlé de toi. »

Puis, sans changer de ton :

« Que faites-vous ce soir ? »

Sandro serre la main d'Alvid, qui lui rend son étreinte. Ils secouent la tête. Rien. Ils ne font rien de particulier ce soir.

« Alors vous venez chez moi », annonce Hilde.

L'assertion ne laisse pas de place pour la contestation. Alvid essaie de dire qu'il est fatigué, mais elle secoue la tête.

« Ce n'est pas loin du tout. Et puis, depuis le temps que vous êtes enfermés, vous n'allez pas rentrer chez vous comme ça. »

Ils n'ont pas fait attention à l'heure. Déjà, la luminosité des projecteurs baisse. C'est la fin de l'après-midi. Hilde sert encore quelques personnes puis, avec des gestes précis et rapides que lui envie Sandro, elle range son étal et pousse simplement la porte vitrée.

« Tu ne fermes pas ? Tu ne verrouilles pas la serrure ? »

Hilde hausse ses hautes épaules.

« Ce n'est pas à moi. On ne peut pas me le voler. »

Puis elle ouvre une porte sur le côté droit de l'immeuble et annonce : « C'est ici. » Elle n'a pas menti. Ce n'est pas loin du tout. Ils montent deux étages et entrent dans son appartement dont la porte n'est pas non plus fermée.

« Tu n'as pas peur que quelqu'un entre et…

— Me cambriole ? Rien de tout ça n'est à moi. C'était comme ça quand je suis arrivée, et même si je l'avais apporté avec moi… Si quelqu'un a plus besoin d'un fauteuil que moi, qu'il me le demande, je lui donne. J'ai à manger, j'ai un endroit où dormir. Une fois que j'ai ça, le reste a tout de suite moins d'importance. »

Ils s'assoient dans le salon. Alvid pousse un soupir de soulagement. Le canapé est confortable. Bien plus que le lit de la chambre de Sandro. Hilde disparaît quelques instants dans la cuisine.

« Sur quoi donne la fenêtre ? » demande Alvid.

La fenêtre donne sur un puits de lumière avec en son fond une cour. Juste en face, le mur de l'immeuble d'à côté.

« La fenêtre ne donne sur rien. »

Hilde revient avec des verres et une bouteille de rhum. Elle amène également un grand plat rempli de tomates et de salade.

« Le rhum, c'est pour faire passer le goût du Côlon. »

Ils mangent, ils boivent. Alvid, gêné, se tait tout d'abord puis ose reprendre ses questions. Qu'est-il inscrit sur l'étiquette de la bouteille ? Quelle est la couleur du rhum ? Quelle est la forme des feuilles de salade ? Sandro forme patiemment pour lui l'image du repas, élément après élément, comme s'il suffisait de l'accumulation de parties pour faire un tout. Puis vient le tour pour Hilde de les interroger :

« Et maintenant, qu'est-ce que vous voulez faire ? »

Sandro et Alvid restent silencieux.

« Pourquoi n'allez-vous pas au Congrès ? demande Hilde.

— Quel congrès ? »

Hilde soupire. Comment ont-ils pu passer à côté de cela ? Elle leur raconte le Rein Gauche, les assemblées, les délégués qui sont partis d'un peu partout dans le Tube Digestif. Sandro rougit de nouveau, cette fois-ci comme un enfant pris en faute. Il a été si préoccupé d'Alvid qu'il n'en a jamais entendu parler. Échauffé par le rhum, il répond :

« Pourquoi irions-nous ? Pourquoi nous plutôt que deux autres ?

— Et pourquoi pas ? Vous êtes deux garçons intelligents, non ? Vous avez fait des études. Vous êtes capables de réflexion. Vous avez forcément des choses à dire.

— Nous venons de l'extérieur. »

Hilde pouffe.

« Tout le monde vient de l'extérieur. L'important, c'est pas de venir. C'est de rester.

— Je suis un chanteur, c'est tout. Je n'ai rien à dire. La moitié du temps, ce n'était pas moi qui écrivais mes paroles. Et même ça, je ne le suis même plus.

— Ce n'est pas notre affaire, annonce froidement Alvid.

— Je ne vois pas en quoi ça ne vous concerne pas. »

Le ton d'Hilde ne s'est pas départi de son enthousiasme coutumier, mais une sorte d'amertume ou de rancune y transparaît tout de même.

« Si cela t'intéresse, demande Sandro, pourquoi tu n'y vas pas, toi ? »

D'un geste de la main, Hilde élude.

« Moi, je suis trop bête. Je suis tout juste bonne à faire passer la salade. »

Elle se détourne un instant.

« Avant les Jours rouges, je… »

Elle secoue la tête.

« Peu importe avant les Jours rouges. Peu importe l'extérieur. Ce qui compte, c'est Ru, maintenant, et ce qu'on veut faire. Je me disais juste qu'au Congrès ils pourraient avoir besoin de l'avis d'un chanteur et d'un réalisateur de cinéma. Je me disais que c'était peut-être le moment de s'y mettre. »

Les deux hommes restent silencieux. Sandro voit les grandes mains marquées d'Hilde se saisir de son verre et le porter à sa bouche. Il les compare encore avec les siennes, blanches, fines, indemnes. La conversation dérive ensuite sur des sujets moins graves, comme la forme phallique des légumes, et Hilde arrive même à faire rire Alvid à propos de ses difficultés à manger proprement. Ils se détendent. Cependant, une tension reste dans l'air. Depuis les Jours rouges, pense Sandro, il n'y a plus de sujet innocent. Tout est devenu important. Tout est devenu sujet à discussion. Verre de rhum après verre de rhum, il pense au Congrès, dont personne n'a prévu la durée. C'est cela, Ru, après les Jours rouges : le Congrès permanent. Il se demande si quelqu'un l'y reconnaîtrait, s'il trouverait quelque chose à dire. Les heures passent et ils sont saouls tous les trois. Il y a deux chambres dans l'appartement qu'occupe Hilde. Elle leur propose de dormir dans celle qui possède un grand lit. Alvid et Sandro ne se font pas prier. Ils titubent à deux jusqu'au matelas. L'alcool, le grand égalisateur, a donné à Sandro le même équilibre qu'un aveugle.

Ils se glissent nus sous la couverture et, avec de nombreuses hésitations, refont connaissance comme deux époux. Pour cela, découvre Alvid, la perte de ses yeux n'est pas un si grand obstacle. Quand il s'endort, Sandro reste de nombreuses minutes les yeux grands ouverts, sur le dos, la main d'Alvid posée dans la sienne sur sa poitrine. Il pense au Congrès. Depuis les Jours rouges, il cherche quelque chose à faire. Peut-être le trouvera-t-il là-bas. Mais qu'y dira-t-il ? Il secoue la tête. Quand ils se sont rencontrés, Alvid a tenté, sans succès, de lui apprendre à utiliser ses oreilles pour écouter autre chose qu'une guitare ou un piano. Voilà ce qu'ils feront : ils iront tous deux jusqu'au Congrès et, avant de dire quoi que ce soit, ils écouteront. Pour trouver sa nouvelle voix, il y aura sans doute sur le chemin une infinité de choses et de personnes à décrire. Sandro roule sur le côté, le nez contre la nuque d'Alvid pour la première fois depuis qu'il a eu l'idée saugrenue de venir à Ru. Il ferme les yeux et s'endort, goûtant le silence, le mouvement lent et permanent de la paroi gastrique, de la digestion de Ru. Sandro cesse de ruminer. Demain, il commencera à écouter et à parler.

TROIS

QUAND on frappe à la porte ce soir-là, ce n'est pas Coré qui va ouvrir mais Eli. Coré est déjà au lit. Depuis quelque temps, elle dort mal, la nuit. En rentrant du Congrès, elle se couche tôt, se réveille plusieurs fois, retrouve le sommeil aux aurores, une heure avant la sonnerie du réveil. Comment Eli fait-il pour réussir à dormir, lui ? Elle l'ignore. Coré le lui a demandé, la voix pleine de reproche et d'acrimonie. Eli a simplement dit qu'il a le sommeil lourd, ce qui est vrai. Pour ce qu'elle en sait, Eli est d'humeur égale. Jamais un mot plus haut que l'autre. Cela aussi, Coré ne se l'explique pas. Le Congrès, pour elle, est une interminable succession de sautes d'humeur, de pleins et de creux : des moments d'enthousiasme lumineux immédiatement suivis de formidables désespoirs. Il faut dire que la moindre décision prend des heures. Personne, à l'exception du groupe Chikaoui, n'a de véritable expérience de ce genre de choses. Il faut tout discuter, toujours. Chaque choix entraîne des conséquences insoupçonnées en cascade, chaque victoire suscite des résistances.

« C'est ça, le Congrès », disent les membres du Regard Rouge, avec des sourires philosophes ou déconfits.

Si le Congrès décide que les routes ne sont à personne – après le Reflux Gastrique, cette décision-là n'a pas rencontré beaucoup d'opposants, même parmi les rares défenseurs du système préfectoral –, des voix s'élèvent en réaction pour défendre la propriété des biens immobiliers. Quand le Congrès tranche que le bâti, présent ou futur, est un bien commun, il s'en trouve pour réclamer le droit d'acheter la jouissance d'un métrage carré et non des murs, et ce, bien qu'il n'y ait jamais eu autant de logements vides à Ru. « Et demain, disent d'autres encore, et après ? Quand nous serons plus nombreux ? Qui décidera qui habite où ? Comment faire quand nous aurons plus d'enfants ? » Et de là s'engage un débat sur la population, sur la nécessité ou non de réguler les naissances devant l'espace réduit que présente la Ru en mouvement. Sur ce sujet, des alliances étonnantes se forment, comme celle entre des groupes réclamant la complète liberté de corps et des congrégations religieuses qui n'ont jamais accepté l'avortement et la contraception qu'à contrecœur. Des scientifiques très sérieux viennent, à la surprise générale, arguer que la brusque chaleur qui a régné dans la Tête pendant les Jours rouges n'était qu'une sorte de poussée de fièvre provoquée par le Reflux Gastrique et que sa réoccupation prochaine est certainement envisageable. D'autres groupes, courbes de températures à l'appui, viennent contester leurs prédictions, et prêcher au contraire le contrôle des naissances pour éviter tout risque de famine et d'épidémie. Les médecins et infirmiers prédisent une hausse de la mortalité infantile, faute d'équipements suffisants, ce qui provoque des cris d'orfraie. Les débats tournent alors vers la nouvelle priorité : reconstruire des structures médicales adaptées, et de toute urgence. Mais comment ? Et où ? Sans les carrières de l'extérieur, il faudrait pour construire un nouveau bâtiment en abattre un autre, et qui le choisirait ? Faudrait-il déloger ceux qui y ont élu résidence ? Et de quel droit ? S'ils occupent le lieu, ils en ont au moins la propriété d'usage. Et, ainsi, le Congrès fait un tour sur lui-même.

De révolution en révolution, Coré tente d'être partout, de parler à tout le monde. Ils sont quelques-uns comme elle, à aller de groupe en groupe, à rapporter à l'un les paroles de l'autre. Il y a Samantha Chikaoui, bien sûr, qui s'est vite reconstruit une posture après s'être fait houspiller : tout en sourires, elle place toujours un mot simple et bien formulé, de façon à ce qu'on se souvienne de sa présence si ce n'est de son intervention elle-même. Éva Hamza entre et sort des salles de sa démarche claudicante, intervient peu, écoute beaucoup. Impossible pourtant de ne pas remarquer sa présence.

Au milieu de tout ça, Coré flambe, se consume. Elle saute à la gorge de celui qui parle de remettre en place une gendarmerie. « Pour taper sur qui ? » lâche-t-elle, acerbe. On la traite d'anarchiste. Quand on l'accuse de ne pas vouloir que le Congrès réussisse, elle répond : « Réussir à quoi ? », mais elle sait que c'est en partie vrai. Coré a peur. Et si elle passait à côté de quelque chose ? Alors elle fait ce qu'elle peut pour être partout, tout le temps. La colère de ses années de cavale, invisible aux caméras de surveillance de la préfecture, réapparaît. Cette fois-ci, pourtant, elle n'est pas dirigée vers un système, vers quelqu'un d'autre. La colère de Coré est tournée contre elle-même. C'est à nouveau la rage qui la brûle, la rage qui l'empêche de dormir. Quand elle ferme les yeux, elle ne voit plus la face cagoulée du gendarme en rouge, elle ne sent plus la main sur son épaule. Plus aucun souvenir confus de la nuit de la perte de son œil ne resurgit. Non : sur l'écran de ses paupières, c'est l'image du *Vaillant* reprenant la mer que l'on projette. Ce sont les visages de ceux qu'elle a remis à la mer qui la tiennent éveillée. Elle qui a été mue toute sa vie par le sentiment d'injustice en découvre un nouveau, plus fort encore la culpabilité. Coré s'en veut. Elle s'en veut à s'en bouffer les doigts. Et face à tout ça, Eli reste effroyablement calme et serein. Ils ont décidé d'habiter ensemble sans trop y penser, entre deux empoignades au Congrès. Eli est un des plus vieux membres du Regard Rouge et ils se sont toujours connus sans jamais se remarquer, jusqu'à être de retour au RG. Ils en rient parfois, comme d'un genre de coup de théâtre, de retournement de situation. Ils n'ont plus dix-huit ni même vingt ans. Ils abordent leur relation comme une chose de plus dans leur vie et non sa pierre angulaire. Si Coré n'était pas si occupée à être en colère, elle remarquerait qu'elle est amoureuse. Eli l'a peut-être compris, lui, mais il n'en dit rien. Il reste calme. Coré n'a même pas le temps d'en être irritée.

Petit à petit, le Congrès avance et il s'en trouve pour mettre des choses par écrit. Ce qui commence comme un aide-mémoire ou une plaisanterie se transforme au fil des jours en une déclaration de principes dont il faut discuter, âprement, chacun des termes. La semaine passée, Coré a senti une véritable émotion le disputer en elle à toute cette colère quand, sur un écran projeté dans l'amphithéâtre B, elle a lu :

« Principe premier : Ru est un être vivant.

Principe deuxième : Un être vivant ne peut être la propriété de personne.

Principe troisième : Selon le principe deuxième, Ru entière ou en partie ne peut être la propriété de personne.

Principe quatrième : L'eau, l'air, le sol et toute la végétation font partie de Ru. Selon le principe deuxième, ils ne peuvent être la propriété de personne. »

Soufflée comme une bougie, Coré vacille, et il faut qu'Eli la soutienne. Toutes ces semaines de débats, de tractations, et enfin ces quatre évidences sont inscrites, affichées en grand. Toute la colère du monde ne suffirait pas à ternir ce moment. Il y a des applaudissements dans l'amphithéâtre. Quelqu'un crie :

« La propriété, c'est le vol ! »

Quelqu'un d'autre répond :

« La propriété *lucrative*, c'est le vol ! »

Coré ne les entend pas. Déjà, la discussion reprend. Sont-ils bien tous d'accord sur ce que recouvre le terme « personne » ? S'agit-il d'une personne physique, d'une personne morale ? Un groupe de personnes peut-il être une personne ? Coré s'exaspère : « Personne, c'est personne, c'est nul être humain, c'est le contraire de quelqu'un, c'est tout ! » Mais rien n'est aussi simple. Le Congrès ne peut s'appuyer sur aucun mot. Il n'y a plus de terme assez solide sur lequel construire leur langage. Il faut reconstruire les fondations, et remonter. Même « Ru » est sujet à polémique : le nom recouvre-t-il seulement les organes actuellement habités, ou tous les autres aussi ? Juste l'intérieur, ou l'extérieur également ? La colère redémarre comme un vieux moteur de confiance. Ces pinailleurs, elle les accuse de mauvaise foi et de chercher la faille. « Ru, c'est Ru ! C'est clair, non ? » Mais rien n'est clair. Tout est questionné, et cela n'a pas de fin. Le soir venu, Coré se laisse tomber sur son lit, vidée. Le sommeil, pourtant, ne la saisit que pour quelques heures tout au plus. À côté d'elle dans le lit, Eli ronfle paisiblement. Elle est tellement en colère qu'elle n'arrive même pas à lui en vouloir réellement.

Le lendemain, après plusieurs tasses de café, tout recommence. Cette fois-ci, c'est le principe cinquième qui pose problème : « Toutes celles et ceux qui vivent dans Ru sont libres et égaux en droits. » « Ceux qui vivent en Ru » : vraiment tous ? Seulement ceux qui y sont nés ? Et ceux qui y sont venus ? Ceux qui viennent de l'extérieur ? Et Coré de souffler de rage à nouveau. Quelle perte de temps ! « Tous, c'est tous. Est-ce qu'on a vraiment besoin de préciser ça aussi ? Qui ici n'a pas compris ce que cela veut dire ? Est-ce que c'est si important. » Derrière elle, la voix froide d'Éva Hamza répond :

« Oui, on a besoin de préciser. Oui, c'est si important. Pour éviter qu'on en fasse n'importe quoi, les principes doivent être clairs. Si quelqu'un habite à Ru mais n'y est pas né, il faut qu'il ait les mêmes droits que tout le monde.

— Mais est-ce que c'est juste ? l'interroge Samantha Chikaoui. Est-ce *équitable* ? »

Éva Hamza la rembarre sèchement :

« Je ne comprends pas la question. »

Autour d'elles, un bruissement se répand : le murmure de spectateurs de boxe devant un coup fatal.

« Qu'aurait-on à gagner, reprend-elle, à restreindre les droits de ceux qui n'ont pas été mis au monde à l'intérieur ? »

La question n'est pas rhétorique, mais elle ne trouve pourtant pas de réponse. Seule Samantha Chikaoui proteste :

« Mais alors, tout le monde va vouloir venir ! On ne peut tout de même pas accueillir tout le monde ! »

Coré pense amèrement à l'équipage du *Vaillant*. Elle se colle contre un mur, soudain persuadée que tous les regards se sont tournés vers elle. Le rire sec d'Éva Hamza est entièrement dénué d'humour :

« Il y a un condamné à l'exil qui attend patiemment dans une chambre de l'Estomac que l'on trouve un moyen pratique pour le foutre dehors, et vous vous inquiétez de ceux qui risqueraient d'entrer en masse ? Ce qu'il faut pas entendre ! »

Chikaoui se mord les dents et bat en retraite. On réécrit le principe cinquième : « Toutes celles et ceux qui vivent dans Ru bénéficient du droit de l'intérieur. » S'ensuit logiquement le principe sixième : « Le droit de l'intérieur signifie… » Chacun veut alors y ajouter quelque chose :

« Le droit au logement !

— Le droit à manger !

— Le droit au travail !

— Non, le droit d'entreprendre !

— Le droit de grève.

— Il faut le droit aux soins.

— Et le droit de voyager.

— Le droit de sortir de Ru !

— Sans oublier le droit de revenir.

— Le droit d'assemblée.

— Le droit de manifester !

— Le droit à la sécurité.

— Le droit de retrait.

— Qu'est-ce que cela veut dire ?

— Je ne sais pas, ça sonne bien.

— Le droit à l'eau potable.

— Et puis le droit à l'air pur.

— À l'éducation.

— Et à la culture.

— C'est comme la confiture…

— Le droit à la retraite.

— Le salaire à vie !

— Non, pas d'assistanat !

— Et pourquoi pas ?

— Le droit de vote !

— Mais à quelles élections ? »

En effet, avec tout cela, le Congrès en a oublié que Ru n'a toujours pas de gouvernement. Et à ce sujet, plus qu'à tous les autres, il paraît impossible de se mettre d'accord. Une seule chose fait à peu près consensus : plus de préfecture. Plus jamais. Un président ? « Et pourquoi pas un roi ? » propose un plaisantin. Un roi ressemble trop à un préfet. Une assemblée ? Deux assemblées ? Combien de ministres ? Toute une série de conseils ? Mais pour conseiller qui ? Faut-il élire ? Faut-il désigner ? Tirer au sort ? Les débats houleux autour des principes suivants ne parlent que de cela. Et le Congrès bloque, patine, fait du surplace. Il semble que ses différents éléments soient irréconciliables. Imperceptiblement d'abord, le nombre de participants se réduit. Le Congrès est déserté. De plusieurs milliers, il se réduit à quelques centaines. Durant les premiers jours, Coré rencontrait à chaque heure quelqu'un de nouveau. Désormais, elle ne croise plus que des visages familiers. Les tensions s'accentuent. Parfois même, on en vient aux mains. Tout le Congrès est épuisé. De dépit, un garçon tout juste sorti de l'adolescence crache au micro du plus grand amphithéâtre : « Un gouvernement ? Pour quoi faire ? On se débrouille très bien sans, depuis les Jours rouges ! » Il faut un quart d'heure d'appels et toute l'autorité professionnelle d'Éva Hamza et de son entourage de professeurs pour faire cesser le pugilat qui s'ensuit. Une fois le calme revenu, on propose une trêve dans les débats : une cessation de vingt-quatre heures, reconductible. À main levée, la proposition rencontre une large majorité, loin d'être relative. L'amphithéâtre se vide. Coré, un peu désorientée, se laisse guider par Eli jusqu'à leur appartement. Elle n'a pas levé la main. Si elle s'arrête de parler, il n'y aura rien pour empêcher sa colère de se retourner entièrement contre elle. En entrant chez eux, la tête lui tourne. Elle n'a rien mangé depuis la veille. Eli la guide jusqu'au lit. Elle réussit à dormir jusqu'à ce que l'on cogne à la porte. Coré ouvre les yeux. Elle a profité d'un sommeil profond et sans rêve. Elle entend des pas dans le salon. Puis Eli pousse la porte de la chambre, pose délicatement la main sur son front et lui murmure :

« Coré. Ce sont des gens pour toi. »

Alors Coré se relève. Elle ne demande même pas de qui il s'agit. La colère s'est déjà rallumée. Le travail reprend. Tant pis pour la trêve. Sur l'étroit canapé gris et inconfortable, Samantha Chikaoui et Éva Hamza sont assises. Il n'y a guère d'espace entre elles deux. Leur déplaisir est visible. Avant de la chercher, Eli leur a servi deux grandes tasses de son épais café. Coré les salue puis s'assoit dans le fauteuil de l'autre côté de la table basse. Elle se penche quelque peu en avant, croise ses mains sur ses cuisses.

« Qu'est-ce qui vous amène ? »

Elle a retenu de justesse un : « Qu'est-ce que vous me voulez ? »

Les deux femmes échangent un regard : aucune des deux n'a envie de prendre la parole en premier. Coré comprend qu'elles sont, bien malgré elles, porteuses d'un message commun. C'est finalement Éva Hamza qui parle :

« Le Congrès est bientôt fini. »

Malgré elle, Coré hoche la tête. Même si elle ne veut pas l'admettre, la professeure a raison.

« Ou plutôt, la corrige Samantha Chikaoui, il est temps qu'il se termine.

— Moi, je l'aime comme ça », réplique tout de même leur hôte.

« Ça » veut dire : brouillon, bruyant, parfois brillant, souvent confus, toujours brûlant. Avec une moue irritée, Hamza repousse leurs oppositions d'un geste de la main. Elle produit aussi un petit claquement de la langue contre son palet pour signifier que ça n'est pas le sujet.

« Nous sommes venues ce soir, car tout le Congrès te connaît. Il faut être aveugle pour ne pas voir que le Regard Rouge te suit, et t'écoute.

— Ils ne m'écoutent que si ce que je dis leur convient. »

La professeure a un sourire patient. Elle reconnaît en Coré celle qui recule pour mieux sauter.

« Si tu préfères, disons que ce que tu dis leur convient une grande majorité du temps. Samantha ici présente parle pour son groupe.

— Ce n'est pas seulement mon groupe, proteste celle-ci. Je n'ai pas choisi le nom.

— Ils sont nombreux, en tout cas, ceux qui se rangent derrière toi.

— Les anciens de la préfecture, intervient Coré. Les anciens uniformes. Ceux qui ont eu peur du Reflux Gastrique.

— Ce n'est pas si simple », la contredit l'ancienne adjointe préfectorale.

À la surprise des deux autres, Éva Hamza acquiesce.

« Quoi qu'on pense de ce que le groupe Chikaoui était avant les Jours rouges, ils ont l'expérience de comment les choses fonctionnaient avant. Ils savent faire marcher la machine.

— Le Regard Rouge ne veut pas refaire marcher la machine. »

Hamza ne se départit pas de son sourire patient. Cela irrite profondément Coré. Elle l'air d'avoir prévu chacune de ses objections.

« Dans les semaines, dans les années à venir, quand le Regard Rouge sera pris dans l'administration, l'intendance, en plus de tout le reste, il aura bien besoin d'avoir en face de lui quelqu'un pour lui rappeler ce dont il ne veut pas. »

Coré lève la main vers son orbite vide.

« Je n'ai pas vraiment besoin d'un aide-mémoire.

— Le groupe Chikaoui est là. Vous n'avez pas le choix. Vous ne pouvez pas faire disparaître ces gens-là simplement en le souhaitant.

— "Ces gens-là" sont assis juste à côté de vous ! s'insurge Chikaoui. Je vous remercierais d'arrêter de parler de moi comme si je n'étais pas là.

— Et vous ? interroge Coré, comme si elle n'était pas là.

— Quant à moi, continue Hamza, les professeurs, les médecins, les anciens universitaires, m'écoutent. »

Le salon de Coré se colore alors à son œil de trois teintes pour trois femmes : le rouge flambant de Coré, le bleu azur de Samantha Chikaoui, et à un endroit du spectre situé entre ces deux extrémités, Éva Hamza. Sa couleur à elle, Coré ne la reconnaît pas tout à fait.

« Il y a beaucoup à faire. La première énergie est passée. Déjà, la majorité de ceux que le débat n'intéresse plus sont partis. Les autres ne tarderont plus.

— Après la trêve… » commence Coré.

Mais elle s'interrompt d'elle-même. La trêve, en laissant à chacun l'occasion de reprendre ses esprits, ne fera qu'accélérer le reste des départs. Bientôt, il n'y aura plus que les trois groupes, et elles trois.

« Nous pouvons considérer que ceux qui restent sont ceux qui veulent vraiment continuer à travailler sur la déclaration de principes.

— Sont-ils les plus qualifiés pour cela ? » questionne Chikaoui.

Éva Hamza hausse les épaules.

« Personne ne m'a jamais appris à enseigner. On m'a mise dans une salle de classe, et j'ai fait. Tout ce que je sais, je l'ai découvert en faisant.

— Il y avait des écoles d'enseignants.

— Comme il y avait des écoles pour cadres préfectoraux.

— Admettons que les gens qui sont au RG terminent la déclaration de principes, et que le reste de Ru l'accepte. Et après ?

— Il faudra organiser des élections, propose Samantha Chikaoui.

— Pour élire quoi ?

— Une assemblée. Un parlement. Je ne sais pas, moi ! Quelque chose. »

Coré secoue la tête.

« Relancer la machine.

— Il y a le tirage au sort », propose Hamza.

Chikaoui renifle de mépris.

« Comment faire ? Personne ne sait vraiment combien de gens vivent encore dans le Tube Digestif.

— Et si le groupe des principes avait aussi pour première tâche de pratiquer un recensement ?

— Cela prendrait un temps fou !

— Il y a des choses qui prennent du temps, c'est tout.

— Nous sommes dans Ru. Nous sommes vivants. Nous ne sommes pas pressés. »

La discussion s'interrompt quelques secondes. Toutes trois boivent à leur tasse.

« Le café est délicieux », déclare sentencieusement Samantha Chikaoui, mue peut-être par une bienséance oubliée qui déstabilise un peu Coré.

« Ce que j'ai proposé… reprend l'ancienne de la préfecture.

— Ce que *nous proposons*, la corrige la professeure.

— Nous proposons la chose suivante : en tant que représentantes des trois plus grands partis du Congrès, nous nous réunirons régulièrement pour prendre les décisions que le Congrès ne parviendra pas à trancher assez vite.

— Assez vite ? Qu'est-ce que cela veut dire "assez vite" ?

— Je veux dire, efficacement.

— Définis "efficacité". »

Éva Hamza pouffe.

« Les limites de mon langage signifient les limites de mon propre monde », cite-t-elle, mais aucune des deux autres ne lui prête attention. L'hostilité entre Coré et Samantha Chikaoui fait trembler l'air qui les sépare.

« Le Regard Rouge n'est pas un parti politique. Et je ne représente rien.

— Ne sois pas hypocrite ! Vous êtes une force, vous voulez des choses, vous avez des idées : vous êtes un parti. Vous pouvez vous appeler comme vous le voulez : un mouvement, un collectif, un je-ne-sais-quoi ; ça ne change rien. Vous êtes un parti comme nous le sommes.

— Nous n'avons absolument rien de semblable avec vous. »

Le soupir d'exaspération de Samantha Chikaoui ne fait qu'attiser les flammes de Coré. Celle-ci est trop heureuse de tourner sa colère contre quelqu'un d'autre qu'elle-même.

« Tu parles, ils t'écoutent, tu parles pour eux, tu dis "nous" : tu les représentes. C'est tout. Ne sois pas de mauvaise foi.

— Si cela vous arrange, la rembarre Coré, je peux me taire. »

Chikaoui se tourne vers Éva Hamza et s'exclame :

« Je vous l'avais dit qu'on ne pouvait pas parler avec ces gens-là !

— "Ces gens-là" sont juste en face de toi ! »

Chikaoui sursaute aussi fort que si Coré l'avait giflée. Éva Hamza reprend la parole, calmement.

« Disons ceci : quand le groupe des principes aura terminé son document, quand nous aurons une assemblée d'une sorte ou d'une autre, nous laisserons nos places à des gens qu'ils auront désignés.

— Et si quelqu'un ne veut pas laisser la place ? » persifle Coré.

Samantha Chikaoui se lève :

« Je ne vais pas supporter de me laisser insulter comme ça longtemps ! »

Elle se rassoit.

Coré mord sa lèvre. Nerveusement, son index gauche suit l'arcade sourcilière au-dessus de son orbite vide.

« Je ne peux pas décider maintenant. Pas toute seule.

— Je comprends.

— Moi, cela me convient, intervient Samantha Chikaoui. On ne va pas tergiverser des heures non plus ! C'est le monde réel, dehors.

— Parlons-en à nouveau après le vote de reconduction de la trêve, propose Éva Hamza. Dans un lieu neutre.

— Il n'y a pas de lieu neutre, dit Coré. Il n'y a que des lieux mal occupés. »

Elles conviennent toutefois de se retrouver le lendemain. Coré reconduit les deux femmes à la porte. Furibonde, masquant mal sa colère, Samantha Chikaoui salue la jeune femme avec rigidité. Appuyée sur sa canne, la professeure la regarde au contraire droit dans les yeux. Dans ses pupilles, une lueur d'intérêt véritable brille.

« Il me tarde de faire plus ample connaissance. »

Ne sachant quoi répondre, Coré la remercie puis referme la porte derrière elle. Figée, elle écoute s'éloigner les deux pas si différents des deux femmes. La tête pleine de pensées rouges et tourbillonnantes, elle se laisse tomber sur le canapé encore chaud. Eli émerge alors de la chambre et, silencieusement, vient s'asseoir à ses côtés. Il pose sa main sur la cuisse de Coré, qui pose la sienne par-dessus. Le jeune homme ne réagit pas quand, perdue dans ses délibérations intérieures, elle lui plante ses ongles dans la peau jusqu'au sang.

Que faire ? Que dire ? Quelle décision prendre ? Coré est si bien déchirée qu'elle croit sentir se fendre sa poitrine en deux.

Accepter. Qu'est-ce que cela veut dire qu'accepter ? Accepter, c'est se mettre sur un pied d'égalité avec Samantha Chikaoui et presque tout en elle se révolte à cette idée. Accepter, c'est dire : « Je détiens une voix, non parce que je fais partie du Regard Rouge mais parce que je marche devant eux. » Accepter, c'est prendre des décisions à la place de tous les autres. Pire encore : c'est reconnaître le même pouvoir à Chikaoui. Rien que d'y penser, la nausée lui vient. Qui est-elle, qu'a-t-elle fait pour mériter ou subir cette proposition ? Pendant des années, elle a marché seule ou fondue dans un groupe jusqu'à disparaître. Depuis qu'elle est au Congrès, elle n'a rien fait d'autre que dire ce qu'elle pensait, en son nom propre, pas au nom du Regard Rouge. Jamais. Elle a parlé plus fort, plus fréquemment que d'autres, c'est tout. Est-ce comme cela que le pouvoir vient à quelqu'un ? La raison du plus fort : de celui qui fait le plus de bruit. Si c'est cela, elle se taira pour toujours. Il faut qu'elle refuse. Elle expliquera cela au Regard Rouge, et ils seront d'accord avec elle.

Tant pis, elle repartira dans l'Intra. Eli, peut-être, acceptera de l'y suivre. Elle s'est habituée à sa présence. Elle pourrait lui montrer toutes les voies qu'elle connaît, et en trouver d'autres. Si la température dans la Tête baisse vraiment, peut-être qu'elle pourra en retrouver le chemin. On la connaîtra de nouveau comme une traceuse de routes, et rien de plus. Elle sera une exploratrice. Comme Georgy Romano était explorateur avant d'être préfet.

À cette idée, un frisson la glace.

Mais si elle refuse, que se passera-t-il ? Samantha Chikaoui ne refusera pas, elle. Qui sera face à elle ? Sans Coré pour être l'Intra, le rouge Ru, l'ancienne préfecture aura peut-être le champ libre. Et tout recommencera alors. Si elle refuse, on reconstruira des centres commerciaux partout, on mettra des péages dans ses chemins secrets entre les muscles. Il y aura des banques, des polices d'assurance, des fonds de pension. Il y aura de nouveaux uniformes, des nouvelles émeutes. De nouvelles filles éborgnées au cours de nuits aveugles. Refuser, ce serait de la lâcheté : un crime encore moins pardonnable que la compromission. Coré se cogne la tête contre l'impératif : il faut y aller, il n'y a pas le choix. Pourtant, elle refuse. Elle a toujours refusé. Depuis qu'elle a laissé Agathe derrière elle, Coré n'a fait que cela : refuser. Et pourtant…

Eli bouge à côté d'elle, mal installé. Lui, elle ne l'a pas refusé. En ce moment précis, elle n'est plus certaine de celui ou celle qui a évoqué en premier l'idée d'occuper cet appartement ensemble. Il est possible que ce soit elle.

Ses pensées se muent en souvenirs, remontent le temps jusqu'à Agathe. Au royaume des aveugles, les borgnes comme elle doivent être des reines. Peut-être, en définitive, est-ce cela qu'elle a toujours voulu. Elle sera, pour quelque temps en tout cas, l'une des trois reines de Ru. Une reine à contrecœur, peut-être, mais une reine tout de même. Coré, la reine qui traînait les pieds. Un mince sourire se risque sur ses lèvres. Voilà que cela flambe de nouveau en elle : et puis non ! Si elle y va, ce ne sera pas à contrecœur. Elle fera son temps du mieux qu'elle le pourra.

Intérieurement, Coré vacille. Éva Hamza l'a dit : il y a énormément de travail. La tâche paraît immense, titanesque ; une tâche aux dimensions de Ru. Cependant, une idée, un soupçon encore mal dessiné se fait jour en elle. Le travail le plus terrible, le plus long et le plus complexe se fera dans son propre cœur. Il faudra creuser profond et montrer une terrible force pour en arracher ces racines si bien installées qu'après toutes ces années, et malgré tout, il s'ouvre en elle à l'idée du pouvoir une gueule large et avide.

Alors voilà : accepter. Il n'y a que ça. Elle n'a pas le choix. En venant, Samantha Chikaoui espérait qu'elle refuserait. Éva Hamza, elle, savait qu'elle n'en ferait rien.

Coré cligne de l'œil. Il ne s'est passé qu'un instant depuis qu'elle s'est assise.

« Alors ? » demande Eli. Mais il connaît la réponse aussi bien qu'elle. « Alors ? Qu'est-ce que tu en penses ? »

DÉRIVE

PENDANT trois semaines, Youssoupha attend. On l'a ramené dans sa chambre. L'homme avec qui il a bu le café garde toujours sa porte. De sa fenêtre, il voit des gens aller et venir devant le gymnase. Ils crient, ils chantent, ils protestent. Les uns s'insurgent contre sa condamnation. Les autres la soutiennent. Cela n'intéresse Youssoupha que deux ou trois courtes heures. De sa fenêtre, il répond aux signes et aux saluts qu'on lui adresse, ne sachant pas quoi faire d'autre. Quand des visages en colère se lèvent vers lui, il se recule et referme les rideaux. Assis sur le lit, il attend le retour du silence avec le soir. Le lendemain, il ouvre les battants de la fenêtre, curieux de voir si tous ces gens sont de retour. Personne ne revient.

Pendant trois semaines, Youssoupha se demande s'ils l'ont oublié. Il lui vient une idée saugrenue : peut-être vont-ils se contenter de l'avoir condamné publiquement et le laisser tranquille tant qu'il ne sort pas de cette pièce. Mme Hamza revient le voir deux fois, mais jamais longtemps. Maintenant que Youssoupha a été officiellement condamné, elle semble résignée. Elle a du mal à trouver les mots. Elle lui raconte pourtant qu'il se tient, dans un Rein, une assemblée importante qui doit décider du futur de Ru. Tout cela est très intéressant, mais Youssoupha ne se sent pas concerné. Simplement, il attend.

« Il y a pire prison, pense-t-il. Les repas sont réguliers. Le lit est plutôt confortable. Il faut simplement que je trouve quelque chose à faire. »

Que font les gens enfermés ? À quoi s'occupent-ils ? Les mains de Youssoupha, entraînées à faire n'importe quoi tant qu'on le lui demandait, sont curieusement oisives.

En vérité, la balbutiante justice de Ru ne l'a pas oublié. Son verdict tient toujours. Cependant, de longues discussions agitent les trois comités quant à sa mise en pratique. Comment faut-il, comment peuvent-ils appliquer la sentence ? Comment mettre dehors celui dont on ne veut pas ? L'Anus est bien trop haut. On évoque la colonne des grimpeurs de l'Ardroit – le lieu même du crime pour lequel Youssoupha est condamné –, mais le problème est le même. Comment descendre, surtout si Ru se met en marche ? Il faudrait construire un genre d'immense treuil pour abaisser Youssoupha jusqu'au niveau de la mer, mais quel danger ! Une chute de cette hauteur serait forcément mortelle. L'eau de mer serait aussi dure que du béton. La Tête et les ouïes d'où sortaient autrefois les voies du RuWay : rien ne sert même d'y penser. Et puis, l'extérieur, depuis les Jours rouges, prend pour ceux de Ru des allures mythiques et dangereuses. Si l'on applaudit en public l'enthousiasme des grimpeurs et des autres groupes d'explorateurs forcenés, tout cela paraît très dangereux. Que va-t-on trouver, dehors ? Une rumeur s'est répandue d'ailleurs dans le Tube Digestif, fille de personne et de nulle part. On raconte que des gens de l'extérieur ont essayé d'entrer en Ru pour les attaquer, pour en reprendre possession au nom des gouvernements de l'extérieur. Est-ce vrai ? Pas moyen de le savoir. Mais cela pèse sur les discussions. Finalement, après maints débats infructueux et circonlocutions, la décision est prise. Youssoupha, le premier – et, si possible, le seul – exilé de Ru sera rendu à l'extérieur et à la mer au port de la Patte Milieu Gauche dès que les mouvements de Ru le permettront. Par chance, quelque temps plus tôt, une expédition s'y est rendue. Les comités retrouvent certains de ses membres, mais aucun ne se porte volontaire pour y retourner. Tout le monde, semble-t-il, a mieux à faire. Ils possèdent cependant une carte du chemin à travers l'Intra, qu'ils transmettent aux comités. Toute l'affaire se transforme alors en cauchemar logistique. La nouvelle justice de Ru découvre qu'il n'est pas si simple de mettre quelqu'un dehors en l'absence d'un dehors arrangeant. À Ru, pas de frontière à franchir, pas de ligne imaginaire qu'il suffit de traverser. À Ru, il faut être dans le corps, ou pas. Alors, c'est un nouvel appel à volontaires pour trouver ceux qui escorteront le condamné jusqu'à sa peine. Et une fois parvenu tout en bas ? Comment prendra-t-il la mer ? C'est un port : on suppose qu'on trouvera bien une embarcation sur place. D'autres secouent la tête. Le port de la patte n'a jamais été utilisé et, qui plus est, il s'agissait d'un port de commerce et non de plaisance. Si, par miracle, une vieille coque y tenait encore, elle ne serait pas de la sorte que Youssoupha pourrait mener seul. Il faut trouver un bateau, et il faut le trouver ici. Sans cela, pas d'exil. Alors, les trois comités de justice, dont certains saluent tout de même la persistance, se mettent en quête d'un bateau à travers le Tube Digestif. Dans un ancien magasin de sport, ils dénichent un canot de rafting destiné aux rapides artificiels des Poumons. Des expressions atterrées accueillent ses découvreurs : une vague plus grosse que l'autre suffirait à le renverser.

« Nous l'avons condamné à l'exil, pas à la mort par procuration ! » s'écrie-t-on.

Mais soudain la différence, dont le comité des juges a longuement débattu l'importance, n'apparaît plus si sensible. Chacun, toutefois, garde sa mauvaise conscience pour soi. Ils continuent simplement de chercher. Ils laissent aussi de côté les quelques kayaks et skiffs qui croupissent dans les locaux d'anciens clubs de sport. Ils retournent l'Estomac avec obstination. Finalement, caché dans le garage d'un pavillon, ils découvrent un dériveur de cinq mètres de long. Aucun membre des comités n'a jamais pratiqué la voile ni la navigation, en dehors de quelques séjours d'enfance dans les Poumons. L'engin leur semble pourtant en assez bon état. La quille est entière. Les voiles sont nettement pliées, rangées dans la coque. Il ne paraît pas fait pour la pleine mer mais, pressés d'en finir, ils se jettent sur l'opportunité. Cela ira bien.

« Après tout, ce qui lui arrivera une fois dehors, ce n'est pas de notre faute. Nous, on aura fait tout ce qu'on pouvait. »

Reste à transporter tout cela jusqu'à la patte. Plus facile à dire qu'à faire. À présent, c'est une véritable caravane qu'il s'agit d'organiser, avec suffisamment de provisions, de cordages et de porteurs pour amener le bateau tout en bas. Sur la carte de la première expédition sont indiqués plusieurs passages étroits à travers lesquels le dériveur passe en théorie, mais de justesse. Tous sont conscients qu'une contraction imprévue des fibres musculaires rendrait le passage impossible.

« C'était tout de même plus facile, avant les Jours rouges ! s'exclame quelqu'un.

— C'était peut-être justement le problème, lui répond un juge du comité. Plus c'est facile de prendre des décisions pareilles, moins on réfléchit à les prendre. »

Face à ces obstacles, les comités de justice auraient en effet toutes les raisons de faire machine arrière et de revenir sur leur décision. Ils continuent pourtant. Sans doute sont-ils sûrs du bien-fondé de leur décision. Les gens qui ont des certitudes ne font pas machine arrière.

C'est ainsi que des envoyés des comités de justice viennent finalement cogner à la porte de la chambre de Youssoupha et lui annoncent avec un certain enthousiasme qu'il part le lendemain. À leur grande surprise, celui-ci se montre très heureux de la nouvelle. C'est qu'il commence à trouver le temps long.

Le lendemain matin, sous les regards de quelques centaines de curieux, une caravane de vingt personnes, chargée de sacs de voyage et tirant derrière elle, sur un chariot à roulettes, la coque et le mat renversés du navire de l'exil, se met en route. Youssoupha, les mains libres, marche au milieu de la cohorte. Le sourire sur son visage étonne et gène. Ne comprend-il pas où il va ? A-t-on condamné un idiot ? Youssoupha comprend très bien. Il est simplement heureux d'être en mouvement. Ce départ, quoique silencieux, a un air de cérémonie. L'événement a quelque chose d'historique et chacun s'en rend compte. On s'en souviendra pour deux raisons : il s'agit de la première sentence exécutée depuis les Jours rouges, mais aussi du premier convoi d'importance, portant une pareille charge, à emprunter l'Intra Si celui-ci réussit, alors d'autres le pourront. Si le navire atteint le port, si Youssoupha est exilé avec succès, alors ce sera la preuve que les voyages ne sont plus si dangereux. Quelque chose comme du commerce pourra reprendre. Ru entière s'ouvrira peut-être à eux. Vingt personnes traversent la muqueuse stomacale indiquée sur la carte de la première expédition et, après une demi-heure passée à se nettoyer, elles se mettent pour de bon en marche.

Bien que jamais l'idée de sa destination ne quitte les pensées de Youssoupha, il ne cherche pas à dissimuler son bonheur d'être de nouveau en route, de nouveau entouré. L'idée de sa condamnation ne lui est pas encore si dure. C'est la solitude qui lui pesait. Il ne cesse de le répéter à ses compagnons de route, qu'il a bien du mal à considérer comme son escorte.

« Je suis content d'y aller avec vous. »

Il insiste pour porter plus que sa part des provisions. De mauvaise grâce, et avec mauvaise conscience, ses gardiens cèdent devant son insistance pour tirer le plus possible le bateau.

« C'est à croire qu'il a envie d'y aller. »

Youssoupha entend le murmure mais ne répond pas. Il continue de tirer, en silence, son paquetage sur le dos. Quand le puits des muscles de la jambe s'ouvre sous leurs yeux, il est de ceux qui coincent le rebord de la coque sur leur épaule et le portent ainsi. Il est indifférent à la sueur, aux crampes et aux courbatures. Le soir venu, à peine couvert par son sac de couchage, il ronfle bruyamment, un sourire aux lèvres.

« C'est comme le Reflux Gastrique », s'exclame-t-il un matin.

Les autres hochent la tête, mal à l'aise. Comme le Reflux Gastrique, ce voyage est un lent mouvement de rejet.

« Mais, finit par l'interroger le guide chargé de la lecture de la carte, tu n'es pas… triste d'être emmené jusqu'à la patte ? Nous allons te mettre dehors, tout de même. »

Youssoupha réfléchit longuement.

« Je sais que vous trouvez tous cela bizarre… »

Le guide a un rire d'incrédulité.

« C'est le moins que l'on puisse dire, oui.

— … mais, reprend Youssoupha, je n'y pense pas. Quand je serai à l'extérieur, je serai à l'extérieur. Pour l'instant, je suis dedans, je suis dans Ru, comme chacun d'entre vous. »

Le mouvement de la caravane s'arrête, en équilibre précaire sur une liaison musculaire. À cet instant, il suffirait d'un rien pour que le guide décide de faire demi-tour.

« Comment peux-tu dire ça ? Tu ne nous en veux pas ? Tu n'es pas en colère ?

— Contre qui ?

— Contre nous. Contre les comités qui t'ont condamné. Je ne sais pas, moi : contre les gens, contre la préfecture, contre Ru ! Tu ne nous en veux pas ? »

À nouveau, Youssoupha songe longuement avant de répondre :

« Bien sûr que je suis en colère. Mais qu'est-ce que ça change ? Je suis dedans, vous êtes dedans. Vous portez un bateau, je porte un bateau. Vous avez décidé, j'ai décidé. »

Il répète :

« Quand je serai à l'extérieur, je serai à l'extérieur. En attendant, je porte. »

Et sous les yeux ébahis de son guide, Youssoupha boit une gorgée d'eau à sa gourde, rajuste les bretelles de son sac à dos, et reprend le chemin. Il est surtout triste de devoir prendre garde à l'endroit où il met les pieds. Il revoit l'Intra avec joie. De tous côtés, il y a plus à voir qu'il n'en a vu au cours de toutes ces années passées à Ru. Si c'est le voyage du départ, alors c'est un beau départ. Tout brille du suintement écarlate du sang de Ru. Il touche du doigt cet univers rutilant, et le rouge déteint pour de vrai sur ses doigts. Youssoupha est plus Ru en ce moment que jamais auparavant. Son escorte, elle, semble prendre moins de plaisir à ce voyage. Sans doute sont-ils trop concentrés sur sa destination pour goûter véritablement le chemin. Youssoupha pose la main sur l'épaule du guide aux traits plissés par la concentration nécessaire au déchiffrement de la carte.

« Si je n'avais pas été condamné, je ne serais pas venu ici. »

L'homme hoche la tête, retourne à son plan. Comprenant qu'il gêne, Youssoupha s'éloigne. C'est que ce n'est pas une mince affaire de déchiffrer cette carte que la première expédition a laissée. Il n'est pas aisé de comprendre quel trait représente quelle fibre, de suivre le mince fil rougeâtre qui indique le chemin, en prenant garde à la fréquence de contraction de chaque membre indiquée par un système de notation sommaire : une virgule, période courte ; un point-virgule, période moyenne ; un point, période longue. Mais que veut dire « court », par rapport au temps de Ru ? Qui plus est, le voyage est pressé par le temps. Ils doivent atteindre le bas de la patte avant le prochain mouvement du membre ; mouvement qu'ils n'ont toujours pas de moyen précis de prévoir. C'est l'incertitude qui trace des rides sur le front du guide, qui n'a pas l'impression de guider grand-chose. Il est seulement celui à qui on a en premier expliqué comment déchiffrer cette carte imprécise. Au condamné qu'il mène à la mer, il envie son étrange insouciance et sa joie à parcourir cette terrifiante cheminée de chair et d'os.

Comme pour l'application des peines de justice, il y a tant à faire pour cartographier clairement tous ces chemins. Et même s'ils y parviennent, les voies changeront toujours en fonction de la posture, des mouvements imprévisibles de Ru. Chargés comme ils le sont, chaque mètre est descendu de haute lutte. La coque du dériveur, surtout, rend malaisée leur progression. Il faut sans cesse la soulever, la laisser pendre, la recevoir, la soulever encore. Tous ces efforts pèsent sur le moral de l'escorte. Seul Youssoupha semble ne pas en être affecté. « Si le membre bouge », hypothèse terrifiante, est sans cesse sur toutes les bouches, bien qu'elle n'ait qu'une seule conséquence probable. Si le membre bouge, ils seront écrasés. Ils seront morts et ils auront fait tout cela pour rien. Le soir venu, perclus de fatigue, le guide étudie la carte à la lumière de sa lampe frontale. Il évalue la distance parcourue et la distance restante. Non loin de lui, Youssoupha dort, paisible. Son calme est tout de même un peu irritant. C'est que son sort est déjà joué. Si le membre bouge, il ne partira pas, voilà tout. Parmi les membres de l'expédition, le seul contraint et non volontaire, il a le moins à perdre. Le guide, s'endormant, comprend qu'il est le plus libre d'entre eux. Voilà pourquoi il porte la coque de son propre navire avec tant de bonne volonté. Ce qui ne dépend pas de lui, il l'accepte. Sa condamnation l'a délié. Il avance d'autant plus aisément.

« Il sera très bien sur la mer, pense encore le guide. Il saura se laisser porter par les flots. »

À l'indicible soulagement de tous, le membre ne bouge pas et ils parviennent au port de la patte. La marée est basse, dévoilant une griffe comme une longue esplanade. L'escorte regarde cette distance et soupire face au chemin à parcourir encore. Tous savent qu'ils n'attendront pas que la mer monte. Attendre, c'est risquer que le membre bouge. Ils n'ont pas le temps. C'est tout juste s'ils regardent l'océan. Pourtant, ils ne l'ont jamais vu. Ils vont dans sa direction avec un certain dédain. Gens de l'intérieur jusqu'au bout, ils reconnaissent les vagues comme une chose qui n'appartient pas à leur monde. Le seul à être ému est, bien sûr, Youssoupha. Il porte seul le mât du dériveur, posé sur son épaule. Lui reconnaît la crue clarté du soleil, l'odeur salée des embruns, et la brise qui gonfle ses poumons. La mer est de nouveau là, tout près. En haut de l'Ardroit, avec les grimpeurs, elle n'était qu'une couleur bleue au fond d'un gouffre. À présent, alors que ses pieds font un bruit moite sur la griffe humide, elle est partout. Il est déjà mouillé. Bien que debout sur elle, il lui semble que Ru disparaît, et Youssoupha avec. Une fois le mât et l'antenne assemblés, la quille fixée et les voiles montées, ils mettent le dériveur à l'eau.

Tout d'un coup, Youssoupha se retrouve seul à côté de l'embarcation. Il se tourne une dernière fois vers son escorte. Personne ne le regarde dans les yeux. Plusieurs tournent la tête. Ils cherchent leurs mots. Ils voudraient dire quelque chose qu'ils n'ont pas encore dit, une parole qui atténuerait la réalité concrète et l'effroyable disproportion entre le dériveur, Youssoupha et la mer horizontale et bleue. Ils ne trouvent rien. C'est tout juste si le guide parvient à murmurer un timide « Bonne chance ». Mais Youssoupha ne l'entend pas. Le bruissement des vagues se transforme en fracas à ses oreilles. Les visages des membres de l'escorte se troublent à son regard. Même leurs silhouettes, à quelques mètres seulement, deviennent incertaines. Est-ce un nuage de bruine qui passe entre eux ? Il voit pourtant tout le reste avec netteté. Tout d'abord, il y a la ligne nuageuse de l'écume, frontière changeante entre l'eau et la griffe jaunâtre dont la courbure est brisée par le quai gris et rectiligne. Le port est plongé dans l'obscurité et une nouvelle courbe le surplombe : la limite supérieure de l'espace entre la griffe et le doigt. À partir de là, tout est rouge Ru aussi haut qu'il lève la tête. Youssoupha, avec un pincement au cœur, comprend que cette couleur sanglante, au sein de laquelle il a vécu la majorité de sa vie, va lui manquer et, avec elle, la rotondité close des inaccessibles plafonds de l'intérieur.

Il fait finalement volte-face et baisse les yeux vers le bateau pour ne pas voir que, dans cette direction, tout est bleu et plat. Il se penche, saisit le haut de la coque qui fait office de garde-corps et pousse. La quille racle un peu sur la griffe mais, bien vite, elle ne rencontre plus que l'eau. Alors Youssoupha, trempé jusqu'aux cuisses, se hisse à bord. Sous ses pieds, le pont tangue, le sol semble se dérober. Il manque perdre l'équilibre et basculer à l'eau. Il a un haut-le-cœur mais se reprend. Le roulis va et vient sous ses pieds. Le mouvement est trop minime pour son oreille interne, habituée désormais au mouvement lent et inexorable de l'intérieur. Youssoupha se retourne une dernière fois. Il n'y a plus personne sur la griffe. Le port est entièrement vide. Son escorte a déjà disparu.

Une bourrasque surnaturelle gonfle soudain la voile triangulaire et le dériveur est projeté en avant. Cette fois-ci, Youssoupha bascule en arrière et tombe lourdement sur le banc. En dessous de celui-ci, ceux de Ru ont placé quelques sacs de provisions qu'il sent contre ses mollets. Sa main droite saisit le gouvernail et la gauche s'empare de l'écoute. Le vent semble longer le corps de Ru derrière lui et s'y propulser en avant, vers le large où il emporte Youssoupha. La voile d'un blanc sale est si tendue qu'elle fait une bosse. Quelques souvenirs de son court séjour au bord des étangs pulmonaires reviennent à Youssoupha. Et si, cette fois encore, la proue de son bateau rencontrait une barrière inattendue ? Peut-être se heurtera-t-il encore à une limite qui viendra le rassurer, lui dire avec la tendresse des murs qu'il est toujours à l'intérieur. Mais non, rien ne vient. Ici, le ciel n'est pas un plafond peint. Il est dehors, bel et bien dehors. Il tient le cap droit devant lui. Il garde Ru dans le dos. Le ciel est si bleu et si clair, et les vagues soulèvent la coque avec tant de régularité, qu'il perd tout à fait la notion du temps. Attentif seulement au gonflement de la voile, il tire successivement sur la bosse ou sur l'écoute. Mais le tonnerre se fait entendre derrière lui. Il quitte le mât et l'horizon des yeux, et se retourne de nouveau.

Avec surprise, il découvre qu'il voit presque la patte en entier. Le port n'est plus qu'un tiret ténu au-dessus de l'une des griffes. L'énorme bruit qu'il a entendu, c'est celui de toute l'eau, de la muraille d'eau que le mouvement du membre a lancée contre lui et son fragile dériveur. Elle est si haute qu'elle s'interpose entre le vent et la voile, qui se dégonfle brusquement. Youssoupha serre son gouvernail pour maintenir le cap. La vague saisit le dériveur par l'arrière. Il doit se tenir au banc pour ne pas tomber vers l'avant et retient tant bien que mal les provisions avec ses jambes. Arrivé au faîte de la vague, ses fesses se soulèvent avant de retomber violemment sur le banc quand la proue bascule à son tour. Sous le choc, Youssoupha lâche le gouvernail et la dérive ne suffit pas à maintenir le cap. Tout en dévalant la pente raide de la montagne d'eau, le dériveur pivote sur lui-même, tourne et se retrouve dans la direction de Ru, juste à temps pour que Youssoupha soit témoin de la replongée de la patte et de la naissance d'une deuxième vague. Tétanisé, il reprend ses esprits juste avant que la proue du bateau se soulève encore. Saisissant un bout de corde, il attache au banc les sacs de provisions et lie sa ceinture à l'attache en acier de l'amarre. La proue est soulevée presque à la verticale. Le mur d'eau efface du regard l'immense bête rouge Ru. Puis c'est le sommet à nouveau, et la chute. Avec la vitesse, la voile inutile se gonfle dans l'autre sens, ajoutant encore à la désorientation du dériveur. Arrivé au fond du creux, alors qu'une troisième vague enfle déjà, Youssoupha s'empare de la drisse et parvient à affaler la voile. Alors, réduit à l'impuissance, il s'allonge au fond de la coque, les mains serrées au banc. Seul dans sa coquille de noix, il perd le compte des lames qui le secouent en tout sens. Les yeux fermés, trempant dans l'eau de mer projetée sur le pont, Youssoupha attend. Encore une fois, il n'y a rien d'autre à faire. Quand le dériveur est soulevé par une vague, que ce soit par la proue ou la poupe, il se demande si c'est la dernière. Toujours une autre la suit. Jusqu'à ce que la mer se calme. Alors, vert de nausée, Youssoupha se relève.

L'océan autour de lui est redevenu immobile. Le vent lui-même est tombé. Plus rien ne gonfle la voile. Youssoupha laisse échapper un hoquet de surprise. Cette houle surnaturelle l'a porté si loin qu'à présent, ce n'est pas même la totalité du Membre Milieu Droit mais bien Ru tout entière qui s'offre à sa vue. La bête rouge n'occupe plus qu'un tiers de l'horizon, tourne le dos à Youssoupha. De la Tête, il ne distingue que le haut du crâne se soulevant par-dessus le dos au rythme de la puissante marche dont il ne perçoit plus, à pareille distance, que l'écho des vagues. Tout d'un coup, il se plie en deux par-dessus le garde-corps et rend la totalité du contenu de son estomac. Le reflux de l'acide gastrique lui brûle l'œsophage. La vision rouge est brûlée sur sa rétine.

Le sentiment d'avoir vu quelque chose qu'il n'était pas censé voir lui noue les entrailles. L'être humain est-il fait pour voir Ru tout entière ? Toujours courbé, il pense à la réaction des gens de l'extérieur quand Ru s'est dressée pour la première fois. S'ils ne l'étaient pas auparavant, nul doute que cela aura suffi à les rendre fous.

Il parvient à se dresser mais garde les yeux baissés. Il fixe, juste en dessous de l'horizon, le bleu de l'océan ridé dans lequel il aperçoit le reflet, net bien que tremblant, de Ru. Comme le soleil, il n'ose pas la regarder directement.

Sans le vouloir, sa main trouve le chemin de sa poche. Au fond de celle-ci, il est étonné de trouver encore son portefeuille. Il sort et ouvre l'objet détrempé. À l'intérieur, une carte et des billets couleur Ru qui n'ont plus de sens depuis les Jours rouges, et encore moins ici, aussi loin à l'extérieur. La carte d'identité que, toutes ces années auparavant, la femme dans le bâtiment gris avait remplie à sa place est toujours là. L'eau salée a effacé son visage et presque toutes les lettres du nom qu'elle lui avait imposé. Sur le morceau de carton plastifié, on ne lit plus qu'une seule lettre, la première : Y.

Youssoupha a disparu. Il ne reste plus qu'un homme sur un bateau, hors de Ru, seul sur les mers de l'extérieur. Une nouvelle fois, son passé lui a été dérobé. Il ne possède même plus ce que possédait le garçon échoué, il y a bien longtemps : une destination. Celle-ci s'éloigne et l'homme n'ose plus la regarder de peur de perdre la raison. Alors il ouvre grand la bouche pour laisser sortir un éclat de rire sans joie qui glisse au-dessus de la mer calme sans la troubler, sans rencontrer d'oreille humaine ou d'oreille Ru. D'un large geste du bras, il jette le plus loin possible le portefeuille de celui qui vivait dans la bête, qui troue la surface en faisant un « plouf » ridicule. Debout sur son esquif, l'homme écarte les bras, embrassant l'horizon marin, bleu et infini. Aussi bien que l'acide, l'eau de mer qu'il a avalée durant la tempête de Ru lui a brûlé la gorge. Ceux de Ru lui ont laissé quelques litres d'eau potable. Il en boit plusieurs gorgées. Ensuite il sent dans son dos mouillé la caresse froide du vent. Alors il se rassoit sur le banc et, puisant dans les souvenirs de ce corps qui est tout ce qu'il lui reste, il met le cap au hasard, louvoyant sous la brise.

Il navigue, s'endort, se réveille, navigue encore. Le soleil revient, s'en va, revient encore : peu importe à l'homme. Autour de lui, il n'y a plus que de l'eau et du ciel. Pas même un nuage ne vient déranger l'uniformité bleutée qui, à ses yeux entraînés à distinguer les mille variétés de rouge, reste toujours semblable. Il ne reste que l'eau. De tout ce que celui qui vivait dans Ru et portait un nom a connu durant son étrange vie, il n'y a plus que l'eau. Il navigue sans but, sous le ciel infiniment ouvert. Que rencontrera-t-il, quand l'eau cessera ? Il ne le sait pas. Il y a des gens, pourtant, qui vivent à l'extérieur. Le garçon qui s'est échoué à Ru venait de là.

L'homme, brûlé de sel et de soleil, ne sait plus que cela. Le garçon venait de quelque part. Ce ne serait que justice si le vent décidait d'y ramener l'homme que Ru a chassé. Sa bouche est sèche. Ses lèvres se fendent. Ses paupières battent pathétiquement pour tenter d'empêcher ses yeux de se dessécher entièrement. Sa tête dodeline avec la douce houle. Sa vue se trouble à présent.

D'autres jours, d'autres nuits passent. Les sacs sous le banc sont vides. Toujours pas de terre. Rien de brun ou de vert. Rien que de l'eau. Rien que du sel.

Mais au moment où l'homme à la dérive laisse se clore ses paupières en doutant de posséder encore la force de les rouvrir un jour, alors qu'il a depuis longtemps lâché le gouvernail, alors que la voile vogue à son gré et que les bouts pendent librement, alors qu'il sent son corps s'affaisser contre le garde-corps, l'homme entend un chant. Il se redresse brusquement, comme fouetté par le son. Debout sur le pont, il abrite son regard de sa main posée sur son front. Ses yeux rougis sont plissés. Il scrute l'horizon. Il ne voit rien mais, à sa droite, un autre chant se fait entendre, entrant en harmonie avec le précédent. L'homme pivote, cherche dans cette direction mais ne voit toujours rien. Alors une troisième voix puis une quatrième se font entendre, et bientôt surgit de tous les bords de l'horizon un chœur entier. Le cœur de l'homme se serre. Il ouvre la bouche et ajoute aux autres sa voix pataude et dérisoire. Sous ses pieds, sous le pont, la mer tremble. Le dériveur gîte de bâbord en tribord. L'homme tangue mais ne cesse pas de chanter. Les voix venues de l'horizon, comme la sienne, prononcent toutes la même syllabe. L'homme écarquille encore les yeux. Au loin, guère plus qu'un point rouge, une forme familière apparaît. Il bat follement des mains, heureux de retrouver cette couleur qu'il croyait perdue. À présent, le chant venu de l'horizon est si haut et si fort que ses ondes tracent dans l'eau salée des lignes sinueuses. L'homme tourne follement sur lui-même, risquant à tout instant de passer par-dessus bord. Devant ses yeux ébahis apparaît au loin une deuxième forme rouge. Puis une troisième, et une quatrième, et déjà une cinquième. Les têtes levées, rouge Ru contre azur clair, elles chantent toutes ensemble. Sans doute, pense l'homme, sont-elles heureuses de se retrouver.

La mer, maintenant, se creuse et noircit, démontée par l'harmonie des notes écarlates. Le bateau, une poussière sur l'immensité bleue, vacille de plus en plus. Un instant avant de se renverser, l'homme sans nom, des larmes salées sur les joues, éclate à nouveau de rire et seules les bêtes rouges l'entendent peut-être.

TABLE

Achevé d'imprimer en mars 2021
par l'imprimerie Abedik
à Poznan (Pologne)
pour le compte de
la Librairie L'Atalante

Dépôt légal : mars 2021

IMPRIMÉ EN POLOGNE